从人群
走向荒漠

我与澳大利亚原住民的故事

［澳］周小平 著

图书在版编目（CIP）数据

从人群走向荒漠：我与澳大利亚原住民的故事 /（澳）周小平
著 .— 杭州：浙江文艺出版社，2023.10
　　ISBN 978-7-5339-7341-4

　　Ⅰ．①从… 　Ⅱ．①周… 　Ⅲ．①纪实文学－澳大利亚－现代
Ⅳ．① I611.55

　　中国版本图书馆 CIP 数据核字（2022）第 153445 号

统　　筹　曹元勇
策划编辑　睢静静
责任编辑　睢静静
营销编辑　耿德加　胡凤凡
责任印制　吴春娟
装帧设计　胡崇峯

从人群走向荒漠：我与澳大利亚原住民的故事
［澳］周小平　著

出版发行　浙江文艺出版社
地　　址　杭州市体育场路 347 号
邮　　编　310006
电　　话　0571-85176953（总编办）
　　　　　0571-85152727（市场部）
印　　刷　上海盛通时代印刷有限公司
开　　本　720 毫米 × 1000 毫米　1/16
字　　数　265 千字
印　　张　28
版　　次　2023 年 10 月第 1 版
印　　次　2023 年 10 月第 1 次印刷
书　　号　ISBN 978-7-5339-7341-4
定　　价　118.00 元

周小平

画家

现定居澳大利亚墨尔本

自1988年起，
他在澳大利亚中西部的荒漠和北部阿纳姆丛林的原住民村落生活和工作多年，
对于原住民文化有着较为深入的了解。

荒漠

目录

丛林

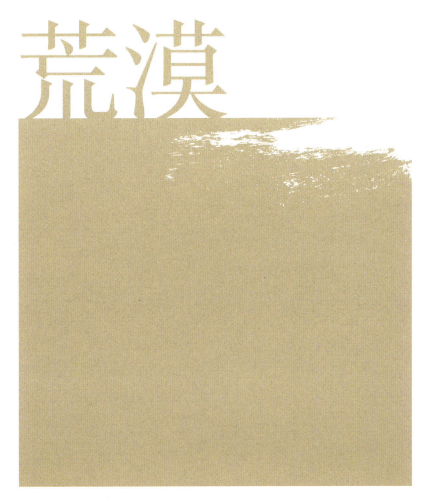

荒漠

在世人眼里，
这里就是一片无垠的荒漠，
如果偶尔发现了人的脚印，
那一定是原住民留下的足迹。
没人会想到，
在这些足迹中还有一位中国艺术家的脚印。

1. 与原住民的结缘

"是什么原因让你，一位来自中国的艺术家，对澳大利亚原住民有着如此大的兴趣？30年了，你是怎么走过来的？这期间都经历了什么？"我常常被这样问道。

荒漠上，每当在寂静的黑夜里，我总会冒出那么一种与自己对话的意念。也许是因为远离了那个繁杂的城市墨尔本，来到一个如此寂静的地方才会有这般的心境，从而更加清晰地听到自己内心的声音。这里是澳大利亚中部莫得居咯（Mutitjulu）原住民村落附近的荒漠，天上没有月亮，只有几颗暗淡的星星；除了篝火中偶尔传来树枝断裂的微弱声音之外，听不见任何其他的声音；没有风，但空气里透着浓浓的寒气。我裹着毛毯，默默地注视着眼前飘动的火苗，又一次这样问自己。但是，比起躺在荒漠上的篝火旁，这些问题似乎更适合手里拿着一杯红酒坐在灯光下思考。这些问题有点复杂，但许多人都很好奇，我自己也想弄明白。无论是当初或后来所发生的一切都不是我预先所规划的，其后的一切都自然而然地发生了。我有点说不清楚，只觉得冥冥之中被一股无形的力量不断地推着向前。

那是 2016 年 7 月，我已经在莫得居咯原住民村子工作了大半年，为村里新建的游泳池的外墙设计制作一幅大型壁画。在澳大利亚的历史上，莫得居咯是一个值得被所有人记忆的地方，因为在 1985 年 10 月 26 日，这里发生了一件举国关注的大事：当时的澳大利亚总督尼尼安·斯蒂芬爵士将包括乌鲁

鲁 ① 在内的大片土地的永久产权归还给当地安娜谷（Anangu）原住民，交接仪式就是在这里举行的。但是作为归还的条件之一，土地的拥有者——原住民们又签署了一项协议，在接受产权契约的同时，将土地返租给澳大利亚公园和野生动物服务中心（现为澳大利亚自然保护局），为期99年。莫得居咯正是位于这个国家公园内的一个原住民村落。我为这个村子做的整体设计方案中除了这幅大型壁画外，还包括附近已经非常老旧的教育中心建筑的改造方案。我采用了一批特制的、印有原住民绘画图案的材料作为教育中心建筑的外屋顶，从而构成一幅巨大的屋顶画。整个建筑将会成为一件艺术作品，还包括一块长12米、高3米的独立壁画。壁画上是一个原住民男人的背影和一句话："我们的土地，就是我们的生命。"这些壁画和建筑恰好围成了半个足球场大小的空间，它是村里人聚会和举办传统仪式的地方，也是各种大型娱乐活动的中心。遗憾的是，过去几年里，整个设计方案只完成了三分之一。

　　7月，澳大利亚南方几个城市已经逐渐进入寒冷的冬季，而

莫得居咯原住民村落一角。这是村里新建的泳池，炎热的气候下，泳池是孩子们最喜欢去的地方。

---

① 乌鲁鲁是一块近乎位于澳大利亚大陆中央的大型单体岩石（面积可能仅次于奥古斯特山），外观呈红色。

在中部的荒漠上，虽然白天的气温非常怡人，夜里还是有浓浓的寒意。周围一片漆黑，只有眼前的这堆篝火温暖着我的身体，也映照着篝火另一侧的原住民画家马利嘎·缇迈（Malya Teamay）和他的妻子乌拉·缇迈（Awaluri Teamay）的脸。在他们的背后是乌鲁鲁的剪影。火光将他们脸部五官的明暗对比映照得更加强烈和立体。乌拉正忙着烤我们白天刚抓到的一只蜥蜴，嘴里不经意地哼着小调，流露出即将吃上大餐的好心情。马利嘎靠在横卧在地上的残树上，而我托着腮，盯着篝火发呆。我们都不是善于言谈的人，加上语言的障碍，可聊的话题并不多，但这并不影响我们之间的沟通。几个简单的单词或肢体语言，或者仅仅是表情都足以让彼此理解对方所要表达的意思。我说不上这种默契是怎么产生的，好像从我第一次遇到原住民开始，它就自然而然地存在于我与他们之间。

"看那儿，"马利嘎指着天上的星星，手指一张一合做着代表闪烁的动作，他盯着天空已经好一会儿了，"那里有七姐妹，白天我们画的。"马利嘎想要说，白天我们一起画的七姐妹就来自天空，她们化作星星在黑夜里闪烁。随后，马利嘎扬起头，那一头长长的卷发让他看上去就像一头将要咆哮的狮子。他冲着天空发出一声低沉的长叹："嚯……"这一声长叹像是射出的一道光芒，划破天际，飞向了七姐妹所在的另一个世界。虽然她们离我们那么遥远，但是感觉我们正在相互遥望，并感受到了彼此的存在。

有关七姐妹的故事在当地流传甚广，故事的大意是：曾经有七个姐妹从天上来，当她们穿过这片土地时，遇上一个名叫瓦提·伊濡（Wati Nyiru）的男人。七姐妹中最年长和最年幼的两个姐妹同时爱上了这个男人，并要他带她们中的一个人走。经过一番纠结，男人最终选择了年幼的女人。深爱着男人的年长女人带着一颗伤痛的心，与其他姐妹离开人间回天上去了，而年幼的女人则每天仰望着天空，在人间生活得并不快乐。为了让心爱的女人开心，男人最终放手，让她随自己的心意追随她的姐妹而去。后来，她们就成了宇宙里昴星团的星座。这是白天我从马利嘎那里听来的故事。它是我所听到的许多类似故事的其中一个。当地许多原住民画家都会以这个故事为题材作画。

我托着腮，痴痴地看着马利嘎的每一个举动。他断断续续、深情而简练的描述仿佛将我带入一个梦幻的境地……如果不是一个真实的声音出现，我会一直这么发着呆。

"要吗？"随着声音，一股香味扑面而来，乌拉正向我递过来一段烤熟的蜥蜴尾巴。

这么快乌拉就烤好了野味？但我好像只是发了一小会儿呆。"哇，好香啊！喔，烫！"刚从篝火里扒出来的尾巴好烫，彻底将我从梦境中唤醒。我在两只手上来回倒腾这段烫手的蜥蜴尾巴，慌乱了好一会儿才吃上嘴。我一边剥皮一边啃里边的肉，弄得双手油腻腻的，以至于要在衣服上使劲地擦上几把才能端起地上的杯子。

"巴哩亚？"——马利嘎用土语问我："好吃吗？"

"嗯，巴哩亚！"我说。真的很棒，棒到没心思再搭理他。我已经好久没有吃到这些野味了。相较 20 多年前，现在原住民的

我与马利嘎·缇迈身后是村里最为空旷的地方，它既是娱乐运动的场地，也是村民们聚集，举办各种重要活动的地方。此照摄于 2016 年，村里工作结束后的某个傍晚，我与马利嘎小叙。

生活和环境都在快速向现代都市化方向发展，吃上曾经是他们主食的野味也变得有点奢侈了。即使如此，对于大漠人来说打猎仍然是生活的需要。我捧着杯子，重新越过篝火和马利嘎，注视着黑夜下乌鲁鲁厚重的身影，在头脑里找寻记忆中的人和事。

20多年前，当4万中国大陆留学生远渡重洋来到澳大利亚，为改变人生而奋斗的时候，我却在一次环澳旅行中"误入歧途"，闯进了澳大利亚的荒漠和原始丛林，开始了异国他乡的奇特生活。当年的4万同胞今天大都过上了中产阶级的生活，实现了当初的奋斗目标，而我收获的却只有一段难以忘怀的记忆。

回想过去所发生的一切，我恍若又走入了梦境里，耳边响起一个声音："娃娃，你又回来了。"这个声音把我的思绪拉回了第一次踏上这片土地的那一刻，同样是在乌鲁鲁脚下。

***

那是1988年10月，我坐上了从墨尔本开往爱丽斯泉（Alice Springs）的汽车，开始了第一次环澳旅行。

爱丽斯泉是澳大利亚中部荒漠上的一个小镇，几条穿越荒漠的公路在这里汇集。从地图上看，周围1 000多公里范围内不会再有比这更大的镇子了。"西出阳关无故人"，我感觉仿佛到了萧瑟、寒冷的中国大西北边塞，唯一不同的是这里的天气越来越热。透明的天空下，远远望去，一股股滚动的热浪贴着地面翻腾，让人看得口干舌燥。我手里握着画展上刚刚卖画所得的几个小钱，踏上了环游澳大利亚的旅途，天真地认为自己从此可以做个职业画家，无论走到哪里都能以卖画为生。年轻人的最大优势就是敢于幻想，带着这种轻松美好的心情，看什么都是光明一片。

透过车窗，荒野的风景就像是一幅没有尽头的长卷，快速地在我眼前闪过：大片金黄色的荒草，就像是大地上飘动的一片绸缎随风起伏，被烧焦的大地仿若一团黑里透亮的水墨；而出现在我眼前最多的景象自然是一望无际、含有丰富铁矿石的大地，在烈日炙烤下，如一块灼红的铁板，灼热得令我躁动不安。我为自己有这样的机会目睹和体验这一切而倍感庆幸和激动。这让我想到了一个人，是她给了我这一次机会，让我在人生之路上有了第一次转折。细想起来还有那么一点儿戏剧性，那是我在黄山上写生时的一次巧遇。

黄山是中国的四大名山之一，奇特的山峰、气势浩瀚的云海和高大挺拔的百年松树吸引了众多艺术家竭尽所能地赞美和描绘。山上的气候变化多端，别说春夏秋冬四季的景色不同，由于天气的变化，一天里的每一个时刻都会呈现出令人叹为观止的不一样的美景。所以，我从年幼时起就经常上山游玩和写生。

游客们不但爬山赏景，也看画家们笔下的黄山。画家在山上画画竟然也成了大家眼里的一道风景线。有一年在山上，虽然来来去去的人很多，但是我发现有位姑娘一直站在我的身后看我画画。我冲她笑笑，她也礼貌地回我一个好看的微笑，这好像总是两个陌生人交谈的引子，接下来我们聊了起来。她的名字叫黄海伦，澳门人，是墨尔本皇家理工大学建筑系的学生，假期来黄山旅游。她喜欢画画，尤其是中国画。她称赞我画得很好，并婉转地表示想买我手上快要完成的这张小山水画。"这有什么，拿去吧。"我说。有人欣赏我的画，我心里特别高兴，那年头中国画家还没有将艺术作为商品出售的意识。临别之际，我想海伦小姐是出于礼貌的缘故主动留下了她的通信地址，还说如果以后我有机会去澳大利亚的话，一定要去找她。我也很礼貌地给了她我的联系方式。就这样，我的一张山水画漂洋过海到了另外一个国家，挂在了海伦小姐的客厅里。在我看来，这是一件再普通不过的事了，不过当时那一刻感觉特别好。但如果命运的安排到此为止，那就实在没有什么戏剧性可言了。

大约一年多之后的某一天，我突然收到海伦小姐的一封信。信里说，她的朋友中见过我的那幅画的人都表示非常喜欢，并建议她为我在澳大利亚安排一个画展，问我的意见。我一遍又一遍地读着信，再三确认白纸上的黑字没有骗我。我简直不敢相信，竟然有机会开个人画展，而且这个画展还是在国外。那个年代在中国开画展可是要论资排辈的，对于年轻画家来说，举办个人画展几乎是不可能的。年轻画家总是活在知名画家或老画家的阴影下。中国艺术界强调艺术风格和形式的传承，在这种强调师承关系的氛围中，年轻画家很难形成新的想法和创新。所以，当20世纪80年代末西方当代艺术思潮传入中国时引起了巨大的反响，给了非体制内画家一个很好的机会来摆脱单一的传统形式的束缚。没想到，落在我身上的机会来得如此突然。

　　我立刻写了一封回信，言语中流露出激动的心情。为了能够尽快成行，我询问她能否让画廊在近期发一份邀请函，以便我办理签证。当年，寄往海外的航空邮件需要15天以上才可以到达，尤其是从合肥这样的小城市寄出的邮件。这个漫长的等待时期，足以让我每天都焦急得难以成眠，还有对信件会不会遗失的担心。由此不难想象，我当时渴望出国办画展的心情有多么迫切。我开始准备作品，将30幅挑选出来的作品中的一半装裱成立轴，剩下的裱成镜片。后来它们都被装进了我的行李箱带去澳大利亚。大约一个多月后，我在焦急等待中终于收到海伦小姐寄来的第二封信，附带了一封画廊的邀请函。从接到邀请函、工作单位审批、办理护照，到最后拿到签证，仅用了一个多月的时间，速度之快远远超出我的想象。据当时经办我护照的公安局的人说，我是当时为数不多的几个因私办理护照的人之一。那是80年代中国对外开放初期，这个机会对于一个居住在小城市的年轻画家来说是多么重要啊。

　　最终，在海伦小姐的操办下，我来到了墨尔本，目睹挂在画廊墙上的自己的作品，内心无比骄傲，真真实实地兴奋了一把。

　　展览展出的都是中国传统山水画和花鸟画。80年代的澳大利亚人对中国文化的兴趣和了解就如同当初我对原住民的兴趣和了解一样，都是出于好奇。澳大利亚人对中国文化的认识还只是停留在"你好吗？"这类打招呼的简单中文，以及舞狮、耍灯笼等传统活动层面上，当然他们还知道中国菜肴中有一道"北京烤鸭"。当地学校组织学生参观华人博物馆之后，少不了在中餐馆亲身体验一下拿筷子吃饭的感受。这也算得上是一种言传身教的教学方法了。这个时期的澳大利亚社会在面对不同文化时的包容心态还是显而易见的——他们倡导多元文化。

随后，澳大利亚也出现了一批对中国文化有着浓厚兴趣的本土汉学家，他们自然不会只限于对北京烤鸭的赞赏。现实让我看到了多元文化的脆弱性，产生了不同的价值观是否可以并存且和睦相处的疑问。事实上，我们仍然处在一个文明交流与文化和解的阶段。

澳大利亚给我的最初印象就是人口稀少，当年其一千七百万的人口和中国的十一亿人口相比，简直是少得可爱，而澳大利亚的国土面积却不比中国小多少。从机场到市区，沿途几乎看不见行人，一排排的花园别墅错落有致。这里不太像一个发达国家的大城市，没有摩天大楼，没有喧嚣繁华的城市景观，没有精致的、富有历史感的遗迹。在我眼里，它更像是一个村镇。虽然见不到行人，都是汽车，却听不见喇叭声，也看不到闯红灯的现象。马路中间没有警察指挥，来往的车辆一样秩序井然。当我走在市中心，经常会遇到陌生人冲我微微一笑，或者是轻轻地说一声"Hello"。再瞧着那些坐在路边咖啡馆里的人，个个悠闲自得，真是令人感叹。这里的生活是多么美好啊！每天被这样的温暖所滋润，是何等幸福。我好像突然长大、懂事了，懂得了什么是幸福。

然而，仅仅过了两三个星期的时间，我的心情由最初的好奇变得激动，又由激动趋于平静。大家生活在一个相当安逸的环境里，城市之外，开车一两个小时就能够看到一派田园景象，除了开阔的平原牧场之外还是平原牧场。辽阔的大地上看不到气势磅礴的山川河流，对于我这个游历惯了高山大川的人来说，这里的一切似乎又太过于平静、美好。这种舒适、恬静、淳朴的生活环境是这个国家的特点，也是人们普遍向往的。即使如此，我仍然有一种无依无靠的失落感。这也许是因为，当时生活在中国的每一个人都会有一种特别的感受，那就是人与社会组织或机构的关系非常密切，现在想来其实有些不可思议。另一个更主要的原因是，我渐渐地发现，这些田园般舒适的生活和环境并不能够真正地让我对生活产生激情，或许我还无法适应这种来得太突然的"美好生活"吧。

朋友建议我去澳大利亚的中部走走，那里是沙漠地区，有一块巨大的红石头，相信我一定会喜欢的。先别说那块举世闻名的红石头了，我一听到"沙漠"两个字，心里就一动，头脑里立刻浮现出各种画面。然而，当我踏上那片土地之后，才明白所谓的"沙漠"并不是那种沙尘飞扬、走上去一个脚印一个坑的沙漠，确切地说，这是一片望不到边的荒漠。

我毫不犹豫地坐上了环游澳大利亚的大巴，对当时没有什么钱、语言不通、对环境完全陌生的我来说，做出这样的决定是需要很大勇气的。事实证明，此次旅行不但很刺激，而且意义非凡，它成为我人生及艺术创作的另一个重要转折点。

这是一次没有明确计划、说走就走的旅行。我买的是一张汽车联票，可以在旅途中任何一个停靠站下车。如果愿意的话，就在当地停留几天，然后坐下一次路经这里的车继续前行。当时我的想法很简单，就是让该发生的事在无期望中发生，一切顺其自然。即使如此，我的内心还是按捺不住激动，浪漫的憧憬在一个20多岁的年轻人心里本能地滋生，期待见证无边的荒野上将会发生的奇迹。这份期待和不安分的好奇心成了我出走的原始动力。由此不难看出，其实我内心是多么期许会发生点什么，那是一种看似没有期待，却有着更多更大的期望的状态。

旅途中遇到许多来自世界各地的游客，我不能确定这些人中是否有人跟我有类似的想法，但是我可以确定的是：始终没有遇见一个我的同胞（他们都在悉尼和墨尔本为了致富而玩命地打工）。这么想着，我竟然产生了一种"是不是自己做错了什么"的错觉。临行前，室友对我的环澳旅行计划表示非常不理解。他从飞机上俯瞰这片位于澳大利亚中部的广阔土地，会在平坦的大漠上看到为数不多的巨大"群石"，名为卡塔丘塔，在原住民语中叫Kata Tjuta，是"许多头颅"的意思。

说，大家都在打工挣钱，争取绿卡，为未来积累资本，我倒好，居然有闲心去旅游。然后，他拍拍我的肩膀，以嘲讽的口吻说："佩服啊！"说完，似乎觉得意犹未尽，又加了一句："不要太冲动啦，年轻人。"

当大家都在思考人生、未来时，我问自己："我的未来在哪儿？"这个问题对年轻人来说尤为重要。像所有人一样，我对自己的人生也曾规划、设计过很多可能性，比如我想穿上军装，那会是多么精神帅气。虽然我从小就胆小瘦弱，不知道从哪来的这个想法，认为男人都应该当一次兵才会拥有真正男儿的气质。除此之外，我也想成为一名有思想、有学问、受人尊敬的大学教授。有一段时间，我还梦想成为一名建筑设计师，亲手设计和建造一种只有一个屋顶，主体却是绵延不断的、四合院式的群体建筑。它可以是一座豪宅，也可以是一片独立的城池。无论是以怎样的形式呈现，它都会是一个独一无二的、标志性的建筑。

一路上，我要不就是在漫无目的地遐想，要不就是睡觉，要不就是看大巴上反复播放的电影，漫长的旅途就这样过去了。

在经历了 30 多个小时之后，汽车终于停靠在了爱丽斯泉小镇。当我带着一路的遐想跳下汽车，立刻被镇上的情景惊得目瞪口呆。街上到处是黑人，他们衣冠不整、三五成群地在小镇上游荡。那一刻，我甚至怀疑自己是不是还在胡思乱想。

远处有两个黑人正在激烈地争吵，要不是有人极力地劝阻，他们非打起来不可。他们是谁？我从来没有听说澳大利亚有这么多的黑人。街上还有一些脖子上挂着相机溜达的白人，他们对周围发生的争执视而不见、无动于衷。这种对比、混杂和反差着实让我吃惊。我直愣愣地看着眼前所发生的一切，忽然想起刚才汽车上司机所说的话，我恍然大悟。他说，过去这里很少见到白人，200 多年前的澳大利亚是这些黑人的世界。不知道什么时候，乌鲁鲁开始受到关注，吸引了世界各地的游客，从此成了一个旅游景点。据说，它是世界上最大的单体巨石，神秘莫测。

原来，小镇上的白人大多和我一样，都是来探秘的游客。我用惊讶的目光反复扫视着街上的行人，很快发现了一个奇怪的现象：有黑人的地方就不会有游客，白人总是远远地绕着黑人走，躲避他们。下车前司机还特别叮嘱大家：不要盯着黑人看，他们会攻击你；也不要随意拍照，那样你会有更大的麻烦。这些人真的那么野蛮吗，要让大家如此小心地防范和对待？小镇上的景观，黑人与白人的反差、隔阂，在我心中引起了巨大的震动，也让我对澳大利亚给人的美好印象起了一丝不一样的想法。

　　这时，一个黑人向我迎面走来。他蓬头垢面，一脸看上去脏不拉几的大胡子；上身裸露，胸前和肚子上有好几处非常明显的刀疤，长的有一尺左右；穿一条不合身的西装裤，上面满是油渍。他背着双手，光着脚，踏着碎步走在车道旁。路边正好是一个可口可乐广告牌，我所熟悉的大红色和这个人的模样形成了鲜明对比。一辆丰田越野汽车和他擦身驶过，卷起一股尘土，将他的长发吹得飞扬起来，但他好像没察觉到似的，仍然目光迟滞地向前走着。我急忙举起相机，忘记了刚才司机的叮嘱，在离他仅有六七米之距的地方摄下了这个形象。可就在我按下快门的那一刻，他的眼神突然闪过之前没有的兴奋，似乎是专门冲着镜头而来。接着，他便微微侧过身，径直朝我走来。我逐渐看清了他深陷的眼眶中浑浊的眼球和四周的眼屎，还有脸上皱纹中的尘土。人还没有走近，一股浓烈的气味已经迎面向我袭来。我下意识地向他点点头说了一声"谢谢"，他却淡定地抬起一只手，掌心向上朝我平伸过来。我惊慌地往后一闪，不知他要干什么。他一言不发，似乎是懒得说话。我们相顾无言，确切地说是我看着他，他的视线并没有朝向我，而是害羞地偏向一边。几秒钟之后，我才恍然大悟，他是向我要照相的酬金。我慌乱地从兜里掏出一把硬币，放在他手上。他仍然是面无表情，低头转身而去。我呆呆地注视着他转身离去的背影，心情有点复杂，低头看了一眼相机，心里默默地念叨：为什么他看上去如此地潦倒呢？我久久地注视着他的背影，心里只有一个疑问："为什么？"对于一个在中国的小城市生活了20多年，初次身临一个陌生的国度，又对西方文

我在爱丽斯泉小镇拍下
的第一张原住民照片。

明社会抱有诸多美好幻想的年轻画家来说，不仅仅是感到新奇，
而是感到了一种触动心灵的震撼。

　　此后，这张照片不仅留在我的照相簿里，重现在我的速写本
上、油画布上，也如烙印般刻在了我的记忆里。

　　他是我如此近距离接触到的第一位澳大利亚原住民。

2. 小镇上的酒吧

我决定在小镇上多停留几天，我对这些原住民产生了好奇。

镇上除了中低档的旅店、几间咖啡店和酒吧之外，还有许多旅游纪念品商店。货架上的商品主要是印有各种原住民图案的文化衫、帽子和日常生活用品，还有回旋镖（Boomerang）。特别引起我注意的是原住民的绘画作品，它们都是用小点组成的平面图案，乍看不解其意，只能从点的颜色、排列和轮廓上去猜测。但我相信，这些由无数个小点组成的画面有着特殊的含义。当我被告知这些原住民画家都从未经过我们所理解的艺术训练后，我更是惊讶不已，因为他们在色彩运用、形式表现方面都具备了较高的专业艺术家的水准。这些原住民画家独特的视觉表现和思维方式，以及后来我在阿纳姆丛林看到的大量岩画，都是促使我持续探究原住民文化的原因。这些都为我后来的跨文化艺术创作埋下了种子。

为了了解这一切，我开始寻找各种机会接近他们。

之后的几天，我就在小镇上到处乱串，凡是有原住民的地方，我都会去凑凑热闹。几天下来，小镇上的人都知道有一位中国画家整天背着画夹和相机混在原住民中间。后来有人问我，在那么短的时间里，你是怎样和原住民"拉上关系"的？换句话说，是如何被原住民所接受的？道理其实很简单，两个字——"尊重"。除此之外，还有什么方法可以在毫无交集的两个群体之间建立起良好和持久的关系呢？当然，采用一点方式方法也是有必要的，比如我会买上一包烟叶，每当走进一个圈子，先给大家一点"贿赂"。大家一边卷着烟，一边说笑、聊天、喝酒。渐渐地，我也学会了一些简单的土语，有时我也会教他们几句中文。更多的时候，他们会把我的画夹子打开相互传看，而且边看边议论，伴随着一阵阵哄笑。一圈传看下来，画稿上难免会留下指印和污渍，它们像是印章一般，印证了这些画稿的出处和受过"专家们"鉴定的事实。有一次，我希望把这些画稿拿出去展览，策展人说这些画稿因为太脏而被淘汰。但是我并不介意这些指印，也没有试图处理掉它们的想法，它们记录了这些特殊作品背后的故事，印证了一份欢乐和一个特殊的时刻。这些指印和污渍是一个画家和他的作品不同寻常的经历的重要见证。

一天中午，我发现街边的几个酒吧已经聚集了不少人，都是游客。我来到其中一间看上去没有那么热闹的酒吧门外，假装向里探望，摆出一副找人的姿态，实则是在犹豫要不要进去喝一杯。我就这么犹豫着，不知不觉，晃晃悠悠地绕到了这个酒吧的背后，发现这里还有一个酒吧，一个只有原住民进出的酒吧。门前，有几个人正在打闹，看样子都没有少喝。有一个原住民主动过来跟我打招呼，问我从哪里来。因为当年小镇上很少见到亚洲人的面孔，偶然出现一两个也是日本人；他们的个子不高，皮肤晒得焦黑，骑着小摩托车环游澳大利亚。当我说自己是中国人时，他露出茫然的神情，慢慢地抬起手，指着远方说："很远，很远的地方，耶？"原住民常用"耶"来表达许多意思。我不由自主地顺着他手指的方向看去，轻轻地重复道："是的，很远，很远的地方。"那一刻，我竟然被他不经意的一句话带入了思乡的情绪中，我有点想家了。虽然离家才一个多月，那里的生活环境远不如这里舒适美好，可那是我的家，一个可以安心的地方。没容我继续想下去，他又问："你为什么来这里？"我想告诉他，我只是一个游客，同时在寻找一种莫名的"感觉"——对这个国家、对周围的环境。我摇摇头说："不知道，只想走走看看。"

"这里很美，耶？"他随意地对周围挥了挥手，然后没有再说什么。瞧着他那游移躲闪的目光，我的心里有些忐忑。他不会有什么不良企图吧？他慢慢地转过身，好像要离开。我轻轻地吐了一口气，刚准备放下戒备，他突然又转了回来，在我眼前竖起两根手指，小声地问我："耶？"我被他这一连串的动作和问话搞得既紧张又不知所措。见我没有反应，他再次凑近我："有钱吗？"他嘴里喷出的难闻的酒气将我逼得连连后退。

"两块钱？"

他点点头，目光却移向了别处，显得有点不好意思。

我慌忙将手伸进裤子口袋，摸出几个硬币，塞进他的手里，视线往周围扫了几下。我之所以会下意识地这样做，是因为担心开了这个头，其他人都会向我伸手。我这个穷画家已经自顾不暇了，还打算在小镇上摆摊，给人画像筹集旅费呢。

他抓住我的手，连声道谢，同时把我拉到酒吧门口，推开门，做出一个让我进去的姿势。他这一让，反而弄得我有点不好意思，加快了脚下的步子，踏进了酒吧。我的身子刚探入门里，一股刺鼻的气味扑面而来，空气里混杂着酒气和人的体臭，差点没把我呛得倒退出去。眼前是一片昏暗，我定了定神，好一会儿，仍然只看见几个黑影在昏暗里飘动。看我愣在那里，他小心地碰了碰我，说："你还好吧？进来，没关系的。"我几乎是在他的牵引下才摸到吧台。我要了一杯产自维多利亚州的啤酒，找了一个靠窗的位置坐下。过了好久，我才慢慢地适应酒吧内暗淡的光线，同时也看清那位原住民一直无声地跟着我，这才意识到了什么，赶紧起身为他也买了一罐啤酒。和刚才一样，他还是连声地道谢。

我重新坐下来，喝了一大口啤酒。哇，一口冰镇啤酒下肚，感觉暑气消掉一半，太爽了。我环顾四周，仔细打量起酒吧。酒吧不大，除了吧台之外，还有两张台球桌，几张小桌子，周围散落着几把椅子。酒吧有些年代了，从横梁立柱和门窗的制作工艺上可以看出当年建造者的粗犷和力不从心，简陋得如同一个马厩。也许是为了挡住户外的酷热，酒吧的窗户窄小并安装了铁栏杆，由此造成内部的昏暗与外面的白昼反差极大。四周的墙上被人涂得不成样子，相较之下天花板显得那么洁白，也给室内增加了少许的亮度。

"你叫什么名字？"我问。在中国我学过一点英语，简单的问答还是可以应付。我真正学会说英语是在旅行中向澳大利亚人和原住民学的。

"查理（Charlie）。"他回答。

这是一个英文名字，我以为他会告诉我一个从来没有听说过的名字。"平时做点什么？"我又问。他没有回答我。我又问了一些问题，想引他说话，否则，两个人一起喝酒却无话可说，太尴尬了。他好像不觉得有什么不对，只是埋头喝酒，不一会儿，手里的酒罐被捏扁了。我问他，还想再来一罐吗？"耶。"他边说边连连点头。我又为他买来一罐啤酒，但是酒并没有打开他的话匣子，只是偶尔会对我的问题张嘴蹦出几个单词。没有言语的交流，我只好把注意力集中在他这个人身上。这也是画家的习惯，喜欢观察一切，尤其是眼前的他，是那么与众不同，令我好奇。

我开始仔细地打量起他——他的个子跟我差不多，应该有一米八左右，身体看上去很强壮，套了一件花格子衬衣，敞着怀，挺着一个啤酒肚，肚子上还有几道疤痕，和几天前被我拍照的原住民一样。现在又看到这样的疤痕，已经没有第一次看到时感觉那么可怕了。可是留在他脸上的伤疤，看上去就不是那么顺眼，显得有点狰狞，像个坏人。我看不出他的实际年龄，因为太多的沧桑刻在他的脸上。我不了解他和他的伙伴，但我相信他们并不是生来就如此。此外，我还在查理的脸上看到一股忧伤和愤懑的情绪——只有饱受歧视和压迫的人才有的情绪。为什么会这样？我没有答案，只有心中对他产生的一份同情。

我对他说"我是一个画家"，并把画夹打开让他看我画的速写。听我这么一说，他突然来了精神，伸手接过画夹，小心地翻看着每一张速写，嘴里还不时发出"哇哇"的惊叹声。这让我感觉他从未见过这样的画。

"这些是用什么画的？"他突然开口问我。

　　"碳笔，但是这一张是用钢笔画的。"我指着他正在看的一张速写说。

　　我问他："你也画画吗？"

　　"嗯。"他点点头说，"和这些不一样。"

　　没有想到只是随意一问，居然发现坐在我面前的原来也是一位画家。

　　"在镇上商店里能看到你的画吗？"他又点点头，没有再说话，只是埋头翻看那些速写。开始他看得还比较认真，愈往后翻看的速度愈快。似乎，他对新鲜事物的兴趣来得快，去得也快。

　　是因为这些东西离他太远了的缘故吗？

　　不知什么时候，他又一次捏扁了手里的啤酒罐。我没有再客套，因为不想让他喝太多，那会给自己惹上麻烦。

　　我问他："经常来这里吗？"

　　他说："不，没有钱。"这是一句实话。

　　我从他手上接过画夹，换上一张新纸问，可以为他画张像吗。我的要求有点突然，他默默地看了我一会儿，但还是将敞开的衬衣扯了几下，从下往上，动作迟缓地扣起了纽扣。扣到最上边一颗，才发现纽扣错扣了一个，又重新扯了两下衣服，才抬起头，正视了我一会儿，好像在说："这样行吗？"看着他的动作和表情，我说不出是一种什么样的心情——有点复杂，一时想不出可以描述的词语。唯一确定的是，因为他很认真地对待我提出的要求，让我对他有了某种程度的好感。

　　他坐在我面前一动不动。在我观察他的时候，他那原先一直躲闪的目光也开始停留在我的脸上。他也在观察我，可能在想我这个中国人与其他白人有何不同。同时，我也在想，虽然他的外表给人的印象并不是那么好，容易让人产生各种负面的联想，可是他为什么会这样？先前的问题又回来了。他和他的同伴像是——在大家公认最适宜居住的美丽国度里——一个被遗弃的群体。这背后发生了什么？这样的疑惑，我相信每一个与他们接触过的人都会油然而生，但接下来是不是真的要去弄个明白，那就

第一张原住民画像。

不一定了。而我正是那个想要弄个明白的人，因为他们的生存状态击中了我内心深处的某一个点，实实在在地震撼了我。

这时，有几个原住民围拢过来，嘴里不干不净的，意思是我不能在这里画画。有人推了我一把，还想夺走我的画夹。我有点惊慌和不快，不知如何应付这些人。他们看上去都有些醉意，显得十分凶狠，我只有向查理投去求救的目光。查理和他们用土语叽里咕噜地说了一通，开始对方似乎也不买他的账，但看架势他好像是帮定了我，一个人面对一群人没有一点退让的意思。我听不懂他们说了什么，渐渐地对方的火气似乎小了不少，到后来双方的语气都有所缓和。我不想看到任何意外的事情发生，所以准备起身离开。

突然，一只手掌重重地拍在我的肩上，惊得我几乎从座位上跳起来，刚刚放下的心猛然间又蹦了起来。我以为他要对我动手，心想，赶我出去也用不着这样啊！我有点被激怒了，正想还以一点颜色，只见他把脸凑到我面前，带着满嘴的臭气大声说："你，OK！"他几乎是冲着我号叫，几颗唾沫星子直飞我的脸。没想到他是以这种方式来接受我。我只有无奈地屏住呼吸、皱着眉，任他在我面前放肆。对一个醉汉我还能怎么样呢。

这时，门外也传来一阵激烈的争吵声，我想乘此机会出去看看发生了什么事。查理突然对我说："我明天带些画来给你看。"我答应了一声，匆匆地走出酒吧。（第二天，我还真的又去了酒吧，可是查理却没有出现。）

门外可热闹了，只见一男一女两个人在吵架，男的显然已经喝醉了，手指着女人，满嘴的脏话往外飙。女人也不示弱，粗语脏话不断，土语夹杂着英语，听得我似懂非懂，不过也无非是在发泄自己的愤怒。男的骂骂咧咧，摇摇晃晃朝女人冲过去，女人愤怒地迎上去一把将对方推倒在地。男人试图爬起来，但试了几次竟然没能爬起来，最后索性放弃努力，仰面朝天躺在地上，手指着天空和那女人对骂，引得周围的人大声哄笑，但却不见有人上前劝架。围观的人里也有一些白人，他们和原住民保持着一定的距离，只是站在外围观看。以我后来多年的观察发现，在行为和情感上，白人总是小心翼翼地与原住民保持着这种距离。说到底，他们无法接受这些原住民。

突然，人群闪开一条道，来了一老一少两个人，周围立刻安静下来，大家带着敬畏的目光看着老人。只见老人弓着背，一只手背在身后，另一只手里拿着一根看上去极普通的树棍。后来有人悄悄地告诉我，这不是一根普通的棍子，它代表着一种至高的权力和尊严，是传递信息、与神灵沟通的神器。这话听上去虽然有点玄妙，但是在某个特定状况下握在某个人的手里时，一根看似普通的棍子确实代表着至尊的权威。老人穿着一条短裤，上身是一件红格子衬衣，看上去只是一个很不起眼的老头。但是他的威严不体现在外貌，从他出现的那一刻我就感觉到了：刚才还一副凶相的女人立刻收起了她的脏话，低下头站在一边，虽然脸上还留着一股愤怒的神情；躺在地上的男人嘴里还在含糊不清地说着什么，但手已经垂了下来。老人面无表情，用树棍点着男子的脑门，嘴里咕噜了一句什么，然后转身向镇外的荒漠走去。跟在老人身边的那个原住民少年上前扶起醉汉，踉踉跄跄地跟在老人身后。

手握"神器"的老人给我
留下了深刻的印象，后
来他成为我作品中的一
个形象。

我愣愣地站在那里，看着他们离去的背影，心想："老人会带他去哪里？接下来又会发生什么事呢？"这次震撼的经历再次激发起我愈来愈强烈的好奇心。

＊＊＊

这里气候炎热，一年中的大部分时候，气温都在 40 摄氏度以上。不用走出小镇，可以看到一座平地而起的山，仿佛近在咫尺，这在如此广阔的荒野上也是少见的。生活在小镇上的人，无论是当地居民还是来自世界各地的游客，受到常年炎热的荒漠气候的影响，都不得不放下了都市人的生活习惯，变得随意，甚至不羁。

小镇上的生活很单调，只有酒吧是大家喜欢聚集的地方。在这里，大家可以结交各路朋友，包括漂亮的女孩。那天正是周末，走进酒吧的人愈来愈多。两位金发垂肩、穿着超短裙、无上装的姑娘，晃动着胸前的一对乳房，手托酒盘穿梭在人群中。男士们乐意而又耐心地接受她们近距离的服务，雪白、颤动的大奶子挑逗着一帮大男人的欲望。

大家喝酒、聊天，消暑和歇脚是最好的放松享受。在这里，我结识了两位与我年龄相仿的年轻人，他们中间的一位胡子拉碴，不是肌肉男却很有型，眼神坚定又自信。他热情地对我说："你好，伙计，我叫格雷格（Greg）。"我赶紧握住他伸向我的手，明显感觉到一股劲力传递过来，还没等我介绍自己，他又说："你是画家，对吗？"他的话让我很是吃惊。他说，这里很小，无论发生一点什么事都会引起大家的注意，更何况是一个中国画家整天混在这些原住民中间。

原来是这样啊。我顺势做了自我介绍。我们就这样随意地聊起来。接下来，从交谈中我得知他俩是大学同学，五年前，他们在完成法律专业的学业后来这里度假，但最终因为用完了回墨尔本的路费，不得不留下来打工。不料，格雷格喜欢上这里并找到了一份跟他专业相关的工作，兼做他喜爱的音乐。

我问格雷格为什么不像他的朋友们那样在大城市当律师。他说，除了工作之外，他喜欢音乐，要自由。他厌倦都市生活，受不了那种朝九晚五、按部就班的日子。更重要的是，他有一帮原住民朋友，总有许多有趣的事发生，因而感到更加充实。

格雷格问他的老同学："愿意来这里，接受挑战吗？像我当初一样，你一定会喜欢上这里的生活。"

"也许吧。"大卫欲言又止。

我抬眼瞥去，他好像在犹豫着什么。果然，他把酒杯放下，对格雷格说："我很好奇，你为什么会喜欢这里？"

"生活呀，不一样的生活方式。"

"当然。那又怎样？"

"在这里，你会重新定义自己的人生意义，思考一些你可能从来不会去思考的问题。"格雷格说着，面带兴奋地端起酒杯又大大地喝了一口，"这些都是你生活在城市里不会去想，更不会经历的事。"

这话听起来有些笼统，我真想让他举例说明，可话到嘴边又咽了下去，不想打断他们的对话。我相信，有些道理很容易明白，可真正能够做到的人并不多。

"嗯，也许吧。如果这是你想要的。"

"至少是我想要经历的，没有经历又怎么知道想要什么？"格雷格说，"相信我，哥们儿，经历会让人改变，荒漠是会改变一个人的。"

他的最后这句话让我印象非常深刻——经历和荒漠都会改变一个人。没有经历又怎么知道想要什么？

大卫沉默了。在我看来，许多像大卫这样的人，早在读书的时候就已经看清并安排好了自己未来的人生。良好的教育、令人羡慕的职业、高薪、受人尊敬的社会地位，这些都是精英们引以为傲的标配。如果他们中某些人的基因里还有一点不安分的成分，那么他的野心就会更大一点、想得到更多一点。这一切都还是可以预见的，因为从出生的那一刻起，人生的模板就在他们的面前摆着。

"重要的是，荒漠会改变一个人。我感到充实，每天和我的原住民伙伴们在一起，总有许多有趣的事发生。"格雷格仍然在强调他的想法。

"听说你还组了一个乐队？"

格雷格说："荒漠上的人也需要娱乐，对吧？他们都非常棒，一点不输都市里的那些家伙，而且更有创意。我们把原住民的音乐舞蹈改编之后，变得非常有现代感。明天晚上来看我们的排练，伙计，肯定不会让你失望的。还有你，欢迎你，我的艺术家朋友。"

最后，他没有忘记邀请我去见证他在这里所做出的小小的成就。

我几乎可以想象这帮年轻人弹着吉他，敲着架子鼓，主唱扯着沙哑的嗓音边唱边舞的疯癫样子。他们也许没有经过专业训练，但却可以让他们的观众疯狂，这就够了。除了我所崇拜的迈克尔·杰克逊之外，还有谁敢在荒漠这个大舞台上狂野一把呢。

可惜，第二天因为其他的事，我没能够如愿见证那一时刻。

我们边说边喝着酒，大多情况我是插不上嘴的，只是听他俩说。在他们说话的同时，我重新把酒吧里的人群扫视了一遍，发现虽然大都是白人，但并不都是游客，其中有不少像格雷格这样的人——从他们的衣着、笑貌和言语间很容易就分辨出一股澳大利亚人特有的"土味"。或许，我可以简单地将荒漠小镇上的白人划分为两种人：一种是因为对历史、文化的寻求，不远千里来体验荒漠的风土人情的人；一种是因为对历史、文化的责任，放弃现有的都市优裕生活来接近、帮助原住民的人。

不一会儿工夫，我的眼前一团白影晃过，吧女收走了高台上的两只空杯子，这已经是第二次了。格雷格吩咐吧女再上两杯，他说他要让哥们儿喝个痛快。他问我要不要也再来一杯，我婉拒了。我喜欢喝酒，尤其是在如此炎热的气候下，但喝得不多。格雷格丢了两张事先准备好的票子在吧女的托盘上，又从钱夹子里抽出一张塞进吧女超短裙的腰带里，那里已经挂着好几张客人给的小费。吧女开心地嘟起小红嘴，象征性地在他的脸上亲了一口，然后少不了说几句调情的话。在吧女转身的那一刻，我突然改变了主意，叫住了吧女，也往托盘上丢了一张票子。能够如此无所顾忌地醉在大漠上，对人性做个彻底的松绑，何尝不是一件痛快至极的事呢！

澳大利亚的酒吧文化是旅游者不可错过的，在我看来，它是了解当地文化风情的最佳场所之一。

大卫对格雷格说："因为你喜欢他们，所以你会选择性地告诉我这些。坦白地说，我对这些人没有多少好感。你看他们，不工作，整日吃政府救济金，用我们纳税人的钱喝酒闹事，给社会带来不安定因素。"他的这一番话说明，他还没有从刚才的话题里走出来，真是够执着的。这也是我第一次听到有人如此直白地在公共场所表述这样的观点。酒，还真的能够消除人的顾忌，让人说出在清醒之时不会说出的话。我吃惊地望向他，原来白皙的脸早已经红到了脖子以下，说话的语气和神情也没有了开始的斯文。我心想，这些白人酗酒的程度不会输于任何人。但是这个社会对不同种族的评判标准总是那么不一样，长期积留下来的偏见和不公似乎到处可见。后来我发现，当许多原住民身处白人的社会时，很容易产生一种失落感，为了得到解脱，他们传染上了一种"文明病"——酗酒。它就像瘟疫一般在原住民中间传播，更加可怕的是，人们还没有找到治疗这种"瘟疫"的办法。

格雷格说："我们也喝酒，你今晚可能就会喝醉，类似这样醉酒的事发生在任何人身上都不是一件光彩的事情，无论是原住民还是其他人，或者是我们的这位中国画家朋友。过分地强调和放大其负面因素，有失公平。尊重，客观，抱有同情心地对待他们才是我们应有的态度，任何偏见只能证明我们的自大和傲慢。你说呢？你还要看到这个民族的发展过程和他们灿烂的民族文化，以及先前的白人给他们带来的各种灾难。"

此作品创作于 1990 年，是我最早期的作品之一，签名还保留着中文和印章。后来我的签名改用了名字的汉语拼音。

　　我对面的两个男人喝到兴致高昂。大卫说："他们所谓的灿烂文化，我能看到的就只是千篇一律的图案点画而已。我总觉得，他们还处于原始落后的生活状态，与现代文明相距甚远。"

　　"如果像你所说的，那么，为什么会如此呢？"我脱口而出。

　　两道目光同时唰地向我投来，我可以感受到目光里夹杂着疑惑和惊讶。没人回答我的问题，两人都目光低垂，似乎都陷入了沉思。

　　这确实不是一个容易回答的问题。后来我读过一本由理查德·内尔（Richard Nile）主编的《澳大利亚文明》（*Australian Civilisation*），在书中的序言里有这么一段话："为什么澳大利亚原住民摒弃欧洲文明？——原住民拒绝服从，实际上是对白人占领这块土地的反抗。"这也就是在失去土地和文化之前的另一种形式的挣扎和反抗。作者认为，澳大利亚直到 18 世纪最后 25 年才开始了它的文明史，而澳大利亚原住民创造的历史已经有几万年。

今天，原住民仍然在为争取他们的权利和社会地位而抗争。

"你同情他们？"我说。

"他们不需要同情。"格雷格说。

"你想帮助他们。"

"除了帮助，他们更需要理解和尊重。不过我也很好奇，你又是为了什么对他们感兴趣呢？他们的外貌更入你的画？"格雷格偏着头，有点咄咄逼人地问我。

"嗯，我无法否认被他们的形象折射出的震撼力所吸引。从他们的行为举止和饱经沧桑的脸上，我似乎看到了许多不一般的经历和故事。嗯……"我用手捋了捋长发，极力在我所掌握的有限的英语里寻找可以表达我的意思的词汇。

为了不让我尴尬，他又说："好吧，伙计，不管是什么原因，看上去大家已经接受了你，真的不容易。"说完，他端起酒杯向我伸过来。

"难道他们不容易接近吗？"我问。

"你觉得呢？相信你也发现了小镇上的异样气氛。"他的话验证了我并不是唯一有此感觉的人，虽然我只是初来乍到。

话说到此，他似乎也有顾虑，不想再继续这个话题，最后对我说："看你对这些原住民这么感兴趣，你应该去阿纳姆的丛林。那里生活着一个传统原住民文化保留完好的群体。"

"它在哪里？你可以告诉我怎么去吗？"

"哦，很远很远，你是想走过去吗？"

"我不知道，真有那么远吗？"

"也许你可以试试，"他在说这话时一脸的坏笑，"听说过达尔文吗？离它不远了，开车只要一天。"

哦，这么远啊。我听说过达尔文这个城市，在澳大利亚的最北端，它也是下一站我想去的地方。

"好的，我记住了。"我说。

"不过，能不能进得去要看你的运气啦。我也没有去过，只是听说很难进得去。"他说着再次向我伸出手，"无论如何，还是真诚地祝你好运，伙计。"

冲着格雷格的这句话，第二天我就找到了当地原住民土地管理委员会寻求帮助。我在那里见到了鲍勃（Bob），一位留着一把大胡子的高个子澳大利亚年轻人。一见面，他就热情地握着我的手说："大家都在传，说镇上来了一位中国画家，打听有关原住民的事。"

真的吗？看来格雷格说得没错。我，一个中国画家竟然也会引起大家的关注，心里不禁泛起一丝得意。我向鲍勃介绍了我的背景，并告诉他找他的目的是希望了解更多有关原住民的情况，并通过他认识一些当地的原住民，比如长老之类的人。他看着我，认真地听我说完，表情里似乎带着那么一丝疑惑——澳大利亚的原住民跟你这个中国人有何关系？

听完我的介绍和愿望，鲍勃并没有向我提出任何问题，好像他心中早已有了答案，所以只简单地告诉我明天再来，他要带我去一个地方。看来答案都在那个地方了。我走过去，非常感激地给了他一个拥抱，这个举动让他微微地愣了一下，因为这不是东方人的习惯。但愿没有吓着他，哈哈。

第二天，鲍勃带我来到镇外的一个地方。没想到，在这里我看到了更加令人震惊的一幕。

这是一条行将干涸的河道，河面大约有 20 米宽。如此宽的河面，说明原来这里的水量很充足，但现在河床上只能看到一米来宽的一条水沟，还有瓶瓶罐罐、脏衣服等生活垃圾。我当时感到有点奇怪，干旱的荒漠上居然也有河流。河岸上长满了杂草和稀稀拉拉的小树。我们不是要去原住民居住的地方吗，为什么把我带到这里来？我将疑惑不解的目光转向了鲍勃。他站在草丛里并不搭理我，只是对着几棵小树的方向，轻声地喊了几句我听不懂的土语。我愈加觉得奇怪，他在玩什么把戏啊，喊谁呢？我一脸茫然地瞧着他，心想，如果这是在黑夜，我一定会拔腿就跑。鲍勃又喊了几声，才听见草丛里有了动静，好像有人哼了一声。我立刻警惕起来，朝着声音的方向仔细看去——在几棵小树之间好像有一些树枝、树叶是被重新架上去的，看起来像是一个棚子，隐约可以看见两个塑料袋挂在树枝上。过了一会儿，又听到有人咳嗽，同时从树丛里站起来一个人，虽然我早有心理准备，但还是有些紧张。他一边揉着眼睛，一边向我们走过来，嘴里含含糊糊地不知道在说些什么，可能在责怪我们吵醒了他。

鲍勃为我们做了介绍。他在介绍原住民的名字时说的是土语，这是我第一次听到原住民的名字，觉得既陌生又自然。一开始，我对土语还非常陌生，所以没有记住他的名字。不过，他还有一个英文名字，叫亨利（Henry）。后来我发现，所有的原住民，无论男女老少都有英文名字，那是白人给他们起的，以便于记忆。这种现象同样也发生在初来澳大利亚的中国留学生身上，在课堂上老师要做的第一件事就是为每个学生起个英文名字。人的姓名是父母给的，为什么要为了某些人的方便和习惯而改名呢？

鲍勃对亨利说我就是昨天跟他提到的中国画家。我伸出手和他握了握。他的手很有肉感，软软的，握上去不是那么有力，像只女人的手，但感觉还是挺温暖的。他冲着鲍勃嘀咕了几声，转身走进草丛。过了一会儿，那边传来"哗哗"撒尿的响声。

我趁机打量了一下树棚，只见有一块张开的塑料布挂在小树之间，地上有一块毛毯和几件脏衣服，旁边还有几个空饮料瓶和一堆垃圾。如此简陋，简陋得难以置信。我把目光转向鲍勃，他瞧见我一脸的惊讶，只是耸了耸肩，撇了一下嘴，什么也没有说。是啊，我什么都看见了，还需要说什么呢。我只有在心里叹息着。

突然，附近又传出咳嗽声，紧接着是吐痰声、小声说话声，竟然又有几个人头从草丛里冒出来，他们向周围张望一圈又缩了回去。原来这里还住着不少人啊！我当时就被这一发现弄蒙了。不一会儿，有人从草丛里走出来。"早啊。"我轻声地向他们打招呼，可是没人理我。他们在经过我身边的时候，尽可能地避开我。很快，从草丛中现身的人越来越多，有男有女，大家三三两两、无声无息地朝小镇的方向走去。温柔的阳光迎面照在大家的身上，留下了一个个阴影。在他们中间，我又看见了那位穿着红格子衬

1988 年第一次环澳旅行，艾丽斯泉小镇，就此与原住民结缘。

衣的老人，弓着背，走在人群的最后，一只背在身后的手里握着那根被视为可以与神灵沟通的神器——树棍。又是背影，而且是一群人的背影，我若有所思，想起第一次在小镇上见到的那个向我伸手要拍照钱的原住民，以及他离去时就给我留下的印象深刻的背影。他们的容貌仿佛显现在他们的背影上，一个个带着奇怪的眼神看着我，看着这个世界。

我尾随着他们的背影，一同走向小镇。新的一天又从这里开始了。

篝火，闪烁着一丝微微的火苗，不再散发任何的热量。马利嘎和乌拉早已经睡下了。夜变得更加深沉，就像一团浓浓的雾将我包裹着，不由让人的心里产生一种被人拥抱着的安全感。我拣起身边的两根树枝丢进篝火，发出"啪啪"的响声，火苗又重新蹿了起来。寂静的黑夜里多了一阵阵我熟悉的爵声。

太多的记忆。许多年前发生的事，一幕幕地又出现在我的眼前。

3. 迷失在荒漠上

爱丽斯泉小镇的游客都是冲着乌鲁鲁来的，从这里需要乘坐大巴去膜拜这块举世瞩目的大红石头。

背包客栈老板随意指了一个方向对我说"噢，不远，就在那里"，而我这个缺乏澳大利亚旅行经验的菜鸟也就信以为真了。但即便如此，对于一个囊中羞涩的穷画家来说，无论旅途远近都是需要精打细算的，所以我开始考虑搭顺风车。经过一番打听，竟然真被我找到了。车主是与我同住一间房的两位年轻姑娘。客栈老板为了吸引游客，特别提供了男女混住的房间，每个房间有两个上下铺的床，一共可以住4个人。这两个姑娘正好也在寻找搭便车的人一起分担油费，所以我们很容易就达成了协议。这两个分别来自德国和法国、充满激情与活力的女孩子也是在旅途中相识的，后来共同买了一辆二手车结伴旅行。这种玩法自由、省钱，也很浪漫，适合情侣。听说她们都是休学一年的大学生，计划用6个月的时间把澳大利亚玩个遍，剩下的时间还想去东南亚的几个国家游玩。

在车上我们聊得很愉快。她们问我为什么来澳大利亚，我说我是个画家，来这里办画展。

"然后呢？"

"然后，我想在回中国之前做一次环澳旅行，画一些新的作品。"

话说得甚是随意，但我心里明白，这也许是我见识西方世界的唯一一次机会。与当时留学澳大利亚的中国留学生的想法有点不同的是，最初我并没有将永居澳大利亚作为改变人生的目标。其实内心并不是不想，而是觉得幸运之神不会再次降临于我。

1976 年 9 月 9 日，随着毛泽东的去世，长达 10 年的"文化大革命"结束了。大家从沉闷的政治氛围中慢慢地苏醒过来，然后又从微微打开的国门向外张望，希望看看外面的世界到底是什么样的。先是亲属在国外的人纷纷带着一颗受伤的心出走了，也有胆大的在既无关系也无经济基础的情况下，奋不顾身地出去闯天下。有人采用互助的方式，几个人筹钱先供其中一个人假借留学之名出国，这个人在国外必须玩命地打工，在短时间内攒下供第二个人出国的学费，以此类推，直到最后一个人离开中国。当时，这股出国留学潮风靡了全中国。他们传回去的信息都是正面的，主要是说国外的钱如何如何好挣，即便辛苦一点，与当时中国的情况相比也值得。结果大批的中国人以留学为名拥向了美国、加拿大、日本和澳大利亚。这批人集中在 20 世纪 80 年代末至 90 年代初来到澳大利亚，人数大约 4 万。回顾历史，澳大利亚华人的历史应该远超过两百年。史料记载，从 18 世纪开始，就有华人随印度尼西亚的望加锡人来到澳大利亚北部的海岸捕捞海参，他们应该是最早来到澳大利亚的劳工。有关这段历史，后来我做过一些研究，并策划了一个题为《海参：华人、望加锡人、澳大利亚土著人的故事》的展览。随后，少量的华人出于各种原因陆续移居澳大利亚。直到 19 世纪 50 年代初，澳大利亚的淘金热吸引了大批的华人劳工，在短短的两年里，人数竟然达到了 3 万。历史上的这两次华人移民潮有着惊人的相似之处，人们都是为了摆脱贫困而背井离乡。而对于新时代的"淘金者"们来说，除了想着拼命挣钱之外，另一个目的就是不惜一切代价争取拿到澳大利亚永久居留权，为自己，更为下一代彻底摆脱贫困、换一种活法。我也是这股出国潮中的一员，虽然途径不同。

"你的画展是在墨尔本，对吗？你对那个城市印象如何？"德国姑娘问我。

"很美，但是见不到人。"我想说，墨尔本没有一点我想象中的西方世界的样子。在我的认知里，资本主义社会的人一定是住着高楼大厦，过着灯红酒绿的生活。但是以我当时的英语水平，还无法清楚、完整地表达我想要说的意思。

"真的吗，还是因为你来自一个人口大国的缘故？"德国姑娘说她没有去过中国，但听说那里的人多到不可思议，每天早晨的上班时间，路上骑自行车的人密密麻麻，一群一群的，少有汽车。她的同伴法国姑娘说，太棒了，她就喜欢那样一种没有高度现代化的生活环境。她说她想要去看看，对于她来说，那里有太多谜一样的故事，要解开这些谜，就要走进谜团里去。她的同伴瞅了她一眼，咧嘴一笑说："任何与中国有关的东西，你都感兴趣。"我好奇地望向她俩，"因为她曾经有过一个中国男朋友。"显然，后面一句话，德国姑娘是冲着我说的。然后，她们两个人热烈讨论起来，中间还时不时地夹杂着我听不懂的法语。这应该是我第一次聆听两个年轻貌美的姑娘用法语交谈，在我听来，每一句话都带着美妙动听的节奏。那一刻，一个念头在我头脑里闪过——我要去法国、德国，还有其他欧洲国家。这对于第一次从中国走出来的我来说，无疑是一个大胆的幻想。

我们的车正飞驰在通往乌鲁鲁方向的荒漠上，与第一次坐在大巴上看大漠相比，我开始有了新的感受。这片未经开耕、平坦、广阔的大地上，仿佛散发着一种巨大的能量。它不仅来自大自然本身，还来自繁衍扎根于这片土地的民族，后者赋予了这片土地更加强大的生命力。

法国姑娘说她非常喜欢那些具有原住民特色的点画。她跟许多人一样说不出好在哪里，但就是喜欢，尤其是喜欢那些色彩——"太棒了！"我问她，这么喜欢为什么不收藏一幅呢，毕竟澳大利亚离欧洲太远，不知道未来是不是还有机会再来。她肯定地点点头。"但是，"她说，"看到小镇上到处都是这样的点画时候，又有些犹豫了。"

她问我，应该将其视为旅游商品购买，还是视为艺术品购买收藏呢？标准不同，预算也会不一样。

在夕阳下拍摄的这片土
地，充满了神秘感。

"昨天我看到一幅特喜欢的作品，可惜要价太高。500 澳元，我买不起。"她边说边伸出手向我比画着。

我心想，你还有收藏的想法，我连想都不敢想。

她接着又说："画家其实是挺可怜的。"

因为她凑巧看到画廊老板当时只用了一张黄票子（50 澳元）就收购了那张画。我和德国姑娘都有点不敢相信，也许她看见的只是定金。

"起初我也这么认为，后来我在街上又遇见那位画家，确认那是一锤子买卖。"

听她这么说，我们都没再说什么。汽车里突然显得有些沉闷，只有从车窗外传来的强劲风声。

"这种事只会发生在原住民画家身上吗？"当我问出这个问题的时候，法国姑娘说这也正是她在想的问题。当时我对个中关系还不懂，后来经历多了，发现这种现象非常普遍，尤其在对待原住民画家时。画家与画廊的博弈就是看谁更需要谁，画家有求于画廊销售其作品的时候，画家就要听从画廊开出的条件；反之，画廊在面对大画家的时候，又要迁就画家的要求。双方的关系从来就没有公平过。

没想到我们的闲聊开始变得认真起来。接下来，德国姑娘所说的一件事把我们带进了一个严肃的话题。两天前的一个早晨，她出去晨跑，在经过一段小路的时候发现有一对中年男女牵着手并排走在她的前面。路面狭窄，边上都是垃圾和很高的杂草，恰巧，又有一个原住民背着双手迎面走过来。很明显，如果这对男女不让开的话，对面的人就要走进草丛。德国姑娘说她放慢了小跑的脚步，想看看将会发生什么。双方已经走得很近了，但是丝毫看不出这对男女有让开的意思。这时，只见对面的原住民向外跨出一步，闪身踏进草丛里，低着头，依旧背着手，静静地立在那里。这对男女旁若无人地从他眼前走过。说到最后，德国姑娘突然提高了语调说："你们不会相信接下来我看到了什么。那对男女走出去三五米远之后，扭头相视一笑。

原住民绘画，伊丽莎白·邓恩作，84×100 cm，2015 年。

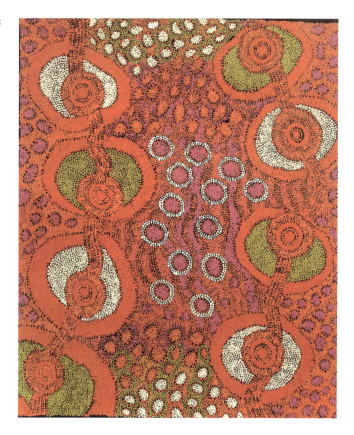

原住民绘画，穆卡伊·贝克作，68×100 cm，2015 年。

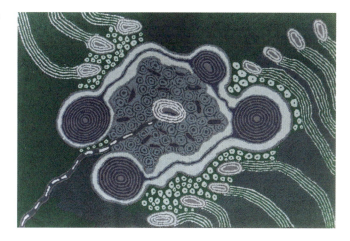

那个表情啊，真让我恶心。"

听了她这段描述，我真不知道应该说些什么好。想想过去那么多天我在小镇上的所见所闻，让我这个从完全不同的生活环境和教育背景里走出来的外来者愈加困惑。原来这个世界这么复杂，即使在如此美好、令人向往的社会里，人与人之间的关系也是这么不平等。之后再想想，只能说明当时的我是多么无知。这样的无知让当时的我产生了很大的挫败感。

没有人说话，汽车里突然显得有些沉闷。

德国姑娘突然回过头来问我："嘿，你看上去挺随和的，要不要入伙？"

显然她是想换一个轻松点的话题。说完，她俩对视了一眼，脸上都露出意味深长的笑容。入什么伙？被她问得有点迷惑，瞅着她俩的表情，我忽然明白了什么："真的吗？那可正是我所希望的哦。"从我们同住一屋起，我的心里就不曾平静过。听我这么一说，她们都笑了，车里又恢复了原来轻松的气氛。

聊着聊着，我开始感到有些头晕，后悔刚才在聊天的时候随手翻了几页最近画的速写。我把目光移向窗外，远处的地平线上终于出现了一块巨石，也许是因为周围实在是太空旷了，它看上去显得十分孤单。那应该就是乌鲁鲁了。

汽车飞快地朝着目标方向驶去，笔直的道路上几乎看不见其他车辆。我抿着嘴，强压胃里的翻江倒海，默念着："很快就会到了。"但是，最终我还是忍不住说："可以停车吗？"

法国姑娘回头问我："怎么了？"话音刚落，她又追问了一句，"发生了什么？你看上去很不好。"她脸上的表情瞬间变得紧张起来，一定是我煞白的脸色和痛苦的样子吓到了她。

"晕车。"我无力地说。

正在开车的德国姑娘赶紧将车停靠路边，下了车我便是一阵狂吐。她们中的一个递给我一瓶水，一只手轻轻地拍着我的背。这份来自女性的安抚减少了我稍许的痛苦。

"对不起。"我说。

"哦，不、不。我们可以在这里休息一会儿，不着急，对吧？"她俩相互说道。

"当然，如果需要的话，我们就在这里过夜。"都这个时候了，德国姑娘也没忘了开个玩笑。我想说，那我可就要一直假装难受下去啦。其实，在澳大利亚的荒漠上过夜是一件非常危险的事，随时可能受到野狗之类动物的袭击，还有毒蛇。

吐完了，我感觉好了许多，告诉她俩可以走了。可是万万没有想到的是，车子竟然点不着火了，这让大家郁闷得不知该怎么办。德国姑娘仰望着天，在胸前划了一个十字："哦，别这样，我的上帝啊。"这边刚说完，转脸就对着车轮狠狠地踢了两脚，用德语连连爆粗口。可想而知，她当时的心情有多么糟糕。她一定意识到了，汽车在荒漠上抛锚将意味着什么。看她生气的样子，我有些愧疚，因为我的缘故，造成这样一个状况。我们只好眼巴巴地等待过路车搭救。从我们出发时算起，已经过去了3个多小时，一辆路过的车都没有看到过。

太阳火辣辣地照在我们身上，气温至少在45摄氏度以上，在这样的气温下等待救援的滋味并不好受。德国姑娘说，也许要彻底向这辆车说拜拜了。

"为什么？这里离乌鲁鲁不远，回头可以找人把它拉过去。"法国姑娘说。

"噢，是吗？可是不知道下一次还会发生什么故障，会在哪里发生。"

法国姑娘看着车，没有再说话，显然她舍不得丢弃它，无论怎么说，它也跟着她们跑了半个澳大利亚。

我们打开车门，靠在座位上，也无心聊天，相信都在想同一个问题："接下来应该怎么办？"即使有过路车，也未必愿意带我们离开这里，那时该怎么办？时间一点点地过去，开始我还会想一想过去那么多天我在小镇上的所见所闻，渐渐地，我迷迷糊糊地闭上了眼睛，毕竟晕车的难受劲儿还没有完全过去。我尽量让自己心态平和，不去想那些烦心的事。

　　这一闭眼，我竟打起了盹儿，如果不是德国姑娘的一声喊叫，我会好好地睡一觉。

　　"嘿，那是什么？"德国姑娘发现爱丽斯泉方向有一个黑点在逐渐放大，"感谢上帝，我知道你不会丢下我们，不会让我们在炎热的气温下备受煎熬。"这个时候的她又想到了上帝。

　　我发现，不管发生了什么，眼前这位活泼可爱的德国姑娘总是不失幽默。她重复念叨着感谢上帝，结果上帝真的派遣了使者来帮助我们。但上帝又不让我们有个完美的结局，因为对面开来的车上是一对老夫妻，不懂修车，而且两辆车上都没有备拖车绳。老夫妻爽快地答应带我们一程，但对方车上只能再塞进两个人加上一些背包行李。最终，我们商量的结果当然是两位姑娘先走，我再等下一辆过路车。已经能够看到乌鲁鲁了，我心想，应该不会太远，大不了走过去。然而，回头再想后来所发生的一切，这一切简直就是天意，冥冥之中有一股神奇力量将我引向一条崎岖的不归之路。

　　"我们在乌鲁鲁等你。"法国姑娘抱着我说。

　　"好的，一定。"我说。短暂的相处，就这么别过，我在那一刻突然冒出一丝不舍的感觉，尤其对眼前的法国姑娘，她的名字叫卡米尔（Camille）。愉快的时光哪怕再短暂，也会让人留恋。如果不是就此一别，还真难说我们之间会发生点什么。

　　汽车启动了，缓慢地继续上路。德国姑娘将头伸出车窗对我喊道："晚上请你喝酒哦！"汽车逐渐远去，两边的车窗分别伸出了两只翘着拇指的漂亮小手。我会心地笑了，背起背包，同样伸出竖起拇指的手，向着乌鲁鲁的方向走去。

　　放眼望去，周围十分荒芜，野草在热浪中微微地摆动，没有树荫，到处都是蚂蚁堆积出的一米多高的蚁冢和一丛丛灌木。烈日无情地蒸发万物，包括我身体里的水分，感觉是迎着炽热的气流行走。我宁可走慢一点，也不想坐在烈日下等待。

　　周围的景色说不上迷人，也许汽车行驶的路线周围都是如此无趣，如果走不同的道路，比如抄小路，也许会不一样。这么想

荒漠上的一块大石头——乌鲁鲁。

着，脚下的步子不自觉地偏离了公路。这时头脑里又开始回放几天来在爱丽斯泉小镇发生的事情，挥之不去，但是转念一想，这一切跟我又有什么关系呢？我只是一个暂时停留在澳大利亚的中国画家，三个月之后，当我离开这里，一切都会留在我的身后，成为过去。可是，我总觉得内心深处被一个无法言语的东西触动了，这样的触动在我的过去不曾有过，一旦被触动了，它便永远地留在心里。

道路变得漫长而无尽，太阳在悄悄地西下，旷野由一片焦黄转入橙红，温暖的色彩把它烘托得像一幅风景油画。霞光映照着透明的天空，在云彩上折射出各种不同的景象，宛如海市蜃楼。景象在缓慢地变动，如果不是细致地观察，都不易察觉它们的变化。出于画家的习惯，我将这些飘移变换的景观在脑中重新构图、组合、取舍，勾画出一幅幅画面。自抵达澳大利亚以来的一个多月里，我一直在细心地观察和寻找我想表现的主题、对象。辽阔的原野，在黄昏的辉映下展示出它的博大宏伟和顽强不屈，令我无比感叹和激动。这份激动将会是我创作灵感的来源，并且能够催生更多的想象力。片刻之间，一幅色彩厚重而又纯净的画面出现在了我的头脑里。

就这样，我边走边想。也许是胡思乱想太耗精力，头开始隐隐作痛，皮肤干燥发烫，一股莫名其妙的烦躁突然涌上心头。我打开只剩半瓶水的瓶子，向嘴里倒了一口，然后含着，让水缓慢地从咽喉流下去；再后来，我只是让早已干裂的双唇沾一沾水，不敢再喝上一口，因为我不知道前面还有多少路要走。乌鲁鲁看上去近在眼前，但是走了好一会儿也没有真正地靠近它。我开始盘算，如果天黑之前走不到乌鲁鲁怎么办？环视周围，似乎没有其他选择，只有在荒野上过夜了。想到将会有一个漫长而又无助的夜晚等着我，我开始觉得又饿又渴、心慌无力。我从来没有过这样的经历，真的不敢想象接下来会发生什么。

正当我焦虑不安的时候，远处灌木丛里突然发出一阵"沙沙"的声音，我原本就脆弱的神经一下子绷得更紧了。我屏住呼吸，眼睛死死地盯着发出声音的方向，以防再出现什么异动。长时间保持这种紧绷着神经的状态几乎让我崩溃，但什么也没有发生，我继续向前走。突然，"沙沙"的声音又出现了。这一次我集中精力，瞪着眼睛扫视四周，终于发现一只足有一米多长的蜥蜴隐藏在草丛里。我本能地蹲下身子，捡起一块土块。我从没见过这么大的蜥蜴，不知道它是否会伤人。过了好半天，那只蜥蜴仍然纹丝不动。我甚至怀疑自己看错了，慢慢地移动脚下的步子向它靠近，离它还有四五步之距时，蜥蜴终于察觉到了什么，抬起头盯着我，仿佛静待我的下一个动作。我们僵持了十几秒，它突然向草丛里窜去。据说，蜥蜴有一种敏感的嗅觉，可以闻到十米之外的人的气味。它们可能会坦然地躺在路中央，让汽车绕着它们走，但是人却很难接近。我赶紧追过去，蜥蜴却早已没有了踪影。蜥蜴是褐黄色的，与土地的颜色接近，有时不易区分。我仔细搜寻，一时忘记了口渴和疲劳。又找了一会儿，还是一无所获，只有一种带有锯齿的杂草在我的腿上和手上留下了几道血痕。

天色渐入黄昏，阳光也不再像中午那样烤得人疲惫不堪，微暖的风吹得野草晃晃悠悠，也吹去了我身上的暑气。周围安静极了，只有自己节奏匀称的脚步声。但我意识到，这样走下去，天黑之前肯定走不到乌鲁鲁，而我离开公路也很远了。我不敢再犹豫，加快步子，几乎是在奔跑，由于紧张的缘故双腿开始微微颤抖。跑出去好一段路，我停下来喘口气。奇怪的是，我一停下来，那个"沙沙"的声音就又出现了。天哪，难道又是那只可恨的蜥蜴吗？除此之外我根本想不到还有什么会出现在荒野上。但是很快，我的直觉告诉我，不对，有什么东西在侧后方。我猛地转过身，朝着声音来处望去，只见灌木丛后有三个黑脸蛋。那一刻，我即惊讶又害怕，不知应该如何是好。我向他们的身后和周围望去，没有发现其他异样。慢慢地，草丛后走出三个孩子。我们打量着对方，都没有说话。如果不是之前在爱丽斯泉小镇就见过原住民，突然在荒无人烟的地方遇见这样几个孩子，无法想象我会做出什么样的举动。而他们又是在我迷路时突然出现的，我不得不暗暗地在心里感慨："太不可思议了！"

这三个光着膀子的孩子，看上去只有六七岁的样子，其中一个略大一点，手里拿着棍子。不知是因为我的紧张，还是因为他们第一次见到我这种不该出现在这个地方的陌生人，双方都摆出严肃的表情。那一双双在小小的黑脸蛋上流露警惕眼神的圆圆的大眼睛，尤其令我印象深刻。

"嘿。"他们中的一个跟我打招呼。

"嘿。"我也轻轻地回了一句，抬手摆了摆。

然后，又是一阵沉默。

"你在这里做什么？"

"我迷路了。"

"哦，怎么会呢？"孩子的脸上流露出一抹淡淡的笑意。他们相互交换了眼神，一个孩子竟然笑出了声，他的笑声立刻化解了我们之间的紧张和尴尬，也许他们早就料到我要说什么了。

"迷路了，但是你可以跟着你的脚印往回走呀。"

"脚印？"我下意识地在周围查看，什么也没看到。

"哦，没关系。"对方似乎突然意识到什么，摆了摆手问，"你想去哪里？"

"那里。"我指着远处隐约可见的略呈紫色的大石头。

大孩子侧头瞥了一眼，显得漫不经心的样子，又问："你叫什么名字？"

我报上名字。

几个孩子没有再问话，相互用土语商量了几句。说话的工夫，他们已经走到我的面前。

"你叫什么名字？"我问。

"吉斯顿（Justin），"那个大一点的孩子说，然后指着另一个男孩，"他是山迪（Sandy）。"但他没有提到另一位有着一头卷发的男孩的名字，只说了一句"卷毛小家伙"。卷毛小家伙看起来比他的同伴更加瘦小，但是我猜想，也许他的实际年龄比看起来大一些。不过，这些容不得我细想，当务之急还是想想怎么走出去。

"你们怎么会在这里？"我问。话一出口，我就有点后悔，这里本来就应该是他们的地盘。

没人回答我。那个大一点的叫吉斯顿的孩子反问我："有火吗？"我在身上摸了几把，一时没有找到打火机。他愣了一下，似乎很奇怪我这个闯大漠的人会没有火种，然后转头对他的同伴又说了几句土语，三人开始分头行动。

不一会儿，吉斯顿竟然拖着回来一只蜥蜴。不会就是那只将我引到这里来的蜥蜴吧？看我一脸吃惊的样子，吉斯顿说，他们出来玩，结果发现了陌生人的脚印，跟着这些足迹，他们找到了这里，路上还意外逮到了这只蜥蜴。

"足迹？"我露出怀疑的神情，这已经是他第二次提到"足迹"这个词了。我不由得在地上搜寻，还是什么也没有发现。

"如果你是一个大漠人，就会懂啦。"吉斯顿摆了摆手，做出一副"不想跟你多说，说了你也不会明白"的样子。多年之后，我从原住民画家杰米·派克那里学到了这样的本领，不但可以分辨出人的脚印，而且还可以辨认出各种动物留下的痕迹。

卷毛小家伙拾回一堆树枝。

吉斯顿在草丛里抓来一把干草反复揉了揉，揉成了一团放在一块石头上，又从身上摸出一把小刀，捡起身边两根树棍中的一根，在它的侧面挖了一个洞，放在干草堆上。他让我压住干草堆上的树棍的两头，然后把另一根一端被削尖的树棍插进洞里，掌心相合，来回搓着掌心里的树棍。这有点像中国古代的钻木取火的方法。没想到在20世纪末的澳大利亚荒野上，我亲自见证了如此原始的钻木取火。"我们也不常用这种方法取火。"吉斯顿边搓树棍边解释，他似乎看出了我的心思。眼见他搓得越来越快，开始闻到一点焦味，接着一丝青烟从草堆里冒出来。卷毛小家伙赶紧趴下，伸过头来对着草堆轻轻地吹着气。青烟更浓了，接着是"啪啪"几声，一团火苗从松软的草堆里蹿了出来。

后来，我还从其他原住民那里听说了一段关于钻木取火的澳大利亚传说：很久以前，在一个部落生活着两兄弟，他们带着取火棒和长矛出门远行。一天，他们来到一条河边，闻到一股腐肉臭味，发现挂在树上的几只袋鼠的肉已开始慢慢变质了。哥哥说："如果不把这些袋鼠的肉烧熟就不能吃，再说，这几只袋鼠的主人回来一定会很饿，我们可以先把它们烧熟了，等主人回来享用。"弟弟同意哥哥的说法，兄弟俩动手生了两堆火，分别将袋鼠放在火上烤。后来，居住在这里的主人带着一群儿女回来，看见两兄弟如此热心地为大家烤肉，大为感动。为了报答他们的好意，主人送给兄弟俩每人一个姑娘。

弟弟问哥哥："我们该怎么办？"

哥哥说："你现在就可以得到这个姑娘。"

"可是天还这么亮，我不可以当着主人的面与姑娘做那事儿呀。"弟弟害羞地说。

"不用担心，一切都会随你所愿的！"哥哥说。

姑娘一分开双腿，黑暗突然从那里蔓延开来，很快笼罩了周围的一切，同时伴随着雷鸣、闪电。其他的人惊恐地叫喊："发生了什么事？！为什么天会突然黑了？！"大家纷纷躲到树后，抱成一团，不敢抬头。过了一会儿，兄弟俩和姑娘的美事做完，天空也随即亮起来，阳光比原先更加灿烂。这时，弟弟将手里的取火棒递给主人，并教会大家如何取火。说着，弟弟开始演示给大家看，不一会儿，就见一股清烟从松软的干草里冒出来，他又迅猛地搓了几下，并吹出长长的一口气，"嘭"地一下，火焰蹿了起来。从此，大家不再吃生肉了，而且在夜晚总是生一堆篝火取暖。两根取火棒，分别是子棒和母棒，竖着的一根为子棒，象征着男性，底下的一根为母棒。至今，原住民依然相信，虽然有许多种树木的树枝可以用来制作取火棒，但最好的是"鸳鸯树"，它的树枝更容易擦出火来。

这时，只见山迪双手拎起蜥蜴的尾巴，将其丢进火里。眼看着蜥蜴被火舌舔过之后呈现出焦黑色，吉斯顿用树棍把蜥蜴翻了一个身。卷毛小家伙丢了几根树枝上去，火苗"噼噼啪啪"蹿得老高。吉斯顿又把蜥蜴从火堆中拖出来，将手里的刀对准蜥蜴的脖子狠狠地插下去，用力往下拉了一条很深的口子，把内脏掏出来，然后又把它扔进火里。看样子他们想在这里现烤现吃。出于好奇，我倒是很想尝一尝蜥蜴肉的滋味，但心里却更惦记着怎么走出大漠。

"要烤很久吗？"

"急什么？跟着我们，你是安全的。"听孩子们的口气，他们不会丢下我不管。

在孩子们忙活的时候，我习惯性地摸出速写本，开始画他们，可心里还是没有放下焦虑和担心。

"哎，看！"卷毛小家伙不知什么时候转到我的身后大叫一声，吓得我抱着速写本几乎从地上蹦起来。

山迪趁我不注意突然从背后伸手夺去了速写本，递给吉斯顿。吉斯顿用他刚才掏过蜥蜴五脏的手接过本子，捧到面前足足看了半分钟，还将本子转了一个方向又看了一会儿，突然发出"嘿、嘿"两声怪笑，然后指着卷毛小家伙说："画他。"

"对，画他，画他。"山迪也跟着起哄。

"不，不。"卷毛小家伙还想反抗，却被山迪一把抓住。小家伙扭着脖子拼命挣扎，不肯就范。吉斯顿也过来帮忙。一个瘦小的身子怎能拗过四只手的力量，小家伙双手捂着眼睛大哭，这也是孩子最后的一种自救方法。我不忍心看到小家伙被欺负，一把将他抱来，让他在身旁坐下，夺过速写本指着吉斯顿说："我想画你。"

山迪愣了一下，很快反应过来："对。画他，画吉斯顿。"一旁的小家伙听到山迪这么说，也不再哭了。

"别动。"我翻过留下血手印的一页，认真地告诉吉斯顿该如何这般摆好姿势。他还真听话，坐在一块大石上，弯起一条腿，两眼盯着我。我快速勾勒起他的脸型、动态。他的脸上透出一股淳朴的稚气和勇气，这正是今天的都市孩子身上缺少的气质。但是，当画笔移向他那单薄的身体和椅子腿般细的双腿时，我不由得想到刚才抱起小家伙的感觉——轻飘飘的，像提着一只小鸡。

山迪和卷毛小家伙站在我旁边看我画画。我问他们会不会画画，卷毛小家伙说不会，但是等他长大了，老头子会教他的。说着，他的手悄悄地在我的衣服上擦了擦，这只手刚刚甩过一把鼻涕。

"谁是老头子？"我不解地问。难道，他们习惯称长辈为老头子？

"老头子嘛，就是老头子。"卷毛小家伙重复着。

那好吧。这么一闹腾，孩子们也没心思再烤蜥蜴。吉斯顿说，还是回去烤吧。他建议我跟他们走，第二天再去乌鲁鲁。说完，他潇洒地将蜥蜴甩上肩，蜥蜴的尾巴几乎要拖在地上。看他熟练的动作、身形、脚下迈出的步子，完全就是一个未成年的猎人。

别看卷毛小家伙人小，可是一双细腿迈步的频率非常高。小家伙时不时摸摸我的手，或冒出几个奇怪的问题。他说我的皮肤是白的、头发是黑的，和他所见的其他人不同，然后抬起小手摸

《孩子》，速写 1。

《孩子》，速写 2。

摸我的皮肤。我问他感觉有什么区别，他说："你的皮肤和我们一样光溜溜。白人身上都有那么多的毛，你是白人，为什么没有？"孩子天真的问题把我问得哑口无言。

"你几岁了？"我低下头，想看看小家伙说话时的表情。

"嗯……"小家伙想了想，小手抓着脑袋仰头看着我，耸着鼻子，一脸调皮样子，阳光把他的眼睛照得眯成一条缝。

"大概……"

"什么大概，人的岁数还有大概的？"我说。

被我这么一打断，他干脆不说话了。过了好久才说："我也不知道，没人告诉我我几岁了。"小家伙低着头轻声地回答，并将他的小手小心地从我手里抽了出去。

"对不起。"我摸了摸他的头，轻声地对他说。怎么会这样呢？话从孩子嘴里说出来，听了让人揪心地难过。我伸手重新牵住他的小手，他冲我抬头露出笑脸，两条细腿迈动的频率更高了。

和这些孩子一起走在荒野上，我的心里也开始变得踏实不少。

在孩子们的带领下，我们走在一片灌木丛中，时不时还经过一堆堆的乱石。这些灌木丛都带着刺，我的腿上已经被拉出无数道口子。再看几个孩子，赤着脚疾走如飞，好似有一双铁甲鞋套在他们的脚上。一段路程下来，我惊奇地发现自己不仅没有掉队，也不觉得吃力，只是浑身皮肤被烈日烤得发酥。

"你们住在哪里？"我想随意地跟孩子们说说话，这样赶路不会太无聊。

"那里。"他们中的一个孩子抬手向远方一指。我想，他估计也不清楚应该怎么描述这么大的荒漠中的某个地点。那地方周围也许就那么几棵大树，或者是在一座山下。我不由得又想到这几天来一直在想，却没有想明白的一个问题：为什么他们不走出荒漠，与其他澳大利亚人一起生活在都市里呢？难道说，时间在他们身上没有留下任何改变的痕迹吗？

"你还没告诉我你的名字呢。"我问卷毛小家伙。

小家伙抬头瞅我一眼，便把头低了下来。"我没有名字。"他吞吞吐吐地说。

怎么会呢？

"你一定有名字，每一个人都有名字。"

小家伙摇着头说："有一个跟我同名的人死了，大家不能再叫他的名字。"

我很好奇地问："你的意思是，没有人可以再用这个名字？"

"至少现在。"

后来我才知道，这是原住民的风俗。如果某人死了，在一段时间里，周围的人不能再提死者的名字，那样会不吉利，而与死者同名的人也暂时不再被人叫自己的名字了。

"那么，大家叫你什么呢？"

"无名。"

"无名？"我重复道，"那么，我也要叫你无名小家伙咯。"

他把头垂得更低了。

就这样，我们一路闲聊，不知不觉来到了一片矮小稀疏的林子前面。

突然，远处的灌木丛后窜出几条瘦骨嶙峋的狗，它们疯狂地向我这个陌生人冲过来。"吓——"有几个人一阵大喊，将几条凶狠的狗吓退到一边。原本站着、坐着或躺着的一群人带着审视的眼神向我望过来。

原来，我们已经到了这三个孩子居住的地方，一个被许多澳大利亚人视为神秘而又危险的地方。

4. 篝火旁的夜晚

这里的地貌十分平坦、整洁，一片赤红的土地上没有一点乱石杂草，只有几片高大的灌木丛，像是被人精心修剪之后移栽到这里的；还有几个用树棍支撑、堆着带叶的树枝的树棚。树棚前的地上堆放着各种用过的罐子、瓶子，以及衣服、毯子等日用品。大家或是坐在地上，或是躺在一块毛毯上面。后来得知，他们也只是临时住在这里。这些日用品看上去像是一堆破烂，与周围环境实在是不搭，却也体现出了生活气息。

我被带到一个老人面前，猜测他可能就是孩子们嘴里的"老头子"。老人半躺着，一只手支着头，肘下垫着已分不清底色的枕头；另一只手里拿着一根长长的烟斗，它与我所熟悉的中国老农使用的旱烟斗非常相似，这多少让我有些诧异，并产生了一种莫名的亲切感。只见他不时"叭嗒"抽两口，却不见烟从他嘴里冒出来。

只见老人用手里的长烟斗在地上敲了三下。我用询问的目光看着吉斯顿，他示意我坐下。我小心地放下背包，和其他人一样坐在地上，等待大家的盘问，可是好半天却听不到有人说话。我只能静静地注视着老人的一举一动。他有着一头灰白的卷发，脸上是一把灰黄色的胡子。他的鼻子肥大扁平，前额突起，眼窝深陷像两个黑洞，以至于眉毛和眼睫毛看上去非常接近。他赤裸的胸前和肚子上还有几条细长的刀痕。我早已注意到，许多人手臂上都有这样的刀痕，只是没有老人的这么多、这么长。他身后女人的乳房上也有这样的疤痕。在我观察他的时候，他甚至合上了眼，继续漫不经心地抽着他的烟斗。其他人的表情也是木然的，好像我不存在。我只好乖巧地坐在那儿一声不吭，从口袋里掏出一包烟丝，把一张卷烟的小纸片含在嘴唇上，抓了一小撮烟丝放在手上，然后把剩下的烟丝连同纸包扔在地上。我这是在旅途中跟其他游客学的，既省钱也很有意思，多少带一点仪式感，不知道的人还以为我是个老烟民呢。老人朝我看了一眼，伸手抓了一撮烟丝塞进烟斗里，旁边有人为他点上。这时又有人拾起烟包，像我一样为自己卷上一支烟。这一切都在无声无息中进行着。我把刚卷好的烟伸进还留有余热的篝火堆，再叼在嘴上猛吸了几口，就这么几口，消除了我不少的紧张和尴尬情绪。我不知接下来还应该做什么。说实话，这是非常考验人的时刻，无法预估将会发生什么。

不知过了多久，就听老人"叽叽咕咕"说了几句什么，伸手推了一下身边的胖女人。两只大奶子沉重地挂在女人胸前，几乎垂到盘起的双腿上。她吃力地转过身子，顺手抓过一块布搭在肩上，又回头看了我一眼，嘴里也嘀咕着什么，然后两只手摸摸这摸摸那，好像试图找一点什么能做的事。

"你叫什么名字？"老人终于开口说话了。当他听到我的名字，竟然学着重复说了几遍，这可让周围的人忍不住笑出了声。

"你从哪里来？来这里干什么？"

"墨尔本，中国。"我一时不知应该怎样回答才更准确。我说我是一个中国人，画家。我特别在"画家"这个词上加重了一点语气，强调自己的身份以博取一点好感。我说我想去乌鲁鲁，结果迷路了。

"嗯。"老人哼了一声，抬起眼皮，这一次他很仔细地看了我一会儿，看得我心里有点发怵。我发现他的眉头在一点一点地聚拢，那双浑浊的眼睛此刻展现出一种似乎可以看穿一切的眼神。我也大胆地看着他的眼睛，以及聚积在两眼之间的似乎永远解不开的眉结。这是一个怎样的结呢？怀疑，还是愤恨？好像他有沉重的心事。从他的眼神里，我仿佛感受到一种威严，那是隐藏在内心深处的、令人心颤的威严。或许，他看出我这个中国人与其他白人有些不同，转瞬间，他的脸上又恢复了最初的平淡。

简短的问话之后，我原本想问应该怎么称呼他，他和其他人一样应该也有一个英文名字，但是想起他刚才那副威严的样子，我还是没敢开口。

对老人一番审视之后，我突然有一个念头，并壮起胆问了一句："可以为你画张像吗？"

他愣了一下，一定没有想到我会突然提出这么个要求。话刚说出口，我就为自己的冒失感到了吃惊。

他沉默了一会儿，向身边人说了几句土语。不一会儿，有人找来一件皱巴巴的衬衣帮他穿上。他认真地将衣扣一直扣到领口，非常认真地摆出了一副模特的架势端坐在我的面前，然后朝我点了点头，又轻轻地哼了一声。那一刻，我从他的眼神里看到了友善，先前对他的冷漠的不解都在这一刻化作了喜爱。我突然觉得，这应该是一位爱憎分明的老人。两只黑乎乎的苍蝇就像两粒眼屎趴在他的眼角，似乎是那么的理所当然。他两条腿很细，但一双脚就像他的手一样坚韧有力，脚掌上覆着厚厚的老茧，脚趾分开，像一把骨扇一样向外扩张。我已注意到，无论男女老少，他们都不习惯穿鞋子。

我开始在纸上勾勒，其他人早已围在我的身后。虽然我听不懂他们在说什么，但他们脸上洋溢着的笑容说明了一切。不一会儿，一张速写完成了。我把画像转过来面向老人，心里还有那么一点忐忑，不知他会怎么想。他伸手接过去，凑到眼前看了好一会儿，脸上终于露出一丝笑意。接下来，我们的交流便多起来。吉斯顿告诉大家他们是如何遇上我的。他一定加入了一些有趣的描述，因为我看到他们都笑了。我问老人是否也画画。

"嗯，画画，也做这个。"他说着，随手从枕头底下摸出一个回旋镖，"刚做完，它也是艺术品，你觉得呢？"但他最后还加了一句，"想要吗？"

"当然。"我礼貌地回道，并从他手里接过来仔细查看。回旋镖是澳大利亚原住民的一项伟大发明，也是智慧的象征。我在爱丽斯泉见过很多。它除了作为狩猎工具之外，亦是出现在各种仪式上的敲击乐器。

老人说，它也是武器。上乘的回旋镖是由橡木制作的，这种木材坚韧、沉重，尤其适合制作可以回归的回旋镖，但大多数的回旋镖是飞不回来的。他们用它来击倒各种猎物。还有一种无法飞行，比较沉重且长，有点像白人士兵的军刀，那是用来对付近战敌人的。

我问他手里拿着的这个是哪一类的。他看了一眼，站起身，什么也没说，但他的表情告诉我，他蓄势待发。

突然，我感到一股强劲的风在我面前掠过，那是老人手里的回旋镖飞了出去带起的一股劲风，伴随着一阵阵"咻、咻、咻"的声音，由近而远；未等我完全看清楚，它又由远及近，稳稳地回到老人的手里。

哇，太棒了！我禁不住鼓起掌来，篝火旁的其他人也都频频称赞。老人身后的胖女人说，她已经很久没有看到他这样做了，"老家伙还有两下子啊"，语气中充满了钦佩和自豪。从那一刻起，我对老人又多了一分敬佩。然后我们又聊了一会儿回旋镖的制作工艺，最后我让他刻上他名字的首字母缩写。这算是我收藏的第一件原住民作品。

时间过得好快啊，不知不觉已经是傍晚了。抬头远望，天地间一抹残霞显得有些灰暗，夜幕正在悄悄地落下。远处有几个年轻女人围坐在一起，脸凑近对方的头发寻找着什么，也许是跳蚤。几个孩子正在玩着打仗的游戏，有的拿着玩具枪，有的用树枝代替刀挥来舞去。两个大一点的姑娘从附近拾回来一些树枝，从我面前走过时，交头接耳，冲着我嬉笑。

这时，一个瘦女人弯腰从树棚里走出来，手里拿着一包面粉。她把一个纸袋撕开铺在地上，将面粉倒在上面，嘴里喊了几句土语。只见她身后的一个女孩子不情愿地站起来，向一个贴着奶粉商标的空罐头走去，一只瘦得皮包骨头的狗正专心地舔着罐头里的余味。女孩没好气地大叫一声"嘿!",抬腿一脚踹在狗的屁股上。狗被吓得后腿一蹲,抬头就向前审,罐头还套在头上,一头撞倒蹲在一旁玩耍的光屁股孩子,孩子"哇哇"大哭。瘦女人冲着女孩又是一阵大声斥责。狗好不容易甩掉头上的铁罐,惊恐地跑得不知去向。

女孩拾起空罐子走远了。不一会拎回来半罐子水递给瘦女人。只见瘦女人在面粉上撒了一点水,然后就开始揉起面来。看着这一切,我又异想天开起来:如果这里有葱花的话,我可以烙几张葱油饼啊。我已经好几天没有吃上中餐了,真想吃。

瘦女人开始用木棍在篝火下挖坑。她将手里的面团用力压扁,麻利地丢进坑里,再将周围热沙土埋上,接着她又开始揉另外一个面团。

我走过去,伸手向她要面团,"可以让我来试试吗?"

女人用诧异的目光看了我一眼,然后说了一声"耶",毫不犹豫地把面团丢到我面前,似乎她等待这一刻已经很久了。

我随手掰开面团,向里撒了点盐,再用力揉起面来。几个女人"叽里咕噜"地围上来,瞧我能做出什么新花样。我四下里扫视,想找一点油和一块铁板,做两个盐油饼。我没敢想做葱油饼,但还是很快发现自己是多么愚蠢。我手里捧着面团,面对几道充满疑问的目光不知如何是好。瘦女人早用树棍在篝火旁又挖了一个坑,她没向尴尬的我看一眼,一把夺过我手里的面团,十分利落地丢进坑里,再盖上热沙土。她的行为好像是在对我说,不就是做点吃的,有这么麻烦吗?

大约半个小时后,女人从滚烫的沙土里扒出一块香喷喷的大饼,掸去沙土,掰下一块给我,还递给我一杯罐子里的剩水。大饼闻起来很香,当我把它放进嘴里时却无法嚼咽,满嘴的小沙粒。我不知道该怎么办,既咽不下去,又不好当着大家的面吐出来,就在我极其尴尬的时候,那个卷毛小家伙再次救了我。他手里拿着一截黑乎乎的东西出现在我面前。

"这是什么?"我问。

"蜥蜴尾巴呀。"他说，"好吃，你试试。"

这是我第一次吃蜥蜴，当时并没有任何抵触，饿了一天，有点饥不择食了，所以就着蜥蜴肉，鼓起好大的勇气将带沙粒的面饼吞了下去。我没有选择，如果不是被三个孩子所救，我连这一口都吃不上。能够活下来就好，其他的困难又算得了什么。这么自我安慰着，面对再艰难的事也感觉不是个事了。

天黑了。这一天发生的事情似乎都早已被安排好了，没有人告诉我接下来应该去哪里，那也就意味着我要在这里过夜了。

我凑近篝火，依照之前那个年轻人的做法，用剩下的烟草装满烟斗递给老爷子，又用两根树枝，像使用筷子一样从篝火中夹出一块木炭将烟点着。老爷子猛吸了两口，微微抬起头，对着黑夜发出一声满足的长叹。那一刻，我真切地看到了一幅绝妙的画面：在一个辽阔而深远的夜晚，一个老人手握烟斗，指向高高挂在天空中的月亮。他的面前坐着一个孩子，手托腮帮，仰视着老人，聆听一个传奇的故事。故事发生在一个神秘的世界，有资格知道的人应该不会很多。尽管它超出了我的想象，但是能够想见老爷子如此专注和安详的姿态所构成的画面，那实在是太美妙了。篝火照亮了一老一少的脸，更增添了一分神秘感。

老爷子在他自己的世界里漫游，我在享受头脑里勾画的画面，卷毛小家伙用一把树枝为我在篝火旁扫出一块空地，然后静静地坐在一旁，就像城里的孩子等待妈妈讲述一个睡前故事。

我从背包里掏出睡袋和毛毯。毛毯既可铺在身下做垫子，平时也可以铺上宣纸作画，只要条件允许，我总是会画上几笔。我喜欢轻装旅行，所带之物尽可能"一物多用"。包里还有几件换洗内衣、相机和简单的绘画工具。我身上只有一条牛仔裤和一件厚厚的棉套头衫。后来嫌穿着太热，把套头衫的两只袖子剪了，装上颜料，挂在背包两侧。

夜幕下，周围非常安静，大家都回到了各自的树棚，围着篝火，蜷曲在地上悄无声息地睡了。他们就像荒野上一丛丛不起眼的灌木或一堆堆石块。

　　火势愈来愈小，树枝烧成木炭后不时发出爆裂声，浓烟熏走了周围的蚊虫。原住民身上的气味告诉我，我并不是孤身一人躺在漆黑的荒野上，还有躺在我身边的卷毛小家伙。

　　我头枕画夹，躺在很不习惯的坚硬土地上，仰望天上疏朗的几颗星星。除了它们，还有谁知道我此刻正与原住民围着篝火而睡呢？这是我以前做梦也不会梦到的事，也是我人生中第一个篝火旁的夜晚。想着，想着，心底里忽然泛起一股思乡之情，思念我在中国的亲人、朋友、生活和工作。我想念我的父母亲，临别时母亲的叮嘱又出现在我的脑海里："年轻人就应该出去闯荡闯荡。"妈妈的话虽然说得干脆、硬朗，但我心里明白她是舍不得我走的。因为我从来没有离家独立生活的经验，是家里唯一的男孩，平时总是特别受关爱。"好好照顾自己，该吃的就吃，不可以省。身体是第一。"因为我从小瘦弱多病，并且是过敏体质。后来妈妈告诉我，当时她有一种预感——我这一走，我们母子可能要很久以后才能见面。为了安慰她，我说："放心吧，妈，我不会走很久的，顶多两三个月就回来啦。"她久久地看着我，最后说："常来信啊，不要让我们总惦记你。"后来我从爸爸给我的信里得知，那段时间，妈妈每天都做的一件事情就是在门口等邮递员。她知道我不会每天写一封信，但是她仍然希望邮递员会给她一个惊喜。

　　我成长的那个年代，国家正处于一个非常特殊的时期。我常常听到母亲叹息道："唉，不容易啊，孩子，能把你养大可是多么不容易啊。你要好好读书，将来成为一个有本事的人。"那时我还小，但也朦胧地感觉到家里的日子非常拮据。直到我长大懂事了，才从母亲这一声声叹息里，慢慢地领悟出其中包含了多少辛酸——大人们将本来就吃不饱的口粮一口一口地省下来，才把我喂大。所以，从小我就特别听话，是个典型的乖孩子。

　　有一天，家里来了一位客人。大人们说起了现在社会的风气是如何败坏，到处是打群架的孩子。客人称赞我是一个好孩子。但是母亲却说，太老实也不好，容易受人欺负。所以小时候，母亲为我找了一个武术师傅，让我去学几手拳脚。每天早晨天不亮我就被叫醒，迷迷糊糊地奔向家附近的一片小树林。那里有一片空旷平坦的场地，七八个孩子，年龄在 5 至 15 岁之间，包括两个和我同龄的女孩，踢腿、站桩，练基本功，天亮之前结束练功。师傅让我们记住：学功夫，但不可以打架；但是如果有人欺负我们中间的任何一个，我们都要一起上，打回去，绝不能够手软。这就是当时我们这帮孩子来这里学功夫的目的——不受别人的欺负。我真的很需要这种支持，因为我想做一个好孩子，但是经常被其他孩子欺负。童年经历对我的影响是——让我对任何形式的欺凌和傲慢都深感厌恶。

除此之外，母亲仍然为我担心和着急，因为我没有在学校学到东西——频繁的政治学习，学工、学农、学军占去了学生一大半的时间。母亲问客人，现在的学校怎么会是这样的呢？学生也在混日子，这样下去怎么得了啊。母亲说不出什么大道理，但是她心里非常明白，从小不读书，将来要后悔一辈子。中国人的家庭是以孩子和孩子的教育为中心的。母亲说，哪怕是学一门手艺也好，有个一技之长，也算是有了谋生的饭碗。

说到一技之长，客人建议母亲让我学画画。母亲听了连连摇头，说：“靠画画，将来没饭吃。”她的意思是，这是一个可有可无的专长。那么还有什么技能可选择呢？为此母亲想了很久，没有少费心思。

终于有一天，母亲对我说：“好吧，就暂时先去学画画吧，总比混日子强。”但是她万万没有想到，后来我还正是靠着画画这门手艺吃饭的呢。客人为我介绍了一位老师，大人们叫他大刘，我叫他刘老师。他就是我艺术生涯的启蒙老师。

我是从绘画的基础——素描、速写开始学起的。刘老师要求我多画，首先从数量上达到要求，然后才能慢慢地从质量上符合要求。同时他强调，多画并不是胡乱画。然后，他就给我讲一些绘画的基本道理和规则，剩下的就看我自己练了。

每天早晨上学之前和下午放学之后，我都会去附近的一个菜市场，手里捧着画夹站在一边，把男女老少、大妈大爷和菜农们的动态形象捕捉下来，可能是整体也可能是局部地出现在我的画纸上。那个年代，中国人的家里还没有冰箱，每天都要出来买菜，所以菜市场的人很多，很热闹。

开始我非常胆怯，因为画不好，怕被人讥笑。但时间久了，我发现大家其实都是用一种赞许的目光看着我。有大人说，现在的孩子别出事、别让父母担心就好了，还有几个孩子能这样，知道做一点正经事呀。有了信心，技术也在提高，所以我特别喜欢出来画画。乐趣不仅仅在画画上，我还发现了一件非常有趣的事情，那就是买方和卖方之间讨价还价的氛围特别有意思，尤其是老太太出来买菜，反正她们有的是时间，拼命地和菜农讨价还价。一把一毛钱的小白菜，双方可能会争执个老半天，甚至面红耳赤，谁也不想让对方占了便宜。今天看一毛钱不值钱，在当年，它可是能做出一道菜的钱哟。所以中国人的讨价还价可能在世界各国中也算是独具特色的，虽说是由于生活的窘迫不得已而为之，久而久之，有些人竟然把它当成了一种乐趣。即便是在今天的香港巴塞尔国际艺术博览会上，同样也会出现讨价还价的场面。有些有钱的收藏家会还理直气壮地警告你："别忘了，这里是香港啊。"

每个星期我都会从几百张速写和素描里挑选出100来张去见老师。老师就会在比较满意的速写旁边画上一个圈，有时也会指出某个局部画得好。回到家里，我会小心地把画了圈的部分剪下来，贴在墙上，琢磨着老师为什么说它好，好在哪里。

就这样，我跟刘老师用心学了3年。每天风雨无阻，去菜市场、火车站，凡是人多的地方我都去。我要寻找不同的人物和动态，由比例入手，到深入研究人物的造型、动态和神态。尤其面对那些运动的人物，要先在头脑里抓住对象的某一个动态，然后迅速用最简练的几根线勾画出来，或在事后凭记忆默写下来。这是训练我的观察能力。

　　那天晚上，靠着篝火，我就是在断断续续的回想中，迷迷糊糊地过了一夜。

　　第二天醒来，太阳正在爬升。早晨的阳光十分温和，随着日头爬高，整个荒漠才会逐渐显示出它的威力。我很快收拾好行装，趁太阳还不猛烈，准备赶路。三个孩子主动要带我抄小路去乌鲁鲁。

　　就在我们准备离开时，老人叫住我，让我把昨天画的他的画像还给他。我有些不解，在我的一再追问下，他压低声音对我说："我昨晚做了一个梦，你知道我的意思吗？我病了……头痛……现在。"

　　"什么梦？"问他的时候，我的脑海里顿时闪过另外的一个梦，是我昨天晚上做的梦，早晨醒来还略有记忆。我梦见一个老人，背着双手，绕着一个圈行走，猜不透他想干什么，但他走路的姿势显得非常沉重、缓慢。

　　"嗯，一个不太好的梦。我病了，这里……疼。"说完指了指他的头。

我想告诉他我也做了一个与他有关的梦，他立刻阻止我，示意我不要说。他只想拿回那张画。他接过画后，便晃晃悠悠地向远处走去。

在去乌鲁鲁的路上，我问卷毛小家伙，为什么老爷子突然要把画拿走？小家伙没有直接回答我的问题，但从断断续续的对话里，我大致明白了一件事：通常情况下，大家不愿意被拍照，尤其是一些老年人。他们对闪光灯有一种恐惧，似乎那是一种不祥的光亮，会在闪烁的瞬间夺去人的灵魂。画与拍照虽然不同，但是也有某种相似之处。所以他要拿回画，拿回他的灵魂。

后来我发现，虽然老人有这种顾忌，孩子们却会抢着让我拍照。

乌鲁鲁坐落在澳大利亚的中心，长 3.62 公里，宽 2 公里，高 348 米，是世界上最大的单体巨石。据说，很久以前，在澳大利亚大陆这个"大岛"和它周围的许多小岛上分散地居住着一些人。数千年之后，地区气温变暖，水位上升，淹没了许多小岛屿，大家只有迁移至"大岛"上。此"大岛"在大海里就像一叶独木舟，随时有被大海吞没的危险。为了拯救岛上众生，上天显灵，从天外投下一块巨石，镇住这条"独木舟"，无论波涛如何变幻，它永远浮在大海之上。澳大利亚就像是大海上的一条小船，乌鲁鲁这块红岩石就是让小船永远漂浮在大海上的镇船之石，其意义和神圣性是人类无法估量的。

当我们到达那里时，已经有许多游客。我仰望着它，伸开了双臂，心里充满了敬畏之情。眼看着在晨曦下，巨石从鲜丽的红色逐渐转变为红棕色和朦胧的紫色，这种变化的景象更增添了这片土地的神秘感。我仿佛融化在这片神奇的大自然中，一个苍老的声音远远地飘过来："娃娃，你看见了什么？"我在心里默默地回答："生活在这片宏大而又神奇土地上的民族，太伟大了！"

我必须永久地留下这一刻。想到这里，我急忙转身去找吉斯顿帮忙拍照，可是四处寻找却不见三个孩子。没想到他们在我迷

路之时神秘地出现，在我安全的时候却悄悄地离去了。

他们将我带出了困境，也将我引上了一段新的人生旅程。我在澳大利亚的生活和艺术事业就此开始了。

以上是发生在 30 年前的奇遇，记录了我如何走进原住民的生活。这些往事也许并没有多少惊心动魄的传奇色彩，但细想还是觉得有点不可思议，恍若一个梦，就像是在梦境里的一次漫游。

当我从过去的回忆中醒来的时候，已经是第二天的清晨。马利嘎不在，只有乌拉坐在篝火旁，忙着烧水、煮茶。

早晨，乌鲁鲁总是以一天中最为迷人的姿态出现在我的眼前，这么多年过去了，它还是那么多姿多彩，一如既往。赤红的大地在阳光下显得十分富丽、温柔和灿烂，它就像少女的柔情，令人陶醉。这是一天中最美好的时刻。

这里是乌鲁鲁脚下，白天会有大量的游客远远地围着它看，

行走在荒漠上，需要这么一个睡觉的"装备"，无论走到哪都可以露营。好在荒漠上下雨的时候并不多。但是 7 月的荒漠，早晚还是有凉意的。

却少有人接近它。尤其是我们所在的地方和附近的几个地点，游客是不允许踏入和拍照的，它们是当地原住民举行仪式的地方。每天清晨，当游客借着太阳缓缓升起的光辉，远远地欣赏巨石所散发的能量和色彩变化的时候，我更喜欢在它的脚下漫步和遐想。倾听鸟儿清脆的叽叽喳喳，享受着清新的空气，那种幸福感真的是太令人沉醉了。这还只是人在偶尔感受大自然时的本能反应，当人真正地融入了大自然，与之呼吸与共的时候，才会打心里热爱这片土地。因为有了比较、经历和发现，对人类所处的世界会有另一番感悟。

远处有一块白色画布，那是几天以来我和马利嘎一直在画的一幅画，在空旷的大地上显得十分醒目。此刻的荒漠，在光线的作用下构成了一幅绝佳的画面，而白色的画布，可以说是画中之画。我看见马利嘎手里拿着一根树棍在附近转悠，仿佛看到他从大画面走进了小画面，又从小画面里走了出来，然后径直向我走来。那一刻，从他那随意的脚步和身型，我看到了大漠人的自信和主人的姿态。

最后他走到了篝火旁，将一堆用衣服兜着的白胖虫子倒在了刚刚燃起的篝火上，说："这是我们的早餐啦。"

大树下的男人。

我本能地"哦"了一声。

他对着还在发愣的我说："你在想什么呢？"

他的话将我从一片遐想中拉了回来："哦，我……看到了一个画面。"

"什么画面？"

然后，我向他描绘了这样一幅画面：广阔的荒漠呈现出一片偏红的紫色，朦胧且透着灵性的乌鲁鲁将金黄色的天空和红紫色的大地连接成一片，一块醒目透明的画布与大地融合成一体；画布上有几个同心圆，被几根由点组成的线串联起来，它们像是描绘在画布上，又像是大漠人留下的脚印；几个女人从大地里走出来，她们就像精灵，或隐或现，显现出梦幻般的魔力。

听了我的描述，马利嘎立马说出两个词："现实，梦幻。"

"巴哩亚！游走在现实与梦幻之间。"我激动地说。

"巴哩亚！"他也跟着激动起来，"这里，你在这里，我们的土地上。"马利嘎说着，伸手在沙地上画了几个符号，它们代表的是他所看到和理解的、穿越在两个不同世界之间的"现实与梦幻"。

他眯起眼睛看着远处我所描述的景象，然后将眼光转向我，停顿了片刻说："你和我们一样……我告诉他，我带你来这里了。"马利嘎所说的"他"自然是指这片土地上被视为民族的灵魂支柱的神灵。在这里，人的一切行为都要听从神灵的安排和指引。

听似平常的一段话，字字包含着温情和非同一般的深意，因为它出自一个原住民对我的认可。我忽然觉得，仿佛我生来就与这片土地和土地上的人有着一种特殊的连结。

5. 原住民·华人

结束了第一次环澳旅行回到墨尔本后，我把自己关进一间只有 25 平方米的小屋。这间小屋后来成了我在墨尔本的无数个临时住所中最中意的一个，它是别人家后花园里的一个独立的小屋子。因为简陋，所以租金便宜。后来，我在这里度过了数个寒冬、炎夏。冬天，杯子里的水会结成冰；夏天，屋里热得像桑拿房。也正是在这个简陋的小屋里，我创作出在澳大利亚的第一批作品。小屋的墙上订满了照片和写生稿，1000 多张照片散落在地上、床上和各个角落。面对这些照片上的人物和场景，很容易勾起我那些仍然鲜活的记忆。

这个阶段我画了许多黑白为主的水墨人物。狂野的毛笔线条塑造出一个个有着强大震撼力的人物形象，这是当时我对原住民的第一印象。这样的作品后来引起不少争议。但是我很快发现，这些作品其实只是写生速写的放大版，似乎缺少了一点什么。那是什么呢？我开始走进图书馆，希望能够了解这个民族更多的历史和文化。但令人失望的是，即使我走遍了墨尔本东区的几个地方图书馆，能够查找到的有关原住民的书籍实在是寥寥无几。为什么澳大利亚的学者们对原住民文化显得如此冷淡呢？冷淡到用"集体缺席"这样的词来形容都不为过的程度，这种现象一直延续到 21 世纪初的头几年，然后才开始有所改变。

作为一个画家，我有着自己敏锐的触角。自第一次与原住民接触以来，我隐约觉察到他们与大漠的关系并非那么简单。如果我们仔细地去审视一下那些原住民的点画，其中以土地为主题的

《老人》，1990 年。

描绘非常之多。我想知道原住民艺术家是如何进行创作的。我告诉自己，如果我对这个主题的兴趣认真且持续，毫无疑问，那就需要对他们有更多的了解。思考了很久之后，我决定再回荒漠。

这一次（1989 年），我要去的地方是一个叫宝戈（Balgo）的原住民村子，它位于爱丽斯泉小镇西北方向约 750 公里处非常偏僻的荒漠上。我在爱丽斯泉小镇酒吧与两个年轻人交谈时，他们曾提到过宝戈，我便记住了。

我再次跳上了灰狗大巴（Greyhound bus），先从墨尔本到布鲁姆（Broome）小镇，然后再向内陆荒漠进发。汽车走走停停，一路上除了在加油站看到寥寥无几的几个人之外，沿途荒无人烟。我已经没有了第一次见到荒漠的激动，有的只是平静和对未知的期待，期待中包含着诸多幻想。

我改变了回中国的想法，为了延长签证我接受了移民官的约谈。他问我，过去的几个月在澳大利亚都做了些什么？

我说，大部分时间在旅行，与原住民在一起。

听我这么说，他的表情瞬间变得十分诧异："哦，怎么会呢？"

是啊，我也多次这样问过自己。第一次环澳旅行的路线是从墨尔本出发，经过中部的爱丽斯泉到达北部的达尔文，然后向西，沿着海岸线经过布鲁姆小镇和西澳大利亚州首府珀斯，最后回到墨尔本，基本上是一条旅游线路。中途唯一偏离线路的一段，就是去了紧邻达尔文的阿纳姆丛林。（有关这一段的故事，我将在本书的第二部分"阿纳姆丛林"里讲述。）

接下来，我与移民官聊了许多我的所见所闻。当我提到阿纳姆丛林这个地名的时候，他更是惊讶得脸都拉长了。移民官说，从一位中国艺术家这里听到这一切太让他惊讶。他听他的同事说起过这个地方，要想进入这个地区，比去朝鲜还要困难。我笑笑，尽量装出一副不在意的样子，心里却有一丝得意。

"你想回到丛林里去？"

我点点头。

"想要多少时间？"

"3 个月。"我说。3 个月应该够了，回到丛林继续收集一些素材，然后回中国做另外一个澳大利亚题材的展览。当时的想法就是那么简单，以至于我的同胞嘲讽我太幼稚，眼界狭窄，没有长远的人生规划，尽做些莫名其妙、毫无利益可言的事。我的上海亲戚甚至当着我的面说："乡下人嘛，见识少。"面对这样的嘲讽，我只有沉默。

"给你 6 个月，"移民官说，"我很欣赏你的勇气，但条件是 6 个月后，我还想听到更多精彩的故事。"

啊，真的吗？！我也只是试试运气，没想到遇到这么友好的移民官。我一直都记得当时移民官对我说这段话的表情，真的是如他所说——一副欣赏的神情。第一次被人如此肯定，我默默地看着他，心里特别感动。要知道，当年有大批以留学为名滞留在澳大利亚的中国学生，移民局对他们的动机早已经产生怀疑，并开始逐步采取行动。时有听到某某学生签证到期未离境被抓的消息，等待他们的不仅是驱逐出境，更要面临如何偿还借款留学的债务和脸面往哪儿搁的问题。每天，留学生们聚在一起谈论的话题都是关于绿卡、工作，以及如何为了打工挣钱而逃学，或是由于语言的障碍而受到歧视等诸多问题。每一个人都有一肚子的委屈，只能关起门来，相互倾诉和发泄。

想到逃学，我的脑海里自然闪过一个画面（那是我拿到延期签证后不久，发生在墨尔本一所语言学校的事情）：一天上午，英语老师手里拿着一张报纸走进教室说："大家看看，这张照片上的人像谁？"在场的都是来自中国大陆的留学生，齐刷刷地将目光投向我。"这不是林吗？！"大家发出了疑问句式的肯定回答。老师说："可是报纸上的名字并不叫林。"我在心里暗暗叫苦，完了，因为真正的林为了打工没有时间来上学，我是顶替他来学英语的。那是《澳大利亚人报》[①]对我的一篇采访报道，关于我在原住民村落生活的故事，标题是《走进阿纳姆丛林的中国艺术家》。

老林是我的室友。当年有一段时间，我与一群上海人分租一个大别墅。说是别墅，其实已经是破烂不堪的老房子，地基下

---

① *The Australian* 是澳大利亚发行量最大的报纸。

沉、墙面开裂、门框变形。这样的房子应该属于危房了，可在当年却是抢手房，因为房租便宜啊。这幢三室一厅一卫的房子里，住了包括我在内的九个人。我、老林和另外一个上海人挤在客厅里。他俩都是一年多之前来澳大利亚的，落地的第一天就被告知要给自己起一个英文名字，以至于他们真正的名字后来都没有人知道了。

有一天夜里，大家都睡了，我听到一阵奇怪的呜咽声从卫生间传出来，而且还是一个男人的。我好生纳闷，翻身起床，轻轻地推开门。原来是老林，一个平时优越感十足的上海男人，正一边说着电话一边抹着眼泪。他对着电话说："挂了吧，电话费太贵，今天（打工）又要白做了。"对方似乎没有挂断的意思，老林手里拿着电话，脸上的表情开始扭曲，五官被痛苦挤压到一起，可以看出来他已经压抑到了极限，嘴里却说："好好滴，听哎唔①啊。"看到这里，我轻轻地把门在身后带上。老林是一个非常好面子的人，这个时候的他最不愿让人看到他真实的一面。我重新躺回床上，却听到房间里另外一个男人重重地叹了一口气，原来他也没有睡，也在忍受着无法言说的痛苦煎熬。

关于老林的故事，我从同屋子的其他人那里听说过一些。说起来，他也算是大上海很有"派头"的人物。"文革"的时候，父母的大部分家产被没收，家里三兄妹中有两个下放到安徽农村，只有他留在了上海，却没有一份稳定的工作，全靠父母剩下的一点财产过活。他表面上看着光鲜，仍然还是一副小开的派头，但身边几个要好的朋友说，被邀请去他家的次数越来越少了。随着年龄大了，原来的"小克拉"现在已经是40多岁的"老克拉"。父母仅剩的财产也早已用尽，所以他出国留学的钱都是向周围几个朋友借的。好在过去没有受过苦的他现在也能够放下身段在工厂包沙发，只希望早点挣够钱还了债，再把太太接出来。但是最近听说他太太的签证又被拒签了，为此太太对他下了最后通牒——

① 上海方言，意为听话。

要他回去，否则离婚。"两年多了，都没有把我办出国，还要等多久？"她甚至怀疑丈夫在澳大利亚有了其他女人，而他也怀疑她这么说是因为有了其他男人。他想他们的孩子，每次在电话里听到孩子的声音，接下来的几天他都会很郁闷。想念，却不得相见，这种痛苦每天晚上都在折磨着他。更让他崩溃的是，他看不到一家团聚的希望。就在前几天，他接到电话说他父亲去世了。这么大的事，他纠结了好久，最终还是放弃归国留在澳大利亚。为什么？同屋的其他人说出老林的，也是大家的心声："回去，丢了面子，也放弃了希望。"无论发生什么事，大家都紧紧地抓着"希望"，挣扎着，希望有一天可以过上和澳大利亚人相同水平的生活。为了这个"希望"，大家付出了人生中最宝贵的年华。老林曾经问过我，来澳大利亚之前享受过"吃着面包夹果酱的早晨"吗？这就是当时老林这样的一大批留学生所渴望的生活。

那段时间我也很希望继续留在澳大利亚，不为别的，因为我开始喜欢上了游历澳大利亚、融入大自然的生活。

大巴上，能做的事就是胡思乱想，想累了就睡觉，可是眼睛闭上没多久又开始胡思乱想。一天一夜之后，整个人开始麻木，思维迟钝，处在昏昏欲睡的状态。到了第二天，除了反复地看那些个 DVD，就是吃和睡，连胡思乱想也没了。

三天三夜之后，"灰狗"终于到了布鲁姆小镇，我在这里停留了两周，然后换车继续前往菲茨罗伊克罗欣（Fitzroy Crossing），最后到达了一个叫皓斯溪（Halls Creek）的小镇。

小镇很小，有一些原住民。在经历第一次环澳旅行之后，我发现澳大利亚到处是这样的小镇，有的小到只有几十人，他们大多是上了年纪的老居民。刚开始我很好奇，他们为什么不搬到更大的城镇或城市生活呢？从小我就被教导，人活着要有意义；后来经历多了，我对这些所谓的"意义"有了新的理解——不过就是人赋予自己的美丽枷锁。如果要活出这种有"意思"的生活，做点自己想做的事就不容易了。

行走在荒漠上，早期并没有太多的机会留下自己的照片。虽然这是后来的我，但与早期的生活状态也没有太大的区别。

　　我要从这里去宝戈。由于连续几天的大雨，两条通往宝戈的主要道路都被大水封住，我只好在皓斯溪小镇等待机会。

　　每天，我都会在镇上遇到一些老人，不管认识不认识都会热情地打个招呼，一开口就是："好吗，伙计？""今天的天气真不错啊。"有一次，出于好奇，我问一位坐在街边喝着咖啡、晒着太阳的中年人，为什么要定居在这么贫瘠的地方？他的回答是，喜欢这里。我问他，喜欢这里的什么？对方满是疑惑的目光落在我的脸上，他的表情似乎在告诉我：不是所有的喜欢都需要理由。

　　他反问我："为什么不呢？"

　　他一定有他的理由，或者说，他从小在这里成长，与故乡的那份情结应该是他不愿离去的最淳朴的理由；又或者，他就是喜欢独居，喜欢远离尘嚣的生活，不需要任何其他理由。在今天变化万千世界里，这份情结愈来愈不被人理解。

说出来可能没人会相信，多年之后，我竟然也萌发了长期生活在荒漠或小镇的念头。原因之一，是我对都市里复杂人际关系的恐惧。

闲聊之后他告诉我去教堂试试运气，有个叫保罗的神父时常来往小镇与宝戈之间。上帝在这里竟然也有他的使者。我兴冲冲地去见神父。他是一位中年英裔澳大利亚人，个子不高，但挺壮实，灰白头发，薄薄的嘴唇四周留着金黄色的胡子。神父十分认真地听完我的来意之后，问我去宝戈干什么，说那里不是旅游区，不对外开放。他在说话时并没有停止收拾东西，看样子正准备外出。

我连忙递上由当地原住民管理委员会签发的通行证，神父仔细看了之后，露出一副惊讶的表情。我说，我没有什么行装，不会占用你许多地方。然后，我使出浑身解数恳请他带上我。说到最后我甚至说，这也是上帝的安排，让我找上了他。听我提到上帝，他终于停止了收拾，不情愿地说："够了，准备好，跟我走吧。"

车里堆满了食物和成箱的传教手册，另外还有三个原住民，他们在我来之前早已等在门外。

路况非常糟糕，一路上，我们经过了几条小溪。当时是雨季，到处都是水。很快，我们的前面出现了一条横向截断路面的小河，水位相当高。当我们到达那里时，河边已经停了两辆车，其中有一辆的两边车门大开，一个白人男子躺在椅背上，双腿翘在仪表板上，收音机里正在播放一段音乐。音量巨大的音乐在荒漠上回荡，也是另有一番震撼力。他神色轻松，不时地随着节奏晃动几下肩膀。看样子，他是在这里等了许久。远处河面上露出一辆白色汽车的尾部。昨天在镇上就听说这里发生了一件意外事故，一个在村里工作的白人小伙子试图冒险穿过河道时被激流冲离了原路。更可怕的是，当时附近有一条鳄鱼正悄悄地向他逼近，幸亏被岸上的几个原住民孩子及时发现，他们拼命地大叫，向鳄鱼投掷石块，这才没有出人命。

神父下了车，和两辆车的车主打了招呼，也顺便聊了几句。他们说在这里已经等了快两个小时，如果水位再不退的话就准备回去了。神父没再说什么，走近河水，嘴里喃喃自语像是在祷告。看情形，一时半会水位退不了，所以我开始和其他原住民一起捡树枝准备生火，然后烧水、泡茶，观望一阵再说。这种随遇而安的心态，也只有荒漠上的人才会有。与此同时，只见神父已经走进河水，眼见着他站在齐腰深的水中，身体有些摇晃。大家劝他赶紧上岸，他倒也是听话。但是上了岸后，他却对我和三个原住民说："上车！"话说得很是干脆，像是一道命令。我们四个人交换了几个眼神，没敢多说，一个个跳上了车。我还以为神父是要往回开，没想到他是冲着河水径直开了过去。

水流猛烈地冲击着汽车，我们的负载在一定程度上增加了汽车的稳定性。车头冲出一条水道，掀起一波又一波的水浪。神父双手紧握方向盘，试图将车头向上游倾斜，并控制一个角度以纠正急流造成的车身偏移。我感觉到车子开始晃动，渐渐地像船一样被水托起。如果汽车在水中熄火，或无法保持适当的速度，急流很容易将我们冲走。即使我们弃车而游，仍然会有很大的危险，说不定有一条鳄鱼正躲在某个地方，嘲笑我们这些傻瓜呢。所幸这些担忧都没有发生，神父竟然将车开过了小河。我问神父，如果我们的车不幸被水冲走了怎样办？他说，那就倒霉，要与鳄鱼一搏了。幽默中带着抑制不住的得意。但当天晚些时候所发生的事情，却让他再也开不出这种玩笑了。

接下来的几个小时，我们还遇到过几条小河，但水位不高，都很顺利地通过了。直到天黑，眼前出现一条大河挡住了去路。神父说，如果过了这条河，后面的路况应该好很多，离我们的目的地也不远了。黑夜里，看不清河水，但从水流声可以判断出水深流急。神父和先前一样走进河里试水位，他伸开双臂，在急流中努力调整身体的平衡，边缘水位已超过了腰际。两只车灯射在神父的身上。很快我就发现，他想退回，但有点吃力，每迈一小步都在试探脚是否踏在河床上。显然，他遇到了麻烦。我急忙过去，抓住一块半淹没在水中的石头，向神父伸出另一只手。他急忙制止我，喊道："别过来！"虽然他嘴里这么喊，可是急流把他冲得摇摇晃晃，最终还是一把抓住我伸出的手。我感觉到一只冰冷颤抖的手死死地抓着我，可是我却拉不动他，他壮实的身子好像在河床上扎了根。我告诉他，相信我、相信上帝。我只是想让他放松一点，因为他在抗拒，生怕我拉不住他。听了我的话，他真的不再抵抗，反而像是有一股无形力量推了他一把，我乘机一使劲把他拉上了岸。上岸后，神父做的第一件事是在胸前划了一个十字，然后捧起我的手吻了下去。后来，他称之为"上帝之手"。

上游一定在下大雨。我们的原计划是在河对岸的一个原住民小村庄过夜，现在只有就地扎营了。但是，出乎我意料的是，神父保罗再次吩咐大家上车。他说，为了感谢"上帝之手"，他要给我一个惊喜。眼前除了急流、黑夜、疯狂的蚊虫之外，还会有什么？神父却说，上车吧，到了你就知道了。他把车从来路往回开。我只觉得拐了几个弯，其他就不清楚了。大约半个小时后，前方突然传来狗叫声。几分钟后，我看到少许亮光，应该是篝火。原来我们到了一个村子。火光变得越来越大，在车灯余光里，隐约可以看见几个人影围坐在一起。只听一个苍老的声音，喝退了几条疯狂地在我们车身周围吠叫的狗。神父把车停在了离篝火还有十几米的地方，然后独自一人走过去，老远就用土语和他们搭话。

我跳下车，扶着车门站在一旁，几条狗大胆地凑近我，来回嗅着。三个原住民小伙子也陆续下了车，靠在汽车周围一声不吭。我问他们，为什么不过去？其中一个对我笑笑，仍然什么也没说。我们都很累很饿，没有了闲聊的兴致。虽然这片区域都是原住民的地盘，但分属于不同的族群，在没有得到这里的主人允许之前，大家是不会随意走动的，这是对当地原住民的尊重。

过了一会儿，神父喊我们过去。有人正向篝火里添加几根树枝，火势一下子旺了起来，照亮了黑夜里的一群人。神父坐在地上，手里捧着一只杯子。他把我介绍给大家，听到神父介绍我是中国人后，大家都慢慢探身向我围拢过来。借着篝火，我看清了他们。这一瞧，让我大吃一惊——嘿，这里怎么会有中国人？

神父冲着我笑，说这应该也是上帝的安排，让我有缘与他们见面。

"你们好。"我试探着用中国话和他们交谈，大家却摇摇头。有人试图重复我的话，逗得大家哈哈大笑。"原住民，"有一个人指了指自己说，"我们都是，原住民。"然后，又说了几句我听不懂的土语。

他们中一位戴着眼镜的老人昂起头、向前探着脖子瞅着我，用英语问我："什么名字？中国人？"

我点点头，问他："你也是中国人吗？"

虽然他的脸看起来像中国人，但他的皮肤很黑。老人转头看了看其他几个人，似乎在征求答案，但没有人回应。他失望地回过头来对我说："力，大家叫我阿力。"然后，他指着另外两位说，"阿其，阿克。"我看着大家被篝火映照得黑紫的脸，每一双眼睛都眯成了一条细线。

"兄弟。"阿力称我兄弟，可能是不习惯叫我的中文名字的缘故吧。

"哦，不、不敢。你是长辈。"我连忙说。虽然无法估算出他的年龄，但是少说也有五六十岁了。

"没关系，我嘛，60？不，78啦。"他自己也不能确定自己的年龄。停顿片刻他又说，有时他们几个闲着无聊，相互推算彼此的年龄，结果越算越糊涂，从此再也没有人提起这档子事了。有时间的人多了，就说是78岁，去年是，今年也是。我问，那么明年呢？他说："当然也是咯。"说完，他自己也笑了。

"这并不重要，对吗？大家说我是中国人。现在看到你，可以确信我是中国人啦，我们长得一样，对吗？哈哈！"说完，他笑得好开心。

"嗯，没错。老伯的母亲是原住民吗？"

"是啊，在我很小的时候，她就死了。"然后，阿力用蹩脚的英语断断续续告诉我关于他的父亲的事："我的父亲的父亲是中国人……他饭做得很好，经常去其他地方为别人做饭……有时候，回来（跟我们住上一段日子），但是他跟我们相处得不好……哎，后来他走了，再也没有回来。"

我问他，还记得多少关于他父亲的事？

他摇摇头，沉默不语。

旁边的阿克接上话尾，同样用断断续续的英语说："没有印象了。从小在部落里长大，伙伴们嘲笑我跟他们长得不一样……那个时候不知道'中国'是什么意思。"后来他有了一个女人，但是不能生孩子，所以膝下无儿无女。由于他家乡周围的动物愈来愈少，没有足够的猎物，村里大多数人都出走了。他老了，不愿漂泊，几年前搬来这里和阿力结伴。后来，这里又搬来几位长得和他们一样的人，所以大家也就称这里为"中国花园"。当他说到其他几位的时候，伸出两只手，竖起6根手指，意思是这里现在一共有6个像他这样有着中国血脉的原住民。

我问他，你们之间就没有相互探寻过过去吗？

阿克说，有过，但是说来说去，说不清楚，也就罢了。

这是一段怎样的历史呢？我又在心里琢磨开了。与此同时，我有意无意地一直在注意着阿克的一只手，因为刚才他竖起手指的时候，我发现他的无名指少了一截。我隐约有一种感觉，这里面肯定有故事。果然，阿克注意到我的目光总是看向他手指，便说起这根手指的故事。年轻时他在一个牧场做工，有一天牧场主不知为了什么事正生气。当时他正在吸烟斗，想找一个烟斗塞子找不到，看到阿克在附近干活，于是将他叫过来，令人剁下他的无名指充当烟斗塞子。理由是阿克平时经常找借口接近牧场主漂亮的女儿，他怀疑阿克有不轨行为，需要一次惩戒。

"过去，这样的事很多。"一旁的一个中年原住民男子插了一句。他说他的祖父曾在汉斯家的牧场做过饭，听说祖父后来加入了其他中国人的南下淘金队伍，而且还发了财，最后他回中国了，因为家里还有老婆和孩子。

　　之前我在查找资料的时候大致了解到，汉斯一家是当地非常有势力的牧场主。他们从东南亚输入许多男性青壮劳力，包括中国人、马来西亚人、菲律宾人，还有当地的原住民男人、女人和孩子。当时中国人干的多是粗活，如种菜、修路、搬运、厨房杂工，好一点的工作就是专职做饭了。

　　有关中国人最早何时来到澳大利亚，大致可以追溯至 19 世纪中叶，当时在澳大利亚的维多利亚州和新南威尔士州相继发现金矿，吸引来了大批中国淘金者。他们勤劳刻苦，所以收获也大。据统计，单在 1857 年从墨尔本运回中国的黄金就达 6 000 公斤之多。之后，西澳大利亚州又发现金矿，引来更多华工。他们大多不会说英语，生活习惯又与其他人不同，逐渐形成了"中国村"。华人吃苦耐劳，他们的大量收获引起当地白人的妒忌，演变成各地的排华风潮。暴徒们说华工肮脏、不守法、不说英语、无法交流相处，又说华工不带家眷，分明只想尽快致富后返回家园，这就是抢劫澳大利亚的财富。为此，政府制定了针对华工的"白澳政策"，实行多种限制，迫使当地许多华工迁移，去从事其他职业。如澳大利亚北部和西部地区，华工在那里从事的工作多为筑路、开矿、种蔗、经商等。他们遇到了同样受到欧裔白人歧视的原住民，这些原住民也做着一些低下的苦力活，大家都生活在社会的最底层，客观上促成很多华工和原住民同居或结婚生子。

　　今天，在西澳大利亚州和昆士兰州还生活着大批中国人和澳大利亚原住民的后代，他们对中国家史了解甚少，只是偶尔从几位健在老人的嘴里听到过只言片语。

　　当我们在谈论过去的时候，阿力没有说话。他半躺着，一只手臂搭在弯起的腿上，皱着双眉，目光呆滞地停留在黑暗里的一条狗的身上，嘴上叼着一杆自制的旱烟斗，不紧不慢"吧嗒吧嗒"地吸着。在我眼里，他活脱脱就是一个中国老农民，不同的是我们相遇在澳大利亚，交流的语言也不是中文。

　　"哎，我老了。"阿力重重地叹了口气，不无伤感地说。

神父这个时候告诉我，他们真的很想了解身上另一半的血脉："你没看到他们刚见到你时有多兴奋吗？"

"是的，我知道，我能为他们做点什么呢？"这句话，与其说我是在问保罗，不如说是在问我自己。

那天夜里，我久久未能成眠，阿力几个人的形象反复地在头脑里出现。与此同时，我又想起了杰米·才（Jimmy Chi）。他是我来皓斯溪之前，在布鲁姆小镇遇到的原住民词曲作家。他的母亲是原住民后代，父亲是日本人和中国人的混血儿。

***

那是一个非常舒适，阳光充沛、气候宜人的早晨，我坐在杰米·才家的前院。他告诉我，他需要半躺在竹椅上（一把类似在成都茶馆里最常见的躺椅），希望我不要介意，因为他刚从医院出来，不能说太久。

他看上去就是一副中国人的面相，肤色是略显健康的暗黑色，戴着一副金丝边的眼镜，显得非常斯文。他说话时脸上总是带着微笑，给人和蔼可亲的感觉。与这样的人聊天永远是愉快的。

他问我从中国的哪个城市来，那里是不是有很多人。他接连问了我好几个问题，显得有点兴奋。

我说，是的，那里有很多人。

他说，让他们移民澳大利亚，我们这里需要人。说着，他笑得十分的开心。然后，他让我用中文说点什么，他要听我说地道的中国话。

我说了一句"见到你很高兴"，他试图重复我的话，发出的音自然是怪怪的。他说他只会说"你好吗？"，这一次的发音还算清楚。

很快，我们的话题就切入了他的家族史，也是我一直很感兴趣的、有关原住民与华人的一段历史。

杰米·才，摄于 1991
年。这是我和杰米·才
第一次见面时拍的照片，
他是一个非常风趣的人，
说话时脸上总是带着笑
容，给人一种非常温暖
的感觉。

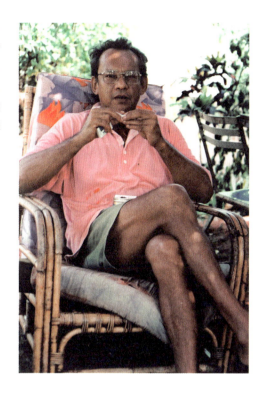

　　杰米·才的祖父约翰·才（John Chi）是中国人，中文全名应
该是廖有才，这可以在他位于布鲁姆华人公墓的墓碑上确认。中
国沿海城市广州、福建等地的人，喜欢把人名的最后一个字作为
小名，吉米的祖父被唤作阿才。所以后人误以为他姓"才"，其实
他姓"廖"。

　　大约在 1870 年，廖有才随着淘金潮从广东汕头来到澳大利
亚，先是在维多利亚州的本迪戈（Bendigo）小镇淘金赚了钱，后
来娶了一名日本女子山本弥荣（Yae Yamamoto）为妻，并搬到了
西澳大利亚州的布鲁姆小镇，在这里从事珍珠采集的生意。杰米
说，据他了解，他的祖父约翰在生意的鼎盛时期曾拥有 8 艘采
珠船。后来因为种族歧视政策，不允许华人从事采珠和拥有采珠
船，约翰不得不借用别人的名字继续从事这门生意。不幸的是，
这样的合作最终让约翰破产了。除了他的珍珠生意外，他的家人
还在布鲁姆经营了一家寄宿公寓和一家餐馆，还有出租车业务。

　　杰米从未见过他的祖父，而杰米的父亲娶了原住民女人。第二次世界大战给杰米的父亲带来了灾难，尽管他是中日混血的澳大利亚公民，但他于1942年与布鲁姆的所有日本人一起被捕，并被送往澳大利亚的拘留营，直到二战结束。在他被拘留期间，他的房子和餐馆被烧毁，他的出租车被军队占用。战后1946年，他回到布鲁姆的家中度过余生。在这期间，他要求赔偿，但最终只得到了一辆带有机枪弹孔的汽车。他于1994年去世，并安葬在布鲁姆华人公墓。

　　杰米从小在布鲁姆接受教育，12岁时被送到寄宿学校。后来他在西澳大利亚大学学习工程学，因为一场车祸头部受伤，无法继续他的学业。

　　在中国传统文化中，父母对孩子的教育有明确的要求和指导。当我问他，他有这样的学习机会，与他家庭中所继承的中国文化是否有关的时候，他说他没有仔细地想过，但也没有否认。

　　他说，从小他就在一个多元文化的社区长大，其中生活着华人、日本人、印度尼西亚人、马来西亚人、菲律宾人、原住民和澳大利亚白人。"布鲁姆是一个种族大熔炉，尽管有'白澳政策'禁止白人与非白裔通婚，但还是有许多所谓的非法同居。"

　　我问他中国文化对他的影响有多大，他说他喜欢吃中国菜。华人注重照顾他们的孩子和家人。他的父亲这样对他说过："生孩子很容易，但你必须照顾好他们，好好地养育他们。"他期待在中国新年用"恭喜发财"问候中国店主，这是值得期待的，因为店主会回赠一个现金红包。他相信超自然和神秘的力量。"总有一天，我会向你证明的。"他说他自己就有这种超自然的能力。

　　我问他，他的血统复杂，对童年的他造成过困扰吗？

　　他说，有的。在他成长过程中，他要应对来自白人的种族歧视，还要面对原住民家族对他的排挤。在某种程度上，像他这样的混血儿，在传统原住民人群中会受到差别待遇，也许这就是为什么混血儿之间的纽带更牢固的原因。

　　后来他与一个白人结了婚，育有两个孩子。当他谈到他的妻子时，情不自禁地表露出那么一份自豪感，后来我从他的妻子那里得到了证实。她说，杰米去各种场合都非常希望她陪伴出席。

　　那么，他对自己的身份又是如何认识的呢？当我提出这个问题之后，他认真地思考了一下，说自己是原住民，有着亚裔混血的原住民。"我们都是没有区别的人，你懂我的意思吗？我们不应该有种族区分和歧视。不幸的是，它一直存在于我们的生活中，不管是过去还是今天。"说到这里，他起身走进屋子，拿出一把吉他，还递给我一份歌词，歌名是《原住民》(Indigene)，由杰米·才和他的朋友沙恩·霍华德(Shane Howard)共同创作。他手抚琴弦，开始唱了起来："我们是一个人类大家庭，不管是白的、红的、黄的、黑的……"低沉、略带沙哑的声音里，饱含着他对"身份认同"的理解。那一刻，我看到他脸上的笑容变得更加灿烂，眼睛里闪烁着光芒，根本看不出他是一个病人。

　　因为一场车祸致使他无法完成学业，从而转向了他从小就热爱的音乐。杰米在音乐上的成就，应该是受到他母亲的影响。她会给他讲笑话，自己编一些愚蠢好玩的歌曲，帮助他稳定病情、保持理智。她是一位伟大的原住民女性。《全新的一天》(Bran Nue Dae)是澳大利亚第一部原住民舞台音乐剧，也是杰米的代表作品。它讲述了一个十几岁的男孩被珀斯的一所天主教寄宿学校开除后，回到布鲁姆的家中的故事，算是杰米的半自传作品。

　　我们的会面远远超出了原定的15分钟，而且在整个谈话过程中，我一点儿也没有感觉到他有精神上的问题，至少我们交谈的这一个小时里一切都进行得十分顺利。杰米告诉我，我是他遇到的第一个来自中国大陆的中国人，他很高兴与我聊天。

　　后来，我又见过他两次，因为他的病情不稳定和逐渐地恶化，当我们再见面时，他已记不得我了。

　　杰米·才于2017年去世。听说，杰米在去世前告诉他的妻子，他希望与他的原住民堂弟葬在一起，而不是葬在他的父母所在的中国墓地。杰米的故事告诉我，他在身份认同上有着复杂的心态。他的信仰和对人类关系的理解超越了种族和文化。如他所说："我们都是人类。"

　　那天夜里，我想了很多。杰米和阿力这两个拥有中国血统的人，生活在完全不同的环境下。这是我第一次发现，澳大利亚历史上原住民与中国人之间曾经有过如此紧密的联系。我仿佛知道自己应该做点什么了，得到了之前对自己所提出的问题的答案。

　　自此，我开始收集这段历史资料。

6. 荒漠上的村子

第二天，神父借了一条小船，来回好几趟才把我们车上的东西运过河，然后让附近村里的人将我们送往宝戈。小船很小，为了加快速度，我和神父只得下水，扶着小船趟过去。我站在水里，心里发慌，尤其是看到神父的眼睛不停地环顾周围的水域。身旁的原住民看到我的样子都笑了，安慰我说以他们的本能感觉应该不会有事的。他们所说的"本能"是一种潜意识，有时会体现为人体的某种感应。我听说，有一次一个原住民老人告诉正准备外出打猎的孩子要非常小心，因为当他们从他面前走过时，他的神经一直在抽动，这是要出事的征兆。果不其然，后来他们遇到了麻烦，但因为事先有老人的提醒，他们避过了危险。一些老人会依赖于某些迹象来告诫他们的孩子，比如右肩抽搐是要见到兄弟的迹象，乳房上的神经颤动与母亲有关，下巴上的神经颤动与孩子有关。澳大利亚原住民是世界上"灵性文化"最丰富的民族之一。

当我们将所有东西运上岸后，过了不多一会儿，接我们的汽车也到了。然后我们又忙活了一阵，就向宝戈方向驶去。接下来，等待我的又会是什么？我没去多想，反正不是我可以预想到的，那就顺其自然吧。这样的心态并不是我原来就有的，而是一路走来，生活的经历教我的。坦诚地说，我很幸运，因为无论到哪里，我遇到的都是些善良的好人。

半个多小时之后，我们终于到了宝戈。宝戈这个名字来自库卡查语（Kukatja）单词"palkurr-palkurr"，意思是稻草。它是于

1939 年由天主教会在西澳大利亚州的内陆荒漠上建立起来的村子。远远望去，它像是荒漠上的一座废墟，寥寥无几的几间简易屋子围成一圈，所以村里没有街道，也没有村头和村尾。后来我了解到，在宝戈以北约 100 公里处有一个沃尔夫溪陨石坑（Wolfe Creek Crater）。据说，一百万年前，一颗巨大的陨石坠落到地球上，砸出了这个直径约 850 米、深约 50 米的坑。在原住民神话中，它与"Ngarrinti"也就是"飞梦"的典故有关。原生树木现在生长在保存完好的圆形陨石坑周围，从一个侧面解释了该村的圆形布局。

荒漠上的村落——宝戈。当年（1989 年）我来到这里的时候，大家还住在这样的树棚子下，现在，村子里已经建造了许多平房。

来到村里的头两三天，我无非就是四处走走，熟悉环境，跟大家打个招呼，尤其是村里的长老们。有人问我，认识李小龙吗？他在问的同时，还不经意地拉开一个电影中常见的武打架势，嘴里发出"嘿、嘿"两声，逗得周围人一阵大笑。对方把架势都摆出来了，必须迎战呀。我顺势蹲下马步，拉开功夫架子，表情严肃，死死地盯着对方，脚下的步子缓缓移动，完全是蓄势出击的状态。见我如此，周围的人开始起哄。很快，对方感觉到了我逐渐逼近的气势，开始后退、崩溃、求饶。整个过程虽然是装腔作势、半真半假的"表演"，也甚是好笑。

我问他，叫什么名字？

"马修·吉尔。"

我想跟他开个玩笑，便说："叫我师父，教你功夫。"没想到他还真叫了我一声"师父"。

这下子有点尴尬了，这一声"师父"叫得，让我和围观的人乐坏了。当着众人的面，只好顺势教了他两个武术中的擒拿动作，大家又是一阵起哄、喝彩。原来的陌生感、距离感都在这一片笑声中消解了。没想到，这一招竟然是我与村民们建立友好关系最有效的"招数"，它胜过任何言语。

自此，我在村里的行动变得更加随意，四处画画、拍照，包括靠近那些聚在一起赌博的人，那个叫马修的年轻原住民也时不时地来找我。我说我可以教他画画，他听了也是很高兴。我不敢教他太多，怕惹上麻烦，不过后来我还是为他准备了一个速写本。

神父起先是想安排我住在教堂，后来我主动提出，如果可以的话，让我住在任何一个原住民家里。所以神父介绍我住在了诺丝（Rose）家，所谓的家就是一个敞开的棚子，一家人围着棚子前的篝火而睡。如果是雨天，就会躲进它背后的一个简易铁皮小屋，屋子里堆满了衣服和杂物，所以总得有人睡在棚子下。平时，篝火就是家中日常生活的中心。

天上正下着不大不小的雨，我抱着画夹躲在由几根树枝撑起的一块大油布下，专心地画着蹲在一旁的一个老人，他的名字叫基尔（Jill），是村里的长老。基尔长着一副瘦长的脸孔，留着一把灰白的长胡子，与头上一团团的卷发连成了一体，他看人总是眯着眼，且不善言笑。此刻，他正摆弄着一根长烟斗，这是两天前我用一根掏空的细树枝做的，看着它我就想起"中国花园"里的几个老人和阿力手上的旱烟斗。只见基尔把烟丝填进烟锅里，点燃后狠狠吸了两口，两道平行的、浓浓的白烟柱从他鼻孔里射出，甚是壮观。他的双眉紧锁、神情忧虑，脸色阴沉得让人不敢靠近。在他的身边躺着另外几个老人，其中有一个看上去病了，一直哼哼唧唧的，但不知为什么，没人过问他。

随着一阵风，一片雨水打在基尔的脸上，他顺势摸了一把湿漉漉的胡子，脸看上去显得更长了。突然，基尔对着无人处说起话来，言语中听到他提到"孩子"。我不由自主地环顾四周，没看见其他人，也没看见一个孩子。看他的神情，像是自言自语。难道他是在担心谁家的孩子吗？我用询问的目光望向诺丝，她正在专心画她的点画。她也是一位画家，所以平时总是见她的脸上和身上多出几块颜色。只见她抬起头，欲言又止，最后微微地摇摇头，嘴唇嚅动，向我示意不要问为什么。我似乎有一种预感，村子里正在发生着某件事，大家都为此缄默。我到村里的第一天，诺丝就提醒我，不要随便乱拍照。不该知道的事别问，时候到了，我自然会知道。

雨，有节奏地拍打着头顶上的油布。三个年轻女人也挤了进来，互相寻找彼此头发里的跳蚤，生病的老人还在哼哼唧唧；不知从什么地方跑过来几个孩子，在雨中嬉闹。我细心地把周围发生的一切用文字和线条记录下来，为我未来的创作留下一点资料。

一个光着屁股的孩子伸出黑乎乎的小手，手心上放着一小块面包片，一只鸸鹋被孩子手里的食物吸引，翅膀一扇一扇地跑到油布下。这种如非洲鸵鸟一样的澳大利亚走地鸟哪把小家伙放在眼里，大胆地伸长脖子向面包片啄去。可能啄疼了小手，小家伙迅速缩手背到身后，呀呀地责怪它不该如此凶狠。同伴讥笑他胆小，并夺过剩下的面包片把他推到一边说："瞧我的！"小家伙不服气，冲上去想要反击。只见鸸鹋跨前一步伸长了脖子，挡在了他们之间，像是在说："别吵了，谁喂我不都一样吗？"占了上风的小家伙非常得意地咧着嘴，露出一排牙，在黑色脸孔的衬托下显得尤其白净。他别出心裁，把面包放在头顶上，背手弓腰向前伸着脖子，动作非常滑稽可笑，像是在舞台上演戏。小面包片掉进了乱似稻草的头发里，鸸鹋伸嘴，在乱发里扒拉了两下，猛地啄了一口。小家伙捂着头一声惊叫，跌倒在地。哭声惊扰了周围的人，特别是聚集在另外一块油布下专心玩牌的一群人。有人责骂小家伙扰乱了他们玩牌的兴致，也有人责骂啄伤小家伙的鸸鹋。

诺丝愤怒地冲过去，指着那群玩牌的人大骂一通，画笔几乎点到一帮人的脸上。骂完了，她转身提起小家伙的一只胳膊，像拎小鸡似的拎到一边。小家伙"哇哇"哭叫，两条小腿在空中拼命地挣扎。我真担心小家伙的胳膊会脱臼。诺丝拨弄着小家伙的乱发查看，可能没有找到伤口，可小家伙还在哼哼唧唧地哭。诺丝麻利地从领口拉出一只奶子塞进孩子嘴里，哭声立马停了。"你这是自找的！"诺丝生气地在小家伙屁股上拍了一掌，小家伙吐出奶头又哭开了，诺丝虽然怒气未消，还是将奶头塞了回去。

诺丝怀里抱着孩子，弯腰画画不方便，于是我捡起她的笔——一根裹着棉花球的小细棒——上前帮她。平时，诺丝和周围人的交谈不多，也许因为我们都是画家的缘故，她和我特别能谈得来。我看她大多时候都忙忙碌碌的，要不就是埋头耐着性子画点画。这些用一个个小点组成的画很费时间，每天我都帮她点上几块画面。

"这里，黄色。"诺丝指着画布上的一块地方说。

我伸手蘸了黄色，一连点下几个点。后来，帮诺丝画画成为我的日常工作之一。

我问她，为什么原住民画家都喜欢用点？她说，没有想过为什么。过了一会儿她又补充道，过去他们都是在举办仪式的时候才会用花草灌木之类的植物和鸟类的羽毛等，掺上诸如赭石之类的矿物石颜料，在沙地上画各种图案。后来有人说，这么好的图案，仪式结束后都销毁了，有点可惜。

可不是吗！可以想象，那些在仪式中构建起来的图案，就是一个完美的装置艺术作品。以原住民的视觉习惯，从天空向下看，道路、岩石和河流都像地图一般，成为平面上的线条和几何图案。我甚至可以想象，原住民绘画上的这些点就像散落在荒漠上的一粒粒沙子，画家以俯览大地的视野将大自然的景观浓缩成了无数个小点。

用诺丝话说："你有你的画法，这个，是我们的。"

毫无疑义，这些点画是世界上独一无二的艺术风格，创立了独特的美学思想。

诺丝怀里的孩子已经睡着了。她给我看孩子头顶上的一个红斑点，然后指着悠闲转悠的鹪鹩和她的画。我明白了，接下去画布上会出现一只鹪鹩。

"脖子是白色的，腿和爪子……这里是黑色的……黄色，你明白我的意思吗？"对于她的话，我没做任何回应，只是听从她的指示，小心翼翼地在她指点的地方点上不同颜色的点。更多时候，她只是把一碟颜色往我面前一推，我们都心领神会，知道接下来该做什么。所以，我很快发现一件非常有趣的事，我们之间的交流并不全靠语言，还有许多的肢体动作、手语和行为。能够用行为、动作说明的事，就不会用语言表达；即便使用语言，也都是简略的几个英文单词，夹杂着简单的土语。

一直趴在我们身边的一只瘦得皮包骨头的黑狗可能是听到了什么声音，警觉地站起身，竖起耳朵听了几秒钟，突然窜了出去。它这一窜，不仅打翻了一瓶颜料，还从画布上踩了过去，刚刚点上去的颜色没有干，造成那一块的颜色糊成一片，气得诺丝大喊大叫。那个年代，画家大多是在露天画画，风沙的干扰自然少不了，稍不注意，狗走到画布上也并不奇怪。画家不点破，也不会有人知道。这是生活在艺术中留下的痕迹，久而久之，形成了一种独特的艺术风格。

我直起腰，这才意识到久盘着的双腿早已经麻木了，高度专注地创作会让人忘掉一切。我眯起眼睛，看着地上的画：一排鹪鹩的脚印，这是许多原住民画家喜欢采用的表达方式；一个黑孩子，后面跟着一只鹪鹩，领着几只小鹪鹩，分成两排，它们都是具体而非抽象的形象；一个涂满黑色的大圆圈，代表一个水洼；

这两张图片分别是正在作画的我和诺丝。通常我们会将画布铺在地上作画。那段时间，村里的人每天都可以看见我们在一起画画。

剩余的空白画面里正被点上不同颜色的点。诺丝告诉我，她最初只想画一幅有关鸸鹋神话故事的画，通常画面上只会出现一只大鸸鹋和一排鸸鹋的脚印。但是，现在她要添加上一群小鸸鹋，这和刚才所发生的事有关。我喜欢诺丝开放的思想，同样是关于鸸鹋的故事，她把一个传统的神话典故做了扩展，不仅画面丰富了，也更有现实性。

"鸸鹋是我的图腾。"她说。

我抬头看着她，难怪她刚才没有责怪鸸鹋，而是一个劲地骂那些玩纸牌的人。她似乎明白我看她的意思，眉头一挑，脸上露出一丝调皮的笑容。

这时，又是一阵呻吟从一直躺在基尔身边的一个老人嘴里发出。他一只手垫在头下，痛苦地蜷曲着身子，连嘴和眼角聚集的一堆苍蝇也无力驱赶；头发乱得像稻草一样，上面被染过似的红红的一团。

"得了什么病？看上去挺严重的。"我问。

"头痛。"诺丝说。

"吃药了吗？"

"嗯。"

我走近呻吟的老人，试图赶走徘徊在他头顶的苍蝇："他应该去看医生。"我在说话的同时，发现他的红头发沾满了血水，而且血水还在向外渗透，正是血水引来了苍蝇。

"怎么回事？"

"他用石片割破了头顶。"

"什么？这不是很危险吗，而且特容易感染。这样不行，诺丝。"我急了，伸手赶走几只讨厌的苍蝇，正要查看他的伤势。这时，原先好好地躺着的另外几个老人，都不约而同地慢慢坐起身子想制止我。我没了主意，把目光又投向诺丝。

诺丝正专心地磨一块红石头。平时，它是绘画颜料，现在，这摊红色的颜料与一些红土搅拌在一起。她抓起一把红土开始抹在老人的头上、脸上和身上。显然，她将它视为一服灵药。

　　我看傻眼了。这些红黏土可以替代药物吗？诺丝似乎看透了我的心思，解释道：老人头疼，是因为他在过去几个晚上梦见了恶魔，醒来之后，恶魔并未离去。恶魔害怕猩红色，所以他只能打破头，放它出去。为了防止恶魔转移到其他人身上，大家都应该抹上红土来保护自己。当诺丝说到这里的时候，她伸手在我的手臂、脸上抹了几把，口中还念念有词。要不是过去一个多星期，我们之间已建立起牢固的信任感，我一定不敢让她这么做，因为我不由自主地联想到流行在他们中间的祈祷语和咒语。她闭着眼睛，一长串土语从她那蠕动的嘴唇里发出来，我的心里还是有种无法形容的紧张。过了一会儿，诺丝一定感觉到了我情绪的变化，面带微笑地说："红土是可以避邪的。"话说得很是轻柔。那一刻我被她的笑容和轻柔的话语所打动，随手抓起一把红土，抹在她胖乎乎的手臂上。她先是愣了一下，随即笑了。看到她的笑容，我索性大着胆子又将红土抹在她低领口的脖子下方。她没有说话，也没有表现出被冒犯的样子，反而是我为刚才冒失的举止有点不知所措。为了转移我的尴尬，我指着她肩上的几条鼓起的伤痕问："它们是怎么来的？"她犹豫了片刻，回头瞧着基尔和几个老人，低声地说："以后再告诉你。"

　　基尔对周围所发生的一切根本不闻不问，他的心里一定是在惦记着那几个孩子。只见老人慢慢地站起来，背着手，弓着一副高大的身子骨，自言自语地说了些什么，然后一步步地向前走去。雨水很快就把他的身子淋了个透，我想去拦住他，同时回头看向诺丝，她将手在空中一翻，做了个无所谓的动作。那一刻，雨，突然变小了。这是我的错觉吗，还是……还是老人具备着常人没有的某种能力？太不可思议了。

　　老人很快在雨中消失了。

　　玩牌的继续玩牌，画画的也没有停下画笔，孩子们嘻嘻哈哈，玩得正在兴头上，没人注意到老人的举动。不一会，远处传来一阵吟唱，并伴随着木头敲击声。从此，每天夜里，村里人都能听到这样的吟唱，它像幽灵一样悄悄地回荡在篝火旁和众人的心头，偶尔还伴随着从教堂方向传来的钟声。这样的钟声，后来我经常听到，尤其是在傍晚。在空旷的荒漠上，它听起来十分清脆、孤独。

***

自从结识了神父保罗，我就一直在心里琢磨："原住民会接受上帝吗？"当我面对村里唯一的"高档"建筑物上的十字架时，不得不相信这是事实。神父说，上帝属于整个人类，他从来没有忘记过生活在每一片土地上的人，包括这些原住民。而许多原住民，尤其是女人，都爱听神父讲解《圣经》里的故事。澳大利亚原住民族没有文字，任何用嘴说出来的故事都特别吸引他们。

这一天的傍晚，夕阳西下，太阳没有那么猛烈，我打算随便走走。在路过一群玩牌的人时，我凑上去想看看热闹。他们中间的一个人嘴里叼着烟，偏着头瞅了我一眼说"几天没见你了"，说话间手里麻利地洗着牌。

哦，我心想，你每天忙着玩牌，自然是看不见我啦。

他又说："有钱吗？"

我拍拍口袋，双手一摊。

"那你过来站在我的身后。"说着，他把面前仅有的两张百元大钞扔在赌圈的中间，大叫一声"我要赢了！"，引来围观人一阵大笑。旁观者永远不会嫌赌注太大，这样只会更刺激。他们的心态是，希望看到参与者之间的搏杀，看到输钱者那一刻的沮丧、愤怒、不甘、激动的情绪变化，而不是想看任何人赢钱。

"唰、唰、唰"，只见一张张牌从发牌人手中飞出去，准确地落在几个参赌人的面前。然后大家屏住呼吸，小心地一点点看牌。那一刻应该是最令赌客们心跳加速的时刻，即使只有那么几秒钟。我想对于赌客来说，玩的就是那几秒的心跳。说来也巧，我还真为他带来好运，这一把他大赢。赢家高兴了，随之，输家们的责骂声却冲我而来，见此状况我只有赶快逃。

　　我无法确认澳大利亚原住民从何时开始赌博，有人说是从中国人那里学会的，也有人说是望加锡人传授给他们的。早年望加锡人在与澳大利亚的原住民以物换物的交易中，不但交易了刀剑之类的铁器，酒、烟叶、衣服等生活用品，还有语言、歌舞的相互影响，并且向原住民传授了玩纸牌等娱乐活动。尤其是在澳大利亚北部原住民说的雍古语（Yolngu）中不难发现有一些是来自望加锡语的单词，比如钱（rupiah）、白人（balanda）等。

　　接下来我又路过一堆篝火，看见艾米丽（Emily）大妈正在摆弄一堆红土。前几天我画过她，干瘪瘦小的身材，深凹细小的眼睛看东西有点吃力。她几乎是闭着眼，凭感觉捏着地上的红土，并不时抓一把抹在自己的头上，原本的白发已被红土染红了。见我停下脚步，她拍拍身边的地面，示意我坐下，然后问我今天做什么了。我说和过去的几天一样，自己画画，也帮诺丝画，在这个过程中向她学了许多东西，再有就是和村里的人闲聊。说是闲聊，其实我是在用心地学习。

　　"耶，我每天都看到你在村里走来走去，"她说着，又将瘦小的身子向我探过来问，"你有我们的名字吗？"

　　我摇摇头。

　　"哦，你应该有，你看上去就像是我们的人……没关系，有一天，你会有的。"

　　经她这么一说，我稍加回想，好像真是那么回事，我们俨然是自己人了。大家都像眼前的艾米丽大妈一样，对我非常友好，早已经没有了最初的陌生感。后来我把这件事告诉了诺丝，她说，艾米丽大妈说的不仅仅是一个名字，而是指在原住民八个血缘体系中的归属。他们每一个人都要归属至其中的一个，如果我在这里时间久了，自然就会归属某个分支。我经常听他们说某人是自己的兄弟或姐妹，说的是他们在同一分支，而非有相同的父母。在同一分支里的男女是不可以通婚的。显而易见，这个体系起到了阻止近亲通婚的作用。

　　篝火上铁罐里的水开了，我把一串茶包扔进罐里，加入几大勺糖，用树枝搅动几下。罐子里的开水只有一半，需要再倒入一些冷水，这样的茶就不至于太烫，可以直接入口了。这种沏茶方式我是跟诺丝学的。我将沏好的茶放在老人面前的地上，而她却向我钩钩手指，示意我坐近一点，然后冷不防把粘满红土的手在我头上抹了几把，脸上露出孩子般调皮的微笑，眼泪挂在老年人常见的湿乎乎的眼角，张开的嘴露出几颗残牙。见我没有躲闪，她又在我手臂上抹了几把，嘴里说："愿上帝保佑你，孩子。"

上帝？她抹在我的身上的是原住民仪式中常用的红土，却让白人所信仰的上帝来保佑我。见我一副迷惑的神情，她问："你相信上帝吗？"

我犹豫了一下说，我没有特定的宗教信仰，但是，许多宗教里的道理又无时无刻不在影响着我的生活。就像中国的道家讲今生，佛教讲来生，还有西方的宗教，都会或多或少地影响着我们的生活。

"你是白人，难道你不信上帝吗？"但是她很快又补充道，"噢，也许不一样。"

"你呢，为什么会信？原住民文化里本来就有上帝吗？"

她看了看我，低下头，又玩起了地上的一堆红土，仿佛是在思考应该怎么回答我的问题。

"保罗是个好人。"她没有直接回答我，但这句话，已足以说明她对神父的信任，她说她相信神父所说的话。

就在昨天，我与一位原住民交谈时，看到他手里拿着一本书。因为翻阅的时间太久了，书已经变得破烂不堪，只在书脊上还隐约可以辨认出"圣经"二字。我问他："上帝是谁？"

当时他被我问得有些不知所措，一本书在他手里忽然变得沉甸甸的，在两只手上颠来倒去，像是要掂量出它真正的分量。

"不知道，不过这本书上说，酗酒对我不好。"他说，"神父是这么告诉我的。"

艾米丽说："在我们的文化里原来是没有上帝的。自从教会与政府合作，出现在我们的生活里之后的很长一个时期里，在教会管制下的原住民禁止说英语以外的任何语言，甚至离开该地区都需要得到批准。"

在她告诉我之前，我一直很好奇为什么她的英语表达能力与其他原住民不一样，原来是这样啊。

我经常听到神父保罗说这么一句话："当你们（原住民）遇到困难，解决不了，主愿意倾听和帮助你们。"比如几天前，村里传出一个姑娘要求解除一桩指腹为婚的婚约的消息。这是一种古老的原住民习俗，即使是 20 世纪 90 年代，在荒漠上一些偏远地区的原住民村落里，这样的事还在发生。村里个别思想顽固的长老认为，生活在部落里，就要遵老祖宗定下的法规，他根本不理睬白人的法律。后来在神父的帮助下，姑娘受到小小的惩罚后，得以顺利离了村子。

这样的事，我之前在原住民村子尤德莫（Yuendumu）也遇到过。达毕（Darby）是一位原住民画家和雕塑家。他告诉我，他有三个妻子和七个孩子，他有 85 岁了。这个岁数应该是他随意所说，但他看上去确实是一把年纪了，头发胡子都白了。他一边说还一边用树枝在地上画了 7 道杠，每画一道，他就说出自己孩子的名字。后来，他指了指坐在身边，自始至终沉默不语的女孩说："她也是我的女人，怀孕了，我又要多一个孩子了。"说到这里，他对女孩做了一个顽皮的鬼脸，女孩微微一笑，露出一排黄牙。女孩看上去很年轻，穿着黑色夹袄，双手抱在胸前，我甚至怀疑她是否成年了。我试图和她搭话，但她没有搭理我，看都不看我一眼。她的目光全在她男人身上。后来听说，老人经常找一些海参来吃，还有一些催情的秘方。虽然大家不愿谈论这些属于男人的秘密，但据我了解，荒漠上的一些草药确实会起到维持男性雄性激素水平的作用。

那天晚上我睡不着，盯着篝火又发起了呆。头脑里不时地回想和思考着艾米丽大妈所说的一切，还有原住民的传统文化习俗在现代社会的存续空间的问题。

历史上，教会组织曾经用强制性的手段，将原住民孩子从原生家庭夺走，企图从根本上彻底改变这个民族，从而留下了一段不被认同的历史记录。我常听到原住民说："不要一个劲地总想消灭和改造我们，这行不通。"这样做的结果，不仅剥夺了父母之情、亲人之爱，而且还剥夺了这些孩子本应该继承的民族文化。

无论如何，上帝最终没能改变这些原住民，但教会组织也没有从原住民的生活中消失。不仅没有消失，还留下了非常深刻的影响。

尽管原住民的社会结构和传统文化受到了其他文化的影响，但村里的人仍然将传统的原住民文化视为民族的精神支柱，它包括原住民的法律法规、奇特的习俗和各种信仰仪式。今天的原住民实际上生活在两种不同文化的冲突之下，如何兼容并存，是摆在大家面前的一道不可回避的难题。

"铛、铛……"从教堂方向传来一阵钟声，它将我从思考中拉了回来。放眼望去，分不清荒漠上哪儿是树棚屋子哪儿是灌木丛，唯独教堂的身影看起来十分真切。我不禁要问，它到底扮演了是一个什么样的角色？想到这里，我迅速在速写本上勾勒出几个小稿，并注上一些文字。我开始学习思考，记录下当时的感受和学到的点点滴滴，它们后来都成了一幅幅作品的原始小稿。其中有一幅小稿是这样的：一个女人专心致志地趴在地上，耐心地将各种不同颜色点在一块洁白的画布上。她的身旁有一把椅子，上面放着一本已经十分破旧的《圣经》。虽然这只是一幅钢笔小稿，但出现在我头脑里时仍然少不了那些丰富的色彩。

教堂的钟声过后，夜，又静了下来。我继续对着篝火发呆，渐渐地，我闭上眼睛，什么也没在想。我能听见自己的呼吸，轻缓、流畅。这时，一段低沉的吟唱开始在大漠上回旋。每天晚上，它就像是一首催眠曲，将我送入梦乡。可是今晚听到的似乎与往常不同，它分明带着那么一种急躁、凄苦呻吟的意味。我有一种莫名的预感，村里人正在默默地期待着某件事情的发生。

那会是什么呢？我重新睁开眼，抱着双臂，盯着篝火，想到基尔老人担心的那几个孩子。老人的消失是不是与这件事有关？还有那个生病的老人，也有几天没有见到他了。几个孩子躺在地上睡着了，诺丝起身往篝火上架了几根树枝，默不作声地又躺了回去。

"汪汪"突然身边的一只狗警觉地站起来，对着黑暗叫了几声，借着微弱的篝火，只见黑暗中有三个人像幽灵般从我眼前走过。其中一个高大弓背的身影，像是长老基尔。我来村子已经有一个月了，最后一次见到基尔好像是他走进雨中。我情不自禁地想跟他打个招呼，话未出口，身边传来一个阻止我的声音："嘘，不要。"语气听起来很坚决，原来是诺丝。她已经坐了起来，一定看到了我刚才的举动和黑暗中的那三个人。她拾起几根细树枝丢进篝火，"噼啪"几声，火焰更清晰地映出诺丝胖乎乎的身影。

"那是基尔吗？"我手指那三个人离去的方向。

"嘘，别叫他。"诺丝压低了声音说。她的话证实了那就是基尔。

我愣愣地瞧着她，不断膨胀的好奇心促使我想听一听她所知道的村里正在发生的事。看着我不死心的样子，她举起一根食指向我勾了勾。我小心地凑到她的面前，她的嘴几乎贴在我的耳朵上说："也许你很快就会知道了。"

她还是没有向我透露一点信息，我只好把一股探秘的好奇心压在了心底。

第二天，一切和往常一样，大家继续玩牌、画画，村里好像根本就没有发生过任何事情。我知道诺丝不愿谈论昨晚的事，所以没有再向她提问。我记住了诺丝的话——不该我知道的事别问，即使知道了，不该说的也不能说。

那段时间，荒漠上的天气时好时坏，乌云总是压得人提不起精神。村里人和平时一样，该干什么还干什么。我闲着没事就帮诺丝点上几块画面。就这样，每天我从一个篝火走到另一个篝火，与大家闲聊。一段时间下来，一个对世人封闭已久的神秘世界终于悄悄地向我敞开了。

***

一天，早上醒来，我掀开蒙在头上的睡袋一角，看见诺丝正围着篝火忙活，其他人也都懒散地坐在树棚下，看不出想要做什么。像往常一样，大家有的吃就吃点，要不就起身在村里转悠一圈，总会遇到一些相同心境的人聚在一起聊几句，或发发呆，然后再决定接下来一天的时间该如何打发。如果兴致上来了，就结伴去远一点的地方寻找猎物。这是荒漠上人的生活常态。我钻出睡袋，找了一个没人的地方方便一下，折回来的时候，就见诺丝默默地将一杯浓茶放在我面前的地上，然后又去忙了。她早已了解我每天早晨的习惯：先是来一杯浓浓的茶，帮助我彻底清醒过来，即使有时夜里睡不着，第二天一早还是会按时醒来；然后我会安静地坐下来，整理前一天发生的事，画几个小草图，这已经是我每天早晨必做的功课。我抬起头看着诺丝的身影不停地在我眼前晃来晃去，一身艳黄色的无袖长裙遮住她丰满的身体，与黑色的肤色相互衬托，形成较为强烈的对比。几个星期以来，我几乎忘记她是否换过其他长裙，也许偶尔换过，但也都是类似的鲜艳长裙，就像她的画。我几乎被这身亮眼的颜色闪得有些恍惚，视线里都是耀眼的黄色，不由自主地轻轻垂下眼帘，头脑里顿时出现了一幅图案鲜艳的画——诺丝仿佛将她的画披在了身上，缓缓地走在以大漠为背景的舞台上。明亮的天空、红色的土地和黝黑的肤色展示了生命与大自然的完美结合。

"怎么了？"诺丝隔着篝火轻轻地问我。我不好意思地冲她笑笑，赶紧将月光从她身上移开。

她说，一会儿跟她去一趟村里的艺术中心，那是一个专门帮助原住民画家卖画的地方。平时大家从那里领取画布和颜料，画完了，再交给中心出售。

我答应了一声，抓紧时间在本子上勾出一个小稿。和其他小稿一样，结合留在我头脑里的印象和画面，它们最后都会成为一幅幅作品。

　　当我们来到艺术中心的时候，门口已经聚集了十几个人。诺丝和我在人群后面找了一个不引人注意的地方坐下。她告诉我，每个月的最后一天，对于村里的画家来说是最令他们期待的日子。因为这一天，他们中的幸运儿将会收到卖画的支票。看她说话的神情，平静话语的背后也是抱着满满的期待和掩饰不住的自信。

　　眼看着门前聚集的人越来越多，不到300人的村子，很快聚集了几十人。诺丝说，村子里画画的人数远超过我所看到的。"这么多画能卖掉吗？"诺丝耸耸肩，不置可否地说，对于有些人来说，除了政府的救济金，这是挣钱的唯一途径，"而且很容易"。好坏总会有人要，就看价钱了。这从一个侧面验证了我之前认识的德国姑娘对这种画的质量提出的质疑。如何避免走上过度商业化、生产化的道路，似乎是所有艺术领域都要面对的问题。

　　但是我看好诺丝的画，因为她的画总是有些与众不同，无论是色彩的搭配，还是相同主题的不同图案。这对一个原住民画家，即使对非原住民画家来说，都是非常不容易的事。画家重复自己的画是不可避免的。诺丝说，有时她会梦见一些画面，这样由梦中的画面绘制的画总是最受欢迎的。

　　这时，中心的大门打开，一个年轻的白人出现在门口，他应该是这些画家的经理人。人群里发出一阵骚动的声音，激动人心的时刻要来了。第一个被叫到的人兴奋地奔过去，拿到支票，在空中挥舞了两圈，引起其他画家一阵嫉妒的唏嘘。在这个过程中，很明显，有些艺术家很高兴，更多的则不然。

　　几声叫喊之后，人群中响起一阵更大声的起哄声，因为有人被第二次点到名，这意味着他卖掉了两张画。只见他接过支票，给了它一个狠狠的吻。这种"嚣张"之举毫无疑问地引起众人更多嫉妒，唏嘘声响成一片。此时此刻，被嫉妒也是一件非常令人开心的事。

　　看到这一切，诺丝笑着说："他太得意了。"话语中多少带着一点善意的提醒。

"诺、诺……"有人在喊诺丝的名字，"喂，你是不是太有钱了呀，支票在叫你都听不见吗？"我和诺丝光顾着说话，没有听到经理人叫她的名字。

诺丝压制着内心的喜悦，稳步走过人群，接过支票，还没有来得及揣进兜里，就听我身后有人在议论："她真幸运，上个月她也拿到了支票。"言语中流露出无限的羡慕。

回去的路上我对她婉转地表达了大家对她的羡慕，她却对我说了一句话："离他们远一点。"因为会有一些"饥饿的家伙"找上她，分享她的这笔"财产"。这可能就是她看到前一个人亲吻支票时说"别太得意了"的原因。

看到诺丝高兴，我借机问她是不是可以给我做一次模特，我有这个想法已经很久了。"耶。"她爽快地答应了。

刚到村子那段时间，我与大家聊天说话的时候都会寻找机会问对方是否可以画他们。自从那一次展露一点功夫之后，村里的长老们授予了我在村里随意画画的"特权"。

回到篝火旁的家，清理出一块平坦、干净的地方，我将夜里盖在身上的毯子铺在地上，又在毯子上铺上一大张宣纸，找了一只弃用的破碎瓷盘，倒上墨水；最后拿出几只大小不等的毛笔，准备画一幅构思已久的诺丝肖像。恰巧这个时候，马修·吉尔又来找我了。自从我送了他一个速写本，他就按照我说的画了一些东西，并且每隔几天就让我指点。有一次他说："我想学习你的方法，终有一天，我会成为一名真正的画家。"他没有成为我的功夫弟子，却成了我的第一个原住民绘画学徒。我告诉他可以教他一点我的绘画技巧，但原住民独特的作画方式才是最棒的。当时也在场的诺丝说："嗯，不一样，也是最好的。"我听了非常诧异。像诺丝这样的荒漠上的画家，没有接受过任何绘画训练，对色彩的理解和感受完全出于本能，但她说出了一个朴实、最简单不过的道理。我相信这样的道理任何艺术家都懂，但却终其一生也难以做到。

这张画中的人物便是诺丝。每次出行我都会携带一些基本的绘画工具材料，包括宣纸、笔、墨，还有一块夜里可以盖在身上，平时可以铺在宣纸下的毛毯。在宣纸上的写生画，一气呵成，常常会出现意想不到的惊喜效果。

在宣纸上作画不像画油画可以涂涂改改，须仔细观察直至胸有成竹，落笔要准确、果断。除了脸部的细节和外轮廓，其他部位都是大笔触，所以画完一张半成品所需时间并不长，也不能长，毕竟我的对象不是专业模特，可又比专业模特更能打动画家。

一只狗正悄悄地靠近我们，可能是墨香吸引了它。它的鼻子伸向了墨盘，一只爪子还在墨盘上扒拉了两下。"哎，滚开！"这一声大喊几乎是我们三个人同时发出的。像其他时候一样，狗从宣纸上跑过去，留下了几个蘸有墨水的爪印。看着被破坏的画面，我不无惋惜地感慨，这些狗每次跑走或躲闪的时候，为什么总是要从画面上踩过去呢？马修开玩笑地说："它也想帮画家踩几个点呀。"可是再一想，完美的作品，就像完美的生活一样是不存在的，更何况是在如此简陋的环境下的创作。没有瑕疵，又何来完美。

接下来，马修说他也想在宣纸上试试。我换上一张新纸。他拿起毛笔、蘸上墨汁，却显得无所适从，不知应该如何落笔。在我看来，他有勇气拿起毛笔，愿意尝试一个全新的事物，已经非常了不起了。

这时我发现除了我们三个人之外，篝火旁又多了两个人，看着有些眼熟。想起来了，他们是早先在艺术中心时，在我身后羡慕诺丝的两个人。我都没有注意他俩是什么时候来的，来了多久了。他们默默地站在一旁，没有任何言语，诺丝和马修也没有和他们打招呼。过了好一会儿，诺丝走过去，向他们中间的一个人手里塞了一些什么，然后两人转身离去了。我仿佛明白了之前诺丝所说"离他们远一点"的原因。分享幸福和财富、分担伤痛，是这些人的共识和文化。

这个时候，马修已经完成了他的第一张毛笔宣纸画，上面只有几根线条。放下毛笔的那一刻，他说："太柔软了。"柔软到让他怀疑其中隐藏着什么秘密，不敢再去触碰它（毛笔）。从他说话的语气和表情我看到了一份惊叹和敬重，对我、对中国文化的无限敬重。

　　紧接着，他向诺丝要了一块小画布，吩咐我坐在他对面，开始在画布的一头用一个个点组成一个杯口般大小的圆圈，在圆圈里再点出一个U字形，然后示意我仿照他，在画布的另一端点一些点。我没有问他为什么要这么做，只是默默地画了半个多小时，我已习惯这种无言语的互动方式。最后，他长长地"哼……"了一声，我知道他是要对我说点什么了。果然，他向我解释，两个圆圈是我们当时所处的位置，U字形代表着人；如果从上往下看，就会看到此时的我们俩，伸开腿，坐在地上；圆圈之间有几条扭曲的、像蛇一样的线条相连，象征着我们之间的友好关系；每个圆圈的右侧向对方抛出的一条弧线，意味着我曾经向他展示了我的中国文化和艺术形式——现在我们坐在这里，以他的方式画画，也是在向我展示原住民的文化和艺术形式。黑色背景上有许多白点，他说："那是闪亮的星星，每天晚上看着它们入睡，师父，以后你睡觉前看不到了。如果你还想看的话，就回来。"

　　我被他说的有些感动，点点头，什么也没有说，也无须说什么，我们都明白彼此的心意。

　　"它现在属于你了。"他说完，留下画，起身走了。

　　目送着他渐渐远去的背影，我忽然想道："在这么一个物质生活极其贫乏的荒漠上，为什么从未听他有过任何的抱怨？不但他没有，诺丝和其他村民也没有，是因为没有对比，还是现代文明的迟到？"刚来村子不久的时候，我就想过这样的问题。后来我问过村里的一些人，包括诺丝，她以十分平和的语气对我说："因为我们属于这片土地。"听了她的话，我有一个感觉，只有有着清晰、坚强信念的人才会有这样淡定的语气。虽然当时的我还不能完全理解这个"属于"的真正含义，但却为我留下了意味深长的思考。只有真正热爱这片土地、热爱自己家园的人才会具有那份情结。

　　我突然又有了灵感，迅速铺开宣纸，洁白的宣纸上很快由毛笔的线条勾勒出一个强壮男人的背部。若干年后，我完成了一幅

180 厘米高、540 厘米长的巨作，取名为《我们的土地就是我们的生命》。其背后的故事就是来自我在宝戈的这段生活经历。画面上一个身形结实的男人背对着观众，双手下垂，微微弓着背，面向广袤平坦的大地，沉浸在无限想象中。如果用最简单的两句话来描述，那就是："澳大利亚原住民族的文化核心是建立在这片土地之上；土地将他们有效地凝聚在了一起，成了他们的精神支柱。"此作品后来被我引用到澳大利亚中部莫得居咯原住民村子群体壁画项目中。

那段时间，我在村里的时光就是在这样的互动，或者在与大家闲聊中度过的。不仅仅我对他们有着浓厚的兴趣，他们对我这个中国画家的兴趣和好感也在逐渐增长。我可以感觉得到，信任正在我们之间形成，它让我有机会真正地走进他们的生活。这一切的发生，依靠的不是什么规划、利益或交换，而是我们每一个人原本都有的"真诚"。

这幅作品的标题是:《我们的土地就是我们的生命》。

***

这一天,远处又传来吟唱声,而且从早晨开始不曾间断。午后,风终于吹散了乌云,阳光重新投射在大家的脸上。接近傍晚,只见村里的男女老少全都朝村南方向走去。诺丝也放下了笔,招呼我一起去。我心想,这一次不知又会发生什么事情。我抓起摄影包,跟着诺丝加入了人群。只见南头村外拉起一块巨大的白幕布,好像一个舞台。我意外地见到基尔坐在前排,他的脸色凝重,一副焦急的神色。

基尔向我招手,拍拍身边的空地。自从那天夜里发生的事之后,我又有好几天没见着他。只闻其声,不见其影。我拿出照相机,征求老人意见,他摇摇头。不知出于什么原因,他指着包里的摄像机向我点点头。事后,在村里小卖部工作的白人说,他在

村里生活了快三年，除了远远地看到几次葬礼仪式，从未被允许
参与过这样的典礼。他觉得奇怪，是什么让我那么轻易地走进这
些原住民的生活？我不知道应该怎么样回答这样的问题，如果一
个人想融入另一个群体，他会怎么做呢？也许只有真诚才是最好
的答案。

诺丝刚巧坐在我身后，我就问她到底发生了什么事？事到如
今诺丝不再对我隐秘，但她仍然把我拉到一边，压低了声音对
我说："还记得基尔担心的那几个孩子吗？"当然记得，我一直想
知道这些孩子发生了什么。诺丝激动地说："你很快就会见到他
们。"紧接着，我从诺丝嘴里知道了关于这些孩子的秘密。

三个月前的一天夜里，天黑得看不见路，时而传来几条狗的
叫声，村里正悄悄地发生了一件事：七个孩子分别从睡梦中被唤
醒，跟在三个老人身后，无声无息地向村外走去。孩子们的父母
站在黑夜里目送他们，抹着眼泪轻轻哭泣。他们知道孩子们将被
三个长老送到荒漠上一个更加僻静的地方，接受一场父辈们都经

在原住民文化里有各种
形式的仪式，有些是不
可公开展示的神圣的仪
式。那些在公共场合，
尤其在重大活动上展示
的舞蹈，具有强烈的原
住民特色。

历过的人生考验。在此期间，村里的长老常常会出现在孩子们面前，向他们传授当地的法规和讲述来自祖先的故事，他们将要接受一次"成人礼"。

今天，这几个孩子回来了，村民们将在这里举办一个隆重的仪式。

这时，典礼的主持人基尔举起手，原先嘈杂的人群立刻安静下来。人群里传出几个女人细小的哭声，所有的人都低着头捂着脸，气氛一下子变得肃穆。

突然，一声响亮的"哇……噫……啦……"基尔手里的两根木棍在空中一击，仪式的序幕正式拉开。伴随着一阵阵的吟唱，只见一个瘦小的孩子从幕后走出，一双腿细如木棍，看上去只是勉强支撑着瘦弱的身体。他头上扎着一条白布带，两颊和前额画了几条杠，下身扎了一条布，浑身抹上了红黑两色。孩子一脸倦意，默默地低着头，走到众人面前。

我们的左侧早有一些女人排成一队，每人拎着一个小桶，里面是水或食物，手里拿着一把树枝，同样是低头慢慢地向男孩走去。她们抹着泪，发出呜咽声，那是一种压抑在心底里的疼爱。她们依次用手里的树枝轻轻地拂打在孩子身上。男孩仿佛失去了知觉，不言不语，呆若木鸡地任凭摆布。

紧接着第二个孩子、第三个孩子出来了，随之人群里发出一片撕人心肺的号哭，另一批女人捧着食物上前。这时，幕后又走出一个瘦小得只留下一副骨架子的孩子。有人伸出颤抖的双手，小心地搂着他，说不出话来，只有流不尽的眼泪。吟唱、乐声和哭声相互交织在一起，一会儿是乐声盖过了哭声，一会儿是哭声盖过了乐声，一起一伏，场面十分凄哀。

这种仪式的接受过程太过痛苦，其程度要远远超过人们的想象。孩子们除了经历独立的生活磨炼之外，更重要的是接受人生最初阶段的"割礼"。

最后走出来的男孩，是七人中最大的一个，有十几岁的模样。与其他六个同伴不一样的是，他的身上缠满了布条。显然，那些我经历过、听说过，但目前无法公开讲述的故事，有时我会将其隐藏在作品里。

他经历了比其他人更深一层的考验。据说他的前胸和后背两侧被刀刃割上几道入肉三分的口子，再用篝火里的灰烬敷在伤口上。这些伤口愈合后，就会留下道道如虫附体般的醒目伤疤。

诺丝向我解释，这是他们的风俗，兄弟或男性亲戚在他们成长过程会经历几次"成年礼"。就生理上来说，那是一种非常疼痛的过程。女人会自残来分担他们的痛苦，留下像她胸口上这样的伤疤。都市女人的乳房是展现女性美的重要部位，可是在这些原住民女人心目中，它代表了更深层的意义。当然，女人身上的印记并不都是因为男人而留下的，女人也有像男人一样的标志成年的风俗礼仪。我不知道是怎样的，那是男人不能参与或过问的秘密。

那天晚上我做了一个梦：黑夜，火光，人影飘动，尘土飞扬，激荡的吟唱一阵高过一阵……地上躺着一个小孩，身上画满了图案，只留下一张被火光映红的黑脸没有着色。有个老人把嘴伸过来，突然喷出一股白色的液体来，遮住了小孩整张脸。又上来几个人，分别按住小孩的四肢……一阵摆弄后，随着一声撕心裂肺的长啸划破夜空，宣告一个新勇士的诞生。这声长啸远远地传到荒漠上的另一个天地，那里既有雄壮的吟唱，又有失去了理智、悲痛欲绝的哭叫，大家在手臂、大腿、乳房上拉出道道伤口，或者用石块、木棍敲击自己的头，发出阵阵令人毛骨悚然的嘶叫……朦胧中又听到一个哼哼呀呀的声音，我猛地睁开眼，看到天上的星星。我再细听，那是一个女人的声音，还伴随着男人的喘气声，原来是另外一堆篝火旁，一对男女正在做爱发出的声音。

由于原住民文化的特点和对原住民的尊重，这段关于原住民成年礼的视频从未公开展示过。它们被转化为重要的记忆并隐藏在我的许多画作中。像许多原住民作品一样，它们蕴含着丰富的含义。

7. 大树下的家

我与杰米·派克（Jimmy Pike）的第一次相见是20世纪90年代初，布鲁姆小镇上的监狱里。布鲁姆是西澳大利亚州金伯利（Kimberley）地区非常著名的小镇，是重要的珍珠产业基地。19世纪80年代，布鲁姆的采珠业兴起初期，吸引了主要来自日本，兼及亚洲其他国家和地区的外来人口，比如中国人、马来西亚人和菲律宾人。他们从事的大多是底层劳工的工作，白领职业和权力职位完全由欧洲人从事或占据，这导致了许多出于种族动机的冲突。因此，直到20世纪70年代，种族矛盾在布鲁姆都很普遍。

刚到镇子上时，当地原住民看到我，一个中国画家整天跟他们混在一起，就会问我，认识杰米吗？我摇摇头。后来被问的次数多了，自然引起了我的好奇，好像能认识杰米是一件大家都引以为荣的事情。所以我开始在镇上打听杰米的下落。一圈找下来，最后我竟然被指引到了一扇紧闭的铁门前。门的两侧是望不到尽头的高大的围墙，如果不是因为高墙上缠绕着一圈圈的铁丝网，我还以为这是哪个有钱人家的豪宅呢。

高墙后面是一座监狱。面对漆黑的铁门，我在想，这是一个什么样的人？在我的心目中，画家和罪犯身份是不应该同时存在同一个人身上的。带着满腹的疑问，我敲开了监狱的大门。可是当我真切地站在狱警面前时，却说不出想见杰米的理由，结结巴巴，甚是尴尬。奇怪的是，狱警耐心地听完我努力想说的话，并客气地告诉我，虽然现在不是探监的时间，但征得主管同意，可以为我破例一次。他让我填写一张会客单，看了我的护照，就让我在放风的后院里等着。我觉得他好像知道我会来见杰米。后来才知道，是那个看上去十分严肃的金发女人事先替我打了招呼，我才有了这次不寻常的机会。她是杰米的妻子，派特·娄。我在打听杰米下落的时候见过她，是她指引我来这里的。

不一会儿，狱警带来一个人，他身材粗短、结实，下颚留着一撮胡子，用一根红线扎成一条辫子，特别引人注目。后来我发现，他特爱摆弄这把胡子，时不时地把它编成不同的形状，很是有趣。眼前的他就是几天来大家一直挂在嘴上的大画家杰米·派克吗？他与我想象的瘦瘦高高、留着一头长发的画家形象完全不同——我也没有摆脱那种像许多人对画家抱有的刻板印象。他直率地看着我，眼睛里没有一丝躲闪的目光，虽然穿着囚衣，仍然给我留下了一个猎人粗犷、坚实的印象。初次相识，问对方为何蹲监狱似乎不太礼貌，于是我说："听说你是一位画家，想跟你认识一下。我也是画画的。"我对狱警也是这么说的。

他没有说话，仍然平静地看着我。他一定也在琢磨：这个不速之客是哪儿来的？他的朋友圈里应该不会有别的中国人了吧？

我又说："想看看你的画，但这次没有机会了。你还要在这里待多久？"

"还有很长时间。"说完这句话，他面显犹豫地补充道，"等我一会儿。"然后转身走到一间办公室门前，规规矩矩、一声不吭地站在门口。过了一会儿，办公室里走出一个狱警，杰米低声说了几句什么。只见狱警朝他身后的我看了一眼，点点头，转身朝走廊尽头走去。杰米向我招手。我们跟在狱警身后，来到一扇房门前。"开着门，时间不要太长。"狱警丢下一句话，转身走了。

屋里很黑，开了灯，我才看清这是一间储藏室，堆满了乱七八糟的工具。只见屋子的一角有几张小画和一些颜料瓶子。杰米走过，将一张靠在墙角的小画翻转过来，双手插在囚衣口袋里，看着我。

"这是你画的？"我有点不敢相信，小心地拿起这张大约50

厘米宽、70厘米高的画端详。借着晕暗的光线，我看清画面上的图案是由许多平行线条组成，技法简练、笨拙，猜不透画的含意。它与我所看到的点画不同，都是线条。

他用手指着一排不规则的方格，每格里都有一个点。我没有明白他的意思，用询问的眼光看着他。"这里。"他皱着眉说。

这里？我努力地去理解他的意思。

这一次，他的手指着我们站着的地方说："对，这里。"

"牢房和囚犯？"我恍然大悟地喊道。

他哼了一声，点点头，并示意我小声点。

"这几根横贯的曲线，表示……"

"铁丝网。"不等我说完，他为我作答了。

在90年代初，他应该是为数不多的、能够画出这样现实题材画作的原住民画家之一，而且用的是线条表现手法，在原住民画家中独树一帜。难怪有那么多的人知道他，令他几乎成了家喻户晓的人物。可惜，当时在监狱里不让拍照，也不知此画最后流向了何处。

墙角下还有另外几张画，我激动地拿起它们，希望杰米继续跟我说说。看到我对他的画有如此大的兴趣，他的脸上露出开心的微笑，开始解释另外一张只有色块和线条的画。他说，黄色的色块表现的是这片土地，一根弯曲的线条代表着河流，还有一根笔直的线条将画面分隔成了两部分。他还说，等他离开了这里（监狱），也就是被分割出来的一角，他要第一时间回到属于他的土地上。说话间，他指着画有曲线的画面。简短的几句话充分表达了他的心情。我直直地看着他那深情的表情，揣摩着他那份对家乡和土地的眷念之情。这可能是都市人无法理解的情结。

就在这个时候，有人在我们背后"嗒嗒"敲门，狱警出现在门口，探访时间结束了。我非常惋惜地看着杰米，如果我们现在是在高墙之外该有多好啊。

我想杰米跟我的心情是一样的，他说："明天见，哎，兄弟。"

杰米·派克,摄于1995年。

　　"明天"意味着我们很快又会再见面。生活就是这样,充满了许多的偶然性和必然性,有时候一次短暂的相识,产生的默契和信任,竟然是相处几十年也不会有的。这种默契和信任正是让我们一见如故的根源。

　　监狱里短暂的相识使我和杰米成了朋友,并有了后来的许多故事。

　　几年之后(1995年),我与杰米相约再次在布鲁姆小镇相见。那一天,我乘坐的汽车抵达小镇已是夜里8点了。下了车,虽然我没有期待会在汽车站见到杰米,但还是不由自主地四处张望。在昏暗的灯光下,我惊讶地看到了一个黝黑壮实的身影。首先引起我注意的是他下巴上的一把胡子,现在变成了两条小辫子。一路上我都在想象围墙外的杰米会是一个什么样子。我审视着他,现在的他可不只是在布鲁姆小镇出名,整个澳大利亚都知道他的大名。他的作品被印在布上,有了服装系列,行销世界各地。澳大利亚航空公司也将他的图案印制在手袋和各种礼品上。他还去英国办了画展。经纪公司在他身上下了不少的工夫,但愿他不要被白人画商宠坏了。

　　"好吗?"杰米冲我一笑。

　　"好。你呢?"我说。

　　"还行。"杰米说着轻轻地点了点头。虽然只是一句简单的问候,但从眼神和表情,能够体会到彼此对这次会面的期待。这也算是我们之间的默契。

下车的人都已离开，汽车站显得空空荡荡的。杰米示意我上车，并告诉我，他在这里等了好久。他要去菲茨罗伊克罗欣小镇参加一个葬礼，问我要不要跟他一起去。我早就注意到他脚旁的蓝色旅行包，上面夹着一个黑乎乎的枕头。

我又一次跳上车。本想和杰米好好聊聊的，自从在监狱分手后，我们的生活都发生了改变，尤其是我，不但没有回中国，还去了几个不同地区的原住民村子，继续以原住民作为我的创作主题。我好想与杰米分享这一切，可是，连续坐了三天的大巴赶到这里，实在是太困了。

不知过了多久，我被人推醒，发现自己靠着杰米的肩膀沉沉地睡着了。

我们到达菲茨罗伊克罗欣小镇时已经是凌晨一点多钟，这个点还能找到旅店吗？杰米似乎猜到我的心事，说："我们回家。不远。"

天黑得看不见路，我抱紧双臂，与杰米朝着家的方向走去。九月的荒野上，白天的烈日可以将人晒得滚热，夜里又可能将人冻得缩成一团。杰米不断地提醒我注意路面，但我还是被树枝刮得叫苦不迭，几次被石头绊倒，爬起来赶紧跟上。

杰米说："离我近一点，但不要和我并排走。"

我完全是凭着感觉跟在他的身后。黑夜里，就听到杰米用土语哼起乡谣，怡然是一副到家前的愉悦心情。我看不清道路，甚至连杰米的身影都很难看清，只是随着他的小调，跌跌撞撞前行。我能感觉到自己有多么的狼狈。

如此的黑夜，如此的荒芜，此景此情，不由得勾起我对黑夜的一段联想。就在不久前，我与来自布鲁姆的朋友迈克（Michael M.）还有几个原住民朋友一起去西澳大利亚州的"一臂点到"（One arm point），一个地名听上去怪怪的原住民村落附近的海边捕鱼。我们用的是最古老也最有效的捕鱼方式——将两根树棍插在水里，把网张开拴在棍子上，鱼和虾被海浪冲向网，就被挂住逃脱不了了。天黑之前，我们抓了许多的鱼。迈克还准备了各种配料、洋葱和土豆，搞了一个地道的野外烧烤。除此之外，迈克还出人意料地拿出几瓶啤酒，引起大家一阵唏嘘和虚伪的责备——因为这里是禁酒区，任何人携带酒精饮料或饮酒都是违法的。但是大家实在经不起这么大的诱惑，颠簸了几个小时，太需要放纵一下自己了。一想到颠簸，我的屁股就疼。这里的路况非常的糟糕，一路上，我们的汽车都像是在"搓衣板"上行驶。我真的担心我们的汽车随时会被颠散了架。坐一次车，会把屁股颠到疼好几天，可想而知，这段经历有多么的"恐怖"。

迈克首先打开一罐啤酒，迫不及待地从嘴里灌下去："噢，太爽了！只此一次，下不为例啊。"其他人立刻附和他的自欺欺人："对，下不为例"，然后齐声以各自的语言，包括英文、中文和土语大声地喊道："干杯！"

既然喝了酒，大家都没敢回村子，打开行囊、睡袋，围着篝火就地过夜。

躺下之后，被蚊虫扰得睡不着，我们中间的珀西（Percy）说，干脆去附近的海滩捉蟹吧。反正睡不着，我也就欣然跟他去了。珀西开着车，在如此空旷的黑夜，两盏光线强烈的大灯也只能照亮车前有限的几米，根本无法穿透黑暗看清周围。如果对周围地形不熟是根本不敢在如此黑夜里开车的。大约 20 分钟后，听到了熟悉的海浪拍击声。珀西吩咐下车步行到海滩。夜，黑得真是伸手不见五指。我拿着手电跟在珀西身后，微弱的的手电光像萤火虫般。我完全是跟着感觉走，走着走着，觉得走在了水里，而且越走水越深。很快，我的下半身已经浸在凉凉的水里，上半身却是汗水淋漓。

我们怎么走进了海水里？这么疑惑着，脚下的步子迈得有些艰难。

珀西说，这里的地势低，过了这段就好了。可是我们越往前走越觉得不对劲，我问珀西："还有多远？"我可以感觉到自己的声音有些颤抖。

"就在前面，快到了。"珀西说。

我开始怀疑这里真的有海蟹。再问珀西，没有回应，只有水流和鱼跃出水面的声音，还有自己的心跳声。我又连叫了几声"珀西、珀西"，仍然没有回应。顿时，一股强烈的恐惧感油然而生。我第一次感受到无形的黑夜是那么可怕，它像一个无底的深渊，在慢慢地吞噬周围的一切。更可怕的是，我的意识仿佛在逐渐消失。这是一个极其恐惧的过程，就像一个人知道自己正在失去意识，以及所要面对的痛苦和恐惧。我不知道在水里站了多久，就在我的意识完全被黑暗吞噬之前，有一个念头不断地出现在头脑里——必须继续前进，让自己感觉到身体的存在，真实的世界仍然存在，这样才不会被无底的深渊卷走。我挣扎着向前走了几步，继续，再继续。一种不祥的念头占据了我，难道我真的要在这个荒无人烟、漆黑的黑夜里消失吗？另一个念头又在激烈抗拒，不会的，不能倒下。我拼命地挣扎着，几乎到了心力衰竭的地步。我不记得经过了多久，只知道随时都会倒下。

突然，黑暗中传来一个非常遥远而微弱的声音，这个声音对于濒临死亡、内心充满恐惧的人来说无疑是一针强心剂。我像是被电击后惊醒过来，赶紧向前走了两步，挣扎着要从黑暗的深渊逃出。"到了，就是这里。"那个微弱的声音又出现了，而且是那么真切。我加快脚步往前跑，结果一头栽进水里。我爬起来，扶着黑夜，向刚才的声音方向摸过去，那应该是珀西的声音。一阵狂奔，感觉身下的水位在降低，我又走上了海滩。

"这里，拿口袋来。"这一次真的是珀西的声音。我赶紧跑过去，看见他将手里的一根铁丝插进一个洞里，然后猛地往外一拔，一只肥大如掌的海蟹吊在了铁钩上。

我哪里还有力气抓蟹，两腿一软，瘫在沙滩上。

从此，每每走在如此黑夜里，都会让我想起那段抹不去的恐惧经历。

眼下，杰米哼着小调，一副轻松随意的神情，仿如与黑夜融为了一体。这就是我所佩服的大漠人。

"到了，我们到家了。"黑暗里终于传来杰米的话语。

我环顾四周，隐约可见一棵大树，除此之外，什么也看不见。

"帮我弄些树枝过来。真冷啊。"说着，杰米不停地搓手、哈气。我赶紧放下背包，从周围捡回来一把树枝，堆在一起。杰米小心地点燃了干草，添上树枝。

没想到九月的荒野上，昼夜温差会如此之大。我们又在篝火上添了几根树枝，让火势烧得更大一些。远处不时传来几声狗叫。

下半夜的气温格外低，我们无法躺下，只有背靠背地坐着闲聊。我忽然想起他的妻子派特，问他："派特还好吗？"

"很好，她一直忙着写东西。"

她是一名作家。

"你是怎么认识派特的？"我好奇地问杰米。

杰米说他是在蹲监的时候认识派特的。当年派特经常去监狱为犯人做心理辅导，一来二往，他喜欢上了她。后来他被假释，派特辞去了她在狱中的工作，跟他回到荒漠上生活了三年。

派特出生于英国，从小就是个想象力极其丰富的孩子，对任何事物，包括太空都充满了好奇。在她成长的那个年代，是多么不可思议的事！为了摆脱周围异样的议论，她于1972年移居澳大利亚，并找到了一份心理治疗师的工作。7年之后，她遇见了杰米，杰米向她解说了荒漠上人与大自然的共生关系，带领她走进了一个被世人视为神秘之地的世界。

后来我在布鲁姆小镇的一次朋友聚会上，偶然认识了一位在监狱教犯人画画的画家。他说，杰米是这群人中最安静的一个。当你走到他身边，想看看他画得如何，或打算指点他一二的时候，他的反应是抬起头一直看着你，似乎在说："你这家伙为什么不走开呢？"他常常会把自己关在一个房间里，一两个小时后，当他走出房间，把画放在你面前，便会让你大吃一惊。他只要专注听，或是看一遍他人的演示就可以独立完成一件作品，而且画得很棒。所以，后来杰米被一个叫"荒漠设计"的公司看上，创作作品由公司代为打理，从此成了大画家。

我问杰米，最近有开画展吗？

他说有去英国开画展，派特也顺便回去看了看她的家人。说起这事，他突然问我："你怎么样，回去过吗？"一句非常暖心的问话，出自一个话不多之人，还是让我有些感动的。经他这么一提醒，我才意识到已有些年没有回中国了。他的话勾起了我对父母亲的思念，老人家们要是知道，眼下的我正抱紧自己的身子忍受着寒风的袭击，一定会心疼地劝我回到他们身边。我默默地告诉自己，结束这次旅行后我一定要回去看望他们。

＊＊＊

第二天早晨我迷迷糊糊睁开眼，发现我们是在一棵大树下。远处隐约可见一排平房，我已猜到那是一个小超市和加油站，也许还有一个小酒吧，任何一个小镇上都少不了它们。由于小镇处在西澳大利亚州重要的交通位置，来往于周围几个主要城镇之间的汽车都在此加油、休息。原住民用铁丝网自行规划了一个区域，一根柱子上钉着一块木牌，上面歪歪扭扭地写着一排字母"MINGJERRIDY"（闽加迪），字母下还有一行"禁止入内"的土语小字。我们就住在这个区域内。近处还有一辆汽车的残壳，上面涂满了各种污秽词语和图画，周围地上是一堆被丢弃的空啤酒罐和垃圾，只有这颗枝叶繁盛的大树生机盎然。它像一把张开的大伞，罩在我们头上。这里就是杰米在菲茨罗伊克罗欣的家。

杰米正在摆弄几根长矛，这是男人的狩猎工具，而女人的手里总是离不开一根用来挖掘的树棍，还有一个用一段树干做成的容器，它可以存放挖掘和采集到的东西，也可以用作安置婴儿的木器，女人会把它轻松地挎在腰间。

"嘿，告诉你，我昨晚做了一个梦。"杰米打断了我的思绪，

压低了声音，露出一副神秘兮兮的表情。

"哦，梦见什么了？"我说。

"我梦见了好多的人啊，从来没有见过那么多的人。"他瞪大了眼睛，张着嘴不知如何形容是好。

瞧着他那憨厚的可爱劲儿，我问："你是说在中国吗？"

"对呀。嗳，好多好多的人，大家都来看我的画。"

"那你对他们说了什么吗？"

"当然，可是他们听不懂。我说你是我的朋友。"

哈哈……

"不过，一会儿我先带你去附近走走。"他兴致勃勃地说，嘴里又哼起了小曲儿。此时此刻，小曲儿听上去却是另有一番趣味，那是一种温暖、舒畅的情调。我理解杰米的心意，他要向我展示这片广博深远和令他梦绕魂牵的家园。

杰米的"大树下的家"。白天，我们可以躲在树荫下画画，但要随着太阳的移动不断调整我们的位置。这种围着大树作画的方式也是非常特别的。夜里，生起一堆"永不熄灭"的篝火，我们背靠着背，或背靠着大树闲聊。那段时间，我们在大树下画了许多画。那是一段非常愉快的时光。

我们开始收拾行装，把睡袋卷起来，和一些其他东西一同架在树上，以防狗来糟蹋。

早晨，太阳的威力还没显现。虽然昨晚我们睡的时间很短，但是精神仍然是那么充沛。我们有说有笑，好像是在私人的庄园里漫步，享受着美丽的原野风光，聆听叽叽喳喳的鸟语。杰米告诉我："这是'毕毕鸟'。你听，它叫起来像什么？"我侧耳细听，"毕毕、毕毕"，是的，听起来有点像英文单词"人"（people）的开头发音。"它们是在向周围传递一个信息——'有人来了，有人来了。'附近的动物听了，就纷纷躲起来。"杰米说得有声有色。

此外，周围还有几棵果树，虽然矮小，在荒野上也难得一见。我从其中的一棵树上摘下几个小小的紫红色果子放在手心里，捏上去软软的，也很漂亮，应该是熟了，随即丢了几颗进嘴里，我的舌苔立刻像是被针刺一样发麻。就听杰米说了一句"有毒"，可是已经迟了。很快，我的嘴麻得失去了知觉。杰米急忙递给我一瓶水，并安慰我说毒性不大，因为我一次性吃了好几个果子才会这样。然后，他从另外一棵树上摘了几颗大小相同、形状也很相似的青黄色果子丢进嘴里，说这种果子是可以吃的。他让我尝尝，我咂咂嘴，没敢接。我还没有从刚才的中毒反应中恢复过来。

"我怎么知道它们是否有毒呢？"

"当然是尝尝啦。"然后，他让我仔细观察并记住两棵树的树叶有何不同。

这让我想起，中国古代传说中神农氏尝百草，亲自辨别草药的药性，弄清有无毒性，以及毒性的轻重。

杰米又说："还有，毕毕鸟大多停在那些它们最爱吃的青果的树上。"

这是我在大漠上所学到的第一个生存技能。

这里到处是造型各异的蚁穴，杰米指着其中几个说："看，这是墨尔本的高楼大厦，那是一对夫妻和孩子。"我侧头细看，还真有那么一点意思呢。

"那是一对男女在接吻！""还有这些赶集的人。"我们围着它们左看右看，还不时地用长矛在蚁穴顶端上敲敲。就这样，两个大男人像孩子似的把周围的景物戏耍了一把。

不知不觉我们来到一排铁丝网围栏前，向左右两头看去，蜿蜒伸展，望不到尽头。有一块木牌，经过年长日久的日晒雨淋，几个字母变得十分模糊，上面写着："私人园地"。据杰米介绍，这里原来都是原住民的土地，自从白人来到了这里，他们采用各种方式和手段将这些地方变成了他们的私有牧场。有些地方经过长年的建设，已有了完备的生活设施。原住民不想再迁移，就形成两种情况：一是在这大片私人拥有的土地上，将原住民集中居住的地方重新归划给原住民，他们可以在这里居住，但不拥有土地所有权；另一种情况是将部分土地完全归还给原住民，以避免双方长期的争端，息事宁人。因为农场主需要当地原住民为他们工作，原住民也需要工作改善生活。

杰米一边向我介绍当地情况，一边低头漫不经心地到处走动。突然，他停下脚步，慢慢蹲下，注视着地上一排痕迹。"这是龟留下的。"杰米说。在这么干旱的荒原上也会有龟吗？我有些诧异。杰米说附近一定有水洼。我们随着痕迹追了几十米，杰米似乎并没有耐心再追下去，他说，大热天的，不值得去追一只龟。猎人总是有自己的判断。在大漠上，一个好的猎人是不会轻易地消耗他的时间和体力的。

这时，杰米的注意力被另外几个足印所吸引。我也发现了，看上去是狗的足迹。我们继续追踪，足迹开始有点零乱，这不奇怪，如果它走走停停，在周围转上几圈，足印必然纷乱。杰米说，应该还有人的脚印。这里的土地非常坚硬，不像那些沙地可以留下很深的脚印，只要刮上几阵微风，浮灰上的脚印就会被消除。为了证实他的判断，他对着地上吹了几口气，将薄薄的一层尘土吹去。我走近他的身边蹲下，低头看过去，果然隐约可见一个只有大漠人才能发现的脚印。

所以，寻找动物足迹的最佳时间是早晨天刚亮之时，它们还没有被风吹乱或被太阳晒干，在斜射的太阳光下也更容易辨认足迹，而寻找动物足迹的最佳地点是没有被植被，比如落叶覆盖的地面。

杰米说，如果孩子在荒漠上走失了，母亲不会抬头四下呼喊，而是低头寻找她所熟悉的小脚印。每一个人的脚印都不同，一如人的指纹，无论是肉脚印还是鞋印，都显示出各自走路的习惯。足迹可以告诉人们这是一个什么样的人留下的，如年龄、性别、体重；如果是雌性动物，甚至可以从足迹的距离来辨别出它是否怀孕了。相反，如果人想要避免跟踪，会将草或羽毛绑在脚上，造成鸟的翅膀擦地掠过的假象。

太阳在悄悄地上升，我们想找一个地方小憩一下，但杰米再一次被地上一排细小的痕迹吸引住。他放慢脚步，小心地躬身凑近地面。我慢慢地靠近，这一次又会是什么呢？我越凑越近，想瞧个真切。突然，杰米手上的长矛猛地插进了沙地，飞出来一个小东西，掀起一片沙土打在我的脸上。我被这突如其来的一招惊得仰身倒地。"哈哈哈！"杰米发出一阵爽快的大笑。飞出来的是只蝗虫，浑身透明，形状像蜘蛛，躲在沙堆里不留痕迹，但是这番伪装仍然逃不过猎人的眼睛。我狼狈地跌坐在地上，傻愣了半天，最终还是被杰米的恶作剧逗乐了。

后来我还发现了沙地蜘蛛，它们喜欢在树叶下挖个小洞，并结上网。在这儿，无论是如蝗虫般的小东西还是大动物，包括人本身，都有一套独特的生存本领。

"哈哈！"杰米扛着他的长矛，走在前面，还在为刚才的恶作剧得意。我紧追几步赶上去。这里到处是石头、土堆和矮小的灌木丛，一不小心，身上便会被刺棘、茅草划出血口子。我尽量避开它们，但是免不了还是被拉了不少伤口。杰米告诉我放轻松点，不要总是盯着脚下看。"如果你把它们看顺眼了，甚至融进你的心里，它们自然会为你让道。"

突然，杰米向我做了一个止步的手势。又发现了什么？他开始观察周围，小心地移动脚下的步子。我专注地看着他的神情动作，心想，你可别再来什么恶作剧，这一次我不会再上当了。过了一会儿，我向他打了一个手语——"怎么了？"杰米伸开手掌和手指，掌心向外、食指弯曲，意思是他发现了一只蜥蜴。大家在结伴打猎时，会用许多手语来代替口语，以免惊动猎物。通过手语更方便进行远距离的交流。杰米说，要想成为一个大漠人，这是必须掌握的基本技能。之前在与其他原住民交往时，我也学会了几招。

我们在附近仔细地寻找，终于发现了一个小洞。杰米分析了洞型和周围的状况，从身上摸出一个金属小圆盒，打开盒盖，用盖子里层闪闪发亮的金属面对着太阳，将光线折射进小洞，观察洞内是否藏有蜥蜴。有时没有金属片，也会用小刀、斧子来代替。一番查看之后，杰米并不急于惊动洞里的蜥蜴，而是在周围寻找有没有别的洞口。通常蜥蜴洞分进、出两个口，有一米至几米之距。如果找不到出口，说明它还没有打通。果然，在三米之外我们发现了另外一个洞口，说明这不是只小蜥蜴。杰米让我守住一个洞口，然后抓过一把干草，点燃后塞进了另一个洞口。他告诉我，留心了，这些家伙被猎人调教得机灵着呢。我不敢怠慢，死死盯着洞口。片刻，洞里有动静，一只蜥蜴的脑袋慢慢地探了出来，只露了一下，很快又缩了回去，再也没了动静。猎人可没有这么多耐心。杰米看准地道举矛狠狠地叉在沙地上。这种地道可能会很深，不一定会叉到蜥蜴，但至少可以让它受到惊吓自己跑出来。有的时候，如果蜥蜴自觉防守良好，会从里面将洞堵住，也可以和猎人耗上一天半日的也说不定，其结果只会更加激怒猎人。

眼下的蜥蜴受不住烟熏和敲击，猛地窜了出来。由于它速度太快，在我眼前一闪而过，吓得我连忙后退，却忘记投下手中长矛。就这么一瞬间，它已窜出二三米远。杰米大喊："叉住它！"话音刚落，一柄长矛从我面前飞过，牢牢地将蜥蜴钉在了地上。这就是猎人，神速、干净利落，眨眼的工夫，一只胖墩墩的蜥蜴躺在了我们面前。

我除了佩服，无法用更多的言语描述当时的心情。

20 世纪 40 年代，杰米出生在西澳大利亚州的大漠上，从小生活在一个传统的原住民生活环境里，是一个非常彪悍的猎人。直到 50 年代，他被迫离开了大漠，在一个养牛场干活。他是澳大利亚，甚至是世界上最后一批了解大漠、懂得如何在大漠上存活的真正的猎人。

杰米高兴坏了，我们已经转了好半天，收获来得正是时候。他就地挖了一个坑，抓过几把干草。我也帮助拾来几根树枝，点起一堆篝火。在他忙活的空档，我拿出速写本，勾勒了几张他的动态草图。见我画他，杰米的兴致也上来了。他处理完蜥蜴之后，随手铺开我随身携带的一卷纸，不加思索拿起炭笔，也开始画起来。心里高兴，干什么事都顺畅，就连想象力也特丰富。在他的笔下出现了一个细长的人物，此人胸前挂着照相机，身后背着背包。我随手在此人左侧画上一个留着山羊胡子的黑汉子，手拿长矛，正牵着后面人的手寻找蜥蜴。不远的草丛里有一只蜥蜴朝这两个人张望。然后，我们又共同在画面上添加几个蚂蚁堆积的土堆，形状如"接吻""拥抱""高楼大厦"。就这样，他一笔我一笔，我们是边画边乐，从篝火里还飘来阵阵香味。我们完全陶醉了。

"再来，再来！"杰米显然来劲儿了。

这一次，我瞧着他咧嘴高兴的劲儿，在纸上画了一个大圈，然后是眼睛、鼻子和几颗残缺的牙齿。杰米看出我是在画他，他也在同一张纸上画了一个圈。他画得很慢，并不时抬头瞧瞧我，不断地在纸上修正原来的线条，然后再添上眼睛、鼻子、嘴，最后一笔落在头上。他看看我又看看画面说："算了，还是留个光头吧。"由于出门在外有时候几天洗不了一次澡，为了图个方便我都会把头发剪得很短，短到离光头也不远了。"好啊，你把我画成光头，你也一样，但山羊胡子一定不能少。"我说罢，四野响起一片响亮的笑声。

从此，在相当长一段时间里，荒野上飘荡着一阵笑声、一阵

我和杰米，两个画家。

互画像——《杰米和小平》。我们几乎是同时在一张大纸上画的，作画时还不时地互相看上一眼，然后会心一笑。这就是我们生活在大树下的状态。

香味。欢声笑语不但萦绕在大树周围，而且跟随着我们的足迹，在整个荒原上游荡。一根根线条、一块块颜色将我们的身影和感受搬上了纸和画布，它们见证了两个画家在荒漠上一段难忘的生活经历。

接下来的几天，我们每天都在附近转悠，运气好的时候总会抓住一两只蜥蜴。

杰米除了向我传授一些荒漠上的生存技能之外，当然少不了对我讲述一些发生在这片土地上的故事。在这些故事里，他最常提到的一个词是"吉啦"(Jila)。有一天他指着当时我们所在的位置说，凭他的经验这里会比较容易挖出水。为了证实他所言不虚，我们俩大约用了半个小时挖出了一个直径半米的水洼。他说，在很久很久以前，用白人的话说就是"梦幻时代"，有一只可以呼风唤雨的翠鸟，土语叫洛洛(Luurn)。洛洛由西向东游历时，发现干裂的土地上许多人和动物都被晒干了，那是缺少雨水的缘故。土地上的生灵向洛洛发出救救他们的凄惨呼声，于是洛洛用他的尖嘴狠狠地向干裂的土地上啄去。他不停地啄，啄出了许多坑。紧接着，他又唤来天上的雨水填满了这些坑，后来就成了永久性的水洼(坑)，被后世称为"吉啦"。那个时候，人和动物同为生灵，并没有太大的区别。说到这里，杰米用手指在地上画了一个人，他的嘴尖尖的，像鸟一样。后来，每隔一段日子，黑夜里总是传来一个声音，听到这个声音，大家就特别的高兴。那是洛洛的吟唱声，他又在为大家呼风唤雨了。从此，当地人将洛洛尊奉为雨神。

原住民绘画背后蕴藏着极其丰富的内涵，它是追述完整的澳大利亚历史不可或缺的一个部分。了解澳大利亚的历史并不只能从200年前的殖民史开始，那样只会让自身变得渺小，没有自信。

***

我的嘴唇开始干裂，皮肤像是被晒干水分的橘子皮。虽然体

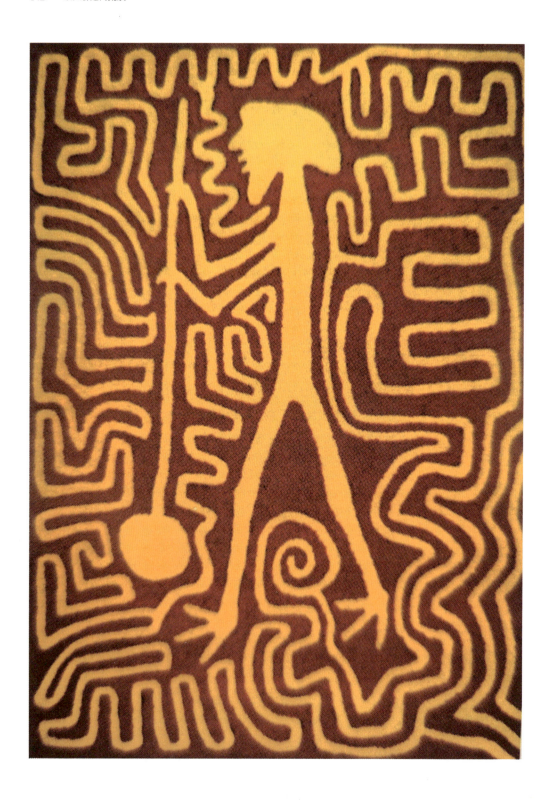

能消耗极大，但我仍然精神饱满。在杰米的引导下，我们去了荒野上许多地方。每当走累了，我们就会坐下来背靠背地歇一会儿，拿出速写本，将一路感受勾画出来。

这一天我正和杰米画在兴头上，身后突然出现一个洪亮的声音把我吓了一跳。转身一看，是彼得·斯哥帕（Peter Skipper）。从他的语气和表情上我隐约感到有点不对劲，好像没有平时那般温和，于是心里揣测可能会发生什么事。杰米仍然在画他的画，只是哼了一声，算是打了招呼。接下来是一阵沉默，没有人说话。

过了好一会儿，斯哥帕说了几句土语，杰米又只是哼了一声，歪着脑袋，眼睛一直没有离开画面，一副全身心投入在画画上的状态。杰米的怠慢态度激怒了斯哥帕，他提高了嗓音，语气开始变得更加强硬。杰米这才抬起头望向斯哥帕，然后两个人竟然你一言我一语地吵了起来，而且越吵越凶，还不时地提到"中国人"这个词。我可以肯定，他们争吵的原因与我有关。杰米站起来，冲过去，斯哥帕挺起胸发出狮子般的怒吼，我赶紧插在他们中间，两个愤怒的大汉几乎要将我压扁。但我还是可以感觉到两个人都在拼命地控制自己不先出手，否则后果真的不堪设想。

"你是哪一族系的？"斯哥帕突然气势汹汹地责问我。

我愣住了，然后小声地说："高蛟苛（Gojok），来自阿纳姆丛林。"阿纳姆丛林是北领地原住民较集中的地方。在这之前，我曾在那里生活过很久。

他停顿了一下，说："你等着，晚上有人会来找你。"说完，他转身气冲冲地开车走了。按照原住民的规矩，他是要寻找一个合适的人来跟我谈，但是谈什么？

别看斯哥帕长得高大魁梧，说起话来有点瓮声瓮气，在我的印象里他是一个性格非常温和的人。几年前，我在环澳旅行时经过这里，我们有过交流。他喜欢看我随身携带的作品照片，而且屡看不厌。有一次，他面无表情地将一本相册看完，却没说一句话。我直直地盯着他，希望从他的脸上寻找到一点信息。奇怪的

《洛洛——翠鸟》，杰米作，60×75 cm。

是，他又重新看了一遍，还是看得那么认真。他的沉默不语加剧了我的不安，对我来说，原住民的反馈意见是非常重要的。

突然，他"扑哧"一声笑了，笑得浑身胖肉都在颤抖。"放松一点，小伙子。非常好，我喜欢。"他终于憋不住了，咧嘴露出一排整齐好看的牙齿，原来他是故意要我呢，他又说，"你画得都很像我们。"听了他的话，我重重地出了口气，紧绷的神经总算放松下来。最后他还要我给他画张像，他要拿回去挂在屋子里。我忽然觉得他笑起来是那么温暖，就像弥勒佛，特喜庆。万万没有想到，就是这么可爱的一个人，因为我，和杰米吵得不可开交。

晚上，大树下，我和杰米围着篝火默默地相对而坐。平时的此刻我总会向他讨教一些问题，可是今晚我们都没有心情多说话，但我还是忍不住问："斯哥帕怎么会知道我们在那里？总不会是我们的笑声和烤肉的香味传得如此之远吧？"当时我们离小镇很远，斯哥帕更不可能顺着我们的脚印寻过来。

"篝火，我们烧的篝火会告诉他我们的位置。"杰米说得很肯定。他说，这段时间我们每天都在附近打猎、画画，我们去过的地方有些还没有外人去过，虽然它们不是什么圣地。"你是我们的人，当然可以去那些地方。"杰米愤愤地说。他认为斯哥帕在小题大做，因为我们事先没有跟斯哥帕打招呼，事后也未向他汇报。这纯属妒忌。末了，杰米以关切的语气问我："你没事吧？"

我没事。我是第一次看见两个猎人争吵，想想当时的情景，还真有些后怕。

面前的篝火上正烧着一罐水，蒸气把盖子顶得"噗嗒、噗嗒"响。我小心地用树枝挑起盖子，在两只茶杯里放进中国的茶叶，沏了两杯茶。受我的影响，这段时间杰米也爱上了喝中国茶。寒夜里沏上一杯绿茶，希望可以冲淡我们的烦恼。

原来是我们抓到蜥蜴之后，烧烤的篝火引来了斯哥帕的注意。杰米告诉我，火也是传递信息的重要方式。比如说，几个大孩子出门打猎，由于各种原因当天赶不回去，他们会放上一大堆火，告诉家人他们的位置，以示平安。有时还会沿途放几次火，传递信息的用意就更加明显。

如何掌握和使用火，在原住民的生活里是非常讲究的。比如，有时会放一把大火，起到围猎的作用。每当这个时候，鸟儿会栖在树上看着烧焦的土地，等清凉之后再落地捡那些烧死的昆虫和动物吃。但是切记，杰米说，不要在火的前方奔跑，它会闻到你的味道并追赶你。如果草丛茂密，就更要小心，特别是有大风的时候，火势会蔓延得很快。同时，要关注被烧焦的区域。新的树芽和草将会再次生长出来，万事按照大自然规律，循环往生。

当天晚上我们等了很久，该出现的人没有出现，但是却发生了另外一件不幸的事情。半夜，我被一阵低低的哭泣声吵醒。在宁静的黑夜里，哭声显得特别凄凉，甚至有点恐怖。杰米吩咐我别动，他自己起身去查看。不一会儿，他回来告诉我，一个姑娘死了。听到这不幸的消息，我非常震惊。我认识他说的那个姑娘，因为她常常过来和我们闲聊，有时还会送些吃的过来。有一次杰米当着我的面问她是不是喜欢我，她毫不掩饰地点点头。我画过她许多次，她是个言语不多却落落大方的姑娘。我常看到她穿一件原住民点画图案的土红色长裙，赤脚走在被烈日晒得焦黄的土地上，腰间挎着一个孩子，身体倾向另一侧，从而在扭动时展示出自然优美的曲线。还有她那回首一望的眼神，流露出羞涩、坦然、自信、好奇和渴望的神情，丝毫不加掩饰。前几天听说她喝多了，头疼，然后就一病不起。后来有人说她是被仇家用咒语所害。人与人的交往中难免会出现交恶的时候，但通常不会使用咒语的方式伤害对方，因为施咒的人需要足够强大的能量，而能量的损耗对自己也会造成伤害。任何生灵靠近施咒者都不是一个吉利的事。我听人说过，施咒的方法一般是剪下被诅咒者的一些头发，放在一个塑料袋里，挖一个坑埋下去，或者烧掉被诅咒者的衣物、日用物品，然后每天坐在顺风的方位不停地诅咒对方。通过吟唱的方式，将咒语凝聚成一股杀气传送出去。如果被诅咒者足够强大的话就会反击，从而展开咒语间的拼杀。

　　黑夜里一想到这些，我的心就会紧缩，即使有杰米在我身边。类似这样的事我还遇到过几次，其中有一次是发生在爱丽斯泉小镇上。有一天夜里我从镇上酒吧出来，走在早已空空荡荡的街上，间隔太远的路灯根本无法照亮所有道路。因为喝了一点酒的缘故，我忘记了害怕这一档子事。就像所有喝醉酒的人一样，我摇摇晃晃地向前走，模模糊糊地看见路灯下有一团东西，应该是几个垃圾袋吧。它们被放置在电线杆旁，一群飞虫绕着灯光飞舞，除此之外再也感觉不到任何活物的存在。我的心里也像大街上一样蓦然变得空荡荡，那一刻我感觉好累啊，那是长期在外旅行积累下的疲倦。我想靠着电线杆坐下来歇一会儿，突然觉得垃圾袋似乎在动，我本能地向旁边闪了几步，再看，原来是一个蜷曲着的人。说来也是奇怪，我并没有害怕，要不是远处突然传来的一个声音，那天晚上不知道还会发生什么事。结果，我飘飘忽忽地尾随着那个像幽灵般的声音而去，不知不觉，小镇消失在了我身后的黑暗里。我鬼使神差地随着那声音来到一个陌生的地方，看见一群人围着篝火，他们的举止和神情十分诡秘。其中有一个老人，手握两个回旋镖互相敲击，嘴里不停地吟唱。两个小伙子随着乐声围着躺在地上的一个人狂舞，并不时向地上吐口水。他们把带叶的树枝夹在胳肢窝下，向空中挥舞，再用树叶使劲地抽打躺在地上的人，但又没有真的抽在那人身上。这时，吟唱突然高昂起来，火苗也随之蹿得更高。大家变得更加疯狂，手上树枝已换过几次，喊叫的声音更加凶狠，仿佛是在与一个无形的东西搏斗。在黑暗寒冷的荒野上，这些声响听起来让人毛骨悚然。那个一直躺在地上的人开始蠕动，有人将一口水喷在那人的身上。渐渐地，只见那地上的人也扭动起身子，他居然慢慢地站了起来，双手抱在胸前，显得十分痛苦和萎靡，声嘶力竭的叫喊也在这时戛然而止。荒原上万物生灵仿佛同时合上了眼睛，黑夜刹那间恢复到它本来的寂静。我睁大了眼，想确认刚才所发生的一幕是否是真的。可是我看不清他们的脸，但可以听到急促的喘气声、感受到一张张紫黑色的脸上挂满了闪亮的汗珠。

它就像是一场梦。一个人身处的环境改变了，现实与梦境的界限也变得那么模糊。

第二天一早，杰米一声不吭地走了，我没问他要去哪儿，却焦急地期盼他早点儿回来。我猜到他是去见斯哥帕了。我默默地在心里念叨着，希望他们的矛盾可以尽快得到化解，否则谁也无法预料接下来还将会发生什么。我也做好了那个找我谈话的人随时可能出现的准备，一个上午我都是处在这么一种忐忑不安的心情中。快到中午时，远处开过来一辆车，我认识，是斯哥帕的车。我的心一下子提了起来。车停了，走下来的除了斯哥帕还有杰米。我愣了一下，当看到杰米面带笑容的轻松样子，我重重地出了一口气。斯哥帕对我说："你是我们的人。你想去哪里？我有车。"没想到一场争执竟然让我们之间的关系吵得热乎起来。当着我的面，杰米主动向斯哥帕伸出手，我赶紧凑上去，抓住他们两只相握的手，大家相视大笑起来。

"我想看看周围的岩画。"我趁机说。

"可以，我同意了。"斯哥帕说得很干脆。为他这句话，我兴奋了好几天。因为如果没有得到像斯哥帕这样在当地有影响力的长老同意，一般人是不可以随便接触这些岩画的。他的一句话无疑就是一张通行证。

"走，我们还是先找一点肉吃。"杰米一高兴就想吃肉。

"难道你吃肉就像喝酒一样有瘾吗？"我问杰米。他瞪了我一眼，不再理我。

接下来，斯哥帕开车把我和杰米送到一个比较远的地方，他先回去了。但是令人失望的是，我们在荒漠上晃了一下午也没有找到猎物。杰米阴沉着脸，少言寡语，直到太阳开始西下，周围的蚂蚁窝小山在我们眼里也失去了它们原有的光彩。杰米用长矛将那些"高楼大厦""情人拥抱接吻"捅得伤痕累累，最后一屁股坐在地上。我早累得走不动了，随手把长矛重重地往地上一插，想坐下歇息一会儿。没料到这一插像是扎在杰米的屁股上。"哎哟！"他一声惊叫，跳了起来。怎么回事？我紧张地四处张望，只见一条蜥蜴从他的屁股底下窜了出来。我重拾长矛毫不迟疑地投出去，这一杆正钉在蜥蜴的一只腿上。杰米紧追两步，抓起它的尾巴向蚂蚁窝小山上猛砸下去。原来，刚才他坐在一个杂草覆盖的蜥蜴洞洞口上。我这一插，惊动了洞里的蜥蜴。没想到最后一刻还有如此大的收获，可把我们乐坏了。杰米高兴得就地又要生火。我看天色已晚，即使现在往回赶，估计在天黑之前也赶不到家。我急忙拦住他，说："赶紧走，晚上让我做一道特别的好菜，保证你从未吃过。"

"太好了。走，我已经饿得不行了。"说着，他抓起蜥蜴往肩上一搭，转身就走。

一路上，杰米都在琢磨一个问题，并很认真地问我："有什么办法可以把香味盖起来，不让别人闻到呢？"

哈，说的我心花怒放，这是在夸我的厨艺啊。

果然，晚上把锅架在篝火上，第一道菜刚下锅，"滋啦"一声，一股油烟冒起来，香味迅速散发开来，吸引了几个孩子朝这里走来，几条狗跟着他们身后。

最后，杰米好不情愿地分了一碟子菜和米饭给几个小家伙，嘴里又在嘀咕："有什么办法把香味盖起来呢？"

8. 我是谁？我属于哪里？

　　这一天，我在镇上的加油站又遇到斯哥帕，我问他什么时候可以带我去看旺吉纳（Wandjina）岩画。他很爽快地说，现在就可以呀。真的？我的兴奋点一下子被他击中。经验告诉我必须立刻抓住这个机会，否则很难说是否还会有这样的机会。

　　旺吉纳是在西澳大利亚金伯利一带最为著名的岩画。展现在岩石和洞穴上的形像是白色的脸，没有嘴巴，大黑眼睛之间有一条线，以及被光环或某种类型的头盔包围的头部。据鉴定这些岩画已有 4 千多年的历史，甚至有考古学家认为其年代可以追溯到 1 万多年前。有关它的历史传说是：在很久以前来自宇宙的旺吉纳和他的伙伴创造了大地和大地上的一切，其中包括沃噜拉人（Worora）、嘎云韵人（Ngarinyin）和乌那布人（Wunumbul）。由此，旺吉纳被大家供奉为神灵。在完成了土地、生物和人的创造之后，神灵旺吉纳沉入了水底，并在那里孕育了许许多多新的生命。旺吉纳也被尊奉为强大的雨神，一切与雨有关的事物和所有自然资源的季节性再生都在神灵的控制之下。受旺吉纳控制和影响的地区主要分布在澳大利亚西北部金伯利地区约 20 万平方公里的土地和水域。至今，与其有关的传统原住民的法规和文化在这里仍然非常活跃。由于受到气候变化的影响，岩画会脱落，后人为了保持图像的清晰度，每隔几年都会重新描绘一次，使得伟大的雨神在沃噜拉人、嘎云韵人和乌那布人心目中永远保持着鲜明的形象。

　　旺吉纳的形象曾经出现在 2000 年的悉尼奥运会的开幕式上，

旺吉纳岩画（摄影）。

可想而知，他在澳大利亚文化中有多么重要的地位。

我等斯哥帕加完了油，正准备上车，他示意我把油费付了。这点付出还是应该的。我赶紧去付了油费，回来却看到他身边多了一个年轻人。斯哥帕向我介绍说，这是他儿子桑德。他还有其他事，就让桑德带我去。我嘴里答应着，心里却有点小小的失望，因为我相信斯哥帕对当地情况的了解会更多一点。

我们的车没有立刻上路，而是在小镇上转了一圈又一圈，一个多小时后车上坐满了六个人，包括一个女人，大家叫她"妈咪"。杰米没有去，说晚上他会做点好吃的等我回来。

听说我们要去的地方并不远。但是到底有多远，没人告诉我，大家不习惯用数字来预估时间和距离。

沿途我们经过一处岩石洞，桑德兴致勃勃地要带我去看看。他说，小时候这里是他最爱来玩的地方。有时候外出打猎遇到下雨，父亲还会带着他和弟弟在洞里过夜。他指着一块石板说，那就是他们睡觉的地方。我抬头查看，在那块石板附近的洞壁上一片漆黑,应该是被烟熏的。在它的旁边还有几块比较规整的大石头,上面有两个大小不一的凹槽,显然是长期研磨食物形成的。洞壁上还有依稀可见的壁画,用点构成的三个圆圈和一只蜥蜴,往上看还有几根长矛。桑德说那是他父亲和父亲的父亲画的。由此可见,生活在这里留下的痕迹其实并不久远。再往里走,目之所及开始变得模糊,洞内的光线昏暗,隐约可见洞壁上的有几条水流的痕迹。雨天,山上的雨水会通过山缝流淌进来,汇聚成一个水潭,在雨水充足的时候,在水潭里来个天然冷水浴不成问题。难怪桑德说他特别喜欢来这里玩耍呢。我问他,现在还会经常来这里吗?他说有时会带上孩子和他的女人过来。我重新打量了他两眼,看他20多岁的样子,已经有老婆孩子啦。他冲我笑笑,分明读懂了我瞧他的眼神里的意思。

离开山洞后我们的车继续往前开,遇见一处废墟。听说,这里原来住了一户牧场主家庭,还有一帮被雇佣的原住民。我们默默地在几面倒塌的残墙之间转悠。"妈咪"却默默地坐在残墙面前,端详着它。只见她抬起手想去触摸它,那份轻微的谨慎像是在抚慰一道伤痕,它会勾起触摸者的痛苦记忆。我试图趋前询问这里曾经发生了什么,但很快又打消了这一念头,因为我不确定这是一个最好的时机。历史上,原住民与欧裔白人的矛盾存在已久。但就眼下来说,无声的感染力已经胜过任何言语。

最后,我们又随着桑德默默地回到车上,继续上路。

大约又开了一个小时,前面出现一条小路,桑德把车开了上去。很快小路也没有了,只有荒草、乱石和稀疏的几棵小树。再往前开,前方的地平线上渐渐露出一块石头,然后越来越大,最后横跨在我们的视线中——原来是一座山。山上和山脚下都长满了半人多高的荒草,除此之外没有发现任何有人到访过这里的痕迹,是一片很久未被人类触摸过的自然生态。

我看向桑德,以眼神询问,就是这里吗?

"是的,在山的背后。"他说。

他的话让我摸不着头脑。山势陡峭,要翻过去不是一件容易的事。可是桑德却说不用翻山，附近有一条小路通向山的背后。我有些半信半疑，但还是和大家一起，手里拿着树枝在身前左右的杂草里扒拉，开始寻找越过山的路径。没一会儿的工夫，突然有人喊了起来："在这里，找到了！"原来他发现了一座掩埋在草丛里，已经残败不堪的小桥。说是小桥，其实也就是用两棵大树的树干横搭在两岸，上面再排列一根根像胳膊一般粗的短树干，每根树干长短相近。桥面约有一米宽，七八米长，人走在上面，发出"吱吱呀呀"刺耳的声音，此时此刻听起来像是来自一个被遗弃者的痛苦呻吟，以及在被彻底遗忘之前的挣扎。

过了小桥，继续向山逼近，来到山脚下才发现桑德所说的穿过此山的秘密小道。原来山体的中间裂开了一条缝，像是被自然的力量震裂开的，看上去只能容下一个人侧身而过。因为不知道这条山缝有多长，如果被夹住，进也不是退也不行，那可就惨了。看着大家一个个小心地挤进山缝里，我也只好跟着向里挤。山缝虽然不是特别窄，但即使是我这样一个瘦子，稍有不慎还是被锋利的坚石划破了前胸和后背。我不知道桑德是怎么过去的，他比较胖，挺着一个大肚子，要想挤过途中几道弯还真要有点本事。无论有多么困难，大家最后还是都通过了。

刚挤过山缝，我禁不住发出一声长长的惊叹："哇，这是什么地方？"

原来我们通过的只是前半座山，好像一座大山被分成了两半，腾出来中间的一块空地。空地中一半是河一半是岸，分别有10多米宽。在两侧山的环抱下看不到河的尽头。山石之间长满了参天大树。这里有山，有树，有水，大自然造化了这么一个天然美丽的环境让原住民休憩，真是令人羡慕不已。

只见桑德和几个原住民激动地张开双臂，来回奔跑，嘴里大声地喊叫，他们是在告诉这里的精灵："打扰了。"

看似荒芜的土地，其实到处都充满了灵性，只有心灵与大自然相融合的人才会真正感悟到那份灵性的存在，才会有与精灵沟通的能力。

几圈跑下来，桑德首先脱下上衣，迫不及待地跳进水里。看到有人跳进水里，我大叫了一声"我也来了！"，一头扎进了水里。清凉的河水一下子将我身上的暑气消除得干干净净，也冲刷掉这么多天来的疲惫。我静静地躺在水里，让身心充分享受那片刻的宁静，有一种飘飘欲仙的快感。我深刻体会到融化在大自然中的感觉——从身体到心灵——是如此的美妙。躺在水里，我仿若身临"桃花源"的美境之中。最让我惊叹的是，它出现在远离中国千里的澳大利亚荒漠上，我不敢相信，却又实实在在地身在其境中。

远处山壁上的岩画虽然不是我所期待想要看到的旺吉纳岩画，但也是一幅非常了不起的岩画。它大约有3米高、10米长，表现的是原住民的渔猎生活，有人物和动物的造型。从画面里的几个跳动的人物造型上不难想象他们在追猎时敏捷的反应和动作、打到猎物之后的狂奔乱跳以及愉快的心情。一根根流畅的线条和一块块单纯的颜色，都给人一种质朴的美感。可惜的是，原住民没有文字，无法记录前人在创作此壁画时的动机和过程。但是，壁画本身就是一部保存完好的文献记录。

部分壁画的颜色明显有新旧之分，有一部分是新画上去的。除了颜色之外，还有一个造型像飞机的图案，它是新人所画。既然如此，为什么不索性把剩余的石壁上画满岩画，记录更多当代人的想法呢？说不准哪一天我会躲进这个"世外桃源"，继续完成这幅壁画。那一刻，我的心中不禁地浮出一丝小小的庆幸，因为没有很多人知道这里，有此意图的人更少。

桑德找来一只烧水的罐子，我们开始煮茶。这样的地方永远不会少了这一类用具，它们是为任何可能来到这里的人准备的。更何况，能够出入这里的人当然是自己人。我和桑德还有其他人上了岸，喝着茶。我们中有个人说，以后遇到麻烦可以躲进这里。他在说这话的时候脸上带着一丝诡异的坏笑，分明是告诉大家他另有所指，引得大家"嘿嘿"地怪笑。如此隐秘的地方，对于不喜热闹的人，无疑是一个极佳的藏身匿迹的好地方。桑德

能够在荒漠上找到这么
一个水源充足、隐秘若
"世外桃源"的地方实属
幸运。所以当时我们都
很兴奋，手舞足蹈地喊
叫，一是激动，二是与
这里的精灵喊话——我
们来看他们了。热闹过
后，大家少不了开起玩
笑，相互告诫，不要对
其他人说起。虽然我听
不懂每一句对话，但还
是能够明白大致的意思。

说，知道这个隐秘之处的人并不多。"如果大家都知道，便不再隐
秘，也就不再属于我们了。"

就在我们说笑间，我注意到远处有一片乌云正向我们悄悄地
飘过来。我提醒大家该回去了。众人抬头，眼见着一场暴雨即将
来临。我们赶紧扑灭了篝火，慌乱中仍不忘对着未燃尽的树枝撒
上几泡尿。

刚才还在远处的乌云紧紧地尾随着我们，它比我们跑得更
快，转眼间已经来到了我们头顶上方。顿时阴云笼罩，天很快
暗了下来，接着就是雷电交加，大雨从天而降。这一切发生得太
快了，几乎没有给人喘息的机会。泥泞的道路，车子开着非常吃
力，一不小心车轮就在地上打滑。我们开了一个多小时，眼看着
已经是傍晚了，车轮又一次打滑，外面下着雨，没人愿意下车
推。就这样，车轮在泥潭里挣扎地转了几圈，终于不动了，引擎
也自动熄了火。开车的桑德焦急地不停打火，耐心一点点地被
消耗掉。在这么一个让人焦急窝火的节骨眼，车里有人还不消
停——有两个人不停地说话，也不知道他们在说什么，吵得人越
来越心烦，真希望"妈咪"这个时候让他们闭嘴。可是我没有等
来一句劝阻，却听到一声巨响，车前闪过一道刺眼的绿光，吓得

众人不顾一切往外跳。

大家站在雨中默默地瞧着汽车，像是看着一颗定时炸弹，不敢靠近。周围没有一点可以遮雨的东西，除了打在身上和脸上的雨点，再也感觉不到其他的存在。我们一个个抱住身子，任凭雨淋，那副狼狈相可想而知。

我终于受不了，钻进了驾驶室，其他人也跟着一个个跳上车。不知因为什么事，又有人在吵吵嚷嚷，互不相让，这一次"妈咪"忍不住了："唉，都给我闭嘴！"这一声怒喊封住了所有人的嘴巴，车厢里突然变得死一般寂静。

过了一会儿，我小心地问："可以再发动试试吗？"我还抱着侥幸的心理，但是没有人搭理我。

"明天怎么办？"我又问。

"不知道。"桑德说完，倒在一边，闭上眼睛。我想他一定是烦我问这些无聊的问题。就这样，大家都无声无息，反而让我有些受不了，但也只好这么熬着。经过这么一番折腾，肚子饿得"咕咕"叫。天也早已经黑了。像桑德一样，我也闭上眼睛养起了神。又过了好一会儿，后座开始传来轻微的鼾声，好像鼾声也可以传染似的，渐渐地，两个、三个不同的鼾声，由轻到重，此起彼伏，很有节奏地在车厢里奏响起来。能有如此淡定心态的人，也只有视此为家的人，除此之外我实在想不出还有谁能够在这样的情况下做到如此潇洒。在这里，"家"的概念已经超出了我们通常所指的"家庭"和"居住的屋子"的范围。

我伸手摇下车窗，感觉不到一丝的风。不知什么时候雨停了，我把头伸出窗外，深深地换了几口新鲜空气，几只蚊子乘虚而入，落在我的脸上、身上。我赶紧摇上车窗，一路忍受着疲惫和饥饿的煎熬，现在又多了几只蚊子的折磨。从早晨到现在我没有吃任何东西。

天上出现几颗星星，一眨眼的工夫又不见了。我移动了一下身子，让自己坐靠得舒服一点，也尽量让精神放松，脑筋顺畅一些。我知道睡不着，只有坐等到天亮，头脑也肯定不会闲着。我问自己，为什么我的每次出行都会遇上一些看似危险的麻烦事。或许是因为年轻，年轻人总是会做出一些不计后果的事。经历多了，也就将所谓的"危险"视为平常事了。

正当我漫无目的地自我感慨的时候，突然想起了杰米，我几乎想象不出晚上他会做什么好吃的等我回去。他会做烧烤，每次抓到蜥蜴都是他做。有一次我问他，吃过鸭脖吗？他说，鸭的脖子上也有肉吗？说着，他还在自己的脖子上捋了两下："是这里吗？"看他那样儿，我乐了，说："肉是不多，但味道好极了。如果能够将蜥蜴的尾巴也那么卤一卤，啃起来，那可是最美味不过。"听了我的话，他也乐了。我说，还有大胖白虫（Witchetty grub，直译是"女巫幼虫"），把它丢进篝火的热炭里烤熟，吃起来就像香肠。如果裹上淀粉，像炸薯条一样炸一炸，一定会非常好吃。此时此刻，我是毫无顾忌地去想象啦。

为什么叫"女巫幼虫"？我开始在记忆里寻找答案。记得曾经读到过一则故事，大意是：很久以前，在梦幻时期有两个蛇人，他们曾经是兄弟，但是后来他们中的一个因为嫉妒而和手足反目成仇。在一次原住民神圣的舞蹈仪式中，这位满心嫉妒的蛇人用咒语将兄弟由蛇人变成了蛇，于是后者逃到了一个叫库尔图库尔塔（Kurntukurta）的湖，后来就一直生活在那里。而这位下咒的蛇人向南走，来到了另外一个叫穆拉贾（Mulatja）的湖，看到许多人坐在湖边。大家见到蛇人，都为他伤心落泪，因为他在这里没有一个认识的朋友。蛇人只好离开那里，继续向南走，然后又遇见很多人，他们是女巫族人。女巫族人看他走了很久很久，一定累了，就给他一点吃的，让他留下。但是，有一天，当女巫族人外出打猎回来时，发现蛇人不告而别。他们很生气，决定要给蛇人一点惩罚。像蛇人之前对兄弟做的那样，女巫族人念起了咒语。半道上，蛇人受到咒语的控制，跌倒在地上，只能像毛毛虫一样爬行。这就是"女巫幼虫"的来历。在原住民中，类似于这样的神话故事很多，荒漠上的每一个事物都可以说出一个故事。它们都会反复地出现在原住民画家的笔下和舞蹈音乐中。

　　我随意地换了一个坐姿，要不，一直保持同样的姿势也是很不舒服的。夜还长着呢，有的是时间胡思乱想。

　　从杰米想到了眼下的困境，又想到了舒适美丽的墨尔本。我知道在那里，我过去的室友们虽然工作辛苦，但至少不会饿肚子，每天可以洗个热水澡，睡在干净舒适的床上。这种最基本的生活保障，不曾想竟成为我眼中奢侈的生活。我问自己，为什么会在这里？后悔吗？下次还会再来吗？我想了一下，内心里并没有出现一个明确的答案。我继续回想，把时间向前一直推到了当初……

　　自从第一次的临时签证延期 6 个月后，我还想继续延期，总觉得我在澳大利亚的任务还没有完成，所以就有了移民官对我的第二次约谈。虽然这次是另一位移民官，看了我的档案记录后，却问了与前一个移民官同样的问题："过去的几个月你都做了些什么？"

　　我重点说了两件事：一是去了包括西澳大利亚州的金伯利地区，中部、北部，以及昆士兰地区的许多原住民村落，进一步了解了原住民的分布和各地原住民文化之间的差异。我还提到了阿纳姆地区，这个地方对于很多人来说非常陌生，是北领地原住民聚集的地方。我给他讲了很多有趣的日常生活故事。移民官员问我是如何与原住民交流的，我说肢体语言是我们交流的主要方式。他特别喜欢听我说中国功夫让我与原住民成了朋友，以及在丛林里如何做中餐。这些听起来极其平常的经历，对我日后思想逐渐成熟产生了很大的影响；二是在本迪戈将华人墓场的几百块墓碑上的中文名字重新描画了一遍。他们是 19 世纪 50 年代来澳大利亚的淘金者，死后没有机会埋葬在自己的故土，但成了这段历史永远的见证者。第一次在异国他乡看到这么多墓碑，我当时就有一个非常强烈而又清晰的念头——这些开始倾斜、残败的墓碑应该重新挺立起来，他们的名字应该被后人永远记住。同样流着中国人血脉的我有义务为这些先驱做点什么。由于历经了 100

多年的风吹雨淋，墓碑上的许多刻字已经被风化，看不清楚了。我就用手摸，凭感觉辨认出每一个字，然后再将墓碑扶正，在上用红漆重新写一遍。我以一种平和的语气对移民官说："这是我做得最细心、最踏实的一件事。"他默默地看着我，似乎忘记了我们还身处移民局大楼中的一间办公室。有那么一刻，我甚至觉得他被我带进了故事。我说，我还遇到好几位原住民与中国人的后代，可能并没有多少人知道他们在澳大利亚的这段重要历史，包括在西澳大利亚州宝戈附近的"中国花园"的几位老人。说到这里，我突然略做停顿，揣摩起坐在我面前的移民官，担心他会嫌我啰唆。我似乎忘记了自己来这里的目的。

"继续。"他冲我笑笑说。

听了他的话，我一下子放开原来还有些拘谨的心态，滔滔不绝地对他讲述了发生在我与原住民之间的故事。我必须要说，他是一个非常好的聆听者。但凡这样认真耐心听别人故事的人，也是一个勤于思考的人。末了，他问我喜欢这个国家吗，如果喜欢，可以申请永久居留权，继续做我正在做的事情。我被感动了，这份被人真诚对待的感动至今仍铭记在我心里。当时我就相信，我一定会为这个国家和社会做出一份特殊的贡献。许多年后我做到了，那是一个关于"原住民与华人在澳大利亚历史中的过去和今天"的研究展览项目。我可以很骄傲地说，它填补了澳大利亚历史中鲜为人知的一个空白。

不久，我就以特殊人才的身份拿到了永久居留的签证。

每想到这些，我都觉得自己是那么的幸运，似乎我这个乡下人的命运早已注定会与这个国家的原住民联系在一起。

后来有了女朋友，我住在墨尔本的时间也就多了。为了生活，我在工厂包过沙发，在不同的餐馆做过洗碗工。在其中一家餐馆打工时，正巧有一天二厨师因为一点小事被大厨师骂得实在受不，结果两个人吵了起来。二厨师当即甩下勺子走人了。老板没辙，但看我工作勤快、手脚麻利便让我顶上，没想到一晚上下来，我干得还不错。不就是炸炸咕咾肉、烤烤沙爹肉串、炒炒饭嘛，教一遍就会了。还有什么炸香蕉、炸雪糕的，凡是油炸、烧烤都是二厨师的工作，一点也难不住我这个艺术家。老板看我上手这么快，立马告诉大厨培养我做二厨，工资不变，等我正式出师了才做调整。很可惜，老板培养错了人，培养谁也不能培养一个艺术家来做二厨师呀。结果，没等我出师，赚了一点可以买张灰狗大巴车票的钱，我就辞工上路了。从此，开始了后来多年断断续续在荒漠与都市间穿梭的生活。

有一段时间我在墨尔本的一家模具厂打工，在工厂里我就是一个干杂活的人。有时老板也会丢给我几张图纸，做些简单的小模具。我的动手能力很强，也懂得看图纸，虽然没学过，但看几遍就明白了。打杂的工作一点不辛苦，但是一天工作下来还是累得够呛。因为我一刻没有停止想事，想未来的事、想创作上的事、想如何成为一个大艺术家，但好像唯独很少想如何发财的事。我曾经也起过放弃艺术，好好安下心来过个安稳舒适的小日子的念头。我深知仅靠艺术生存的艰难，比我生活在荒漠上更难。但是每天放工回到住所，我能够做的，或者说喜欢做的事还是画画。把宣纸铺在地上的那一刻，一切烦恼也就消失了。买不起画架和画案，我就铺上毛毯趴在地上画，由此养成了直到今天我还是喜欢在地上画画的习惯。但是，每当画出自己满意的作品，其他的一切也就不重要了。

正在我胡乱想之际，感觉车外有动静。我又换了一个姿势，懒懒地睁开眼，随意向车窗外瞥了一眼。这一瞥，把我吓了一跳。我从破碎的半块反光镜里发现汽车尾部有灯光一闪一闪的，起先还以为不小心触到了某个开关，闪起了后车灯，但很快意识到不对。我的疲倦在那一刹那被吓得一扫而空，急忙推了身边的桑德一把，可他只是哼了两声，没有理我。我也没敢下车看个究竟。不管我有多么不在乎这些神神道道的东西，我也不会傻到明知危险还要冲上去，尤其是在清醒且有选择的时候。亮光就像鬼火一般持续闪烁，我干脆不去看它，更不能够多想。在经历了许多事之后，我认识到，任何超出普通认知的事，在荒漠上都可能发生，比如"魔棍"、艾丽丝泉小镇外发生的那一幕、咒语等等；还有些发生在各种仪式中的不可描述的事，以及各种精灵（魂魄）。如果用人的标准来辨别的话，精灵也有好坏之分，而且它们一旦知道你在想它们，就会跟上你。一想到这些，我的心里开始发怵。就这样，一整晚我都带着不安的心情熬到了天亮。

第二天我把这件事告诉大家，有人说可能是萤火虫。但是，萤火虫发出的光不可能有那么大、那么亮啊！桑德在一旁赶紧示意我忘掉这件事，我似乎明白了他的意思。

桑德打开前车盖查看，发现是水箱炸了，还断了两根皮带。

"有办法修吗？"我急切地问，"带子还能接上吗？"

桑德抓着两根皮带，摇摇头，露出一副无可奈何的表情。哦，不会吧。我立刻意识到这不是一个好兆头，难道说老天爷真的要捉弄我们一番吗？

随后，大家开始讨论接下来怎么办。有人提议回"桃花源"，那里离我们最近。然后呢，我们又怎么离开那里呢？大家讨论了半天，桑德说菲菲牧场（Fifi Station）就在附近，先去那里，然后再说下一步怎么办，至少牧场主有吃的。大家相互看看，也只能这样了。可是当大家一上路，我又不禁在心里暗暗地叫苦。几个人慢慢悠悠的，说说笑笑，不时还要打闹几下，就像是刚吃饱了在楼下小区散散步一样悠闲。感情大家并没有把这当一回事儿。可是再怎么无所谓也经不起烈日的暴晒，没一会儿工夫，一个个都露出无精打采的样子。尽管如此也没有人抱怨，脚下的步子没有减慢，事实上我不知道还能不能再慢了。远处传来乌鸦发出的叹息声，它们也在抱怨受不了这炎热的天气。

沿途遇到一条小溪，所有的人看到清清的河水都恨不得立刻跳下去，但是大家还是克制的，知道在跳下去之前应该做的事。有人走近水边，趴下，用嘴贴着水面吸水。其他人也陆续这样做起来。我学着大家的模样，也将嘴唇贴在水面上，深深地吸了一口，一股清凉的水柱从快要冒烟的嗓子眼直流而下，感觉无比爽快，比吃上一口冰激凌还要舒服。等所有的人喝足了水，才有人蹲进水里，我也跟着将身体泡进去。那一刻，真的是说不尽的舒服、痛快，可是当我们再上路之后没多久，后悔就找上了我。我开始觉得浑身有一种说不出的不自在，心想也许是太饿了的缘故。路边正好有几棵果树，稀稀拉拉的果子只有花生米粒那么大，而且大多是没有熟的青果，但大家还是摘了一些，全当塞塞牙缝，也好过吞咽口水。我用从杰米那里学到的经验，分辨这些果子是没有问题的，我丢了两颗在嘴里，涩得我龇牙咧嘴。刚才的难受劲儿越来越厉害，我无力地靠着一棵树坐下，一手托着脑袋，心想，休息一会儿就好了。

"你没事儿吧？"是"妈咪"在问我。我有气无力地哼了一声，全身无力，晕晕欲睡。

这时妈咪开始翻起她的包，倒腾了老半天竟然摸出来半块面饼。可能搁了好多天，她用了不小的力气才掰下来一小块，递给我说："吃下这个，会好一点的。"

我接过面饼，艰难地嚼了一小块，喝了一点水，然后闭上眼睛。过了一会儿，迷迷糊糊中觉得有人在摸我的手臂、额头和头发，还听见"妈咪"的喃喃自语。我听不懂她在说什么，像是一些祷语。这时，我的头脑里闪现出在宝戈见到的那个头上、身上抹着红土，头发凌乱如稻草的老人。因为难受，脑筋有点不好使，但是潜意识里我还是清楚自己不是中了什么邪，而是中暑了。

"头疼。"我喃喃地说。

"知道，会好的。"一个女人的声音不停地在我耳边唠叨着。她说的都是土语，听上去细声细气，非常舒服。慢慢地，我的内心产生了一种解脱前的释然，这份释然是沉沉入睡前的心境。我仿佛有一种不会再醒来的感觉。一个念头突然莫名其妙地冒出来——我会死吗？如果真是这样的话，原来人还有一种清醒的死法，没有痛苦和恐惧，像是进入睡梦之前般平静。事后回想，依照常理一个中暑的人是不会联想到死亡的，可是这里的环境不同，炎热的气候是最凶残的杀手。

不知过了多久，不知是因为吃了一点东西，还是红土的作用，头疼的症状慢慢地减轻了。我睁开眼，看到一直在我耳边说话的"妈咪"正用红土抹在我的头上。我说我没事了，挣扎着站了起来。我们还要赶路，要不，晚了就更麻烦了。好在大家本来走得就不快，有桑德架着我还是可以跟上大家的脚步。

这是一段漫长而艰难的道路，如果不是亲身经历，我怎么也不会相信生活中真的会发生这种通常只会在电影里才会看到的一幕——一帮狼狈不堪的落难人，行走在荒漠上，求生。

＊＊＊

所幸，赶在傍晚时分，我们终于走到了菲菲牧场，一位叫罗斯的人住在这里。

"真他妈的，从哪儿冒出来的一帮家伙？来这里干什么？"一见面，他就没好气地冲我们大喊大叫。瞧他那副穷凶极恶的模样，我的心一下子凉了半截。可想想眼下的处境，桑德还是请求说："能给一点水或茶吗？"

"真他妈的，茶？我为什么就应该伺候你们？"

被问得哑口无言，我只好转而请求他帮我们联系菲茨罗伊克罗欣的人，告诉他们我们在这里，特别是联系杰米，告诉他我还挺得住。

这个叫罗斯的人根本没有理会我，目光不停地在我们身上扫视，嘴里嘟嘟囔囔地不知道在说什么。显然，因为我们的出现，让他的情绪坏到了极点。然后他转身进屋坐到电视机前，就这样不再理睬我们，不时还能够听到他一腔怒气的抱怨。从敞开的大门，我看他站起来在屋子里转了一圈又坐回沙发，不一会儿又站起来，就这样折腾了好几回，最后走进乱得一团糟的厨房，从壁柜的最上层拿下一只壶，看上去长年没有被用过了。但他洗都没洗，便丢进一把茶叶包，灌了一壶水放在了炉灶上煮起茶来。

我默不作声地退到一边，和大家一起坐在门外的草地上。疲惫和饥饿已经让我没了想事情的精力，其他人也都是一副垂头丧气的样子。

这时，屋子里又传出罗斯粗暴的脏话，他为打不通电话而大为恼火。"啪"地一声，他手里的无线对讲机被重重地摔在桌子上，这是七八十年代在野外使用较为普遍的通信设备。

不知过了多久，我躺在地上几乎快睡着了，恍恍惚惚的好像又在做梦，隐约听到有人在喊："哎，还等什么？"我微微睁开眼，随声望过去。嗯？没有看错吧？是罗斯站在门口，手里分明托着一块黑乎乎的牛肉，另一只手上提着那只壶，腋下还夹着一大块黑面包，嘴里一口一个"真他妈的"，全然是一百个不乐意的样子。哇哦，这不是在做梦吧？大家都看到了，而且看傻了。我不知哪来的力气，冲过去接过罗斯手上的东西，连声说了几个"谢谢"。

可是当面包、牛肉真真切切地摆在我们面前的地上时，却没人动手，大家的模样像是在做餐前的祈祷一样。桑德说他害怕伸手，其他人被逗笑了。结果还是"妈咪"先动手撕下一块牛肉，大家才不再迟疑。虽然我们都饿得不行，但还是吃得比较有节制。没人说话，也顾不上说话。我伸手撕下一块牛肉夹在面包里。地上只有一只杯子，有人倒上茶水，大家轮流喝上几口。牛肉是临时从冷冻箱里拿出来的熟肉，经微波炉加热，里边的肉还没有完全解冻。吃到最后，盘子上剩下了牛肉没有解冻的部分，我们中有人用刀把它切成几块，悄悄地藏进了自己的口袋。要想让罗斯再贡献出这么一块牛肉，那是万万不可能的。

等我们吃完，天也完全黑了。大家住进了一间空屋子，满是牛粪的气味，里面有一堆工具，还有一张破旧的桌子、几把椅子。我们只能睡在地上，罗斯一个单身汉也不可能有多余的毛毯给我们几个人。天一黑，屋子里的蚊子比外面还要多，几乎可以把人抬起来。

我又是一夜未眠，开始想念睡在一张柔软的床上的感觉。对

被困在荒野上的一群人，唯有等待外面的车子进来搭救我们。

于行走在荒漠上的人来说，那是多么的奢侈啊。

第二天，罗斯问我们打算怎么办。他一定在想如何尽快把我们打发走，但是他很清楚我们没有任何选择，除非有人可以将车修好。罗斯只好反复尝试与菲茨罗伊克罗欣小镇上的人联系，让他们派人来把我们拉回去。这个过程中，眼看着罗斯的火气节节上升，没人敢靠近他一步。经过反复的尝试，终于从对讲机里传出一个陌生男人的声音。罗斯对着对讲机就是一通大叫："真他妈的，你得快一点把这帮家伙给我弄走，老子没有这么多东西喂他们！"听罗斯这般说话，对方也没好气地说："那你就让他们饿着，你他妈的跟我嚷嚷什么呀！"原来菲茨罗伊克罗欣小镇也在下大雨，路不好走，没法出车。这意味着，我们只能等待。可是没多久，屋子里又传来罗斯暴躁的声音，好像又在对讲机上跟对方吵架，看来他是真急了。就这样吵吵歇歇，折腾了大半天，结果对方仍然是无法出车，只能等第二天再说。

我们中间有人坏笑，说罗斯比我们更着急。他发火的样子其实也没有那么可怕，反而有些好玩。

中午，罗斯为我们煮了一大锅杂烩汤，有肉块、土豆、萝卜、卷心菜。大家围坐在桌子周围埋头喝汤。跟之前一样没有人说话，大家比昨天撕牛肉时还要斯文，连喝汤都没有发出一点响声。如此小心、装模作样地吃饭真让我受不了，一种寄人篱下的感觉油然而生。

下午还是等待，等得人心烦意乱。

我们在附近转悠，希望可以抓到点猎物。我的两条腿开始发飘，没有足够的食物，只好拼命地喝水。

第三天依然如此。

到了第四天，罗斯简直要疯了，从早骂到晚。桑德不时走到路口去张望。我干脆把头上的帽子拉下来，挡住光线，躺在草地上昏昏欲睡。夜里太多蚊子，白天太多苍蝇，一连几天没有好好睡觉。我想睡一会儿，可是头脑里却浮现昨天与罗斯的一段对话。罗斯平时是一个人住在这里，相信也很无聊。

他问我："做艺术家是不是很辛苦？"

我说："当然啦，你看我现在这副狼狈样子。"

"你怎么会与他们混在一起？"

我不爱听他这么说话，要在平时都懒得搭理他，但我还是简短地向他做了解释，毕竟我们每天吃他的，还是应该满足一下他的好奇心。

听完我的解释，他又重新扫视了我一遍："怎么会呢？"

他是真的想不通为什么我会和他们混在一起。

我耸了耸肩说："不为什么，喜欢。"

无需任何理由，我只是听凭内心声音的指引。

"别跟我说这些废话。"

"那你，真他妈的，想听什么呢？"

"说说你的故事，你一定是个有故事的人。"

他似乎并不介意我们的对话中夹杂一些粗口。行走在荒漠上的人，谁会没有故事？我有点后悔刚才没有听他的故事，真想让他从头再说一遍。当然，如果说起我的故事，真他妈的，太多了。我竟然也学起罗斯的口气。

为了转移话题，我问他："你不喜欢我们？"

"你看，我是吗？"他用手里握的棍子敲了敲地上没有端走的盘子。

　　我无话可说。平心而论，坐在我面前的罗斯还算是一个不错的男人。虽然他不喜欢我们，但不管出于什么原因，他每天还是供我们吃，虽然随便一顿正餐就要吃掉他一个人一周的食物。我不敢想象，大漠上的每一个人都会像他一样。

　　他开始唠唠叨叨说了一大堆，当然少不了带上他的口头禅。当时我真应该把他所说的录下来，他也是一个有故事的家伙。可惜当时我的心情根本不在听他说了什么上，只是摆出一副装模作样在听的样子，结果真正听到的只有他的抱怨。我看着他那粗糙、满脸皱纹的脸，就像在照一面镜子，仿佛看到了我自己。我不敢想象，不久的将来自己是否会变得像他一样。

　　我躺在草地上，换了一个睡姿。一只苍蝇穿过盖在我脸上的帽子钻进来，我不耐烦地抬起帽子赶走了苍蝇，然后又将帽子往下拉了拉，把整个脸都盖住了，仿佛羞于被人看到我的内心。其实罗斯对我好奇的提问，正是前几天我在车里想过的。

　　罗孚·托马斯（Rover Thomas），我的原住民艺术家朋友，有一次对我说："你终究还是要回到真正属于你的地方。"当时他正在画一张小画，他说是为了换取晚餐的饭票。画面上只有两块颜色——土黄色和黑色。他让我在两块颜色的周围点上白点，然后指着一块黑色说，这是达尔文，周围被许多"垃圾"包围了。墨尔本也是，到处是毫无情感的水泥方块，那里的人却很高兴生活在钢筋水泥垒起来的"丛林"中。他们更像是一群被圈养起来的生命。而那块土黄色的色块是他的家乡。他问我会选择哪里，我无法回答他的问题，但引出另外一个问题："我是谁，我属于哪里？"我一直在努力寻找答案。

　　我沉默了，琢磨来自大自然的他对城市的理解，这是一个比较复杂的问题。还没容我仔细地琢磨下去，正在这个时候，一阵喊叫将我从沉默中惊醒。"丰田、丰田！"我起身看见桑德拼命地向我们挥手，一辆修理车远远地向我们驶来。我急忙翻起身，奔过去告诉罗斯："来了、来了！"

　　"终于来了，虽然来得有点晚。"他一边发着牢骚一边将手里罗孚·托马斯，著名原住民艺术家，来自西澳大利亚州。我们在不同的地方见过几次面，其中有一次在达尔文，当时他正在画一幅小画，说那是换取一份晚餐的饭票。借此机会，我也画了几幅他的速写。

的大木勺狠狠地敲在他每天端给我们的大铁锅的锅沿上，他正在为我们准备杂烩晚餐。

我双手合十，想跟他开句玩笑，感谢他让我们完好地活着离开这里，但话到嘴边，还是真诚地对他说："谢谢你，罗斯，真的非常感谢你。"

"好了，赶快上路吧，别在路上再遇上大雨。"这句话说得如此真挚，这是几天来，他没带他那"真他妈的"口头禅的唯一一句话。

送走了我们，他又回到了一个人的日子。没有我们打扰，他的心情会是怎样的？不知为什么，在回去的路途中我竟然还在想他，想过去几天的日子都是怎么过来的。当一个人长时间过着与世隔绝的生活，寂寞就像一只赶不走的苍蝇叮在你的脸上，虽然讨厌，但是时间长了也就习惯了。即使一时赶走了它，下次它回来后，又要重新开始适应这个习惯，感受还会跟过去一样吗？从罗斯的身上，我仿佛隐约看见了自己将会成为的人，一个既不像罗斯也不是正常人的矛盾体。说实话，内心里我一点不喜欢自己

《背靠大树》，杰米作。
这幅画记录了当时我俩
在大树下的生活状态。

《背靠背的两个画家》，
周小平作。我以另一种
艺术形式表现了同一种
生活状态。

的这种矛盾体，它对我简直就是一种折磨，可又不知应该怎么面对。

我重新坐直身子，将双手交叉抱在胸前，盘算着晚上应该吃点什么。

回到菲茨罗伊克罗欣小镇时，天已经黑了，却发现杰米正坐在加油站路边。他说他每天都在这里等我，现在看到我也就放心了。他抚摸着胸口，说："回家吧。"

***

回到大树下的家，我好好地睡了两天。中途醒来，少不了和杰米以及那些喜欢来这里聊天、看我和杰米画画的人说起这段经历。其中，罗斯是我提起最多的人物，也是大家最爱听的部分，以至于来这里串门的人中间有些用罗斯的口头禅相互开起了玩笑。这种玩笑开多了，自然会引起一些不快和争执，而我和杰米权当是一种助兴。

杰米说，在我离开的几天里，他去参加了亲戚的葬礼，还有那个姑娘的葬礼。他只是淡淡地告诉我这两件事，并没有说任何细节。我也不便多问，只能在心里为那个姑娘惋惜和感伤。当聊到罗斯时，杰米的话开始多了起来。他说他当时就在镇上办公室的对讲机旁，听到罗斯跟人吵架。"哇，凶极了。"杰米说他每天都会去几次办公室，从那里打听我们在菲菲牧场的情况。看似淡定的他其实一直挂念着我和大家。用他的话说，我毕竟是个城里的孩子，是他的小兄弟，在大漠上他要为我负责。说得我感动不已。他还说，如果他去中国，相信我也会这样做的。

当然！我停顿片刻，忽然一个想法出现在我头脑里，我说："我们一起做个画展吧，杰米。"

"OK"，他未加思索地答应着，听上去好像早已做好了准备。这就是我们之间的默契。

这时，大树下又有人在拌嘴，而且两个人的语调由平缓的你一言我一语逐渐拉得更长，听上去就像是在唱戏，又蹦又跳的。到最后，他们表情严肃，扯着嗓门唱，脖子上暴起像蚯蚓一般的筋。那种神态、表情和语调，让人笑得东倒西歪，甚至有人笑得拼命拍打着地面。再看戏里的两个主角，年轻人手里拿着一根棍子，伸到对方身体下面，用手比来画去，然后又把两只手背到腰后两侧，弯着腰，在原地转起了圈，嘴里还不停地唱着。对方也不示弱，一个干瘦的小老头，曲着腿、弓着腰，他手里没有东西，就用两根手指权当木棍敲击，也是一番比画。瞧着大家的高兴劲儿，我问身边的人，他俩在说些什么。他笑得喘不过气，好一会儿才断断续续地告诉我，他们两个一开始是为某件事斗嘴，后来互骂起来。年轻人说要把对方的老鸡鸡割下来，把两只睾丸挂在腰带上做装饰品。老头回敬他，要把对方的小鸡鸡从中间慢慢地割开，然后赏给野狗，他会为此而拍手叫好。我是第一次在原住民中间听到属于男人之间的与性相关的笑话。

　　这样好玩的氛围常常会吸引许多人过来，但并不会影响我和杰米画画。我们仍然每天背靠背地在大树下画画、聊天，累了就躺下睡一会儿，任由其他人想干吗就干吗。杰米瞅了一眼我正在画的一幅画说："嗯，这里还有两个人。"然后，他伸手在画面上的一棵树下画了一个人，并说这是他。哦，听他这么一说，我也在大树下画了另外一个人。画面上出现了两个背靠背的人。接着，杰米又在周围画上了一片草。我们之间的默契已经达到了无须太多语言的交流就知道对方下一步会怎么画的地步。之后的几天，我们都是这样画画。画我们的生活，画发生在我们周围的事，画我们对这片土地的认知。

　　杰米是我见过的老一辈原住民艺术家中为数不多的、可以用线条作画的画家，大多数人都是画点画。他的绘画技法一开始就来自西方绘画训练，所以他的作品跨越了两种文化。他以原住民的传统观念、思维和质朴的形式，结合西画绘画技巧，形成了自己独特的绘画语言风格。

　　他也是我合作的第一位原住民艺术家。和我后来与其他原住

民艺术家的合作不同，我们的作品里包含了随性、冲动、真性情和狂野。它记录了两个来自完全不同文化背景的艺术家在大漠上的一段特殊经历。

在离开大树下的家的前夜，我做了一顿好吃的炒饭。斯哥帕也来了。他说，远远就闻到了诱人的香味，未来的很长时间他都会想念这样的味道。我说，下一次带你们去中国吃。虽然在篝火上做出来的中国饭菜和正宗的味道不一样，但对于我们来说已经是非常高级的了。

那天晚上我们围着篝火东一句西一句地闲聊，话最多的要数斯哥帕。我特别喜欢他热情开朗的性格，默默地隔着火苗注视着滔滔不绝的斯哥帕，并不时把目光转向杰米，头脑里开始新的作品构思。在我的眼里，这里只有大树和两个艺术家。我们常常会靠着大树画画、聊天，每当我靠着大树，仿如背靠着的是杰米，可以感受到他的体温，由此让我对大树下的家和这片荒漠产生了一份特殊的情感。

一幅《背靠背》的作品就这样完成了。

《背靠背》，周小平作。画中的人物几乎是真人比例。有一次，作品在展览时遇到一位观众，她紧握着双手，举在胸前，可以感受到她激动的情绪。她说她特别为画面上的黄色调兴奋不已，因为看到这幅画让她仿佛又感受到了曾生活过许多年的西澳大利亚州炎热的气候环境，这种感受太真实了！

9. 原住民艺术家在中国

1996 年 11 月 7 日是我期盼已久的一天，我与杰米·派克的联展《寻梦澳大利亚土著》正式在我的家乡合肥的合肥－久留米友好美术馆拉开序幕。这是我离开中国八年后在中国办的第一个展览，也是澳大利亚原住民艺术首次被介绍到中国，它围绕一个来自中国的艺术家和原住民的一段不平凡的友谊展开。

展览的内容分为三个部分：杰米的作品、我的作品和我们合作的作品。杰米的作品讲述了一个人与土地、家园的情结，我的作品表现了我对那片土地的理解，以及在这片土地上两个艺术家的共同经历和文化碰撞所产生的火花。

杰米、派特和我共同参加了开幕式。

对于绝大多数中国观众来说，这是第一次看到澳大利亚原住民艺术。有观众说，展品的画面感很强，它们既有强烈的民族语言特征，又有现代感。而艺术家同行们的评价是，即使他们对这些作品的寓意还不理解，但可以看出他们对色彩语言的运用和表现已经非常成熟，甚至要高过许多受过系统训练的人。还有观众在留言簿上留下了这么一段话："联想到中国的民间艺术，包括上海金山农民画和陕西民间艺术，在有些当地领导的过多干预下，已经失去了民间艺术的朴实。为什么要改造民间艺术？就像有人试图把毕加索画中的眼睛、鼻子理顺那样的不可思议。"

我年幼学习中国画的启蒙老师说，当他走进展厅的时候眼前一亮，这是许多年没有的感觉。大多时候，他不会在公开场合夸赞自己的学生，因为年轻人还有很长的艺术道路要走，但是今天他必须要打破这个惯例，因为他的学生将中国文化中"师法自然"的艺术创作思想拓展到了澳大利亚那块土地上。这些跨文化的艺术作品，给人以耳目一新的感觉。

当时的艺术家也给出了他们中肯的评论，没有太多华丽吹捧之词。在那个年代，传统艺术观念和形式仍然主导着整个中国艺术界。随着改革开放，西方当代艺术观念凶猛地涌进中国，一些西方艺术收藏家最早将少数中国当代艺术推向国际市场。一时之间，"当代艺术"这个词在中国变得非常时髦，同时，传承了几百年的中国传统艺术也受到市场的影响，开始走向了商品化。

我与杰米的联展无疑也是这一波引进外展艺术浪潮的一部分。3 年之后（1999 年），我和杰米又在北京中国美术馆举办了联合展，这也是中国美术馆第一次展出澳大利亚原住民艺术家的作品。这两次展览之后，澳大利亚的原住民艺术，包括音乐、舞蹈、绘画和摄影逐渐进入了中国，并受到广泛的关注。自此，真正体现澳大利亚特色的原住民文化开始逐渐出现在中国观众的视野中。

中国对于澳大利亚原住民艺术的了解和关注度要远远晚于欧洲国家，比如巴黎的国家凯布朗利博物馆（Musée du Quai Branly）就专门设立了一个永久展示澳大利亚原住民文化艺术的展区，许多国家都有专门收藏、展出澳大利亚原住民艺术的美术馆和画廊。1989 年，在巴黎的蓬皮杜中心举办了一场名为"地球魔术师"（Magiciens de la Terre）的重要展览，展品包括澳大利亚原住民所创作的作品。作品表达了人（原住民）与土地的关系，探索了神秘主义的概念。我一直认为，澳大利亚是一个以英国文化为基础、吸收兼容了东西方多民族文化的国家，在过去 200 多年的文化进程中逐渐形成了一个较为成熟的多元文化圈，却没有发展出比原住民文化更具特色的本土文化。

除了欧洲，位处亚洲的日本也是研究澳大利亚原住民文化艺术较早的国家。20 世纪 70 年代，日本人曾经在澳大利亚北部的阿纳姆丛林大量收集树皮画，在日本建立了一个私人博物馆，但是后来发现缺失了每张作品背后的故事。为了这些故事，他们又花了几年的时间，派专人来学习当地的土语，再逐个找到画家，让他们用自己的语言讲述作品背后的故事。学习土语这一点非常重要，因为许多画家英语表述能力有限，用英语讲述时，往往遗漏了精彩和重要的部分。由于作品本身并不容易被看懂，观众对其的理解依赖更多的文字说明。所以有时会出现一些莫名其妙的现象，比如展出方会根据原住民画家的只言片语，自行构建出一些故事。这种混乱的状况严重误导大众对原住民文化的认识和理解，甚至使他们还得出一个荒谬的结论：原住民艺术家不善于交流。

那么，如何欣赏这些作品，这些作品的意义和价值又是什么呢？这是展览期间中国观众询问最多的问题。对此，杰米就一幅题为《蛇》(*Kalpurtu-makari*)的作品做了介绍。这幅作品的画面上有一个像中国剪纸风格的人脸蛇身形象，杰米说他的名字叫咔毕(Kalpurtu)，是可以呼风唤雨的雨神。每当荒漠上的人由于干旱缺水面临生存威胁的时候，就会祈求雨神的降临。在他的画笔下，雨神长着头发，还有胡须。这样的解释听起来似乎过于简单。有观众指着旁边一幅题为《水洼》的作品问，这些绕来绕去的、像肠胃的线条又是什么呢？听了我的翻译，杰米几乎要笑喷了，一高兴，说出了一段土语还夹杂着英语。他说这是伽毕(Japingka)，也叫吉啦，是"永久性水洼"的意思。每当天气热得不行，大家就会聚集在那里。他小时候经常和家人去那里。对于他来说，这是一个神圣的地方，因为他们经常在那里举行仪式。杰米指着画面说："这里有水洼、道路，还有人和人留下的轨迹。"所有人开始在画面上寻找代表水洼、道路和人的符号。如果说回型线条勉强可以看作道路、圆代表了水洼，人的形象又在哪里呢？我们在说一个东西的时候，脑海里总会出现一个图像，但在另一种情况下，具体的图像在意识里又会变得无法直接辨认，也就是通常所说的抽象。杰米说，不需要把人画出来，通过周围环境同样可以感受到人的存在。为了便于理解杰米的意思，我打了一个比方：如果在一张白纸上画一条鱼、几根水草、摆动的鱼尾、姿态各异的鱼，自然让人联想到了水，而无须画水。

虽然西方的抽象艺术有时也不被大众理解，但是放在一个西方文化语境中，抽象采用的词汇和思维方式还是会产生某些共鸣的，人们的想象也会更接近，因为这些艺术家本身就身处这个文化语境中。原住民艺术既有抽象性，又具有丰富的神性和写实性。虽然表面上，以我们的思维习惯无法看懂作品的真实内涵，但是一旦了解了其背后的故事，在我们眼中此类艺术的内涵也会奇迹般地变得丰富起来。

所以，要读懂原住民艺术，需要了解他们的文化，他们的精神世界、思维方式，只有将其放在那个语境中才有可能看懂，这与西方人想要读懂中国画的情况是一样的。原住民绘画中的几何图案符号也不过是一种特殊的语言文字。它们就像是一套难以破解的密码，只有掌握了这套密码的人，才会真正了解其丰富的内涵。将密码转换成公众手里的一把打开知识大门的钥匙也不是不可能的，只是时间的问题。而对于像杰米这样一位来自荒漠的艺术家来说，他有着非同常人的独特思维和直觉，一点也不奇怪。

还有观众提出，似乎原住民绘画表现的主题都离不开神话传说故事。就这个画展上的作品来说确实如此，每一件作品的背后都有着一段神奇的故事。但是，另一方面，原住民艺术家也会表现富于生活情趣和现实想法的作品。为了说明这一点，在这里，我想说另外两个发生在许多年后的故事。

喏基·乌鲁鲁（Rege Uluru）是一位来自澳大利亚中部荒漠、说安昆特·伽特·伽啦语（Yankunytjatjara）的原住民，出生并成长在荒漠上。看他画画是一种享受，因为他在画画时常常哼着小调，一副陶醉忘我的样子。有时他会问我应该怎么画，画些什么才能让画面更美、更完整。我能给他的建议只有一个：随心所欲，跟着当时的心情走。听了我的话，他总是眼皮一抬给我一个白眼，意思是：说了等于没说。但是不管怎么样，他还是会在享受的过程中完成一幅小画，而且在末了总会说一句"完了"，随手

喏基·乌鲁鲁作，32×32 cm。画面上是一只蜥蜴，4个人围坐在水洼周围。

将画往我面前一推。我懂他的意思是让我掏钱买下。这些小画不像下面我要说的马利嘎的作品，没有什么太多的故事——一只蜥蜴，周围是一大片点，或者表示几个人围在一起的几个 U 字形符号，又或者一个圆。它们更像中国画家所钟爱画的鱼虾草丛，非常有情趣。这类作品可以是很轻松、很自然的，也可以是寓意深刻的，要看读画的人如何解读了。

而我的原住民朋友马利嘎的作品的内涵就丰富多了。他曾就他的一幅作品对我做过这样的描述：过去原住民的法规是非常强大的，自从白人来到了这片土地，这里的一切发生了变化。生活方式改变了，传统文化的逐渐消失，似乎成了这种改变的必然结果。尤其是原住民的法规受到各方外来文化的冲击和挑战从而显得松散薄弱，让老人们额外担忧。对于这种担忧，马利嘎在画面上画了一条断断续续的直线以表示"法规的断裂"。后来大家聚在一起商讨怎么办，断断续续的线条下方是几个 U 字形符号围成了一圈，代表了一群人正在开会商讨如何重振原住民的法规；再往下是一条直线，显示着法规在大家的共同努力下又回到了应有的坚固、连续，大家对文化的传承充满了信心。马利嘎说："就像这一条挺拔的直线。"

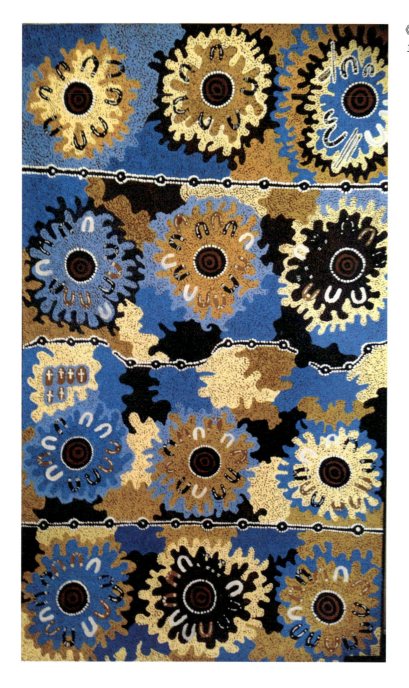

《修复原住民"法律"》，
马利嘎作，70×120 cm。

从"梦幻时期"开始，原住民就着手建立属于自己的精神世界。他们把发生在过去和今天的故事以音乐、舞蹈、绘画、文学等诸多形式呈现，传承至今。尽管当代原住民艺术在表现形式上吸收了其他文化艺术而更加多样，但仍然保持着民族文化精神的统一性。通过传统与现代艺术观念的结合，将一个古老的世界与现代世界生动地连接在一起。他们的作品向世人证实了其丰富而又灿烂的文化依然充满了生命力。这就是原住民艺术的意义和价值。

所以，我在做这个展览的时候，有着非常单纯而又强烈的目的，那就是在艺术层面，中国的艺术界对同样古老而又灿烂的澳大利亚原住民文化艺术的认知不应该是一个空白。

***

一如杰米曾引领我行走在他的家园，借着他和派特来到中国的机会，我也要向他们介绍古老丰富的中华民族文化。我们游历了中国的长城、西安、黄山和九华山。

北京，曾是我如此想往在此生活的城市。我们走在大街上，熙熙攘攘的人群和巨大的霓虹灯广告牌让杰米目不暇接。除了惊叹，杰米告诉我，他被周围的高楼大厦和人海压迫得喘不过气来。我理解，大漠人的触角是非常敏感的，因为我也有过类似感受。在荒野上，每天生活在一个广阔的自然空间，视觉可以触达最大极限，时间久了这种空间感会悄悄地侵入人的内心。而当我再回到墨尔本那由现代文明打磨过的、精于世故的都市人构成的人群里时，总会有一种焦躁不安的失落感。如果一个每次只经历几周或几个月荒漠生活的人尚且如此，对像杰米这样的大漠人来说，突然走进如此喧嚣的人群和城市的感受就可想而知。他于周围环境没有任何心灵共鸣。所以，后来每一次离开荒漠，我总会在附近一个小镇上先停留几天，每天泡在酒吧里，就是为了调整一下自己的心态。

杰米在中国,摄于1996年。

　　当我们站在长城上,遥望崎岖的山脉,杰米问我为什么要在群山之间建造这么一座长城。于是我就向杰米和派特简短地介绍了教科书上记载的有关长城的来历:秦始皇灭六国之后,对北方游牧民族的匈奴总侵扰他的边境感到大为恼火,派大将蒙恬率领30万大军北击匈奴,最后把匈奴一直打到漠北去。接下来,秦军并没有追击,因为秦军多数是步兵,要在漠北沙漠上与匈奴打仗,恐怕不利。但为了防止匈奴的年年不断的侵犯,就下令修建了这座长城。

　　听了我的介绍,杰米小声嘀咕了一句:"我们也应该有这么一座城墙。"

　　我愣了一下,若有所思地看着他。一旁的派特狠狠地瞪了他一眼。杰米为了躲避派特的目光,装作若无其事的样子转身走到城墙的另一边。看到这里，我突然明白过来，他是说历史上他们也曾遭受白人的侵略，今天的澳大利亚本原本都是属于原住民的。

杰米小心翼翼地抚摸着城墙，似乎在感受几百年历史的沧桑，嘴里一阵喃喃低语："如此古老，我们还可以登上它、触摸到它。在我的家乡，同样也有几百几千年的文化历史。"他似乎总是将所见所闻与家乡的文化和历史联想起来，一个大漠人对自己土地的眷恋和情结由此可见一斑。

类似这种带有历史感的伟大文化遗产在中国还有许多，比如西安的兵马俑，那千百个栩栩如生的官兵形象，神态、个性的刻画尤其逼真、自然，富有生气，当这些雕像出现在杰米面前的时候，他再次被震撼到了。面对编列如此壮观的军阵和整个陵墓的浩荡气势，原本就言语不多的杰米一连说了好几次"太了不起了！"。他还说，对原住民的文化里没有文字感到可惜。但是原住民的口头文学、绘画、音乐和各种仪式也同样记录下了他们的伟大文化。

物质文化遗产彰显了一个国家和民族的丰富灿烂的历史，无论是中国的还是澳大利亚原住民的，都是人类这个大家庭的宝藏。

离开被誉为"世界第八大奇迹"的兵马俑，我带领杰米回到了大自然，将目光转向"天下第一奇山"——黄山。

杰米的双膝曾经受过伤，只能坐缆车上山。当缆车穿行于奇松云海之间时，他紧紧地抓着我的肩膀，我可以感觉到他的双手在颤抖。他说他是一个猎人，他的双脚从不轻易地离开坚实的土地。大地支撑着他的身体和精神。

消除恐惧的最好方法就是转移他的注意力。站在缓慢行驶的缆车里，我指着远处的一座山峰，问杰米："它像什么？"

他仔细看了几秒钟，说："唔，有点像猴子？"

"对呀，一只猴子手搭凉棚，做出遥望观海的姿态，是不是真的很像？"

杰米乐哈哈地点了点头，然后他也开始在山峰上寻找起其他的怪石。黄山已被命名的怪石有 120 多处。很快，我们的缆车埋没在一片云雾中，这个时候的杰米死死地抓着我的胳膊，我再次感觉到了他的恐惧。

在黄山的四绝——奇松、怪石、云海和温泉中，我最喜欢的是云海。由于山上的气候变化非常快，形成了瑰丽壮观的云海，而且一年四季都可以看到，尤其冬季景色最为壮观。此时的我，虽然承受着杰米手上的力度，还是闭上了眼睛放松心态，仿若携着杰米，飘飘欲仙，随云而去。我再次体验到我在"桃花源"中被大自然融化的那种感觉。之前是杰米引领我行走在他的土地上，现在是我带着他飘行在中国的群山之间。

一阵风吹散了云海，群山再次呈现在我们眼前。从缆车上下来，真真切切地站立在海拔 1 864 米的黄山上，雄伟壮观的大自然彻底征服了杰米。这一次，杰米没有用语言来形容，而是拿出速写本，勾勒出一幅幅他对黄山的印象，犹如我对澳大利亚大漠的描绘。他的行为自然引起山上游客的围观，大家见惯了中国画家在此写生，却从来没有见过一个外国人也有如此的雅兴。这让杰米有点尴尬，而我却投入在美好的遐想中，仿佛又看到了过去被人围观的自己，以及在山上与海伦小姐相遇的一幕。行走过澳大利亚大漠的我，此时此刻再看黄山，似乎有着不一样的感受。我的眼里不仅有山峰、云海、奇松，还有大自然中群山的宏大。

地域不同，文化不同，赋予大自然的文化含义也会不同，但它们有着相同的尽善尽美的自然之灵性。

再接下来，我们原本计划要去九华山，但是途中临时改变了主意，想去祁门县看一看古民居。下午到达祁门县城，来到一家小饭店，店小到只有两张方桌。店老板第一眼见我们，似乎愣了一下，问道："大哥想吃点什么？"话是对我说的，可眼睛却瞅着杰米和派特，上上下下打量着他们。

"有肉吗？"我冲着店主问。

"当然有，没肉开什么店啊。"

　　我们点了两素两荤，两瓶啤酒。杰米喜欢吃肉，而且是餐餐不断。前几天，我忘了这茬儿，一连几天没有安排他吃肉，结果那几天里他的话越来越少，做什么都提不起劲来。直到派特提醒我，让杰米埋头好好地吃上一顿肉，他才有了精神。

　　酒菜上来时，小饭店里已挤满了人，大家大声对我们三人评头论足，虽然杰米和派特听不懂，但我相信他们是明白的，却并没有表现出任何不快的情绪，我也就悄悄放下心来。这时人群里有人哼起了地方小曲。店老板说，看着我们仨吃得开心，他们瞅着也高兴。一段当地的小曲完了，大家起哄再来一段，结果店老板接着也来了一段。周围的气氛带起了杰米的兴致，他拿起筷子在桌边上有节奏地敲击。这一下，大家更来劲了，店老板提议杰米唱一段。

　　桌上几道荤菜早已吃得干干净净，新开的啤酒又摆上桌。经不起众人的一再怂恿，杰米用筷子充当平时他习惯使用的木棒，一边敲击一边哼起了小调，而且声音越来越大，伴随着众人的起哄、鼓掌、拍桌子，小店一下子沸腾起来。最后在一片喝彩声之后，店老板又现编现唱了一段：

　　　　小镇上来了个老外，
　　　　他是吃着喝着唱着，
　　　　大家听着瞅着乐着。

　　杰米赶紧站起身，向围观的人群抱拳回礼，完全是中国功夫片里的架势，引得围观的人大笑不已，个个都抱起了拳。

　　事后，杰米常常在我面前提起这段愉快经历，说："这些都是非常非常好的人。"他喜欢当地农民的热情豪爽，正如我喜欢大漠人的淳朴和坦荡。

　　当我们来到九华山时，杰米的兴致更高，见庙就进，而且是一路烧香。我开玩笑地说，你这样下去要成为佛教徒啦。

　　杰米却说："我们原住民虽然不信佛，但是他和我们的创世

祖一样，应该备受尊敬。现在我在中国，拜的是这个一脸笑容的大佛，可我心里想的是我们的创世神。"

　　从山上下来，石阶很陡，杰米受过伤的双腿不堪重负，只得由轿夫抬下山。为减轻自己的内疚，杰米付给轿夫双倍的钱。杰米告诉我，坐在轿子上的感觉一点不比走路好，尤其是看到轿夫一脸汗，累得"哼哧哼哧"的，心里更不是滋味。

　　这些看似简简单单、平平常常的小事最后都在他的作品里体现出来，这就是一个艺术家对生活的观察，对不同文化的接受和尊重。他画黄山的山峰是睡倒的，因为他在作画时不断地转动纸或画布的方向。所以，最终完成的这些画横挂、竖挂，甚至倒过来挂都可以。中国的自然景观在杰米的画笔下呈现出非常奇特的效果。

　　来到中国，像故宫这样的地方是一定要去参观的，杰米也对故宫表现出极大的惊叹，但它们并未在他的画作里出现。可以看

杰米画中的中国，这幅画创作于 1996 年。

出，他对大自然，如黄山、九华山的兴趣更大，因为大自然更加贴近他的生活。

对于中国之行这一段经历，回到澳大利亚后，我和杰米分别创作了几幅作品。后来杰米又陆续寄来了几张未完成的画，他说我知道怎样完成它们。它们中既有大树下的生活，又有游历中国的印象。

杰米·派克于 2002 年去世。

我专程去参加了他的葬礼，并在第二天，又回了一趟大树下的家。大树长得更加茂盛，但是周围的荒草也有半人多高，除此之外，这个家并没有多少变化。

我背靠大树，仿佛是与杰米背靠着背，还能感受到他身上的体温。过往在这里所发生的一切，一幕幕地出现在我面前：最让我印象深刻的是他那把编成小辫子的胡子，非常俏皮；在荒野上游猎的两个大漠人，走呀，走呀，穿过平坦的澳大利亚大地，登上了中国的黄山和九华山。无论走到哪里，走累了，我们就坐下来画几笔。他与大自然的情结、对绘画的虔诚、对民族风情习俗的尊重，都带给我许多教益，帮助我领悟人生和艺术。

脚踏实地的荒野生活使我体会到，原住民的生存技能决定了他们的文化内涵。澳大利亚原住民寓言神话中有许多与水和动物息息相关的故事，这不是偶然的，这是人和自然经过漫长的磨合的结果，从而建立起人与大自然之间的情感关系。

丛林

阿纳姆丛林对于许多澳大利亚人来说仍然是陌生的神秘之地，
而我对它却有非常深的感情。
我的原住民名字"高蛟苛"就来自那里。

10. 丛林生活

　　那是一个雾蒙蒙的清晨，露水将我从睡梦中打醒，伸手一摸，头上湿漉漉的。

　　黎明的阿纳姆丛林还在沉睡中，连鸟儿都还没有苏醒。雾气凝聚后的露水落在树叶上发出清脆的水滴声，远处偶尔传来几声袋鼠的叹息，伴随着身边此起彼伏的鼾声。我裹紧了睡袋，静静地享受这一片清新中的协奏曲的同时，也品味着湿漉漉的空气中那种沁人心扉、树木吐纳出的特有的气息。我一边品味一边想着要不要起来把篝火点燃，那样会暖和一点，然后还可以再睡一会儿。我犹豫了好半天，最终还是没有毅力爬起来，反而索性把头缩进了睡袋。

　　第一次听到阿纳姆丛林这个名字是1988年首次环澳旅行时，在爱丽丝泉小镇的酒吧里。后来，北领地土地管理委员会的鲍勃也建议我来体验一下，因为他看出我对原住民的兴趣不只是停留在一个游客的好奇心层面上。在他的引荐下，我几乎是从乌鲁鲁的荒漠一步跨进了这片并不被世人了解的原始丛林，原住民文化在这里得到了充分而完好地保存。

　　那一次，我从爱丽丝泉小镇乘坐大巴一路北上到了达尔文。在鲍勃的两个朋友帮助下，我很幸运地拿到了去曼琳格瑞达（Maningrida）原住民村子的通行证。在许多人眼里，能够进入这片丛林就是一件了不得的大事，因为它实在是太过于神秘，能够有机会进入的人太少。几年之后，当鲍勃的朋友谈起当年我为何如此幸运，说是因为我这个中国人给他们留下了很好的第一印象：一个毫无社会阅历、什么也不懂的年轻人，单纯得就像一个孩子，但是我对原住民着迷的劲头着实令他们感动。

通常进入丛林只有两种方式——陆路和空路。澳大利亚大陆四面环海，阿纳姆丛林是位于澳大利亚大陆北部边缘的一片原始丛林，它紧邻北部最大的城市达尔文，其面积大约是 97 000 平方公里。进入丛林的水路还没有建起来，只有大型物资船可以停靠在附近海面。进入该地区的一般途径只有经空中或地面。当时正值雨季，我只有选择搭乘北方航空公司只有 9 人座的小飞机进去。从飞机上远望整个丛林，大地上有几片群山。少数绿洲分布在几条中小型河流和许多小支流附近，洲上憩息着各种鸟类。由于雨季的关系，地面都被雨后积水覆盖，成群的野牛、袋鼠和野猪等动物被飞机螺旋桨的轰鸣声惊吓得四处奔跑。偶尔可以看到丛林里升起一柱白白的细烟，说明那里有人居住。听说，这些人中有相当一部分从未走出过这片丛林。

飞机直接由达尔文飞抵曼琳格瑞达村的机场。机场虽然很小，只有一个跑道，但在当地却很重要。尤其在雨季，周围的许多道路都被雨水淹没，全靠这样的小飞机运送一些必须的食物和生活用品。来机场接应我的是村里学校的年轻老师。政府在原住民较集中的地区开办学校，尽可能把白人的文化传播到丛林的每一个地区。我们没有在村里停留，直接奔着丛林深处的伊克拉克（Yikarrakkal Outstaion）而去。从机场到伊克拉克居点的直线距离并不太远，但因为车在树林里穿行，路况又非常糟糕，所以我们还是开了两个多小时才到。当我们快接近目的地的时候，远处闪现一片小小的白色区域，它在丛林里显得非常特别。我莫名其妙地开始显得有些激动，毕竟这是我第一次来到这里。与一览无遗的荒漠不同的是，这里有大片的树林，一眼看不清林子背后是一个怎样的世界，但我已经做好了接受发生任何事情的准备。

那片白色区域越来越大，直到辨认出那是一排用树棍搭起的屋子的平顶。没不久，一块小小的空地出现在我的眼前。空地上

与米珂·克巴克，摄于
1989 年。

　　除了那排屋子还有一间破旧的铁皮屋子和另外一个四周敞开的大树棚子，几张桌子、几条长条凳子和一块小黑板摆放在那里。虽然我明白这是在丛林里，但是当我真正地身临其境，面对这一切的时候，内心还是无法接受这份简陋。

　　这里只有一户人家，主人的名字叫米珂·克巴克。像这样的以家庭为单位、一两户人家居住在一起的地方，我们叫它"居点"（Outstation），它们遍布在整个丛林里。

　　米珂·克巴克长着一头蓬松卷发，身材矮小结实，挺着一个略微鼓起的肚子，胸前和肚子上也有几条细长的伤痕。他是典型的丛林画家，轻易不愿走出丛林。有一次，米珂在达尔文博物馆举办一个画展，在大家的一再动员下走出丛林，参加了画展开幕式，让主办单位好不激动，满足了观众一睹原住民画家风采的好奇心。他第一天出席开幕式，第二天在商场过上一把购物瘾，第三天便回到丛林。他始终很清楚自己是谁，属于哪里。

　　丛林里突然出现一个留着长发的中国人，少不了会引起一群孩子叽叽喳喳的议论。胆子大一点的孩子走上前来摸摸我的皮肤，拉拉我的手。一个光头小孩——后来听大家都叫他"喽喽"——突然问我："李小龙，你知道他吗？"我被他这么一问，吃了一惊。七八十年代香港著名武打明星李小龙的名字竟然从这帮丛林里的孩子嘴里蹦出来，可想而知，李小龙的国际名声有多大了。

"啊，知道，我认识他，他是我的表哥。"我随口开了一句玩笑。

"他在哪里？"孩子们争先恐后追问起来。

"他还活着吗？"一个瘦小孩问。

"哎，怎么说话的？"

有人在他的后脑勺上拍了一掌，接着喽喽和其他孩子一起向他发起攻击。瘦小的孩子挨打又挨骂，一副委屈的样子，悄悄躲到其他孩子的身后，不再吭声。没想到李小龙在这些孩子心中竟然是如此的重要。

瞧大家认真起来，我赶紧补充道："李小龙早已去世了。"孩子们对我的回答非常失望，刚才欢乐的笑脸瞬间转为严肃的表情。挨骂的孩子躲在喽喽的身后，抬起头，露出一张小脸看着我，委屈的眼泪还留在眼眶里。为了缓和一下气氛，我说："让我来教大家几个武打动作吧。"听我这么一说，几个调皮的孩子立刻摆出功夫架势，引得大家都大笑起来。"呵——"我也即兴发挥，拉开一个弓步。这一招，在他们看来可是正宗的武打架势，大家笑得更欢了。喽喽学着我的样子，也拉开了一个架势，嘴里还"哼、哈"两声。瞧他那一本正经的神情，真是太可爱了。我特意把刚才受委屈的孩子拉出来，作为开打的对手。小家伙也不示弱，同样拉开架势，跟着我单腿滑步，侧身向前，左手护胸，右手猛力冲拳——"嘿！"整个过程由开始起步的慢动作，逐渐到最后的爆发，猛然一击。孩子们看得清清楚楚，学得极其认真，嘴里发出一阵阵的"嘿！嘿！"。

从来没有想过，孩提时的我所学的几个拳脚动作，不论走到哪里都还能发挥作用。前文记叙的在宝戈村子里收下的徒弟是在这一次之后发生的事了。

有孩子说："再来，再来！"难得遇上一个中国师父，孩子们兴奋极了。

"好，再来。"接着我又演示了几个打斗动作。好嘛，见面没两分钟就开打，好像我们早就相识一般。就是这么简单的开场白，出乎意料地把我和米珂一家人的关系一下子拉近了。

"好了好了，该让他们收拾一下啦。"米珂下令了。

看得出，孩子们还没有尽兴。眼看着天要黑了，大家只好抓紧帮我们从车上卸下一些东西。刚才的小家伙尤其卖力，他用一把树枝扫出一块干净的空地，帮我打开行囊。其他的孩子有捡树枝生火的，有去附近的河边打水的。当我们做完这一切，夜幕也四边合围，三米之外一片模糊。同行的老师拿出一袋面包，交给喽喽，几个小伙伴随他消失在黑暗中。看着他们的背影，我想起在乌鲁鲁将我带出险境的吉斯顿、山迪和那个"无名"卷毛小家伙。虽然我再也没有见到他们，但是他们的笑容、举止和身影却一直留在了我的心里，并出现在我的许多作品中。

那是我第一次见到米珂·克巴克。

几年之后我又回到了伊克拉克居点。这里的一切并没有多少变化，孩子们仍然吵吵着要跟我学功夫。这一次我是作为艺术家受聘于曼琳格瑞达村落原住民学校，伊克拉克居点是我支教的其中一个点。

曼琳格瑞达是阿纳姆丛林十多个较大村落中的一个，当年村子里大约有八百原住民，准确的数字无法统计，因为有相当一批人在村子外以家庭为单位的居点也有家。这里生活条件比居点要好得多，村里有商店，各种生活用品齐全；有菲律宾人开的中餐馆；还有一个录像带租借商店，收藏的录像带摆满了几个大架子。听说最受欢迎的是好莱坞电影和中国的武打片，所以一说到李小龙、成龙、李连杰等武打明星，那是无人不晓，以至于我每到一个地方都会有一帮孩子想跟我切磋武艺或让我教他们几手。好像在他们眼里，中国人个个都会那么几手功夫。除此之外，村里还有学校和诊所。诊所只有一个护士，同时兼任医生的职责。每隔两个星期还有其他医生从达尔文飞进来。

　　正当我缩在睡袋里沉浸在回忆中的时候，忽然听到一阵嘈杂声。我把头伸出睡袋，天已大亮，有人正在拾柴、烧火，几条狗为了抢夺一根骨头互相撕咬，扬起阵阵尘土，同时激起几个女人的大声呵斥，然后是两三个孩子的哭叫声，不知是因为受惊吓还是饿了。为了制止这些哭声，就见璐璐——这个家庭里比较年轻的女人抱起一个哭得最凶的孩子，跨在腰胯上，从领口里翻出已经下垂但还算饱满的乳房，将奶头塞进孩子的嘴，然后来回照顾其他孩子。另外一个长得瘦高、披着长发的年老女人也没闲着。虽然她们并不需要像都市里的主妇们每天早晨为了赶时间那样忙碌，但是丛林里也免不了早晨的嘈杂。女人在这个家庭里的工作就是照顾好孩子。平时，她们也会出去钓鱼、采集，所以常常会看到她们手上拿着一根短棍子，那是挖掘工具，同时头上或肩上挂一个自己编织的网袋。

　　我好不情愿地钻出睡袋，猴急猴急地奔进林子，一泡尿已经憋得好久了。

　　有孩子从附近水塘打来一罐水，倒出一半，放在篝火上。一会儿工夫，罐子里的水就冒起泡泡，我抓过一把茶叶包丢进水里，再倒进半袋子的糖，搅和一下，最后倒进另一半的凉水。这里人的生活习惯与荒漠上的人基本一样。几口浓茶下肚，感觉人一下子清醒了不少。

　　我招呼喽喽帮我把铺盖卷起来。刚开始我不懂，时常觉得盖在身上的被子又湿又难闻，直到有一天外出钓鱼回来，发现一只狗正卧在我的铺盖上。我知道不妙，老远就冲着狗狂吼起来。果然，走进一看，一摊黄渍出现在被子上，气得我哇哇乱叫，可又无可奈何。孩子们跟着我一起乱叫，那是在讥笑一个都市人的大惊小怪吧。一旁的米珂笑道："在你身上留点它的气味，以表示对你的欢迎啊。"到达这里的第一天，一只狗趁我不注意已经朝我腿上撒了一泡尿。几只骨瘦如柴的狗扰得我要发疯，不但将嘴伸进我的包里，在墨盘、颜料堆里寻找食物，还传播跳蚤。就在几天前的一个清晨，我被身上的一阵瘙痒弄醒，以为只是几天没有洗澡的原因。我伸手在身上挠了几把，可这一挠却再也停不下来了，浑身痒得不行，尤其是腿上。我坐起来，看见两条癞皮狗正舒服地躺在我的被子上，与我抱团取暖呢。我的心里咯噔了一下，伸手掀开被子，向腿上狠狠抓去，顿时觉得手背上像是落上了点点的火星。我慌忙缩回手，低头往下一看，吓得我爬起来就往河边跑，边跑边把自己脱得精光，然后一头扎进水里。让我受到如此惊吓的是匿藏在长长的腿毛里的一片跳蚤，往上一抹，便一个个活蹦乱跳地飞起来。清晨的河水寒冷刺骨，冷得我上牙叩打下牙，浑身抖颤。我顾不上这些，捞起几把河底的淤泥拼命地往头上和身上擦，就这样还不解痒。

有了这两次教训，我开始学乖了，早晨起来的第一件事就是把铺盖卷起来，有时也会将其架到树上，晚上睡觉的时候尽量把行囊外的帆布裹严实了。早期来澳大利亚的白人垦荒者都有这么一个行囊，携带方便，走到哪儿睡到哪儿。100 多年过去了，今天，像我这样行走在丛林里的人同样离不开它。

我掏出烟丝，开始慢慢地卷起一支烟，身边倒扣的一个废弃铁桶上放着刚泡好的一杯茶——因为不想让那些狗与我分享同一杯茶。我起身把手里的烟伸进身边的篝火，再狠狠吸了两口。感觉真棒！这时候的我，身心都很放松，打开速写本，开始专心写一些笔记，把一些想法画成草图。这时，喽喽跑过来要我教他功夫，被一旁的米珂制止了："走开，不要打扰他。"原来，米珂对我的观察如同我对他的观察一样，也是那么细致。他知道早晨的这段时间是我写写画画的时候。

我微微低下头，看着刚刚在日记本上写下的一段话："来这里已经有一个多月了，与过去相比，有一种不一样的感觉……"笔停在了这里，心里开始琢磨着那种感觉是什么。首先想到的是生活环境和条件，这些我早已经习惯了。虽然我们吃不上城里人饭桌上的饭菜，但我们可以吃到许多的海鲜，比如鱼、虾、海参、海贝，还有海龟。如果我们想，每天都可以吃上被城里人视为高级食材的海味。不同的是，我们没有调料，没有精致的厨房，烹调不出五星级的菜肴。那又怎样？篝火上烤出来的同样是餐厅永远做不出的美味。不仅如此，我还多了一份随意、轻松和踏实的心情，像是回到家的踏实感觉。这是我过去不曾有的状态。生活中的计划性和目的性变得不那么重要，我甚至开始觉得自己可以丢下艺术家渴望得到的名和利。这种心态的改变着实让我自己都吃惊。其实，从走进丛林的那一刻开始，我已经在不知不觉中接受了大自然对我的影响和改造，它带给我安全感，一种像家一样的安全感。这又何尝不是一件值得庆幸的事。

自 1988 年的第一次环澳旅行后的四年里，我还有过两次环澳旅行，行程包括北领地、西澳大利亚州的金伯利、澳大利亚中部和昆士兰北部地区，走访过许多原住民村落。这样的走访并不是像现在这样长时间扎在一个村子，仍然带有旅行者的心态。不知从什么时候开始，那种心态逐渐消失，取而代之以另一种，就像此时此刻能够踏踏实实沉下心、愿意长久地住下来的心态。一种视这里为家的感觉开始悄然在我心里萌生。

我呆呆地盯着篝火，沉浸在自我的世界里。这样发呆早已经成了我的习惯，尤其是在天黑以后，没有什么事可做，更会如此。每当这个时候，米珂和孩子们都不会来打扰我，他们也习惯看到我发呆的样子。有时米珂会说："唉，城里孩子想的就是太多。"其实我发呆时有一半时间什么都没有想，像是忘记了我是在哪里。

***

下午，米珂招呼我和几个孩子去砍几张树皮，几天前他就说要向我演示树皮画的作画过程。附近可用的树皮越来越少，所以我们决定去远一点的地方寻找。汽车在林子里穿行，小心地绕过泥潭、积水、倒下的大树和蚂蚁堆积起的造型奇特的"高楼大厦"。米珂手里的方向盘就如玩具一般转动，一看就知道，他对这一带的地形非常熟悉，开这样的路他是老手了。沿途看到两块"不得入内"的牌子被钉在树上，英文字体写得十分蹩脚。我好奇地问米珂，这里为什么要钉这样的牌子，除了为数不多的当地人之外，还会有其他什么人出现在这里吗？

"嘘，"米珂立刻向我做出一个小声说话的手势，"他们在这里。"

他们是谁？看他那神秘兮兮的样子，不像是开玩笑。米珂压低了声音告诉我，这是一个圣地，经常有些非常重要的仪式在这里举行，时间久了，这里也就成了精灵们聚集的地方。标牌提醒任何可能来到这里的人，包括当地的原住民都不可以随意进入。听了他的解说，我情不自禁地四处张望，仿佛真有无数双睁得老大的眼睛注视着我们，我的心不由得一阵紧缩。他们该不会像许多小说里写的那样，是透明、飘逸的幽灵吧？我立马联想到一件事：有一次在西澳大利亚州靠近卡那纳拉（kununurra）原住民村落的地方，我发现两条平时畅通的大路中间无缘无故地横卧着一棵大树。每次我想走近并企图把它搬开的时候，总是有人呵斥我离开那里。后来有一位好心的年轻人看我一副迷茫的样子，就悄悄地告诉我，附近正在举行一个神秘的仪式，千万不可以走近那个地方。临了，他又凑近我的耳边说，以后再遇见类似这样的障碍物都要小心，那可能是一个不祥的警示。如果碰上恶灵的话，那麻烦可就大了。

眼下，那种诡异的感觉又出现了。我催促米珂赶紧离开这里，快速穿过这片林子。前面是一座岩石山，山上到处是纵横交错的裂痕，千年古树顽强地生长在石缝之间。米珂告诉我这里有许多岩画，如果站在像帽檐般伸出的岩石下抬头往上看，就会发现那些岩画。它们大多已经暗淡模糊，个别需要仔细辨认。时间早已为它们蒙上了一层厚厚的记忆。

那是人所无法触及的地方，我问："这些岩画都是怎么画上去的？"

米珂说："咪咪，白天生活在岩石之间，夜里出来走动的咪咪精灵。她们可以飞檐走壁。"

从岩石上的图像看，咪咪长得极其单薄细长。据说，最早教会原住民如何捕捉和烧烤袋鼠及其他动物的就是咪咪。她们挑选原住民中最有智慧的人，向他们传授各种技能，比如在岩石和树皮上用图像记录一些故事和仪式中的歌舞，然后再由这些智者长老传授给他们的族人。据考古学家考察，这里的岩画可以追溯至距今 6 万年前，甚至更久远。当地的原住民相信，那些人所无法触及的地方的岩画，就是由咪咪所画。由于咪咪生活在岩石缝隙之间，又习惯于白天休息、晚上出行，所以原住民非常尊重她们的隐私，不会轻易打扰她们。一般来说，咪咪不会伤害周围的人和各种生命，除非受到严重的侵犯。以常理来看，这些故事确实有点不可思议，但以今天人类的智慧又无法解释这些岩画到底是怎么画上去的。

另外，从这些岩画的色彩和内容上可以分辨出，它们中间还有一些年代不是那么久远的前人和今人的笔迹。我知道，我的朋友伍姆德（Wamud）就曾经画过一幅岩画。有一年的圣诞节，他带着家人来到一座山上，在岩石上画了一只大袋鼠，外加几个小精灵。就形式上看，它带有较明显的个人绘画风格，规整，细节比较多。虽然少了简略和古拙的意味，但是百年后，时间自然会令它们退去火气，成为伟大的时代艺术。在他创作这幅岩画期间，每天晚上都会带着家人在岩画前跳舞、吟唱，向孩子们讲述其背后的故事。但故事中所发生的事又非常私密和充满神性，是不可以与外人分享的。这种岩画的世代延续性在世界其他民族文化中也是少见的——由史前对人类的狩猎、劳作、生活的单纯记录，到对神灵的描绘，逐渐发展成对各类神话传说故事的重新解读和创作。

艺术的本源也是生命的本源，所以，艺术既带有很强烈的主观性，又伴随着生命的客观存在。阿纳姆丛林就是一个艺术、人

咪咪精灵岩画（摄影）。

文与大自然完美结合的现代博物馆。

　　米珂停下车，指着周围的一片林子说，这里很少有人来，应该有我们想要的树皮。我和几个孩子随他在林子里寻找一种叫"弦皮"（Stringybark）的树，它是澳州桉树的一种，特性是纤维细腻、厚实，可以用作搭建小屋的屋顶和墙壁的材料，所以在丛林里它具有多功能性的可利用价值。米珂连试了三棵树都不太满意，最终试到满意的一棵，两刀下去之后，他招呼喽喽上来继续砍。只见喽喽熟练地对着树根砍了一圈，对着头顶上方的树身又砍了一圈，然后在上下圈之间竖着砍了一条缝，剥开一角，将长刀插入撬了几下，一张完整的树皮就被轻而易举地剥下。我指着旁边的一棵树也想试一试身手，结果费了好大的劲儿，底下的一圈还没有砍完就已经喘得不行。使了劲，刀却不到位。这时，就见身旁窜出一个瘦小机灵的孩子，他抓过我手上的刀，双手在一个大孩子肩上一按，跳了上去，然后挥刀便砍。小家伙毕竟太瘦小，砍得很吃力，不时停下来喘气。其他的孩子讥笑他无能，催他赶快下来。这一下，反而激起孩子的好胜心，他奋力地砍完最后几刀，小脸涨得黑紫。落地之后他一屁股坐在地上，弯起一条腿，手搭膝上，小肚子一起一伏喘着粗气。米珂说，过去没有金属刀斧的时候用石斧剥起来更困难，大家会用人梯或是树枝做成梯子爬上去。有一次，他和同伴竟然剥下一块特别长的树皮，根据他的比画，大约长达3米，最终完成了一张惊世之作。为了一张画砍死一棵大树，可想而知，树皮画的成本有多高。

　　这时，我发现有两只狗跑过来冲着米珂低低哼了两声，转头奔向林子，跑了10来米远，又停下，频频回顾。有人"嘘"了一声，大家立刻安静下来。米珂随手操起一个大孩子递上的枪，猫着腰，小心地往狗注视的方向移动。他平时看上去有些懒散，做事总是不紧不慢，可是此刻的他仿佛变了一个人，飞快地跳跃到一棵树后，动作敏捷，几个箭步就窜出去10米开外。几个大孩子紧跟其后，保持适当距离。两只狗更是小心地藏在前面的草丛里，不时回头看着主人的反应。我与其他孩子大气不敢出，跟在

剥树皮也是一个技术活，如果不小心将其弄断裂了，也就不能用了。

后面。不知是谁脚步声大了一点，几个大孩子回头狠狠瞪了我们一眼，吓得我们都不敢迈步。

"砰！"

只听一声清脆的枪声响起，久久地回荡在丛林的上空。第一个冲出去的是狗，它会不顾一切地咬住被击中的猎物，等待主人来收拾。不一会，喽喽拖着一只袋鼠回来了，同时怀里还抱着一只小袋鼠。喽喽将袋鼠丢进刚刚生起的篝火，火舌很快就把袋鼠身上的毛舔得干干净净。小家伙看上去瘦小，却是一个能干的小帮手，只见他忙活来忙活去，像个小头目。从米珂眼神里不难看出，喽喽深得他的宠爱。

我的目光一直没有离开那只小袋鼠，城里人的同情心又冒了出来。不知大家会怎样处理这只可爱又可怜的小袋鼠。米珂似乎看出了我的心思："这里的动物向来都是大家的食物。"他说，"要学会在丛林里生存，先要喂饱你的肚子。"小袋鼠会顽强地活下去，这是自然万物的生长规律。圣灵在创造这个世界时，早已考虑到了人的生存需求。

过了一会儿，喽喽把袋鼠从篝火里拖出来，手里握了一把刀，在另一个小伙子的帮助下，毫不犹豫地将刀插进了袋鼠鼓胀如球的肚子，向下一拉，内脏立刻翻腾而出。一股血随着"噗哧"一声喷出来，溅得喽喽一身一脸。这可能出乎他意料之外，他嘴里骂了一句什么，引得其他几个孩子"哧哧"地笑出了声。有人在一堆内脏里来回扒拉几下，抓住一块内脏割下来插在一根树枝上，放在篝火上转了几圈，蘸着袋鼠血递给米珂。我就坐在他身旁，看清那是一块肝。他咬了一点，递到我面前，我迟疑了一下，鼓足勇气同样咬了一口，剩下的分别塞进最小的孩子们的嘴里。当我回头再看喽喽，他手上树棍又叉着袋鼠心脏去烤了。少顷，他伸手想去取，却被烫得猛地缩回，嘴里又蹦出几句土语，同样引起一片笑声。他把叉着心脏的树枝放到嘴边吹了吹，咧着嘴小心地咬了一口，然后递给其他的孩子。一个孩子伸手抓下袋鼠心，刚想放到嘴里，就听有人说："别全吃了，大家分。"就这

刚剥下的树皮比较潮湿，烤干水分后，卷曲的树皮会自然伸展开来，再用石块将其压平，整个过程需要几周。

样，孩子们美滋滋地分吃了袋鼠的心脏。

面对着剩下的袋鼠肉，我忽然心生一念：何不做顿中国晚餐？我已记不清有多少日子没有闻到米饭的香味了，实在太想吃顿咱中国的饭菜了。

米珂吩咐人把砍下的树皮丢在火堆上烤。刚剥下的树皮湿重，仍然卷成一个树筒的形状。经这么一烤，可以去掉部分水分，烧去外皮，剩下内层纤维组织坚实的部分。当然，火候的掌握是非常重要的。眼看着卷曲的树皮慢慢地张开，一张树皮画从制作材料到最后完成，也就在树皮伸展的那一刻开始了。

***

回到住地，我告诉大家都好好地歇着，晚餐将由我来露一手。我首先吩咐两个孩子搭一个"炉子"——两块大石头，一边一个，放上一块铁丝网，底下烧把火。火势要控制得恰到好处，关键在于树枝的大小：干细树枝，烧得又快又旺；小腿般粗的树干烧到一定程度，火势较稳定；腰一般粗的树身适合夜间取暖，它可以燃到第二天早晨不灭。如果需要，甚至可以保持几天的火种，直到燃尽都没有问题。一锅烧开的米饭，放在炭火上利用余热焖煮是最好不过了。

白天剥下的树皮，可用作切菜切肉的砧板。有人捡来两只废弃的铁筒，分别盛水和煮饭。一只浅一点，大一点的就用来做炒菜的锅。

天早已黑了，大家围在篝火周围，一声不响看着我变戏法似的拿出几样大家不常见的绿叶蔬菜，人群里不时发出"嘘嘘"的惊叹。

首先上砧板的是袋鼠肉，我先将刀在石头上来回磨几下，看上去煞是那么回事。虽然看不见孩子们的表情，但似乎可以感觉到孩子们被我的架势搞得一愣一愣的。剥袋鼠皮对我来说比剥树皮容易多了，我的动作之麻利，让一群孩子看傻了。当初剥树皮时，他们曾笑我连刀都不会使呢。

篝火上的锅早已烧热，我从身后拿出一瓶菜油向锅里倒去，"滋啦"一声，香味喷了出来。大家的脖子都伸得老长。我伸手去摸切好的袋鼠肉片，却摸了个空，肉不见了。"咦，切好的肉呢？"一听说肉不见了，大家觉得奇怪。在家里还会出现失窃的事情？几个孩子帮我一起找，人群里突然曝出一声大叫："狗吃了。"原来，没桌子的厨房就没了规矩，狗也来随便分享袋鼠肉了。这一下引得大家哄堂大笑。笑声围绕在黑夜中大家的周围，让人感觉到了家庭的和谐气氛。

我手忙脚乱地再割下一块袋鼠肉，切成片丢进锅里，又从黑暗里摸出一小瓶酱油。

"你怎么想起来带这些玩意？"米珂问。他是看傻眼了，别说是他们惊讶了，连我都觉得自己太了不起了。在进丛林前采购食物的时候，灵光一闪，随手扔了几样做中餐的调料在购物筐里，没想到还真用上了。

中国厨艺除了给人味觉享受之外，也应该体现视觉、听觉效果。材料少，变不出花样，我就弄声音，锅、碗、刀、盆，凡是能敲响的，我都不放过。一手提锅，一抖一送将菜翻个身，嘴里还振振有词地说上一连串谁也听不懂的中国话。所有人坐在地上看我这位"大厨"表演，专注的神情就如看魔术。砍树的刀切肉不行，切菜还是绰绰有余，如果"大厨"再展示一点刀上功夫，他们一定把我当李小龙来看。我捡起一根树枝断为两截，做成一双超长筷子，在锅里翻来覆去地倒腾，一大锅袋鼠肉丝炒土豆丝和胡萝卜丝做好了。我用长筷子夹了一块肉尝尝，再多撒一撮盐，我知道大家的口味重。我将中国菜"炒三丝"摆在地上时，心中的得意并不亚于米珂开枪的那一刻。

"唔，好香啊！"黑暗中传来一个声音，然后有人跟着附和。我看见米珂对他的女人不知说了什么。"你为什么不学？"女人回敬他一句，然后就是一片土语伴随着嬉笑之声。我知道她们就是有油有酱油也学不会，这菜中国人炒了几百年，个中道理和我要想学做他们的回旋镖一样，也不是那么简单的。

"别急，一个个来。"我让大家排成队。孩子们等不及了，抢着挤到前面。我为每人的盘子里盛上一大勺米饭，然后在上面加上一小勺菜，勺子就用前几天吃完的空罐头替代咯。当喽喽的盘子伸过来，盛了米饭加一小勺菜后，他没有走，说："再来一点，求你了。"我又给他添了一点菜汤。这个头一开，后面的都要求两勺。原来还想好好地吃一顿中餐呢，结果最后是大家都尝到了肉荤，我仅仅喝到了菜汤。

这顿饭可以说让大家吃得终生难忘，米珂和他的女人更是对饭菜赞不绝口。大家吃得高兴，我心里当然比他们更高兴。正当我得意着，感觉有人拉我的衣角，回头一看，黑乎乎的小脸蛋上一对亮闪闪的小眼睛直盯着我，他手里托着一只空盘子。

"还想要？"我问。他点了点头。在几个孩子中，就数他怯生、内向，说话少，其他的孩子总是拿他开玩笑。我说，筒里还有饭。

"早没有了。"黑暗里不知谁说。

看着这个可爱又可怜的小家伙，我将自己盘里的饭都扒拉到他的盘子上。小家伙看看我，转身默默地走开了。我真希望每天都可以为这些孩子做上一顿可口的饭菜，让这种欢乐的气氛永远回荡在这片丛林里。

在最初的一段日子里，大家分吃我带来的便于储存的食品，如罐头、方便面、米、面粉和土豆等。后来，我也分吃他们的，如袋鼠、野猪、鱼和面饼。我们偶然抓到过一只海龟，它肚里的蛋足有一脸盆，个个如鸡蛋般大，我就给大家做"无壳茶叶蛋"。如果碰上一只野牛，那足够我们吃上好几天的啦。

丛林生活虽然很艰苦，但也有苦中的乐趣。这样的甘苦并不是任何人都有资格"享受"得到的。丛林里没有人把这样的生活看得多么可怕，也没有抱怨。相反，都市人的欲望太多，抱怨也多，烦恼更多。

＊＊＊

几天后，剥下的树皮经过烤、晾、压之后已基本平整，割去周围的边，略加修整，就可以在上面作画了。米珂找来几块石头，有红石、黄石，还有一些木炭和白石膏粉，它们是原住民传统绘画颜料。据说这些东西在丛林里到处可见，但要得到上好的，还需要花些精力去找。

我早已兴致勃勃地坐在一边，看着米珂的每一个动作。只见他在一块平整的青石上倒点水，捡起一块红石在上转了几圈，又加上一点乳胶。他说，过去用的是树胶，以防颜色脱落。不一会儿，一摊褚红出现了。米珂用一只秃得只剩笔根的油画笔蘸上色，在树皮上打底色。他画得十分笨拙，如一个初学画的孩子。露根的油画笔含水含色都很少，几乎是涂一笔蘸一次色。他不停地抱怨笔太糟，越涂越来气，最后气得把笔甩得老远。接着，他随手在地上拾起一块树皮，撕下一条，用石头砸了几下，放进嘴里咬咬，几下摆弄，一支笔就做好了。一试，比那秃笔好用多了。

他又分别用木炭磨了一摊黑色，用白土（石膏）加水调了一摊白色，然后用白色在树皮上画了一个平面图案，看上去像是一只鳄鱼，再用黑色在平面图案上划了几条线。当他再要磨黄石头时，我从他手里抓过石头说："我来帮你磨。"看着他之前的一系列动作，我联想到画中国画用的砚台和墨块，手里的黄石头与我磨了10多年的墨块一样，有着太多相似之处。一种温暖熟悉的感觉瞬间又回到我的心中。这下倒让米珂显得无事可做了，他端起身边的一只大杯子，"咕咚咕咚"灌下几大口茶水，然后慢慢地起身方便去了。回来时，他手里捏着一束鲜艳的带有黄色花瓣的草花。碧绿的草茎，夺目的花苞，在一双粗黑的手里来回搓揉。他是要把它插在身边哪一个女人的头上吗？看不出来，米珂也会如此浪漫呀。他把手上的草花摆弄得只剩下了一根茎，顶上留着一撮细软草茎皮，原来他是用草茎做成了一支特细毛笔。其实，除了草茎之外，树皮、毛发也是原住民制笔的常用材料。近几年，还能见到阿纳姆丛林的画家继续保持着这一传统习惯，其他地区的画家则已开始使用城里画家常用的画笔，也用丙烯颜料在纸和油画布上作画，而且不仅仅局限于白、红、黄、黑四种传统颜色。所以，今天我们还能看到一张地地道道的传统树皮画创作出来，就显得那么朴实、难求和珍贵。

米珂开始用他的草茎毛笔蘸上红色，十分耐心地在鳄鱼图形上画上一根根排列紧密的线条，然后在这上面交叉画上另一组线条，形成一片排列有序的鳞纹。这是典型的传统树皮画表现形式，称作"交叉线画法"。

米珂画得十分小心加耐心，一片巴掌大小的画面要花上十几分钟才能排满纵横交错的线条，每一个图案都是由许多线条组成，而画那线条都是慢工细活，一根一根画上去的，在这个过程中我看到了画家的耐力与恒心。

看着他不抬头、不动屁股，半趴在那儿画线，我都觉得累，就问他："可以让我来试试吗？"他冲我笑笑，巴不得像刚才甩油画笔般把手里的毛笔扔给我。他好像对我挺有信心的，是因为觉得我也是画家就一定能画好他手里的树皮画吗？笔很轻很细，拿惯中国毛笔的手还真不习惯使用这种草花毛笔。我最初画出的线条是粗细不一的，颜料堆积在一起，那是运笔速度问题，每根线画不了两寸长就要重新蘸颜料。但是要不了多久，我笔下的线条就愈来愈流畅了。

其实画树皮画的技巧并不难掌握，难的是画什么、为什么画，这些就不是我这个初来乍到的中国画家所能明白的了。但是话又说回来了，即使在今天的澳大利亚，能够真正看懂原住民绘画的人也为数不多。很多情况下，观者看到的只是它的语言符号，加上一两句说明。这样的说明十分的笼统概括，比如说"水洼"，对生活在荒漠上的人来说它是多么的重要，它是与土地、生命息息相关的部分，由此而衍生出各种故事。这些故事是作品的重要部分，了解了它们，才能理解这些特殊"语言符号"和"一两句说明"的真正含意。

米珂在画一条鳄鱼。

树皮画，杰米·南古古
纳作，103×55 cm。

米珂是一个典型的丛林画家，他的绘画题材都与土地和从前辈们那里流传下来的故事有关。这些故事就像是发生在梦境里，仿佛遥在天际又近在眼前，但米珂对故事里所发生的一切都深信不疑。

"这是一个月亮和星星的故事。"米珂直起腰，抬手指着远方说了一串土语。我听不懂他在说什么，但从他的肢体语言上我似乎明白，故事就发生在这周围。

他问我，看到一座小山了吗？

"石头，山。"

在我们的住地附近是有一座小山，它是由一块块岩石堆积起来的，中间有一个穿透小山的洞，洞口形状看上去有点似月亮。

我问他，是我们每次出门要经过的那座山吗？

"对，你看山上的洞形是不是有点像月亮？"他说，"那是彩虹蛇在石头上挖的洞。"

然后，他说了这么一个故事：在非常久远的时候，月亮在形成之前曾经是一个男人。有一天，他遇到他的朋友，两人就人死之后的归属发生了争执。朋友认为，死亡将是人的最后结局，不能复活。但是他却说，自己死后还会复活。为了证明这一点，他飞上了天空，成了月亮。所以每个月，月亮都会死，数天后，又复活出现，证明他所言不虚。今天，月亮升空的地方已被原住民尊奉为圣地，它位于北领地卡卡度（Kakudu）国家公园自然保护区附近。

"这座小山与圣地有何关系？"我问。

"当然有，它是圣地的延续。"他露出一副神秘的表情。

我们这是住在一个神秘的圣地？乍一看，周围环境和其他地方也没什么区别，唯独这座岩石山十分怪异，但又说不出它有何不对劲，每次出去打猎总要经过它。

米珂说："有一次，我在梦里见到了去世不久的父亲。他把我带到一个地方，周围什么也没有，甚至没有一棵树，只有一堆石头。父亲让我坐在他的面前，然后悄悄地对我说了一个秘密，是关于家族在当地发生的一些事。父亲最后叹了一口气，提高了语调说：'孩子，从现在起，这些石头已不是堆在一起的普通石头，它是先父的寄托。'他要我小心地照看好它，因为它将成为我的'梦幻'。说完最后这句话，先父永远消失了。第二天醒来，我按照梦里的印象找到这里，它们就像雕塑一般被叠在一起。从此我常常来这里住上一两天，后来就干脆搬过来住了。我和它有说不完的悄悄话。今天我把这些故事画在树皮上，以便传给我的孩子，而很久很久以前，我们只有口传。"

我没有问米珂他的父亲对他说了一个什么秘密。他没有说，我也不便问，但是我知道他把这个秘密化作了"月亮和星星"为主题的作品。他说那是他的梦幻故事，别人不可以画他所画的月亮和星星这一类的故事，否则会有麻烦。

"什么样的麻烦？"我问。

"大麻烦。"他在说这话的时候，我看到从他直视我的眼睛里射出两道凶狠的目光，"他将受到惩罚，彻底完蛋。"他表情严肃，做了一个凶猛斩断一切的手势。平时温和的米珂竟然突然变得异常凶狠，看来每一个人都有誓死不可侵犯的底线。

像米珂这样的原住民画家，会把这些秘密用一种非常抽象的符号记录在岩石上、树皮上，后来也有人画在纸上。它们作为原住民的宝贵财富，在他们的世界里被小心翼翼地传承。我不知道这些秘密是否会有被公开的一天，即使有，希望是在他们自觉自愿的情况下发生的。

"除此之外，你还画别的题材吗？"我又问。

"画，"他扳起了手指说，"有袋鼠、鸟、鱼、鳄鱼。画得更多的还是我自己的故事，比如前几天画的鳄鱼。"当他在说这些的时候，刚才凶狠的表情瞬间消失了，又恢复到他惯常温和的样子。可想而知，在有些事情上他绝不会含糊，会用保护生命的勇气维护他所相信的一切。

米珂回忆起20世纪70年代首次卖画，也是有很多话要说。所谓卖画也仅仅是用画交换食物或茶叶包，买主不付钱。市场真正开始注意到原住民艺术是在六七十年代，教会组织也开始收购分布在各原住民居住区的绘画、雕塑和仪式上用的祭具等。当人们发现这些看似难懂的艺术可以带来巨大经济利益后，收购兴趣猛增。在 90 年代，一张很好的树皮画不过几百澳元，今天的价格已成倍成倍地增长，但原住民画家群里并没有出现一个富豪。在利益至上的社会，原住民艺术市场和其他交易领域一样，并不单纯。

几百年前的中国画家和澳大利亚原住民画家没有商量过、交流过，但是这些先人在艺术创作上却有某些相似的地方，比如用色都非常小心，少而简。用最简单、最淳朴的颜色来表现大自然的美。当然他们的原始动机是有区别的。过去的中国画家大多是文人，他们不但画画，还喜欢写诗、作文。他们生性孤傲，追求清淡高雅，用色上自然是十分吝啬，以青色、棕色为主，白色是纸，黑色是墨。艺术家喜好表现大自然，以大自然的山水、花鸟、动物、草木来寄托情怀。澳大利亚的传统原住民画家也同样用红、黄、黑、白四种简单的颜色画出那么美的作品。不同的是，原住民画家是在被动的状况下选择了这四种颜料。他们只能利用大自然仅有的工具材料，采取的是拿来就用的态度，创造了一套抽象图案的艺术语言，比如米珂的《鳄鱼》《月亮和星星》等，这些反映梦幻时代故事的作品背后都表现了一种深刻的神性。从形式上看，树皮和简单的矿物颜料，呈现了本源、自然和纯朴的艺术特质；而中国艺术家用宣纸和水墨，在空灵中表现出丰富而又深刻的意境。两者都利用了材料语言，分别展示了各自鲜明的文化特征。

树皮画，可以说是北部原住民画家的专利，已经形成了一种独具特色的艺术风格。虽然像树皮这样的绘画材料是构成其风格的元素之一，但终将会改变，或是被其他的材料所取代，因为一张树皮画的代价太高。

20 世纪 90 年代初，有一个位于阿纳姆丛林东西部叫昂匹锂（Onepeli）的村庄，那里集中居住着约 900 名原住民，包括 100

多名白人帮助管理，其中有一位警官被派驻在这里。这位白人警察做了一件在当时备受争议的事，他向原住民画家们提供高质量的纸以代替树皮。此事引起轩然大波，受到许多人的反对，尤其受到村里的原住民艺术中心和各地的画廊美术馆的猛烈攻击。这些人认为，树皮是当地原住民绘画不可取代的媒介，梦幻时代的传说故事无法和树皮分离，否则将失去其神秘的光彩。从砍下树皮、加工到成画，整个过程都代表着原住民族的文化、生活的独特性，所以必须倡议原住民画家共同抵制以纸代替树皮的做法。倡议在短时间里得到了响应。但时间一久，个别画家开始偷偷摸摸地在纸上作画，不敢署名，低价出售。首先，得到一张纸比剥制一张树皮要容易得多；其次，降低了成本；第三，给购买者带来了方便，适合游客们卷起来带走；第四，易于展示和保存；最重要的是，用纸代替树皮保护了森林资源，每年将令上万棵树免于被剥皮而死的命运。经过 10 多年的纠结和抗争，最终原住民艺术家还是接受了纸。今天，纸绘作品已很普遍，只有少数几个村落还在继续画树皮画，这对继承传统艺术来说也是非常有必要的。著名画家巴达尔·艾及玛卡（Bardayal Nadjamerrek）就是最早在纸上作画的画家之一。原住民艺术家并不保守，他们很乐意接受各种新鲜事物。相反，那些反对者在许多问题上的思维却显得如此滞后，这难道不应该引起我们的思考，问一个为什么吗？

艺术的变革有时并不总是来自艺术家和艺术界本身，市场在推动变革的过程中也会起到关键性作用。

"抽口烟，歇歇再画。"米珂向我递过烟杆。经他这么一提醒，我顿时觉得久盘的双腿麻木到几乎要失去了知觉。我慢慢地直起腰，叉开双腿，双手向身后撑去，然后伸开双臂，四仰八叉地躺在了地上，浑身筋骨慢慢地舒张开来。"真舒服啊。"我喃喃自语道。

我的话音刚落，忽然，有人大喊起来："哎，滚开！"

树皮画。杰米·朱姆巴·马拉古，24×54 cm，1979 年。

在梦幻时代，灵以各种动植物的形式出现，成为原住民的图腾。因此，树皮上描绘的主题与画家的出生地或血统有直接关系，并且在各种仪式中起到重要作用。

　　这个"舒服"也太短暂了吧。我赶紧坐起来，向发出喊声的方向望去，只见一大一小两头野猪正肆意践踏我的储备粮，包括方便面、大米、面粉、水果罐头，还有纸、墨，一切都被拱得一塌糊涂，场面惨不忍睹。

　　"哇，墨！"我急忙大喊，"墨，我的墨！"我一边喊一边迅速地爬起来，愤怒地向野猪冲过去。

　　"拿枪来，快！"就听米珂也急切地吩咐。

　　"哇啦，呀啰……"女人尖厉的惊叫声也响起来，同时有石头从我身边飞过去。

　　"哎，别伤了我们的大画家。"有人出声制止抛石头的人。米珂手里拿着枪和一群孩子跟在后面。我惦记着绘画材料，同时心里也嘀咕着，你可别在我身后开枪啊。

　　两只野猪对我们的呐喊咆哮熟视无睹，毫不理会，嘴里的方便面咬得"嚓嚓"直响。面对如此目中无人的畜生，我怒火中烧，飞出一脚，野猪被我这一脚踢得"吱哇"一声惨叫，但嘴里并没有停止咀嚼，只是回头瞥了我一眼，竟然不在乎这么一点皮肉之痛。我被彻底激怒了，搬起一块石头砸去，这一下，它终于疼得"哇哇"乱叫，撒腿就跑。小野猪本来就胆怯地站在一旁观看，见老的跑了，跟着一溜烟跑没了。米珂和孩子们还是叽里呱啦喊叫着，紧追不放，紧接着听到一声枪响，随后一切又恢复了平静。

　　宣纸胡乱落在地上，墨撒得到处都是，野猪踏在墨上，然后行走在画板和纸上，我的绘画变成了"野猪的绘画"。米珂和孩子们非常抱歉地看着我，都是一副无奈的表情。大家一起帮助我收拾残局，除了面条、纸、墨，包里的东西几乎都被拱了出来，每样东西都留下了野猪的齿印。我拾起剩下的最后一个罐头，罐子虽然没有被咬破，但也变了形。不知是谁突然憋不住发出了一点笑声，并小声地学我刚才的喊叫："墨，我的墨！"

　　我早注意到有几个孩子藏头缩脑在一边嘀嘀咕咕。有一个孩子学着我当时的样子，不无夸张地表演一番，大家再也忍不住，都笑开了："墨，我的墨！"

　　顷刻间，平静的生活被两只野猪搅起了波澜，但仅在一阵喊打声之后，一切又恢复到原状。好像什么也不曾发生，又好像天天在发生，我也早已习惯了。习惯是生活的一部分。后来，我在米珂的小屋墙上用中文写了这么一句话："猪舔墨，里外黑。"至今，它仍像原住民岩画般留存在阿纳姆丛林里。不可思议的是，这小小的插曲竟然借着对讲机话筒，在丛林里传开了。像米珂一家这样小单位的家庭在丛林里很多，每天早晨八点半是大家约定互通信息的时间，这也是他们与外界联系的唯一途径。（今天这种落后的通信设备已经被淘汰了，取而代之的是手机。）孩子们会抱着无线电对讲机，绘声绘色地反复谈论这个话题，然后又是一阵阵开怀大笑。这么多天来，我从未见过大家如此兴奋。显然，我的激动和语无伦次成了大家的笑柄。

　　几天后，当我回到村落的学校，大家见到我就说："我们的墨先生回来了。"

11. 我的原住民身份的来历

从伊克拉克居点回到村里的那一天，远远地就听到一个低沉美妙的乐声源源不断地传来，它出自原住民特有的一种乐器——咦嗒卡（Yidaki）。它是由一根空心树棍做成的，树棍有胳膊般粗，1米多长，通过气流的强弱缓急变化，结合吐气时嘴唇的震动发声。虽然只是一种乐器，但是它在许多祭祀、葬典活动中不可缺少。同时，它又象征着男人的雄风、力量和性。有一年，在伽马（Garma）节上，几位日本女性专程前来拜师学艺，电视台在做实况转播时也播放了这一段，立刻在社会上引起哗然。电话纷纷直接打给节目制作人，质疑道："在原住民文化里，女人是不能玩咦嗒卡这种乐器的。现在，一根象征男性生殖器的长笛在几个女人手里把玩，是否亵渎了传统原住民文化？"组织者立刻与达鲁（Dalou），一位吹奏咦嗒卡的造诣已经达到炉火纯青地步的公认的专家商讨之后答复："在这些日本女人手里的长笛只是一种乐器罢了，没有任何特殊意义。"有人说，达鲁拥有一种特殊权力，他可以制定和修订这方面的戒律。

村口的广场上聚集了好多人，我估计村里的好几百人可能都出来了，而且每一个人的脸上都带着欢喜的笑容。我走进热闹的人群，只见一个小伙子鼓着腮帮子，鼻翼一扇一扇地对着笛口吹着，他的肚子也随之一起一伏。旁边还有两个老人，手握两根约30厘米长的木棒有节奏地互相敲击，嘴里不停地吟唱。几个原住民女孩子随着乐声跳起了舞，只见她们的双手挥来舞去，不住地拍打自己的前身、后背、上肢、下肢，嘴里发出责骂声，一个个

怪态百出，引人捧腹大笑。这叫"蚊子舞"，是通过驱赶蚊子这么一个生活细节编排的舞蹈。紧接着，有人出演了一场"袋鼠舞"：四五个小伙子迈着舞步走上场，跳起了模仿袋鼠奔跑的舞步，他们左顾右盼，显露出一副机敏的神态。随后，又有几个小伙子上场，他们扮演的是猎人的角色。在美妙的乐声伴奏下，顿时让人感觉到了袋鼠被猎人追逐奔跑时的紧张气氛。

　　我向身边的人打听："今天是什么日子，这么热闹？"

　　有人说："毕业典礼，你不知道吗？"

　　噢，想起来了，两三周前我就听到大家在谈论这件事，但并不清楚典礼就是今天。我在人群里搜索，果然看到不远处有三个原住民身披耀眼夺目的长袍，满脸灿烂的笑容，手里捧着镶上了精美镜框的毕业证书，正在被人拍照呢。他们确实是全村人的骄傲，这是一件值得庆祝的大事。他们三位都是地地道道、土生土

咿嗒卡是原住民特有的一种乐器，最常在各种仪式上使用。在日常生活中，年轻人也喜欢玩这种乐器。

长的原住民，从小接受的是传统文化教育。我可以想象，他们需要克服多少困难，去适应另外一种文化和思维方式，最终才可以拿到手里的证书。荣耀的背后是付出，付出之后是得到，得到之后将会是更大的付出。全村人的目光都落在了他们身上，期待着将来他们可以为大家做一些事。

围观的人群里突然有人喊道："墨先生，上。"

"噢，不，不。"我连连摇头摆手，不可能，我不会跳舞。

有人继续起哄："墨先生，快上呀。"

吹奏咦嗒卡乐器的小伙子干脆走到我面前对着我吹，而且吹出来的节奏一阵紧似一阵，再加上周围人的起哄，我竟然有一种不由自主的冲动。对于我这个"舞盲"来说，这是一股从未有过的冲动——我竟然也想试试自己的表演才能，弓腰屈腿，双手向两侧伸开。

"哇！"众人看到我拉开的架势，立刻发出一片喝彩。好吧，来吧！我不顾一切地冲了出去！有人向我手里塞了一把树枝，我把它举在面前，表示我藏身树后，并不时地移动手上树枝，向外窥视，同时不断变换脚下步伐，悄悄地向前移动。这些舞姿都是模仿现实生活中猎人狩猎时的动作。我猛然加快脚下的步子，场地上扬起一阵尘土，乐声飞扬，舞者们不约而同地大喊一声"咿哟！"，与此同时有人将手中的长矛投掷了出去。最后，大家狠狠地在地上跺上两脚，长叹一声："哇！"围观的人群里再次爆发出一阵欢笑。舞蹈很短，只有一两分钟，这是传统原住民舞蹈的特点。

"高蛟苟，玛伊玛格（可以），太棒了！"这时我听到有人冲着我用土语喊道。回头一看，是布隆·布隆，他也是一位画家。

"高蛟苟？"我吃惊地指着胸口望着大家，"我，高蛟苟？"

旁边又有两个女人和几个男人肯定地指着我说："是的，高蛟苟。"

有一个老人站出来挥着手大声地宣布："从今以后，'墨先生'就是我们的人啦！高蛟苟！"

《舞 动》(局 部), 176 ×
382 cm, 宣纸, 油彩。
这幅作品表现的是原住
民的仪式。

"呜哇！"周围响起一片赞许声。有几个年轻人过来跟我握手拥抱。有人称我兄弟，有人称我父亲，也有人视我为他的孩子，他们都是我这一族系的家人。这足以证明大家对我的认可。接下来，如果我进一步被邀请参与到某些仪式中，比如葬礼、成人礼，甚至更神圣重要的仪式中，这个时候的族系归属就会显得尤其重要。在某种程度上，他们把你当作了自己人，原住民的核心大门就开始向你打开，包裹在核心里的秘密也逐渐展现在你面前。

高蛟苟是原住民血源亲属族系中的名字。根据传统，每一个人都有一个族系名字，以确定此人的身份和辈分，非常重要。以雍古人为例，大致可以分为两个族系：杜娃（Dhuwa）和伊力佳（Yirrtja）。双方都由许多不同群体组成，每个群体都有自己的土地、语言和信仰，而且伊力佳人必须与杜娃人通婚（反之亦然）。在这个体系中共分为八大类，每一类分男女两组，每一个人都须属于其中一组。孩子出生之后，根据父母所在体系中的身份，自然归属某类某组。接下来，孩子长大后，相互之间的通婚便要严格遵守这一体系。比如高蛟苟只能与乾唛亚（Gamanyjan）血源的人通婚，高蛟苟的母亲属于噶拉噶拉（Galagala）一类，母亲的兄弟属幽燃拉哥（Burralug），兄弟的妻子又必须来自纳德杰（Banadejan）血源的人。高蛟苟要回避与岳母的直接接触、交谈，他们在一起会制造不祥事端。在澳大利亚的不同地区，因为语言的不同，具体叫法也不同，但是体系构成大同小异。

在这个体系中也有等级之分。如果用一个棋盘作比方，河界将棋盘一分为二，河界下方是一个公共区域，在这里举行的仪式，女人和孩子都可以参加，土语叫伽玛。在这个普通阶层里，一些人会被推举出来做组织、执行的工作；在河界之中，中坚力量又会组成一个管理层，负责发布各项指令，包括组织仪式，向年轻一代传授传统原住民文化、风俗等等；在河界上方是一个较高阶层，这里举行的原住民仪式不对外公开，土语叫亚啦（Yarra）。长老级人物属于这里，他们是制定戒律和负责审判的一群人。他们中的极少数人又会组成一个小团体，成为更高阶层，也就是关键的决策者们。他们的身份可能是非公开的，并超越了棋盘，普通的人不能谈论。当他们死后进入另一个世界时，其肉体和灵魂会转变成自身的图腾而永生。

从此，阿纳姆丛林里的人都会叫我——高蛟苟。

***

不久之后，我遇到一位来自嘎漠迪居点（Gamadi outstation），叫迈克·佤姆德（Michael Wamud）的老人。他告诉我一件听来非常奇怪的事，他说他不可以用嘎漠迪的水，否则"会生病，病得很厉害"。

"那你怎么生活呀？"我说。

"从外面运水进来。"

"哦，这会非常麻烦，对吗？"

"当然啦，"他耸耸肩，表示无可奈何，"知道的人都会顺便带些水给我。"

"为什么你不换一个地方生活呢？"

"哦，不，这里是我的家，我不可能离开这里。"他向下指了指，很认真地对我说，"我已经死过两回了，因为喝了这里的水。"

"你喝了水之后是什么感觉？"

"呕吐，血压突然往上升……升……升得很高，"他边说边比画着，"而且一直都在做梦。"

"哦，那是非常危险。医生也没有办法吗？"

"没有人可以帮我，只有等到某一天，神灵来召见我。"

我看着他，觉得他活着好辛苦啊。

"你叫什么？有我们的身份吗？"

"高蛟苟。"我说。

当时我的手边正好有一只刚吃剩下的龟壳，我想让他在龟壳上画点什么。他说，龟也是和他犯冲的，所以他不会去触摸。最后，他在纸上为我画了几只小蝴蝶，并说，如果我没有图腾的话，蝴蝶应该是我的图腾。我问他为什么，他说他看到了几只蝴蝶在我头顶上飞，还有一只正落在我的脸上。说着，他竟伸过手要捉我脸上的蝴蝶。

我被他的这一举动微微一惊，下意识地偏了一下头。

"噢，飞了，她飞了。"他说得甚是动情，看得出不是在开玩笑。

那一刻，我几乎被他的话打动了，真的相信他看见了飞在我头顶上的蝴蝶。我想听他解释，为什么看到的是蝴蝶而不是其他。他笑了笑，没有满足我的好奇心，但却说："如果不是因为犯冲的话，我很愿意为你画只龟。"

"为什么？"

这一次他没有急于回答我，只是默默地看着我，像是在思考着什么。过了好一会，丢下一句"你会知道的"，然后起身离开了。

走出没几步，又听他说："下次来别忘了带点水啊。"

***

约翰·布隆·布隆是我在阿纳姆丛林认识的另外一个原住民好兄弟。

有一天，我路过一群人，有人向我打招呼："高蛟苛，好久没见你了，你好吗？"

"耶，还可以。"我说，"你们在做什么？"我边说边走了过去，因为我看到了正想找的人。

他说："没做什么，看布隆·布隆画画。"

"哈喽。"我向坐在地上的布隆·布隆打了个招呼。

他轻轻"嗯"了一声。在他的面前有一小块树皮，看样子他正在构思，准备画点什么。

我饶有兴趣地坐下来。

他开始在一块平整的石板上研磨颜料。布隆·布隆也是一位传统的丛林画家，他使用传统树皮画的工具材料。我告诉他："我来，你画画就行了。"

于是，他开始用白色在树皮上画了一只龟的图案，虽然这张树皮不大，但是要完成它估计至少也要几天的时间。

他一边画一边问我："玛伊玛格？"

"玛（可以）！"

"你什么时候离开这里？"

"嗯，还有一个多月吧。"我说。事实上，学校告诉我，即便我的聘用合同到期了，只要我愿意仍然可以在村里住下去。

"哦。"

只见他直起腰，把手里的笔轻轻地放在一边，喊了一声："茶！"然后又把目光移回正在作画的树皮，"嗯，也许你可以跟我走一趟。"

我明白他在说什么，兴奋地点点头说："玛伊玛格！"他要带我去他的家园走走，那真是太棒了。一边聊着，我一边打开手里的速写本，开始勾勒起眼前留着一脸胡须的他。我走到哪儿画到哪儿，这里的人早已习以为常，不会有人提出异议。我把这种待遇理解为信任，这种信任对于我来说是莫大的安慰，它来自我和原住民彼此的尊重。

接下来的两三天我都去找他，帮着磨颜料，有时也会在他的指导下画上一些线条。他喜欢用黄色，这也是我特别钟爱的颜色。四种不同的颜色搭配得非常和谐，有一种温暖舒心的感觉。画面工整、干净，很难想象它是出自一名猎人的手。一根用毛发做成的细小的笔，被粗黑的拇指和食指捏着——就像女人手里的针——非常娴熟地在画面上滑动。见我如此专心地看着他画画，布隆·布隆说他画的（风格）跟我不一样，有机会他也想看我画画。

到了第四天，再见到布隆·布隆的时候，这幅树皮小画已经基本完成了。

这是布隆·布隆为我所
作的图腾树皮画。

"嗯，高蛟苛，昨晚我做了一个梦，梦见了一只大海龟，"他指着面前树皮画上的这只龟对我说，"和它一样。"

听了他的话，我立刻惊叫起来："怎么这么巧，昨晚我也做了一个梦，也梦见了龟。"我不知道两个人在同一时间梦见同一个东西的概率有多大，应该如何解读这种现象。但是我有一种强烈的感觉，那就是我们之间有一种难以言说的默契，这种默契在我们后来的交往中得到了验证。

他放下手中的画笔，专注而深情地看着自己的作品，表情严肃地说："在我们的文化里，每个人都会有一个属于自己的图腾，从现在起，龟就是你的图腾，枉格·枉格（Wanggulu Wanggulu）是你在丛林里的名字。"接着他用双手将画捧到我面前，"它现在属于你的了，高蛟苛，我的兄弟。"没有客套，没有仪式，有的只是人与人之间真挚的情谊和默契。从此我就有了图腾和丛林名字，它们预示着我将真正地走进他们的生活。在我们的关系里，布隆·布隆大我 10 多岁，是我的兄长。

不仅如此，这让我又想起不久之前迈克·伍姆德所说他"很愿意为我画只龟"。现在想来，言下之意是说我的图腾应该是"龟"。他的预想得到了验证。

如何确定一个人的图腾有许多种方式，比如孩子出生前后，父母受到某种象征性的启发；孩子和某个动物同时在梦里出现；袋鼠在女人面前窜过，过后女人怀孕了，这种看似"巧合"的事件就可能成为孩子将来图腾的来源。

12. 丛林孩子们的未来

我面对着篝火正发着呆，突然一只小手从背后搂住我的脖子，凑过来一张鼻子下还挂着鼻涕泡儿的小脸。

"你在干什么？"小家伙几乎每天都会这么问我。

我随手捡起一片树叶，抓住他的鼻子，小家伙早已习惯我们之间的默契。擤完鼻涕，他问我："今天可以画画吗？"

我摸摸他的头说："你喜欢画画？"

"玛。"他用土语回答我。

"让米珂教你呀。"我说。

孩子摇摇头。

一旁的米珂说："等他长大了再教他，而且是我们的画法。"

他是在强调文化继承的重要性。我对孩子说："那我就先教你我的画法。"

小家伙笑了，拉着我的手走进大棚子，已经有几个孩子等在这里了。

因为这里的孩子比较多，大约20来个，所以村里的学校为这里的孩子配备了一个白人老师，叫默里，每隔一周来几天。他主要教孩子们英语和算数。见我出现在大家面前，默里带领大家齐声说："早晨好，小平。"

"早晨好，孩子们。"

这一声相互问候开启了我们一天的快乐时光。

孩子们清脆的声音回荡在老林里，渗透进清凉的空气里。好多年没有听到这么纯净的声音啦。出国前我曾经也做过几年老师，那么多年后再听到这种清脆的童声竟然是在澳大利亚的原始丛林里。瞧着一张张可爱的小黑脸，想起我过去的学生。那时候，我每天要面对两百多名学生，他们中的高年级学生与我只相差五六岁。一个大孩子教一群小孩子画画也是非常有趣的，我教他们如何画速写、静物，如何去观察和表现事物。现在，我要把这些技巧、知识全部传授给这些原住民孩子。想到这些，我真的是特别兴奋。

虽然同在一片丛林里，这里的孩子与曼琳格瑞达村落学校的孩子还是有些区别的。这里更加偏僻，许多孩子从来没有见识过丛林之外的世界是什么样的，甚至都很少去曼琳格瑞达村子。刚开始，孩子们面对一张白纸束手无策，我们就从简单的小鸟、小树开始画起。但是很快我就发现，这些简笔画对他们来说太简单了，一扫我原来以为他们在学习其他文化时会有些迟缓的担心。许多我们自以为是的想法其实是来自自己的无知，无知又是"成见"产生的开始，是相互建立信任的障碍。和这些原住民孩子在一起，是他们教会了我这样的道理。

为了增加一点趣味性，我让孩子们跟着我在纸上画一个大圆圈，中间画两只小圆圈。有孩子马上就说，那是两只眼睛。接着，在底下画上一条上翘的弧线，眼睛上面添上两条波纹。孩子们笑了，原来这么容易就画出一张笑脸。然后，我让大家把画转一圈再看看。"哇！"孩子们先是睁大了吃惊的眼睛，然后一个个抢着回答："愁苦的脸。"正着看是笑，倒过来看是愁。孩子们的兴趣一下子被激发起来，有的孩子在"快乐和愁苦"的脸上添上一些细节，比如说一只小鸟停在头上，立刻显得很俏皮。有一个孩子在头上画了三根竖线，看上去既像是头发又像是三棵小树，周围还有几只小鸟和一头野牛。我非常喜欢这幅画，天空飞着小鸟，地上跑着野牛，画面一下子就有了动感和生气。唯一令我不解的是，野牛为什么被套上了一根绳索。这样一来，它不像丛林里的野牛，倒更像中国农村的耕牛。可孩子理直气壮地说："这是我的，别人不可以牵走它。"原来他是担心有人会夺走他的小牛给孩子们上课。

牍，所以把它拴起来。孩子把他的担心都画了出来。从来没有人教过他们画画，眼下能画出这么好的画，完全是大自然的造化，也只有在大自然熏陶下的孩子才可能画出这些既大胆又幼稚的线条和图形。还有一个孩子画了一头似牛非牛、似狗非狗的动物。他把一般从侧面看不到的身体部位都画上去了，它让我的眼前一亮，这简直就是毕加索画作的翻版。但仔细一想，其实也没什么好奇怪的，因为以原住民的视觉习惯，他们本来就会把事物不同的侧画在一个平面上，甚至把我们看不到的东西也画在一个平面上，比如"X 射线岩画"，将人物和动物的五脏六腑像 X 光透视一样在画面上表现得清清楚楚。如果可以大胆地假设的话，毕加索也许曾经从澳大利亚原住民岩画中得到过某种"灵感"，从而形成了他的艺术风格，那也不是完全不可能。

　　人的天性本是相同的，后天环境对人的改造是巨大的。生活在大自然里的孩子，其天性最大程度得到了保护。如有适当的启发和引导，这些丛林里的孩子一定都是非常优秀的。又比如，有一个孩子画了几条鱼，其中有一条大鱼的肚子里画了两条小鱼，他说是"鱼的孩子"。我无意去改变他们原来的习惯和思维方式，只要有趣就是一幅好画。孩子们对新事物的兴趣同样非常强，尤其是在创造性上，显得更加开放，无拘无束。这时，旁边的一个孩子却说："这是大鱼吃小鱼呀。"我被他说得一愣，因为我很自然地想到了另外一层意思，它意喻以大欺小、恃强凌弱。孩子们熟悉鱼，画鱼，是因为平日里大家最常做的一件事就是钓鱼。

打猎、钓鱼，这既是生活的乐趣，又是生活的必需。活蹦乱跳的孩子们，只要一根渔线在手，立刻会变得安安静静，他们好像生来就有一个好耐心。这里没有人为制造的嘈杂和烦恼，博大、纯净是这儿的特点。它平静得就像一碗清水，只有胸怀博大的人才可以在这人烟稀少的大自然里长期生活。

可是每一次愿意上我钩的鱼并不多，有孩子开玩笑说："聪明的鱼闻到了陌生人的气味，吓跑了。"钓不到鱼，我就捧着画夹，蹲在一边构思画面，希望尽可能地去表现出自己看到、体验到的人和事物。有的时候来不及画，我就先在心里打腹稿，等晚上大家都睡下的时候，再借着篝火把这些腹稿记在本子上。

＊＊＊

我在村里学校的主要工作是为自编的教材画插图。教材内容是将原住民口述的故事整理成英语和土语，比如《蛤蜊的故事》。这是阿纳姆丛林中部沿海地区的库尼比吉人（Kunibidji people）用捷巴纳语（The Ndjébbana language）说的一个故事，内容很简单，只有八句话："我们去寻找蛤蜊／我们找到了蛤蜊／袋子里装满了蛤蜊／我们去岸边／燃起了一堆篝火／等着蛤蜊煮熟／吃完后，把其余的放进口袋／然后带回住地。"我为每一句话画一幅插图，最后它们就成了孩子们的书本。老师尽可能采用孩子们熟悉的题材和内容来教导他们，称得上因人施教。

还有些教材是关于梦幻时代的故事。其中有一则故事的大意是：很久以前，有一对姊妹外出采摘野果的时候，把睡熟的孩子放在了树荫下，她们不知不觉地走远了。后来，孩子被太阳晒醒，哇哇大哭，却没人听见。孩子哭累了，慢慢爬起来，跪在大树底下，想要爬上去，但爬了几次都摔了下来。不知过了多久，姊妹俩忽然意识到一直没有听见孩子的声音，这才发觉自己离开大树已很远了。她们急忙赶回，却发现孩子不见了，只有留在树下的木器皿和许多围着树的小脚印。姊妹俩焦急地哭喊、寻找，以为孩子被袋鼠或野狗偷走了。这时，突然有一个声音从她们头顶上传来："我在这里呢。"姊妹俩抬头一瞧，原来孩子像只小猴子似的攀在树上。妈妈告诉他快下来，孩子不但不下来，还说："我要上天，变成一个可以发光的东西，照亮黑暗。然后，你们在亮光下跳舞、哭泣，你们的眼泪都将会飞上天空变成无数颗星星，而我就是月亮。"后来，姊妹俩果真召集了许多人，按照孩子的意思去做了。大家手拉着手狂舞、哭泣。没过多久，天上果然出现了月亮，还有一颗颗闪亮的星星。从此，大家不再害怕黑夜。

因为白天要为孩子们上课，我大多利用晚上的时间为这本题名《月亮和星星的来历》的书画插图，总共 14 张。这是我很喜欢做的另外一份工作。

像伊克拉克这样的居点，受村里学校分管的还有十几个。在学校工作之余，我尽可能多地走访其他几个居点。即使我在每一个居点与孩子们相处的时间都只有一两周的时间，但对孩子们来说却是非常重要的艺术启蒙教育，对负责居点教学的老师也算得上是一次短期的培训课。

在征得学校的同意后，我每隔一个星期都要去走访一个不同的居点，我对那里的人和环境有着某种特殊的感情。大家在一种贴近土地、充满灵性、超越现实的自然环境中，过着自得其乐的生活。

但是，直到有一天我终于病倒在一个居点，不得不安稳了好多天。往常我也会有个头疼拉肚子什么的，这是常有的事，吃几颗药就能顶过去，但这一次病因不太一样，是由我的脚引起的。在丛林里，原住民不习惯穿鞋子，他们脚下的一层皮比鞋底还要结实。可我不行，总是穿着一双大头皮鞋，渐渐地脚被捂烂了，

与孩子们在一起是最开心的时刻。当时我的一只脚受伤，几乎不能走路，所以穿着两只不一样的鞋子。

从而产生炎症引起发烧，烧得我摇摇晃晃的。我的一只脚几乎不能落地，另一只也是非常勉强才能踩在地上。

现在，我有更多的时间做每天早晨要做的事——写写画画。只要不发热，身体不难受，我就拿出速写本来翻看或构思。这一天，我翻到了一张人物速写，它是我凭记忆所画。画中人有某些东方人的脸部特征：平平的眼窝，小巧玲珑的鼻子不高也不扁，细细的鼻梁。只有厚厚的嘴唇和黝黑的皮肤显示出他原住民的血统，而且脑后还留着一条小辫子。当时，他一见我就说："你认识我吗？我的父亲有一半中国人血统。我希望找一个中国姑娘，你可以帮我吗？"

通常，他们遇见陌生人多少总会有些戒备之心，只有相互熟悉了才会这样。"那么，你也帮我介绍一个原住民姑娘吧。"我开玩笑地对他说。没想到，两天之后他果真把我拉到两个姑娘面前，问我喜欢哪一个，搞得姑娘们和我都十分尴尬。在我得到永居签证之前，我朋友没少拿这事跟我开玩笑，说我这么热爱丛林生活，干脆娶个原住民姑娘算了，移民局立刻会批准我的永居身份。当年，我的中国同胞们都在为得到这么一个身份以及致富而苦苦地奋斗。

"一个活宝。"我会心一笑，对着画面说，仿佛他就在我面前。我随手将他翻了过去。

下一页出现的是几只迈克画的蝴蝶，还有几个歪歪扭扭的字母，那是他的签名。看着他笔下的这几只蝴蝶，我的头脑里想到了另外一段与蝴蝶有关的小故事。

翻过这一页，出现一只更大的蝴蝶，它比前面的几只要好看多了，有细节、有颜色，翅膀略微翘起来一点，好像还有那么一点动感。它是一个小女孩专门为我画的。这些孩子只需要稍微点拨一下，就会时不时地给人一个惊喜。

几周前，我去了一个新居点。有一天，我们上完了课，打算去附近的河里游泳。在去河道的路上发现了几棵果树，有孩子随手摘下一些分给了大家。这些果子的味道像樱桃般滋润爽口。有一个小女孩看到一只漂亮的蝴蝶，她轻轻地走过去，伸出小手，没等她触摸到蝴蝶，它就飞了起来，停到旁边一朵花上。就这样，蝴蝶与小女孩就像在玩捉迷藏的游戏，蝴蝶始终没有被小女孩捉住。正当她满脸失望准备放弃继续追下去的时候，蝴蝶竟然飞到了她的身上，似乎在挑战她的耐心。但是这一次，蝴蝶失算，还是被抓住了。女孩将蝴蝶放在眼前仔细看了几遍，心里可能在想："你还要往哪里飞呢？"接下来，出乎我意料的是，小女孩轻轻地把它放在了一朵花上，还冲着蝴蝶呼扇着小手说："飞呀，飞呀。"看到这一幕，我的心里泛起了无限温暖。更令我感动的是，事后小女孩对我说，她原来是想把蝴蝶送我做礼物的，但是现在她要为我画一只漂亮的蝴蝶，因为她知道怎么画画了。

接着，我们又经过一片荷塘，有几个男孩跳下去摘了几片荷叶分给大家顶在头上，又顺手掰了几株荷花的茎和花蕾。同样是这个有心的小女孩，摘下一朵绽放的荷花举到我的面前，小脸上带着灿烂的笑容说："这是菲奥娜（Fiona）让我给你的。"

"哇，太谢谢你了，好美啊。"我向菲奥娜投去感谢的目光，"还要谢谢菲奥娜。"

菲奥娜是一个漂亮的原住民姑娘，她也是这里的辅导老师。

菲奥娜，她是一名教师助理，能够说比较流利的英语。

这段时间我们有过很好的交谈。她告诉我，她想去中国："从武打录像带上看，那里的人好有趣。"

我说："你会害怕吗？"

"不会呀，你会照顾我的，对吗？"她回答的很有自信。

"当然。"

"你像是我们的家人。"

"噢，谢谢你能接受我。我很喜欢这里。"

"那么，你还会走吗？"她看着我，小声地问。

"嗯。"我微微地点点头。

她轻轻"哦"了一声，从我脸上移开充满期盼的目光，没有再说话。我想向她解释，又怕她不理解。

后来，我创作了几幅以她为原型的作品。画面上是美丽的黑姑娘，抱着一束洁白的荷花，黑里透红的脸上泛起一丝微笑，侧脸低头呼吸着荷花的淡淡芬芳，背景上有一只色彩艳丽的蝴蝶。这是一个对生活充满了美好憧憬的姑娘。由于每天和孩子们在一起，这个时期我画了一批与孩子们有关的作品。

孩子们喜欢玩水，见到水就兴奋得不得了，一个个迫不及待地往下跳。有的孩子爬到一棵大树上，做着各种预备跳水的动作。哪里有孩子的笑声，哪里就会有活力和欢乐。就连周围林子里被惊动的小鸟，也会"叽叽喳喳"地在天空中飞来飞去，加入欢乐的人群。这是一幅多么美好、生机盎然的画面啊。我正沉浸在美好想象的勾画中，冷不防被人从背后推了一把，跌进水里。我刚把头浮出水面，还没有弄清怎么回事，一群孩子已经把我包围了，一阵阵水花向我泼过来，原来他们开起了老师的玩笑。最后，我一人和一群孩子打起了水仗，仿佛又回到了孩提时代。虽然这些孩子从未走出过这片丛林，但爱玩和会玩的天性与城里的孩子没有任何区别。

　　我躺在树荫下的睡袋上，就这么一边翻着速写本一边浮想联翩，它们都是过去发生在我周围的事情。此刻，我的目光停留在了几个孩子的头像素描上。

　　"很久以前，我们的祖先由西向东旅行，一路上他们创造了各种生灵……"我仿佛又听到了孩子们清脆响亮的读书声。声音来自一间四面没有墙，只有几张桌子、几把椅子、一块小黑板的丛林小屋。我慢慢闭上眼睛，这是需要用心去聆听的声音。与此同时，一个个画面出现在我的头脑里，就像是一部纪录片，记录下了我与孩子们的一段美好时光。镜头里的画面是这样开始的：

　　我悄悄地走进教室，看着菲奥娜带着大家读完了课本上最后一段话。然后，她高兴地对孩子们说："下面的时间，我们开始画画啦！"

　　"啊，太棒了！"听到画画，孩子们兴奋得不得了。

　　我抱着双手问："今天画什么呢？"之前，那些简单的人脸、小树、小动物都画过了。

　　"都可以，随便啦。"

　　"那好吧，你们开始画吧。"

　　"画什么呀？"孩子们知道我在跟他们开玩笑，都笑了起来。

　　"你们看到了什么？"

　　"什么也没有看见。"

　　"你们没有看见我吗？"我要教孩子们画人物，而且是看着人画写生。

"噢噢，这样哈。"孩子们开始七嘴八舌地对我的长相、身高、衣着和动作做了一番评论。我装模作样地摆了几个姿势，引得大家高兴地连连拍打桌子。兴奋之余，孩子们还是不知如何下笔，因为他们面对的是一个立体的、三维的人物，而且这个人物身上还有许多复杂的细节。我请一个孩子站上前来，然后耐心地将身体的各部位进行大小比较，并在纸上进行演示。就这样，经过几次尝试之后，一张张生动有趣的习作最终在这些孩子的笔下产生了。对于他们来说，这是第一次尝试学习从一个全新的角度思考、观察事物。

这时，我发现一个陌生的男孩，他的面前放着一张白纸，却睁着一双大大的眼睛、表情严肃地瞧着我。听说，他是昨天随家人从其他居点来这里串门的。

我小心地问他："为什么不动笔呢？"

他沉默着，低下头，将目光投在了洁白的纸上。

我安慰他不用担心，和我一起来画。"我们先从小鸟画起吧。"我在纸上画了一个圆圈，然后画了一个略微大一点、与圆圈相连的半圆。我让他跟着我画，他小心地拿起了铅笔，抬头朝我看了一眼，抿着小嘴，似乎在聚集下笔的勇气。然而，那握笔的小手停在纸的上方，迟迟不敢落下。他又向我抬起那双明亮的眼睛，好像在问："应该从哪里开始呢？"

"随便。"我说，并向他露出一个鼓励的微笑。

小手终于在纸上画了一个扭曲的圆。有了第一笔就会有第二笔，最后在我的鼓励下，他画完了第一张小鸟的画。

我在孩子们笔下的形象是千奇百怪的。大家发现自己也可以画出那么有趣的画来，一个个乐坏了。有一个孩子乐得鼻涕泡儿"扑哧扑哧"地冒。孩子们如此欢快的笑声吸引了周围不少人的注意，纷纷过来探究，其中包括杰克（Jack）——一个有着两个妻子、六个孩子的男人。他说："这帮小家伙从来没有这么开心过，怎么回事？"我抓住他，乘势把笔塞到他的手里说："坐下来和孩子们玩一会儿你就知道了。"我让他和孩子们一起画,杰克窘迫地连连摆手后退,其窘态逗得孩子们更是乐不可支。我几乎是强迫杰克坐了下来,只见他把一支铅笔摆弄来、摆弄去,像是在摆弄一根陌生的魔棍一般不知所措。桌上的纸白得耀眼,一点黑尘落在了上面,他赶紧小心地用嘴去吹。

"我不会画,也从来没有拿过笔,这么漂亮的纸,恐怕会被我弄脏的。"他几乎有点哀求我了,"放我走吧。"

我冲他摇摇头。

"哦,那怎么办?"他看着手里的铅笔,语调变得有点低沉,"我是一个丛林人,你知道的,但是我希望这些孩子的手里以后能一直握着这支笔。"

我被他的话触动,从他的目光里似乎看到了对方复杂的内心。我有些激动,握住他的手说:"我相信一定会的。这不会仅仅是希望。"

"玛伊玛格!"

这时,有一个孩子在一旁实在按捺不住了,要教杰克画画。可是杰克仍然不知所措,急得小家伙一把抓住他拿铅笔的手就往纸上画,雪白的纸上顿时出现了一根线条。我想,这可能是他有生以来第一次被孩子们逼到如此难堪的境地。人生也如这张白纸,由无到有,逐渐丰富起来。最后,大手在小手的扶持下完成了以我为模特的肖像。整个过程让大家笑得直拍桌子。看着一张张朴实欢快的笑脸,我禁不住想:有一天,当他们走出这片丛林、走出这个小屋时,同样带着这样的欢笑,那该多好啊!

好像有人在拉我的衣角,低头一瞧,原来是刚才那个新来的男孩。他把一幅肖像举在我面前,脸上带着一丝调皮的微笑,好像在问:"怎么样?"我的眼前突然一亮,这孩子居然这么快就能够画出一幅完整的画,更重要的是他画出了中国人的面部特征。

那天夜里,天上既没有月亮也看不见星星,只感觉到厚厚的黑夜压得我有点呼吸不畅。我和另一位专门在几个居点教孩子的老师,在白天孩子们上课的教室外生起了一堆篝火。老师向篝火上丢了两根大树枝，火苗遇到枯叶发出"劈劈啪啪"的响声，罐子里的水也翻起了水泡。我拿出一袋茶叶抓了一把丢进水里，然后把手里的茶叶袋递到他面前："闻闻，好香啊。"

"唔，是很香，我都闻到了香味。"黑暗里传来一个声音。我猛一回头，看见杰克就站在我的身后。

"你吓我一跳，杰克。"我捂着胸口对他说，"拜托你下次在黑夜里出现时发出一点声音好吗？"

"对不起，我真的吓着你了。但是，我的脚踏在枯枝败叶上发不出声音，这能怪我吗？"一个像他这样在大自然的怀抱里生活了一辈子的人，成了茫茫夜色和四周景物的一部分，也确实不足为奇。

杰克用力吸了吸鼻子，又问："这是什么茶叶？"

"绿茶，喝它不用加糖，对身体有好处。你要来一杯吗？"说着我给他倒上一杯，又讲了一通喝中国绿茶的好处。我之所以要这么推荐绿茶，是因为他们日常生活中吃了太多糖，尤其是在一杯茶里通常都要加进两三汤勺的糖。

杰克是一位信仰上帝的教徒，他说："不但要戒酒，还要戒糖、戒盐。"日常生活中大家摄入的糖和盐太多，不仅如此，嗅汽油上瘾、赌博等都成了问题。所以杰克说，他和许多人更希望住在这里的居点。他的话也让我想起，有一次在村子里听到一个女人和她的男人吵架时说的话："你需要回到居点，这里有太多的人酗酒和赌博。"但是未来的发展趋势需要大家走出丛林和其他群体生活在一起，到时面对更多的问题，他们又该怎么办？

"不，我们不会走出这片丛林。我们属于这片土地，土地也同样离不开我们。"杰克说。

我问："你们的孩子呢，他们会和你们的想法一样吗？"

这一次，杰克沉默了。我相信他也在思考这个问题："新一代的未来在哪里？"白人进入丛林之后带来了大量的信息，最好的见证就是曼琳格瑞达村落，它已经基本被改造得和城市中的小社区没有太大区别。我问杰克，最近几年这里最大的变化是什两个非常可爱的孩子。

在炎热的气候下，戏水
是孩子们的最爱。

么？他说，现在有水、有电、有房，钱也比过去多了，但是真正的猎人也少了。

"这是大家所希望的吗？"

杰克说，也不全是，但是诱惑太大。白人带进来许多好的东西，却也留下了一些我们不需要的东西。接下来，篝火旁是一阵沉默，没有人再说活。大家静静地注视着火苗各自想着心事。大家都心知肚明他所说的东西包括性病、毒品和对环境的破坏。

有一年我在曼琳格瑞达村落附近一个叫布莱斯河（Blythe river）的地方参加过一次由原住民自己组织的闭门会。会上有一个叫杰克·格林（Jacky Green），来自其他村子的原住民说，以他个人的经验来看，需要改变的地方很多。他们希望找到工作、做点小生意什么的，但是完全依靠自己的能力很难做起来。他在村里开了一个小卖部，由于惰性或各种原因，他做不到每天按时开门营业。在他们的文化里，忽略时间概念并不是一件严重的事，但是对于一门生意来说就不正常。"有时我们很懒。"他说，他们无法做到和白人一样自律，但他有工作和自食其力的意识。

大家还讨论了采矿所带来的问题。它严重破坏了生态环境，让他们"失去了生活在这里的安全感"。作为主人，他们有保护好这片土地的责任。出租土地得来的钱太容易了，造成有些人不再愿意工作；白人虽然提供了工作岗位，同时也把毒品、酒等带了进来；他们讨厌白人的甜言蜜语和交易方式，因为他们的思维无法和白人对接；"过去我可以随意在河边抓到很大的蟹，现在却要费很大劲才能找到很小的蟹。"更有白人不听劝告，任意踏入不该去的地方。这些不懂得尊重的行为"干扰了神灵的生活环境和状态，破坏了我们的文化"。从白人那里得到的钱是以破坏地区生态环境作为代价而获取的，矿区和它周围大面积地区的动物再也不会回来了。土地满是创伤，在哭泣，但少有人去抚慰她、倾听她的诉说，因为大家都在关心如何挣到更多的钱，买更多的丰田。丛林里到处是被丢弃的车，道路上像被野猪刨过，到处是坑。有了更多的钱，去达尔文买醉的时间也更多了。

也有人认为，如果管理得当，以上的问题都可以有效地得到控制。由这些公司提供的资金和培训计划可以用作建立学校和商店的资金，让原住民们学会管理，进一步改变生活方式。信息的扩大、沟通、语言交流、通婚都可以帮助他们更好地建设自己的家园。

原住民需要接受与其他澳大利亚人相同的教育，自然离不开白人的帮助。但是他们觉得白人的想法很复杂，琢磨不透，对其缺少信任感。他们更害怕受到文化上的侵略和占领，担心最终可能会失去自身的语言、文化和土地。

矿业公司为了得到开采权，会支付给当地的原住民一大笔钱，包括发展教育项目基金，看上去都很不错。毫无疑问，他们需要帮助，但是有多少人真正了解原住民在想什么，在担心什么？

这次闭门会议上有一个重要问题让所有参会的人陷入深思——未来，我们和我们子孙的未来在哪里？我们希望我们的下一代继续现在这样的生活状态，还是应该走出这片丛林？

有一个老人说："家园，土地是我们的唯一和一切。我们是这片土地的主人，有责任保护好每一寸土地，为了我们，更为了下一代。"他为以上的问题给出了一个肯定而又明确的答案，"我们，我们的下一代永远不会离开这片土地。"

我时常听到原住民问："除了土地，我们还有什么？"

早年，中国的农民也会这么问。他们生存的唯一指望就是几分地，久而久之，也就对土地产生了依赖和感情。但是，当中国的农民发现，出售原先赖以生存的土地可以立刻致富的时候，有些人还是会毫不犹豫地将土地转让出去。而对于都市人来说，也许根本不会去想这样的问题，因为在有些人的眼里，土地只是用于使用和买卖的资产而已。土地对澳大利亚原住民的意义非凡，不会被随意放弃。他们在一直努力地争取夺回被占领和失去的土地，因为这个民族的灵魂是建立在这片土地上的。土地是原住民的精神支柱，土地将他们凝聚在了一起。

在我看来，外来文化的输入已经是一种不可逆转的趋势，不管是愿意还是不愿意。剩下的问题是如何最大限度地保护好这个民族的精神，以及发展传统文化，如何把握好其中的分寸。这对所有人来说都是一个巨大的挑战。而政府和社会在对待原住民时应该秉持更加尊重和包容的心态，不是掏了钱就算了事的，长远宏观的规划是政府最需考虑的事情之一。紧邻阿纳姆丛林的达尔文，在 1974 年临近圣诞节前几日受到飓风毁灭性袭击之后，经历了几十年的重建，成为一个非常年轻的城市。如果允许我大胆地设想一下，与其问"要不要走出这片丛林"，为什么就不可以考虑在丛林里建立起一座符合当地自然环境和原住民意愿的、连接达尔文的新型城市呢？

闭门会议达成的共识意见将会在归纳后由组织者递交给当地政府，但绝对不会包括我那近乎疯狂的设想。但愿 50 年后有人会重提这个曾经由一个中国艺术家提出过的大胆设想吧。

树枝早已燃尽，火苗退去，蚊子乘虚而入。它们隔着牛仔裤拼命地向里扎，还不只几只，而是一群。一个个打死它们太慢，要用手去抹，一抹就是一片。

我环顾四周，黑夜里看不见杰克，他就像幽灵一般悄无声息地走了，以至于我都没有察觉他是什么时候走的。老师也毫无声息地钻进了帐篷。我躲进蚊帐，几只钻进来的蚊子正在吸我的血，但我懒得理会，它们吸饱了也就会放过我。

远处不知谁在吟唱，就像是一首催眠曲，很快将我带进了梦境。

不知睡了多久，感觉有人在叫我。努力睁开眼，看见菲奥娜站在我面前。我迷迷糊糊地问她，怎么会在这里？

她微微一笑说："你病了。"

我这才觉得身上滚烫，浑身大汗，枕头都湿透了。

"我刚才去采了一些草药。"她说着，把已经捣碎的草药小心地敷在我腐烂的脚底上，"过几天就会好的。"

"你懂草药？"

"嗯，妈妈教我的。"

我曾试过这样的草药。有一次，我感冒得很厉害，咳嗽、发热，吃药一点不见效。有原住民告诉我，在这个世界上，病毒无处不在，只是每一个地方的人长期与当地的病毒共存，所以习惯了，而这里的病毒与城里的不一样。然后，他在附近采了两种不同的绿叶子回来，放在一起煮。他让我把毛毯盖在头上，把脸埋在锅里散发的蒸气里，再喝上两碗草药水，早中晚三次。当天夜里，我睡了一个从未有过的好觉。第二天，病情明显减轻。

"太重要了，你应该好好学。"我很认真地对菲奥娜说。中国人使用草药已有数千年的历史。我相信，原住民手里的草药与中草药有着异曲同工之处。也许是由于这个民族没有文字的缘故，无法将古人的用药经验记录下来，从而造成很大的遗憾。

中华民族与澳大利亚原住民是两个古老的民族，如果说他们之间有什么相似之处的话，以上所说的草药应该是最大的相似点。对土地的强烈依恋，重视家庭、亲属、宗族关系；早期的一夫多妻制，年长者对年轻人的婚姻干预，打牌、吃米饭等个别生活娱乐习惯，从这些地方都能够看到彼此的影子。其实，我并不会去寻找和强调两个不同民族之间的相似点，我们原本就不同，就让不同存在有什么不好吗？即使这些相似之处有些微不同，那也是其他民族文化中没有的，例如大量使用草药的民族并不多。

在上一次的闭门会议上，"如何传承草药医术"也是大家讨论的话题之一。大家一致认为，草药是原住民的一大财富，绝不可以在他们手里失传。具有这方面才能的老人在逐年减少，大有青黄不接之趋势。但是又要小心被白人利用，窃取其中的奥秘之后撇下他们，擅自谋取高额的利益。白人在原住民中缺失信任，并非仅仅一两件事造成的。

"菲奥娜，你想离开这里？"

"是的，但是我也很害怕。"

我点点头以示理解。看着菲奥娜，我想对她说，外面的世界确实丰富多彩，但是如果不能接受那个世界的生存法则，注定会活得很艰难。接受还是逃离，同样也困扰着我。作为一个画家，我还面对另一个现实问题，那就是展示平台——画家离不开画廊和市场。

在菲奥娜的精心照料下，三天后我竟然可以下地走路了。

病好之后我又去了几个不同的居点。最后，我利用工作之便几乎走遍了曼琳格瑞达村庄周围的 15 个居点。孩子们也在我的指导下总共画了几千张画。我挑选了 100 多幅，在学校图书馆做了一个展览，那是我为这些孩子，也为自己感到最骄傲的时刻。

到此，我在这里的工作就要结束了。

阿纳姆丛林曾经被一些作家描述成"现今世界上最原始、最荒无人烟的地方"，在过去 200 年里一直处于封闭的状态。世世代代生活在丛林里的原住民并不想受到干扰，这更增添了这片土地和生活在土地上的民族的神秘感。它像是被蒙上了一层薄纱，朦朦胧胧，让人看不透。在大多数都市人的眼里，这里只是一片荒凉的丛林，而在我的眼里它很富有，且从不显富或张扬；对无知的人来说，它很神秘，不可接近；但对爱护它的人，丛林友善地敞开了胸怀。

大自然的丰厚让人类每时每刻都心甘情愿地为它付出，又为它而着迷。

我的内心在一次次的经历中变得丰富和强大。

13. 面对质疑

经历了由震惊、追踪到融入的转变，我一步步地走进荒漠和丛林。从亲身体验和见证原住民的生活和文化习俗，到受邀参加各种仪式，这是一个建立相互信任的过程。而我关于原住民主题的创作，并没有随着我对他们了解的深入变得轻松和容易。相反，我知道得越多、越透彻，我的顾虑也越大。坦率地说，我是凭直觉表现对象，这种没有条条框框、不带任何偏见的直接表现，虽然显得有些直白和幼稚，但也不失单纯和朴实。就像我在丛林里教过的那些毫无顾忌的原住民孩子的画作一样，我把看到的东西都画在了纸上。但事实是，这种对现实的还原并不是在任何时候都会达到最佳效果，尤其是具有强烈视觉冲击力、表现人物的作品，它们可能会触及一些人的敏感神经。这些人在感情上无法接受这样的作品，在心理上也没有做好接受现实的准备。

"公众看了会怎么想？"我在查尔斯达尔文大学的同学问我。

"我需要画他们想看到的吗？"我天真地争辩道。话虽然这么说，但我也开始重新思考一个问题——我应该怎么画？其实，直到今天这个问题仍然困扰着我。因为其中涉及太多社会大众关注的主题，包括种族矛盾、文化认同、艺术圈内的偏见和历史遗留下的诸多问题。这是一个许多澳大利亚本土艺术家很少涉入的、极具挑战的敏感领域。我问我的同学，为什么他不关注这个主题。他同样回答得十分坦率，坦率得令我有点吃惊："我不想惹麻烦。"

什么麻烦？难道在澳大利亚对艺术家的创作也有种种限制，也会设立禁区吗？

他说:"像你现在的麻烦。"

我被他说得张口结舌,直直地盯着对方好一会儿,然后慢慢地低下头,不再言语。他说的没错,我是遇到了麻烦。

麻烦是从那一年(1995年初)我决定去查尔斯达尔文大学读书开始的。之所以选择偏远的达尔文的大学,而不是墨尔本或悉尼的大学,主要是考虑到达尔文紧邻阿纳姆丛林,有关原住民的事务是当地重要议题之一,这是生活在墨尔本和悉尼这样大城市的人不会在茶余饭后关心的问题。所以我天真地认为,在那里可以学到许多东西。

我的指导老师丹尼斯·夏普非常受人尊敬。他表示我用中国画的工具材料表现澳大利亚原住民这个题材很新奇,问了不少有关这些工具材料的性能和作画过程的问题,希望我在每一幅画上多做推敲、提炼。他认为中国画家作画,只用寥寥几笔,前后不到十分钟就完成,太过简单了。我笑而未答,心想,中国画的"简"是由"繁"走过来的,最后才能达到空灵俊逸、气足神完、夺人心魄的境界。中国画用水墨而不是油彩就是一个了不起的提炼和创举,水墨不仅是一种媒介技术,更是一个反映内在精神的媒介。正如原住民的树皮画一样,都呈现了其鲜明的文化特征。不能理解中国画的奥妙的,导师并不是第一人,更不是少数,这与他们不通老庄哲学和东方文化,不解写意的玄妙有关。

我们谈到了为数不多的画原住民题材的澳大利亚画家,比如罗素·德赖斯代尔(Russell Drysdale),在澳大利亚绘画史上他可能是画原住民题材最多的一位画家。还有些画家也涉猎原住民题材,但非常有限。相比较美国人对印第安人文化的研究、中国人对西藏文化的研究,澳大利亚人对这个国家原住民文化的研究比较贫瘠,尤其是艺术界。当时我无法理解,有着如此丰富文化的古老民族,其文化是我们探索艺术本源的最佳资源,为什么不能引起更多艺术家的关注?在当今世界,我们还能找到另一种跨越几万年的文化,可以被如此近距离地研究和观察吗?在我看来,澳大利亚原住民文化几乎是唯一的。更为可贵的是,原住民

《孩子们》，70×70 cm，
宣纸，水墨。

文化并不是陈列在博物馆的历史，而是存活在大自然和当代人的
生活中，仍然具有强大的生命力。当说到画家安斯利·罗伯茨
（Ainslie Roberts）描绘原住民梦幻时期故事的作品，其变形的造
型和想象、传统油画手法时，导师表示对他的作品并不赞赏，质
疑道："他了解多少梦幻时代的故事？他有资格画吗？"听了导
师的话，我不再仅仅是笑而不答，而是在心里产生了一个心结：
"那么我的位置在哪里？要怎样才有资格画这个题材呢？"有意思
的是，后来我了解到，澳大利亚 2 澳元硬币的设计灵感正是来自
这位不被欣赏的艺术家所画的一张原住民渥亚·姜格雅（Gwoya
Jungarai）的钢笔头像画。渥亚·姜格雅是 1928 年澳大利亚中部
科尼斯顿最后一次大屠杀中唯一的幸存者，几乎每个澳大利亚人

都看到过他的脸。

导师看了我的画和 1992 年在北京出版的一本画册之后，希望我在课堂上做一次分享。我是带着问题来上学的，当然很乐意与大家一起探讨有关原住民的问题。参加这次分享会的都是艺术学院研究生，万万没有想到，大家看完我的幻灯片后的反映是那么强烈，问题也提得非常尖锐，几乎让我难以承受。

"我喜欢你的中国画技巧，它们十分新颖，画面效果非常强有力。但是……" 这个 "但是" 后面的话才是发言者真正想说的，"但是，这种源于中国绘画的表现形式我并不能够接受。在我看来，它们带有异国情调的浪漫。我对这些画的感觉不是很舒服，尤其是这些人物，他们显得如此的强烈、丑陋、悲伤。"

这是我第一次听到澳大利亚人那么严肃地批评我的作品。在他看来，这是个原则性的、涉及民族自尊、不容含糊的问题。

他们中的一个说："一个中国人，你为什么画这个题材？"

这是在质疑我的动机吗？

另一个说："你对我们的原住民有多少了解？"

我心想，可能比在座的人更了解。但我没敢正面回答对方的问题。

"你想告诉人们什么？"

大家你一言我一语不断地向我发问。他们可能也是第一次看到这么多表现澳大利亚原住民的作品，而且出自一个来自中国的画家之手。无论数量、形式还是效果都触动到了大家，使得在座的人情绪都很激动，大有问斩之势。

我说我并没有想那么多，只是大胆、真实地画出了我的感受。这种大胆和真实后来被形容为 "没有历史包袱" 的无所顾忌。

有一位研究生说："这些原住民人物过去曾有澳大利亚白人画过，它们让我想起 '烟灰缸作品'，现在你只是使用了不同材料而已。而且你的画就像是从照片转换过来的，毫无创意。"

这是我第一次听到 "烟灰缸作品" 这个词。

后来，我查了这个词的来历，原来还牵连到一个叫埃里克·吉利夫（Eric Joliffe）的艺术家。1907 年，埃里克·吉利夫出生在英格兰，幼年随家人移居澳大利亚，后来成为一名著名的漫画家。他曾经到过阿纳姆丛林的许多原住民村落，画了大量的原住民漫画，其中有一部分是画在烟灰缸上的。在他描绘原住民的许多漫画中，原住民常常作为被取笑和贬低的对象出现，因此他受到许多澳大利亚人的批评，包括学术界和艺术界。后来，他的作品被定性为种族主义的典型代表。但是他也有许多追随者，大多是白人至上者。最具讽刺意味的是，这么一位备受争议的漫画家，于 1998 年被授予了澳大利亚勋位奖章（OAM），以表彰他"作为漫画家和插画家为艺术服务"做出了杰出成就。

另一位研究生说，有些人在未经同意下，利用原住民岩画出书、办展，获取利益。每一幅岩画都蕴含着这个民族的古老、神圣的历史故事，现在它们也是原住民的财富。在我的作品里也出现了岩画，虽然它只是作为背景出现的，但是他仍然觉得很惊讶和不能接受。这些作品会让许多人，尤其是原住民看了后尴尬、生气，这样做是对原住民文化的不尊重。

大家毫不留情，一阵阵猛烈的质问和评论扑面而来。这也是澳大利亚人的可爱之处——在学术讨论中直言不讳，谈出自己的真实想法。大家告诉我这些和那些，什么可以画、什么不可以触及。

不过，在座的还有一位叫凯瑟的原住民学生，她认为我的画里出现的岩画背景并没有让她尴尬和不爽，是可以接受的。她希望更多的人关注原住民文化，包括这些灿烂古老的人类文化遗产。但是对有些重要的岩画必须要小心地对待，比如旺吉纳岩画，因为它具有神圣的象征意义。

有人问凯瑟："那么画面里的这些原住民人物形象，你也能接受吗？"

凯瑟说："怎么啦，有什么问题吗？"

事后有人说，因为这些图像与她无关，所以对她来说也无所谓。

我解释道，以我对这些岩画的理解，澳大利亚原住民岩画具有两个特性：一种具有强烈的神性色彩，它可能是某个仪式或典礼中的图腾，带有非常重要的象征性意义。对于这样的岩画，出于对这个民族文化信仰的尊重，后人应该慎重对待，比如西澳大利亚州的旺吉纳岩画；另一种岩画记录的是当时人们的生活状态、与大自然的关系。我认为，设立过度限制而让所有岩画成为敏感领域中的议题，反而不利于原住民文化的推广和发展。

同学们的意见我虽然不是全部赞成，但也引起了我更深入的思考。事物只有在讨论中变得更加明确，所以会后我格外兴奋，但是事情并非我想象的那么简单，后来引发的争论更是超出了纯艺术的讨论范畴。从另外一个角度说，这正是艺术的作用，它引导社会大众去思考。自澳大利亚建国以来的200多年，有关原住民问题的争论从来就没有停止过。

分享会上发生的事在艺术学院和大学里传开了，很快达尔文的文化艺术圈也开始议论起这件事。有一天，史蒂夫·福克斯（当年是北领地当代艺术馆馆长）也专程来到我的画室。他询问了我来澳大利亚前的背景，在澳大利亚的经历，以及我都去了哪些原住民村落。当他了解了我过去几年在西澳大利亚州和阿纳姆丛林与原住民一起的生活经历之后，脸上也禁不住流露出一丝诧异。他说："这说明你并不只是一个游客，或者说并不像许多人那样，在短短的几天之内走过了一两个原住民村落，然后就自以为在原住民问题上有很多的发言权，大放厥词，以专家自居了。"最后，我们的谈话当然是集中在几个敏感的话题上，比如：我为什么选择这个题材？作为一个中国艺术家我想告诉人们什么？我有能力把握好这一敏感题材的分寸吗？

"这些作品也会带给你不舒服的感觉吗？"我问。经历了太多的指责后，我已经放弃听到理解的评价。

"不一定。"他说。

没有听错吧，我用怀疑的目光看着他。

"也许有些人会喜欢你的作品，但是他们是出于怎么样的心态？"

他的话让我想起几天前遇到的一件事，那是在我的达尔文个人画展上，有一对观众夫妇和我的对话。他们非常喜欢我的画，说我的作品散发着一种力量。但是很快，女人提出了一个问题："这些原住民为什么不愿走出丛林？"男人耸耸肩表示他也无法理解，紧接着女人又说："亲爱的，我们应该给予他们更多的关爱，你觉得呢？"男人不无殷勤地回应道："当然，亲爱的，你的同情心让我更加爱你了。"然后两人相视一笑，转头对我的画又是一番美言。他们的对话和表情让我感受到，当他们以一个高贵优雅的姿态谈论一幅作品中有关原住民议题时的心态是那么的做作。也许他们并没有意识到这种居高临下的心态，其实是一种莫名其妙的优越感在作祟。

站在我面前的这个人，史蒂夫，有过多年与原住民一起工作和生活的经历，也只有像他这样的人才可能看透那些人真实的内心。即使如此，我还是非常惊讶，因为那个时期买我画的人中间不乏大法官和大律师。

史蒂夫说："有些人是情感上过不去，因为他们从未见过一个中国人画我们的原住民，而且画得那么生动、真实。"

我说："表现真实不对吗？"这种"真实"的艺术创作，是一种没有过多刻意的行为，有很多自然的表现和流露，是一种回到本源的艺术创作过程。"真实"在这里显得更加纯粹，不受任何艺术流派的影响。我相信，揭露对象真实本质是一个作品打动人的关键因素。

他说："不是不对，但谁又愿意将自家的后院毫无保留地展示在陌生人面前呢？任何事物都有两面性，该如何解读？希望你能好好地把握。"

进校以来，很少听到有人如此中肯地评论我的画，虽然他和其他人一样，都是直言不讳地谈出了自己的不同看法，但语气方式不同，所以令我非常认同。更关键的是，他不曾试图阻止我画这些原住民。

蒂姆·史密斯是学院摄影部的负责人，几年后成为艺术系主任，他说他并不像其他人那么看，事实上他对我的作品很感兴趣。但是他想知道："为什么你要把焦点放在原住民身上？除了人物之外就没有其他什么可画了吗？"他的想法和我的导师比较一致，他们都认为这些人物画像风格太强烈和有个性了。本来，有个性代表一个画家独特的风格和面貌，是一件好事，但是这种个性一旦强烈到超出了其他人的承受范围，就会变得让人不能接受。

我说："我正是要将我的感受和理解，通过这些人物形象，用黑白强烈对比的效果直接明了地展示在人们的面前。力量，震撼人心的力量是我想表达的，就像我第一眼看到他们时给我的震撼一样。"这本来是无需讨论的话题，但只要涉及原住民题材就会变得极其敏感和重要。

他说："可是我并没有看到你所说的。"

我很尴尬地看着他说："我只是在表述一个艺术家的感受。

原本想给他的嘴上画一支香烟，最后用一只真正的香烟插在了他的嘴里。

也许你不想看见现实，你害怕看见。"虽然我不习惯于这种不留情面的谈话方式，但是经历了许多次之后，我好像也别无选择，只有面对，否则对方会以为我同意他的观点。

他盯着我，没有再说话。

我的话一定是触到了他的敏感点，这也是多数澳大利亚人的敏感点。在原住民问题面前，他们应该保持怎样的心态？

"好好想想，这不是一个很容易表现的题材。"最后他拍拍我的肩说。

何止是不容易，我开始领会到朋友所说的"不想惹麻烦"的真正含义。

那一整天我都在琢磨我与蒂姆的对话。难道说我的感觉错了吗？我为什么不能画我看到的、亲身体验的感受呢？我真的传递了一种什么错误信息吗？我的作品真有那么糟糕，让人什么也看不出来吗？

同样是在达尔文那次我的个人画展上，还有一位观众对我说，她不会把这样的画挂在家里客厅或睡房里，因为画中人物彰显出的强大的气势和无法忘却的悲伤让她无法面对。一天工作劳累后，她希望面对的是一些轻松愉快的画面。但是，我的画却会让她驻足、回味和思考，这已经说明了一些东西。

当经历了这一系列的批评之后，我的内心变得恍惚起来，为什么在涉及原住民的题材上会有那么多的禁区？我告诉自己需要非常认真地反省和思考，但我并不打算坐在画室里思考这些问题，我要回到丛林里去想，面对我的原住民朋友们去想。我的导师支持我再回到丛林里去的想法，并意味深长地叮嘱我："相信你会明白应该怎么画、画些什么。"

似乎这就是问题的焦点所在。

***

这一次我去的地方是阿纳姆丛林的伊拉卡啦村落（Yirakala）。

我在村里稍作停留，然后就去了旺得瓦居点（Wandawuy Outstation），它在伊拉卡啦的西南方，离海岸线大约80公里的地方。这里住着两户人家，约30多人，长者是胄迦·胄迦·莫楠古（Djutja Djutja Munungurr，Djapu people），也是一位画家。他的妻子和我是同一个族系，我叫她雅培（Yapa），是大姐的意思。这两户人家带有一点血缘关系，所以也可以说是一个大家庭。

说起来，村子外的居点生活要单纯多了。

有一天，我们出去打猎钓鱼，开了两部车，大家就像闷罐子里的土豆，晃荡晃荡，晃到了一条河边。我们从车上卸下一些东西，鲍比（Boby），胄迦·胄迦的儿子带着几个年轻人拿上枪，又开车走了。女人和大一点的孩子拿上鱼线，安安静静地蹲在河边，只有胄迦老人在树荫底下铺开一块油迹斑斑的毛毯，舒舒服服地躺下，身边还有两个胖乎乎的"小黑球"——两只狗睡得正香着呢。他跷着腿，手里握着一杆烟枪，不时"吧嗒吧嗒"抽几口，完全是一副悠闲自得的样子。

"钓到了吗？"这才躺下没多大一会儿工夫，他就冲着河边的人喊了起来。有人扔过来几只虾子，它们是昨天晚上吃剩下的熟虾子。一个小女孩冲过来想和老人分享它们，伸手就抓，只见胄迦眼疾手快地把它们抢在手里，嘴里喃喃地说："哎，我的，是我的。"

女孩子说："给我一只嘛。"

老人连连说："没有了，没有了，去玩去。"

可是小女孩就是不罢休，撒娇着缠上了他。一老一少两个人就像孩子一般争执起来，最后小女孩还是抢走了一只小虾，并向老人做了一个鬼脸跳开了。我在一旁瞧着直乐。什么是童趣？这一对老少身上体现的趣味就是童趣，尤其是老人身上的孩子气更加可爱。

我和大家一样把手里的渔线甩出去，可是没有鱼愿意上钩。钓不到鱼，我就捧着画夹，蹲在一边构思怎么画其他人。

"钓到了吗？"性急的胄迦吃完几只小虾，摆弄了几下他正在

与莫楠古长老，摄于
1995 年。吸上两口烟，
过把瘾。

雕刻的一只小鸟之后，又在催了。

"拜托你安静一点好吗？老家伙，就会吃。"一个不耐烦的声
音从远处传来。

没过多久，有人用树皮捧过来几条小鱼。"高蛟苛，"胄迦用
手指着这些小鱼对我说，"烤一下。"我放下手里的速写本——该
干活了。

我随手抓过一把树叶和几根小树枝，生起了一堆篝火。过了
片刻，将那些烧热的沙土扒拉到一边，然后把几条小鱼丢上去，
让沙土的余热烤熟这些小鱼。烤熟的鱼的鱼皮上泛起一层焦黄的
颜色，我把它们扒拉到树叶上，捧到胄迦面前。"嗯。"他只是满
意地哼了一声，同时用一双粗黑的手撕开鱼皮，露出热气腾腾的
鱼肉，并在上面洒了一层细盐。

"不要放太多盐。"

"嗯，好吧。"他吃得津津有味，树叶上的三条小鱼眨眼工夫
就剩下三具鱼骨。

"高蛟苛。"他又在喊我，几根油亮亮的手指中捏着最后一撮
鱼肉，伸到我面前，令我一阵欣喜。我赶忙伸出手，把鱼肉送进
嘴里。只见他把树叶上的鱼肉汁水舔得干干净净，长长地叹出一
口气，一副享受后的满足。他把树叶向前推了推，一直伏在一旁
静静盯视着胄迦·胄迦的狗会意地叼起了鱼骨头，走到一边去享

用残剩的鱼骨滋味了。尝着鱼味闻着鱼香的同时，我琢磨着，我应该怎样用画笔表现眼前的他呢？

我从背包里拿出一块毛毡铺在地上，摆出笔、墨，在毛毡上再铺上宣纸，在征得胄迦·胄迦的同意之后，提笔开始在宣纸上勾勾画画。胄迦很配合，半躺着不动，扭过脸，向刚才与他争抢虾子的小女孩回敬了一个鬼脸。勾勒出简单的几根线条之后，人物的造型、动态已经基本出来了，然后我抓过一只大笔"唰唰"地泼上了几大块墨，充分运用中国画的笔墨技巧，通过线条的浓淡枯湿等产生的各种韵味效果来表现对象；再加上少量的细节刻画，体现出粗中有细、简中有繁、有骨有肉、有神有味的韵味。骨就是线条，肉就是大块的墨色，线有流畅与涩、枯与湿之分，墨也有浓淡深浅的变化。但是，最终这些特殊的材料、技巧都是为了一个目的——塑造人物。

眼前的画面上呈现的是黝黑结实的身体，宛如一块磐石，他是一块有生命、有灵魂的巨石，他所散发出的强大能量足以让任何人，包括那些不愿面对他的人感到震撼。

激动的情绪随着运笔过程中的停顿、起伏、缓急而释放出来，显然，我又找回了自信。与此同时，我问自己，何以大家看不出我画中的这层意思呢？

画完之后我小心地问胄迦："觉得怎么样？"

"嗯，好。"他说。

我问："真的吗？"经历了达尔文的大学事件后，我的自信多少受到了影响，甚至怀疑自己的画作是否真的冒犯了原住民，即使那并不是我的本意。

"嗯。"他的眼睛一直没有离开画面，而且还一边指指点点一边和身边的雅培用土语交流。虽然听不懂他们在说什么，但从交谈的语气和表情我可以感受到，他们是认真的，就凭这份认真的态度已经足以让我感动。

胄迦问我："为什么要这么纠结？"

他一定是看到我紧锁的眉头和神情才这么说的。我说："因

我 创 作 的 莫 楠 古 长 老
肖像。

为大家说不能够这样画，这有损你们的形象。"

他摇着头说："又是白人的想法。我们为什么要装成他们喜欢的样子？"

"巴伦达（Balanda）……（这里）太多……你，玛伊玛格。"老人用手指点了点脑袋，意思是白人的想法太复杂，但是他喜欢我的画。

只是简短的几句话，一下子将我的自信重新拉了回来。

这时，四处钓鱼的人陆续聚拢过来，大家一阵忙碌之后开始分享收获的鱼。周围一下子弥漫起浓浓的鱼肉香味，闻着这味道，过度思考带来的疲倦顿时消逝。我不由自主地深深吸了几口气，再多的烦恼这个时候也必须放下，否则一定会后悔的。雅培将一条手掌般大小的鱼放在一块树皮上递给她身边的人，她没有说话，只是向我努了努嘴。她一直很照顾我，因为她是我的雅培呀！

"谢谢你，雅培。"我接过鱼，然后用手抓着鱼肉一点一点地往嘴里送。喷香的鱼肉还带着一股淡淡的薄荷香气，那是刚才在烤鱼时加盖了一把树叶，使得树叶的清香烤进了鱼里。

有人从河边拎回来一罐看上去有点浑浊的水，放在了篝火上。

胄迦又开始哼起了小调，渐渐地由哼到唱。孩子们也嬉闹起来，玩几只散落在树下的坚果（Pandanis nuts）。如果有人从河边甩过来鱼或虾，孩子们就会把它们丢进火堆里。不管外人怎么看，在这里，大家生活得很开心自在，一派和谐欢乐的家庭气氛。如果说，当初我看到的是一个饱经生活艰辛和不公正待遇的社群，令我震惊和同情，现在眼前的一切告诉我，他们生活在自己的土地上是满足和幸福的。这才是一幅真真切切的原住民家庭的生活画面。

我常听人用"原始"来形容这些原住民，因为他们生活在荒漠或丛林里，生活环境与都市不同。但是他们无须像都市人那样，刻意寻找开心和幸福，高歌回归田园生活、重提关爱土地的口号，因为他们本身就拥有这一切，而且从未失去过。

这就是生活，一个真实生活在丛林里的和睦的原住民家庭生活。为什么不能表现我所体验到的真实生活，不能把这些人物放在一个突出的位置去表现呢？大家都在提醒我，避开人物，画一点其他什么。几个星期前在导师的指导下，我画了几幅原住民身上疤痕的画。在同学之间交流的时候受到赞许。可当时我在画这幅画时，心里就在犯嘀咕，因为那些原住民身上疤痕的符号，可不是一般的疤痕。它们是在各种仪式，包括不同阶段的成人礼或者葬礼过程中，男女在胸前和背部用很锋利的岩石片划割、敷上炭灰，最后形成的疤痕。它们具有非常深刻的含意，比如我早期在西澳大利亚州荒漠上看到的 7 个孩子所经历的、人生中最初阶段所接受的"割礼"，它是原住民的风俗，在他们成长过程会经历几次"成年礼仪"，那都是非常庄重的仪式。这些伤疤不但出现在男人的身上，也出现在女人身上。我在画家诺丝的手臂和乳房上都看到过，它们像一条条胖乎乎的虫子爬在上面。

也有纯粹只是为了审美目的，将疤痕排列成有序形状，形成"疤痕艺术"，或者说是立体的文身艺术。过去，妇女的伤疤会设计成一串珠子的形状，像贝壳项链一样突起。

总之，对于原住民来说，疤痕是"自豪""勇士"和"成年"的象征。

胄迦对我说："这是我们的法律，是这片土地的法律。"

它对原住民日常生活和行为准则起到一种规范作用，其形成和延续已经有几百年的历史，远远超过白人在这片土地上建国时制定的法律的历史。为了让这一法律延续下去，原住民仍然会举行各种仪式，教导下一代应该如何保持和继承传统，鼓励每一个人继续接受原住民法律。由此不难看到，他们生活在两个不同的世界里，受到不一样的"法律"的约束。显然，尤其对于年轻一代来说，两种法律的对立和冲突有时会给他们造成极大的困惑。胄迦说，他们不能忘记自己的法律，但也在改进这一法律。

所以，这些伤痕包含着许多不能够与外人道的故事，对于这样的题材内容，艺术家才真正要小心对待。

先前开车走的鲍比和几个年轻人回来了。鲍比从肩上扔下一只袋鼠，说在路上遇到雅培娘家的人，留下了部分狐蝠，对方带走了两只袋鼠。他一边说一边开始收拾刚扔在地上的袋鼠，将一团团的粪便从屁股里挤出。袋鼠吃的是草，粪便倒也不臭。胃迦瞅准机会在袋鼠的臀部挖出两块黄油——据说是袋鼠身上最好的部位——迅速丢进嘴里，动作之快，好像生怕有人跟他争抢。

大家生火烤肉，一阵忙碌，最后美美地吃上一顿。只听胃迦长长地叫了一声："哇，太饱了。"随后慢慢地站起身，示意大家该回家了。

正是太阳西下的时候，在一片温暖的阳光照射下，女人把罐子顶在头上，里面还有刚刚吃剩下的袋鼠肉，一手扶着挎在腰上的孩子；男人扛着猎枪或长矛；几个孩子打打闹闹，跟着大人走向停在远处的汽车。这又是一幅非常美丽动人的画面。看着画面里大家的背影，我似乎找不到他们应该走出这片美丽丛林的理由。

就是这样一幅画，同样逃不过被挑剔的命运，因为画面太过浪漫。

究竟应该怎么画？画些什么？确实不是那么简单的问题。

***

有一天，我们的驻地来了一位叫弗雷德（Fred）的考古学家。他和他的助理要去一个地方考察岩画，路经这里。晚上我们围着篝火闲聊，他说他在达尔文的时候就听说了我的事，整个文化圈都在议论。

我问弗雷德都听到了什么。

他说各种声音都有，但是主流声音还是持批评态度。对此，我并不吃惊。

猎归。生活中，打猎是我们最常做的事，而袋鼠是我们最喜爱的食物之一。袋鼠比较机敏，跑得快，并不是总能够捕猎成功。图片里的猎人叫鲍比，他在车上开得震耳欲聋的一枪，差点没让我失去听力。

猎到袋鼠之后，最开心的时刻就是烧烤。挖一个坑，点燃一堆篝火。等明火灭了，留下热炭持续发热。将袋鼠架上去，就近扯几把带叶的树枝放在袋鼠身上，最好再盖上一块铁皮"锅盖"，接下来就等着起锅啦。

弗雷德说："当一件作品进入公共领域展示的时候，除了与所画对象有关外，将会产生另外一层意义。作品将会传递出一个怎样的信息十分重要，它已经不取决被画对象——原住民是否认可。就以澳大利亚著名画家罗素·德赖斯代尔为例，他作品中原住民形象是那么的丑陋，尽管画家声名显赫，依然受到了艺术评论家们的批评。还有，亚瑟·博伊德（Arthur Boyd）作品中的原住民形象也会引起争议。"

也就是说，如何解读这类作品，也包括我的作品，取决于当时的社会大环境和文化艺术领域的主导者们。

他说，是的，社会是复杂的，就看话语权掌握在谁的手里。但从某种程度上来说，外来者，比如像你这样的中国人的大胆言行，常常也会被社会所原谅，甚至接受。因为你说出了有些澳大利亚人所想的，但又无法表达出来的东西。在我看来，那些批评者中不乏一些投机分子，利用这一民族矛盾张扬他们所谓的同情心和政治正确性，殊不知他们始终摆脱不了白人优越感的一贯思维方式。原住民文化甚至成为某些人手里的资源和摆设，原住民的意识和文化常常被西方主导的知识权力收编或扭曲。

听完弗雷德的这段话，我好生诧异，因为我很少有听到有人说出这样犀利的观点，也是我想说而不敢公开说的想法。

他又说："难道我们需要让一个中国人来告诉我们应该怎么做吗？"话一出口，他忙向我解释这句话并不是他说的。

我变得更加沉默了。我既没有显出惊讶也没有表现出愤怒的情绪，因为这不是我第一次听到这样的话，我朋友圈里的个别澳大利亚人也对我说过这样的话，反而在公共场合他会违心地说一大堆赞美之辞。有时我琢磨，澳大利亚人在面对原住民时到底是怎样的心态？我把这个问题抛给了弗雷德。

弗雷德没有说话，注视着篝火，他的表情告诉我，他在思考我的问题。过了好一会儿，他才说："我们当然关心、爱护原住民，他们在这片土地上至少有 6 万多年的历史，相比较我们欧洲人在这个国家 200 多年的历史，我们就是新移民。不幸的是，他们始终处在一个弱势的地位，他们理应受到尊重和帮助。但是社会是一个非常复杂的机器，会制造许多的噪音，那些抱怨的声音，包括对原住民的歧视现象也不少见，歧视他们不愿走出丛林，始终远离现代文明。"

弗雷德在讲述他的观点时用词非常小心谨慎。他应该很清楚，稍有不慎就会被视为种族歧视。也许我可以用三个词来描述他和其他我所遇到的澳大利亚人的复杂心态——即爱，又恨，又怕。

篝火旁突然安静下来，没有人说话。刚才还侃侃而谈的弗雷德也沉默不语了。黑暗里，大家看不清彼此的表情，但都注视着已经变得暗淡的篝火，或许都在品味着刚才我话中的理由和道理。

又过了好久，我可以感觉得到沉闷的气息正在不断地增强。我想做点什么，树枝都已经烧完了。最后，还是弗雷德打破了这快要令人窒息的沉闷。他说这个问题太大，太复杂，不想继续再讨论下去。看得出他有想法，但也有顾忌。

他问我："原住民为什么会接受你？在我的印象中并不是很多人有这种机会。"

"尊重。尊重别人，也会得到别人的尊重和接受。"我回答得很干脆。

"具体你是怎么做的？"

"我们同吃，同住，同分享。"我说。这话也许听起来很简单，但它的含意并不简单，如果没有发自内心的真诚和尊重是很难做到的。

"看上去，你更像是一个参与者，是他们中的一员，而不仅仅是一个旁观者或者研究原住民文化的学者，更不像是带着偏见和立场的审视者或教导者。"他说，"这很重要。因为我注意到，你在叙说你与他们之间的故事时总是用'我们'一词。似乎你已经将自己划入他们一伙了。"

我迅速在头脑里回放刚才所说的话——好像是这么回事。

"这让我非常惊讶。我似乎在你的身上还感受到了某种情绪。"

我开始佩服起眼前的这位考古学家，他对我来说几乎还是一个陌生人，但通过短暂的交谈他就能看透我的内心。

"我仍然很好奇，当你说'我们'的时候，你觉得你们之间还有何不同吗？虽然你们的关系非常紧密，但你并不是原住民。"他又问。

"不同的地方很多，但这并不会影响我们成为朋友和家人。尽管我们肤色和文化不同，但我们懂得互相尊重。"我说，"我们都是人，有着人的自然本性。遗憾的是，当人的知识越多，思想越复杂，离最初的自然本性就越远，等级观念也就越严重，其中包括所谓善意的强制性'关心'。"

他没有说话，似乎在品味我刚才所说的话。

"听说，你前几天病了，病得很厉害。"他说。

"你是说我的听力吗？"我说，"是的，我以为再也听不见了。"

事情是这样的：那天我们在河边吃饱喝足了，在回家的路上发生了一件非常可怕的事情。当时我坐在汽车的前排，被颠得昏昏欲睡。朦朦胧胧之中我好像做了一个梦，梦里的图像非常模糊，唯一记得的是，有两只小动物突然从眼前飞过。"袋鼠，袋鼠。"我被自己所说的梦话惊醒。正在开车的鲍比却真的把车停下，一道搜索的视线很快就锁定了目标。我在心里暗暗地叹服他的反应如此之快和准确。鲍比后来告诉我，只凭一眼扫过他就可以分辨出周围环境的变化和异动。只有一个人完全融入了周围的环境，才会有如此敏锐的感觉和能力。

他悄悄地从背后摸出一把猎枪，然后默默地把枪举了起来。顺着枪管所指的方向，我终于看到远处的树木杂草之间果然有两只袋鼠，仰着头一动不动。它们似乎也警觉到可能将要发生的事，正在辨别发出响声的方向，以便朝相反方向逃命。看到鲍比举枪，车内的人已经来不及躲了，大家齐刷刷地用手捂住自己的耳朵。有人指了指鲍比手里的枪，等我反应过来再想捂住耳朵时已经迟了。"砰！"车子里响起一声震耳欲聋的枪声，我的脑袋中"轰"的一声，一下子什么也听不见了。回到住地，我躺了好几天。在这期间，胄迦一直在我身边哼唱。在大家的精心照料下，我奇迹般地恢复了。后来雅培对我说："不要走了，在这里挑一个姑娘吧。"

听了我的讲述，弗雷德和他的助理说我太幸运了："你是在拿生命做一件事啊，嗯……"

"值吗？"——这可能是他想说，但没有说出的话。

考古学家和助理不住地摇头，说："太不可思议了。现在我觉得你更像是一个丛林人。"

有时我也会这么想，做一个丛林人有什么不好？别人眼里所谓的"原始生活"并不会困扰我，恰恰是大地的丰富内涵为我的艺术创作提供了无穷的灵感。

他俩问我："从来就没有后悔过？"

我想了一会儿说："有过。"因为我想到了一次被丢在一个小岛上的经历。

14. 荒岛上

事情是这样的。有一次，我在曼琳格瑞达村里遇见嘎日塔·咯噶（Ngaritj Uloki），他是画家约翰·布隆·布隆的儿子。他们都是我在村子里的好朋友。如果按照原住民的身份排，他是我的晚辈。我们有好久没见面，相互打过招呼之后，他邀请我与他的同伴一起出海钓鱼。我平时很少出海，因为晕船。也不知那天是怎么了，一高兴把这事给忘了，答应和他们一起出海。

那是一条小型机动船，船尾带着一个柴油机，开足了马力也可以让船飞起来。我们三人跳上船后，嘎日塔就开始不断地提速。我紧紧地抓住船帮，毕竟一只小小的机动船在浩瀚的海面上太微不足道，任何微小的闪失都会让乘船人葬身大海。小船贴着海面飞驰，击起层层海浪，我的心情也由开始的紧张变得激动起来。无边的大海，任我飞翔在天地之间。此时此刻，仿佛这个世界只有我们仨。这哪里是用"激动"二字可以形容的，完全是极度疯狂的刺激和惊恐。嘎日塔张开双臂，大声喊道："喂，我们来了。"随着他的喊叫我们也都喊了起来："喂，我们来了——听见了吗？希望没有打搅到你。"随着喊叫声，小船被猛地托起，离开水面飞了出去，又轻轻地落下，好似有一股无形的力量正将我们抛起再放下。嘎日塔激动地说他感受到了神灵的存在："神灵将我们托起又放下，这是跟我们玩耍呢。"

嘎日塔一直处在一种亢奋的状态，随后他似乎领会到神灵的意思，开始让小船逐渐地减速，并在海面上大大地画了一个圈。"啊，别这样。"我惊叫起来，倾斜的船身几乎要将我抛进大海。

要知道，任何一点闪失的后果只有一个——我们将成为大海里群鱼的餐食。略微平静后的我想着刚才发生的事多少有点后怕，但是如果没有令人后怕的行动，又哪来的危险、刺激和疯狂呢？

"嚯，他妈的，这也太爽了吧！"嘎日塔发出一阵几近歇斯底里的喊叫。

小船继续减速，直到几乎停止。我们三个东倒西歪地躺在一起，任由小船随着波浪摇晃，我的心境也随着波浪跌宕起伏。面朝天空，眼前仿若是一块刚刚上完底色的画布，等待我去抹上第一笔油彩。它们又像是我的人生，需要各种各样的经历去填补这片只有底色的空白。

看似平静的海面其实波浪起伏得十分厉害，只有当船速减慢或停止的时候才能真正感觉到。这个时候我暗暗地叫起了苦。完了完了。不为别的，因为我开始觉得恶心，刚才激动的心情瞬间被晕船搞得难受极了。我开始琢磨着该怎么办，并把情况告诉他俩。看到我那痛苦的样子，他们也没辙，现在掉头回去也不可能。嘎日塔提议把我放在附近的一个无名小岛上，回去的时候再接上我，这可能是唯一的办法。但是当我上了小岛之后才发现，危险才刚刚开始。

上了小岛之后，嘎日塔留下的最后一句话是："照顾好自己，兄弟。"这句话乍一听似乎没毛病，可在那个特殊情况下听着，又觉得有点不是滋味。我想嘱咐他们几句，但已没了说话的力气。

小船开始慢慢地驶离小岛，我摇晃着手，屏足最后的力气，喊出了一句话："回去的时候别忘了把我捎上啊。"

时间接近正午，澳大利亚北部靠近赤道，上空悬挂的太阳异常火辣。面对光秃秃的小岛，我傻眼了，放眼过去看不见一棵高一点的树，这意味着接下来的时间我将会在烈日下被暴晒。这个时候我只有希望并相信自己能够挺过几个小时，在嘎日塔他俩出现之前不被晒焦了。按照我过往在荒漠和丛林里的生活经验，首先对小岛进行一番了巡视，看看能不能发现一点有用的东西。我拖着沉重的脚步低头寻找，虽然还有那么一点自信，但是可想而知心情非常沮丧。好在小岛并不是很大，很快我就发现一只直径足有 70 厘米的龟壳。这是海龟的背壳，翻过来一看，里层已经干燥泛白，说明它被暴晒在太阳底下已经有年数了，否则龟壳的内层会是油腻腻的。这也说明有人曾经上过小岛，但是当下无法判断最后上岛之人是什么时候来的。也许嘎日塔来过，至少靠近过这里，否则他也不会建议把我送上这个无名岛。接下来，我还发现了一些骨头，敲上去就像敲在腐朽的木板上，毫无坚实的感觉。我无法断定它们是什么骨头，如果当时有心收集一块，也许现在就能得到验证了。我仔细地在岛上寻找，希望可以发现篝火的残迹，如果找到的话，我也可以判断最近是不是有人来过这里，这样对我多少会起到一点安慰的作用。但是结果却令我非常失望，我没有发现任何篝火的残迹，只找到一只锈得只剩下半个底的铁罐子。由此更加证明了这是一个曾经有人来过，但是很多年来再也没有人登陆的孤岛。想到这里，原先的那么一点希望受到现实狠狠地一击，我的心情开始变得焦躁起来。刚才晕船的不适还没有完全褪去，又产生了一种窒息的感觉。我无法不去想象可能的后果，比如身体里的水分被逐渐吸干的过程会怎样痛苦，就像美国西部牛仔片里的人物，最终被晒成一具干尸。虽然之前我也有经历过各种危险，但是都没有真正恐惧过。我开始尽量想些能让心情平缓的事情以转移注意力，沿着小岛走了一圈又一圈。望着地上留下的脚印，它们就像是我过去一路走来的人生轨迹。

　　许多年前，因为在黄山与一位澳大利亚女学生的巧遇，有了一次在澳大利亚办画展的机会。我从中国的一个中小城市来到了许多人向往的墨尔本，又因为不满足墨尔本过于平淡"美好"的生活，开始了我的环澳旅行，走进了澳大利亚中西部的荒漠，并在最危险的时刻被三个原住民孩子所救。从此，我的人生轨迹也开始出现了变化。我与原住民的缘分也就此结下了。为了更多地了解原住民民族的文化，我从荒漠又走进了北部的阿纳姆原始丛林。令我自己都觉得意外的是，我竟然热爱上了丛林的生活，它让我活得潇洒、自在，以至于后来许多年里，我经常回到这里，

《大地》，150×200 cm，
油彩，宣纸，2020 年。
当我在创作一幅画时，
无论时隔多久，记忆总
会将我带回那些曾经生
活过的地方。在作品里
隐藏着许多故事，需要
借助本书的文字来理解。

回到曼琳格瑞达这个阿纳姆丛林西北临海的村子。不得不说，这里全然就像是我的家。我已经记不起每一次回村子的具体年月，除非我能找出那些仍然保留着的日记。回家的次数，是不需要计算得那么清楚的。

此时此刻，我能够做的事非常有限，除了胡思乱想和恐惧，我不知道还能够做什么。当然少不了后悔。因为这个决定，差一点将自己的性命丢在了一个荒岛上。人的生死如果不能够由自己掌握……那种经历和感受是多么的可怕啊。

我开始数脚下的步子，一步、两步、三步……数着数着，各种杂念又开始向我袭来。我强迫自己重新再数，希望用这种方法暂时忘记恐惧。就这样，我连续走了四五圈，走累了就盘腿坐一会儿，头被晒得隐隐作痛。我不知道这样下去还能够坚持多久。我把汗衫脱下来扎在头上，向上天还有神灵祈祷，在嘎日塔回来之前让我不要倒下。无论站着还是坐着有多累，我也不敢躺下，担心再也站不起来了，心里估算着嘎日塔什么时候该出现。我忽然想起嘎日塔离去时向我扔过来一样东西，当时没在意。我用力爬起来，开始四处寻找。找了一圈也没有发现什么，但是身体倒也没有觉得那么累，精神反而比之前好一些了。做事、心里有个目标还是很有必要的，至少可以让人走得更远。凭借一股执着的劲儿，最终还是被我找到了，原来是一卷渔线。这就是猎人的习惯，一根普通的渔线可能是延续生命的唯一工具。我开始试探小岛周围的水深情况，然后选择了一处浅滩，下水摸了一些可以做诱饵的贝子，最后把挂着贝子肉的渔线扔向大海，渔线的另一头绕在手腕上，慢慢地蹲下。要不了多久，头脑里又开始想事。在这个光秃秃的孤岛上，我能够做的也只有这么一点似乎还能够证明自己活着的事。

***

回想我在澳大利亚的艺术创作生活，有过一段非常困难的时期。人们总拿画家梵高的例子说，艺术家往往穷得发狂，死了才成名。很长一段时间，没有画廊愿意展示我的作品，因为我画的题材他们不喜欢，而非商业性质的画廊和美术馆对一个中国画家画原住民这件事本身就有质疑。此外，就像在中国一样，艺术家需要能够与艺术界的各种权威建立联系，还要处理好纠缠在许多人思想里的"政治正确"问题，否则他们将无法与他人分享自己的作品。但即使有这些困难，我一点也不后悔正在做的工作。

为什么我会走上这样一条既有趣又艰难的道路？当初跟刘老师学素描，是顺着妈妈的意思。后来我又拜一位老师学习中国画，和之前的学画经历一样，这更是一段非常刻苦的学习过程。

我首先从练习书法开始，在这个方面我所花的时间要远远超过当初学速写、素描。每天早晚必会有两次书法练习，开始是在旧报纸上练字，每张报纸都被我在上面反复写了几遍，最后成了一张张黑报纸。就这样，后来旧报纸也不够用了，就蹲在水泥地上写。但是蹲在地上练字很不方便，所以又想了一个办法，找来一块青砖，大约25厘米宽、60厘米长，蘸着水在上面写。青砖吸水很快，写到后面，前面的字已经干了。这样既节省了纸墨，同时又锻炼了运笔功夫，因为砖面比较粗糙，毛笔在上面行走的时候感觉比较涩，这就叫穷则思变。当然，我带去见老师的字是写在纸上的。每每看到一些写得比较好的字，他都会用朱笔画一个圈。母亲看我学书法学得如此着迷，脸上也有了笑容。那段日子，我明显地觉得母亲的叹息声少了许多。

经过大约两年的书法练习，我问老师什么时候可以学画。老师关切地对我说："不急，慢慢来，字写不好，画也是画不好的。"中国画的意境是要通过线来表达的。要练到什么程度才可以画画呢？我心里没数，但又不敢追问。师和生的关系是：老师教什么我就学什么。这也是跟师学艺的规矩。老师说："写字是一辈子的事，要坚持下去。"

事实上，他是在引导我走一条传统中国画家必须走的道路。

有一天我去老师家，正遇上他喝了一点酒，兴致很高，结果我们有了如下一段对话。

"什么样的线条才叫好线条？"

"有力度和韧性，像藤子一般的线条，折不断，拉不断。线条是基因符号，基因不好，一切都不用谈了。"

我心想，这要花多少时间才能达到那样的水准啊？我的心思没有逃过老师的眼睛。

他又说："没有扎实的基本功是画不出你的心意的。"

基本功怎么练？很简单，从前人的作品里吸收好的东西。再简单一点说，就是临摹古人的字和画。中国的书和画都离不开线和墨，线是骨，墨是肉。墨又分为浓墨、淡墨、积墨、焦墨、宿墨，再加上干湿深浅，从而形成多种色阶。但是师古不能拘泥于古法，因为时代环境变了，艺术的形式内容也应该跟着变，不变的是文化根基。这就叫"师法古人"，又要跳出古人。如何变？古人提倡师法自然，几百年下来，这条真理仍然是对的。"真……理……就是真理。"我印象很深，当他说到最后一句话时晃着脑袋，不但拖长字音，更加重了语气，一副自负、陶醉的神情。

"何为师法自然？"我又问。

"简单地说，就是到大自然里去学习，但又不是简单地对着大自然写生。"

融入、感悟大自然。中国的书画讲究气，气节、气质、气度、气势都可以从大自然里去发掘，再结合作者的个人修养，逐渐融入自己的理解而有所变化，最终创造出自己的艺术风格。

修养从哪里来？从书本、实践和自然界中来，多读书就是其中之一。东方的舞蹈、音乐、戏曲动作都讲究圆，"非圆不浑"，使横竖长线放中有收、进中有缩。书法上更讲求欲上先下、欲下先上，横竖笔画皆然。所以说，中国传统艺术里包含着许多哲理。

老师越说越激动，在那个特殊年代，能够找到一个倾诉的对象也是一件不容易的事，即使面对的只是学生。虽然那是一个"破四旧"的年代，根植在一代文人艺术家心里的传统文化仍然十分强大。

最后老师告诉我："从前人的作品中可以悟出规律，但找不到灵犀。灵犀来自对生活独到的观察和理解。来自阅历，来自心源的顿悟和妙悟。"

经过几年跟师学艺，我得益匪浅，甚至觉得收获要远大于后来在艺术学院的学习。尤其是后来我又结识了几位艺术界的老前辈，他们的言行谈吐、对艺术的认识理解，都给我留下了深刻的印象，颇得教益。

1988 年 8 月，著名艺术家刘海粟先生第十次上黄山，时年八十三岁。我有幸到场观摩大师作画。有一天，大师的兴致特别高，他走出山上的画室，对着变化万千、气势磅礴的山势景象激动不已。他吩咐人支起画架，并让我端水、端墨，伺候一旁。这种观赏大师作画的机会真是太难得了。也许是太过于专注，加上山风很大，我竟然不慎将罐子里的洗笔水洒在了大师的画上。被挡在四五米之外的众多围观的游客几乎是同时发出一片惊叫。我被这突然的失手吓得心突突乱跳，不知如何是好。就在众人不知所措之时，大师却出乎意料地哈哈大笑，只见老人迅速在落上脏迹的地方补上几笔，示意我将剩下的洗笔水都倒上去，画面上立刻出现了一片云海，老人说："这才更加自然呢，那是想画也画不出来的效果。"老人的话顿时引起围观众人的一片喝彩。

几天之后我就要下山，赶到澳大利亚去参加我在海外的首次个人画展。老先生为我的画展题字，我也聆听了老先生最后的教导："孩子，艺术是无法传授的。去生活中、去大自然，它们会告诉你什么是真正的艺术。"

***

缠在我手上的渔线再次一紧，我赶紧往回拉，又是一条一尺来长的大鱼，就刚才这么一会儿工夫，已经拉上来三条鱼了。有了它们，我应该也有事可做了，可是往身上一摸，有刀，没有打火机，通常这两样东西是我们随身必备的。好吧，只能等嘎日塔

《头像》，138×272 cm，水墨，宣
纸，2020 年。
如果仔细辨认的话，能看出画面里
有四个头像。在创作这幅画时，我
的头脑里反复出现认识以及遇见过
的人，作品中的每一个人物都有现
实中的原型。

他们回来啦，还没有到我需要吃生鱼的地步。我尽可能地打起精神，挥起膀子绕了两圈，猛地把手里的渔线再次扔出去，然后重新坐下。

在茫茫大海中一个荒芜的小岛上，我对自己逐渐平静下来的心情并没有太多的惊讶。有那么一会儿，反而闪过一丝庆幸的念头，因为我忽然觉得尘世间所有的一切都离我那么遥远，在这个星球上还有这样一个不受人类主宰，只有大自然里的生灵和跟我们玩耍的神灵陪伴的世界。

这时，头被晒得愈加疼得厉害，在一口一口地省着喝的情况下仅有的半瓶水也快喝完了，而且每喝一口就增添一分焦虑和恐慌。我的手开始发麻、颤抖，也不敢摸自己身上的皮肤。疼，钻心火辣的疼。

我开始意识到，如果继续这么回想下去，我真有可能变成疯子。在如此恶劣的环境下，伴随着强大的脑力运转，势必会消耗我的精力、体力，也无法摆脱焦虑和恐惧。我丢掉渔线，盘腿坐下，双手的拇指和中指微微捏在一起放在膝上，意守丹田，这样可以阻断我不受控制地胡思乱想，或是因恐惧导致生命危险。

虽然摆出一副打坐练功的姿态，但要立刻进入状态确非一件容易的事。我的身体不由自主地倒向一边，侧身躺在地上，双手抱着头，微微弯曲着腿，我想象自己是一条倒下的狗，只能喘息，毫无站起来的力气。思维开始变得模糊，就连想事情的力气也开始在逐渐地消退。忽然觉得有一个声音在我耳边响起，一阵阵地环绕在我的周围。我立刻想到，那是无处不在的神灵的安慰。我开始慢慢地移动身体，睁开沉重的眼皮，希望能够恢复更多思维，有了正常的思维才能够证明自己还活着。我再次挣扎地坐起来，调整呼吸，让气血在头脑和身体里运转。就这样，我在意念的引导下均衡地呼吸，反复多次下来，心情平缓了许多，思维也清晰了不少，有一种起死回生的感觉。

忽然感觉一阵微风吹过。该不会是神灵向我吹来的仙气吧？我猛然睁开眼，绿色海面显出深翠的色彩，并夹带着一丝淡淡的橙黄。我这才意识到，太阳已不如之前那么火辣。

当人处在忘我的状态，时间会过去得很快。

这时，身后突然传来一个声音："高蛟苟，帮个忙。"嘎日塔和他的同伴不知什么时候已经上岸，两人分别拎着一条大鱼和一个水罐子。

"你们终于回来了。"

"怎么啦？"

"再不回来，我就要被晒成一条死鱼了。"我说。

我是一点力气也没有了，看着他俩燃起一堆篝火，把鱼丢在烧热的沙堆里。很快，一整条烤熟的鱼放在了我们面前的树叶上。撕开鱼肉，一股肉香扑面而来，但它却没能勾起我的食欲。

嘎日塔问我："没事吧？"

我说，还好，我已经做好在岛上生活下去的准备了。

"哦，不会的。"嘎日塔说他们一定不会丢下我不管的。一旁的小伙子瞅着嘎日塔一直在笑，笑意里带着几分尴尬。

我问嘎日塔："怎么回事？"我隐约猜到了几分。

在我的追问下，嘎日塔还是对我说了实话："真的是对不起，因为抓了许多的鱼，一高兴，把你忘了。我们几乎已经快上岸了，突然想起来，才又急急忙忙地赶回来接你。"

嘎日塔说着，又把刚烤熟的鱼送到我面前说："吃了它吧，你一定饿了。"

我哭笑不得。人的生命会有下一次吗？但是命运并没有要终止我的生命，我还有未完成的心愿需要去完成。

后来当我再提起这段经历的时候，我的朋友中没有一个人可以理解，质疑我疯了。当年生活在澳大利亚的四万华人的愿望并不高——拥有一栋自己的别墅、一辆汽车，吃着"果酱面包"就很满足了。所以在他们眼里，我的行为无疑是异类中的"疯子"。就连篝火旁的两位考古学家也说我疯了。

但我认为，人的一生，能有机会做一两件疯狂的事也未必就是坏事。

15. 不要代替我说话

大约两个月后我回到了学校。

早晨，一觉醒来，睁开眼睛竟然没有看见天空和我所熟悉的环境，心里多少有些失落。我重新倒回床上，闭上眼睛，希望找回熟悉的丛林生活的感觉。我深深地吸了口气，只可惜，这里闻不到清晨丛林里散发出的那种沁人心脾的空气。每一次从丛林或荒漠里出来，在一段时间里，我都需要经历一次角色转换的过程。不一样的生活环境时常让我产生焦虑。

"大清早的，干吗让自己走入那样一个令人失落的心境里呢？"我这样问自己。然后我翻身下床，打开冰箱看到两只空瓶子（之前忘了灌水），只好顺手拿了一罐鸵鸟牌啤酒——只有冰饮料才可以压住火气。但是很快我又意识到，今天不能喝酒，起码在谈话还没有开始前——上午会有三位老师来我的画室。我已经做好接受另一波质疑的准备。听说在我离校去丛林的两个月里，大家并没有把那些争论抛至脑后。事实上，非但没有，反而讨论得更加激烈。

我梳洗之后直奔学校画室。

当我走进画室的那一刻，一股弥漫在画室里的浓郁墨汁香味迎面扑来，虽然它代替不了丛林里清新的空气，但同样令我舒畅、精神振奋。墨香一样会让人上瘾。返校后，我一直把自己关在画室里。我要把在丛林里的感觉延续到画室，呈现在油画布上。

我为自己沏了一杯绿茶，脑海里却出现了雅培——我的大姐，想象着她手里同样端着一杯绿茶的神情。此刻的她和她的家人会和所有人一样，经过一个忙碌的早晨，然后出门，找到一片海滩静静地待上一天。直到霞光洒上了肩头，大家才卷起地毯，挎上孩子和吃剩下的各种猎物，悠哉悠哉地朝回走。想到这里，我的目光不由地望向钉在墙上的几幅画，它们是我几天来一鼓作气画完的。我喜欢同时构图和创作几幅画。

我手里捧着茶杯坐下来，欣赏起墙上的作品，心里觉得十分充实。每每画出自己满意的作品，我都有这种感觉。它们都是由线条和黑色的墨塑造的形象。在这里，色彩反而显得有些多余，只有墨和苍劲的线条才能表达我心中的情感。

进门迎面的墙上有一幅大画，画面高 1.3 米、宽 3 米，12 个人物并排站在一起。每个人物的高度都在 1.3 米左右。我默默地注视着画面里的人物，他们都有生活中的原型，比如第一个胸前挂着十字架、一副虔诚模样的人，他是我在宝戈村子里遇到的那位经常捧着《圣经》的原住民；画中的第二位人物手里握着一只饮料罐，另一只手背在身后，头上戴了一顶午仔帽，帽子歪在一边并压得很低。他的一只眼被纱布缠住，正从一个小布口袋里倒出一个纪念硬币给我看，他就是大画家大卫·麦隆基（David Malangi）；旁边是那位让我站在他的身后、带给他幸运的扑克牌玩家；再看吹长笛的这位老兄，那是在曼琳格瑞达村落的一次活动中，对着我拼命吹奏的一个乐手。眼前画面上的所有人物都是用毛笔线条勾画的，几乎没有着色。不曾想，就是这样一幅画，后来却将我带入一场风暴的中心，进而再次引发出一系列事件。作品中大卫·麦隆基的人物造型也受到争议，尤其是他手上握着的饮料罐被视为啤酒罐，更是让有些人看了产生愤怒。

关于大卫·麦隆基，我需要做一点介绍。1999 年在阿纳姆丛林，为了庆祝冉闵咯宁（Rainminging）村落的布拉布拉（BulaBula）艺术中心落成，中心主任琼·曼锭（Djon Mundine）邀请了许多嘉宾。詹姆斯·莫里森，当时的维多利亚州国立美术馆馆长专程前往主持揭幕式。从四面八方远道而来的人很多，有些人提前几天就到了，大家都住在曼锭家里。人多，每天做饭就是一个不小的活儿。我有一个毛病，一饿胃就会疼，不知道是不是从小经常挨饿落下的病根，所以我主动承担起了每天为大家做晚餐的重任。

这一天，又来了两位当地的原住民画家，其中就有大卫·麦隆基，一位瘦小的老头。过去的几天，总是看见他背着手在村子里转悠。这天晚上，我为大家做的晚餐是蛋花汤加面包。一锅开水里倒进两只打散的鸡蛋，再放进一撮盐和几滴橄榄油，就着面包吃。就是这样的一顿简单得不能再简单的晚餐，大家同样吃得很开心，谈兴也是越来越高。

麦隆基（大家喜欢这么称呼他）端着汤碗凑到我面前，问我从哪里来。好像所有的人见到我都要问我同样的问题。

"中国。"我说。

"欢迎你来到这里。"他很郑重地向我伸出手，并微微地抬起端着汤碗的手臂，向我示意"非常好"，完全是一副主人的口吻和姿态。然后，他从身上摸出一个小布袋，袋口扎得很紧，以至于费了好大的劲才把它解开。一枚银色纪念币从口袋里滑落在他的手心上。

"你见过这个吗？"他小声地问我。

"没有。"我摇摇头说。

"嗯，这里面有一个很长的故事，"他小心地摸着纪念币，一副意味深长、颇为得意的神情，"你想知道吗？"

"当然。"我想接过来仔细看看，但是老人只是将它在我眼前晃了几下，不愿离手，生怕会失去了它。

然后，他简要跟我讲述了这枚纪念币的来历。后来我又通过其他途径对这个故事有了更完整的了解。

1964 年 4 月，一个专家小组设计了一套纸币，其中 1 澳元的纸币的一面有几个原住民艺术的图案：袋鼠、蜥蜴、蛇和咪咪精灵，它们都取材自阿纳姆丛林西部的岩画。设计的其余部分来自一幅树皮画，画家就是大卫·麦隆基，来自阿纳姆丛林的雍

这是一幅引起广泛争议的作品。138×272 cm，
水墨宣纸，1995 年。画里的人物都是我的朋友。
这幅作品创作于我在查尔斯达尔文大学读书期间。
周围的人对于表现原住民题材的作品极为敏感，
令我诧异。时至今日，这种敏感度有增无减。

古人。纸币设计组似乎从一开始就没有想让麦隆基知道他们使用了他的作品，当然也没有打算支付任何版权费。后来，库姆斯（H. C. Coombs）——当时的澳大利亚储备银行行长指出，麦隆基应该得到这份荣誉和补偿。1967 年，库姆斯为大卫·麦隆基颁发了一枚银质奖章、1 000 澳元和一个钓鱼工具包，作为奖励他对澳大利亚 1 元纸币设计的贡献。由此，麦隆基一直为他在纸币设计中所扮演的角色感到自豪，并被称为"澳元大卫"（Dollar Dave）。麦隆基是被公认的澳大利亚最伟大的艺术家之一。1996 年，澳大利亚国立大学授予他荣誉博士学位。他于 1999 年去世，享年 72 岁。

当时，琼·曼锭提议让我为麦隆基画张钢笔肖像，因为他想保存一批当地原住民画家的肖像。麦隆基也很高兴，摆出了一副正襟危坐的姿势让我画。就只是这么一张画，也出了问题。两天之后，他托人来向我要画。来人说，自从那天晚上，麦隆基病了两天，他感觉神志恍惚，每天像丢了魂似的不能自主，夜里做噩梦。他认为可能与这张画有关，所以他要拿回画，拿回他的灵魂。事情就是那么的令人不可思议，他拿回画的第二天，我又看到他习惯性地背着双手悠闲自在地在村子里转悠了。这样的事，我最初来到荒漠时也发生过一次。

正当我沉浸在回忆之中，忽然听见有人敲门，随后走进来三位老师，他们是我的指导老师丹尼斯·夏、院长冉伊·夏普和艺术史老师阿曼达。对于他们我是无法回避的，况且能让他们结伴而来，便可想而知大家对我的关注程度了。

三位老师将画室里的画巡视了一遍，同时把目光都集中在了那张大画上。他们沉默了好一会儿，并交换了几次眼色。突然，丹尼斯责问道："你想告诉人们这就是我们的原住民吗？"我当时被他劈头一句问得傻愣了好半天没反应过来，"你想告诉人们，我们的原住民总是捧着酒罐子？"

"不是，当然不是，"我仔细地审视着画面说，"你为什么不把它看成是其他什么呢，比如说可乐罐什么的？为什么它就一定是啤酒罐呢？我们为什么不能往好的方面去想呢？"一连几个为什么，既是对他的回答，也是我整理当时的思路、对自己的提问。我的思路也在当头一喝之后慢慢地运转起来，逐渐清醒了些。当然，画家的创作意愿并不一定和观众的解读相同。

丹尼斯说："看着这些人物形象和神情，只能用陈词滥调来形容。"

一旁的阿曼达竟然用中文对我做了进一步的解释："对于澳大利亚人来说，不希望看到模式化的榜样，比如雷锋式的。"我多少有些惊讶。她说她曾经在中国生活过几年，了解在中国成长起来的年轻人的思想观念。

但我不明白，雷锋式的榜样与我们眼下讨论的话题有什么关系。她接着说："你的画，给人的印象是带有某种楷模的意味，也就是模式化的角色，这会引起误解甚至负面想法。所以，如果我是你的话，会非常小心。"

他们中的一位说我的画更像是卡通漫画。

"你到底想画什么？意图何在？"

我已经无法关注这是谁说的话，反正是他们中的一个人说的。

意图？如果你们将我的行为归因于意图，那是非常错误的。如果一定要有个解释的话，也纯粹是艺术家的直觉。

接下来的责问更是犀利："你对我们原住民有多少了解？你有什么资格来画他们？"

可以看出来，他们很激动也很愤怒。资格，符合什么样的标准才叫有资格？难道我没有资格画画吗？我皱起了眉头。显然，这个握在原住民手里的绿罐子，彻底伤害了这些澳大利亚人的感情。

这时，冉伊指着墙上的一组原住民照片问我："你是从哪里得到这些照片的？"

"我拍的。"

怎么回事？他用询问的目光问丹尼斯。

"我也觉得奇怪，他可以如此随意地进出阿纳姆丛林，并被允许拍摄这些照片。"

"看来我们做不到的事，这个中国人却做到了。"

听着他们之间简短的交谈，我在想，一个"外来人"可以做到的，为什么他们澳大利亚人却做不到呢？

"难道他们不让你们拍吗？"我问。

听了我的问话，没有人立刻回答，但是他们相互之间再次交换了眼神。

"我只能说，无论出于什么原因，你真的很幸运。"冉伊说这话的时候，完全是羡慕的语气，"没有很多人有你这样的机会。你应该好好珍惜。"

"我也这么认为，我是很幸运。"

"那么，这些照片你会做何用途？"

"他们既是我创作的素材，将来也会挑选部分进行展示。"

"在公开展示这些照片之前，你最好慎重想一想。"

"为什么？"

他说："如果它们是一些老照片也就罢了，显然这些不是。现在展示这些看上去和老照片并没有多少区别的新照片是不合适的。它们是否会给人造成错误印象呢？你知道你在做什么，对吗？"

我默默地看着他们，十分肯定地点点头。

画室里的气氛变得异常沉重，沉重得我想去摸啤酒罐子。为了结束这种大家都很不自在的气氛，冉伊瞅了一眼手表说："今天的这场特别对话就到此为止吧，我们都需要再想想，你也再想想。"

临走的时候，阿曼达对我说了一句蛮有意思的话："顺便补充一句，虽然我同意大家的意见，但就我个人来说，还是挺欣赏你的作品的。"

与老师们的交流之后，我开始思考另外一个问题："艺术有没有禁区？"

几十年前有人以卡通的形式画过这些原住民，因而受到广泛的批评。从此，艺术家都会非常小心地不去触碰那条底线。但是，我的作品与 70 年代 "烟灰缸作品" 又有多少相似之处呢？

我又想到那位考古学家的话："当一件作品进入公共领域展示的时候，除了与所画对象有关外，将会产生另外一层意义，作品将会传递出一个怎样的信息十分重要。"显然，我要认真地想一想，我的创作理念真的错了吗？

***

有一天，我的画室来了一位不速之客。从自我介绍中得知，她是玛西娅·兰顿（Marcia Langton）教授，在大学的原住民研究部工作。她听说了许多关于我的事，想亲自来看看这里到底发生了什么。虽然只是那么简短的几句话，从她说话时微微颤抖的嘴唇就能看出她内心的不平静。

她问我，来澳大利亚之前了解原住民吗？我说，不了解。然后我就把自己的经历，之前发生的事情，以及我在创作时的想法做了简短的说明。整个谈话过程，仿佛都在一个强大的气场笼罩下进行着，直到我们的问答结束前她说了最后一句话，才让我紧张的情绪得到稍微缓解。她说："我喜欢你的单纯，并没有看出你错在哪里。"

听她这么说，我大大地松了一口气，并转而开始有些兴奋。

从画室出来之后，她与院长冉伊做了一次闭门长谈。两个星期后，学院在她的要求下安排了一个研究生和部分教师参加的研讨会。会上大家就我的画又进行了一场激烈讨论。我再次说明了我对原住民的了解只局限于 1988 年来到澳大利亚后的亲身经历，之前是一片空白。我的作品表现的是我所经历的事实。问题出在这些事实并不是他们想要看到的，或者说不是他们想让一个 "外来人" 看到的。再说了，当一件作品进入公共领域时，所传递出的信息即使超出作者的本意，那也只是受观念本身的多元性影响，取决于观众的立场和角度。

艺术不应该为某些人的"文化正确性"服务。

在这次研讨会上，除了之前谈论过的问题之外，也有人质疑我的作品带有种族歧视内容，与"烟灰缸作品"如出一辙。说实话，在那个年代，作为一个从相对封闭的中国社会刚走出来的年轻人，我仍然单纯得就像一张白纸，对"种族歧视"一词本就相当陌生，更不会带着主观意识形态去创作这样的作品。玛西娅认为我的作品里并没有任何玷污原住民文化的内容，也没有企图贬低原住民的意图。我的作品与那些卡通作品不可相提并论，相反，我长期与原住民共同生活的经历在座的没有一个人做得到。所以，大家指责我是种族歧视主义者是十分荒谬的。

也有人表示："如果重新审视他（周小平）的作品，其实并没有那么糟糕，比如那张大画，还是可以看到许多其他信息的。这是跨文化的典型案例。许多艺术家都尝试着在东西方文化或其他不同文化背景中寻求创作的突破点，但在东方文化与原住民文化中找到共鸣，这还是第一次。"

讨论会结束后，我的同学对我说："事情正在改变。在这个屋子里，没有人会再说'你不可以画这个题材'了。"

我问："为什么？"

他说："因为有原住民站在你身边。无论我们的观点有多少分歧，有一点对于大家来说都很重要——正因为你的作品而引起的争议，让大家开始重新思考原住民题材相关的诸多问题。"

事物是不变的，改变的是人，是人的思想。许多艺术创作本身并没有提供明确的答案，身处不同的意识形态中当然会得出不一样的结论。

***

有关我的作品的讨论，以及由此延伸出的话题并没有就此结束，相反，还在继续发酵。第二年（1996 年 6 月 15 日、16 日）由北领地当代艺术中心发起，在北领地艺术博物馆举办了一次较大规模的论坛。组织者邀请了来自全澳大利亚的 18 位嘉宾，包括玛西娅·兰顿教授，原住民艺术家加维霖·古马纳（Gawirrin Gumana）、布朗·伊那万胳（Brian Nyinawanga）、琼·曼锭、特蕾西·莫法特（Tracey Moffatt）、迈克尔·杜克（Michael Dolk），以及其他多位非原住民艺术家。嘉宾们将共同探讨一个争议性的话题——非原住民艺术家应该如何表现原住民题材？我在会议前一天才接到临时通知。玛西娅告诉主办者这次论坛是达尔文的大学研讨会的延续，而我是整个事件的主角，如果我缺席，这样的论坛还有何意义？

论坛开始，由来自阿纳姆丛林冈安（Gangan）地区的长老艺术家加维霖·古马纳对大家的到来表示欢迎并做了简短的主旨发言。最后他向大家呼吁："不要只从我们的土地上带走'财富'，还要关注和认同我们的文化，更不要剥夺我们的文化，千万别，拜托了。"

接下来是受邀嘉宾发言，然后是听众提问，现场气氛非常活跃。对于我的作品产生了以下的评价和争论：

首先，大多数嘉宾评价作品使用的毛笔绘画技巧非常棒，用笔细腻，很有中国风情，无可挑剔。有些作品甚至还带有浪漫的情怀。但是令人尴尬和不安的是，这些作品让人想起 20 世纪 50 年代流行的"烟灰缸作品"。当时埃里克·吉利夫作品中存在种族主义描绘，但大家还不能确定我的作品是否也带有种族主义色彩，只提出了"这只是一种巧合？"的疑问。除了吉利夫，有些人提出在我的画里还看到了澳大利亚著名艺术家罗素·德赖斯代尔和哈特"教授"（"Pro" Hart）作品的影子。罗素画了大量以原住民为题材的作品，并以此著称。赞赏和质疑我的作品的两方各持不同的观点。有人提出，即使只是巧合，我的作品有可能再次将大家的关注带回到那个充满了种族歧视的年代，以及欧洲人在这片土地上曾经做过的不光彩的事。

其次，令人担忧的是这些作品可能会产生的影响。一些白人看了这些作品后，会认为这就是澳大利亚的原住民。甚至可能认为今天的原住民仍然不穿衣服，女人的奶子在丛林里满天飞，男人手拿长矛奔跑在丛林里打猎。

第三，艺术作品如何表现特定文化，大家对特定历史具有怎样的惯性思维？每个人都会有自己接受和解读文化的方式，不应该太武断地将这一切归咎于某种企图，比如批评艺术家使用了不合适方式，因为其手法源自中国画，而这种手法过于浪漫。观看者审视图像的方式会受到自身文化背景的影响。当艺术家在使用个别原住民符号时，不可以一概而论，更不可以过度揣测其所谓的"意图"，因为非原住民艺术家（比如我）是以当地的评论界、艺术界所不熟悉的方式表现有关原住民主题的历史。有人对中国画技法的异国情调表示担忧，因为它可能会对原住民主题的理解产生混淆。可是艺术有些异域风情，有些浪漫有什么不好？"一方面他（周小平）被批评为浪漫主义者，只是因为他把灌木丛中的东西画得很漂亮，然后他又因为画了原住民拿着绿色罐头而受到指责。"还有人说："自从罗素·德赖斯代尔画了那些原住民形象之后，他再也没有像以往那样受到大家的追捧。正如大家所知，他在极力发挥其技巧描绘一个真实的澳大利亚原住民形象。现在，依照艺术界的规则，德赖斯代尔在艺术史上已经没有一席之地。即使他的原住民肖像是富有同情心的，但不是所有人都这么认为。"听完此话，我相信许多人不会赞成，因为罗素是澳大利亚重要的艺术家。但他的观点值得探讨，他提出了一个如何塑造原住民形象的敏感问题。

其他人的结论是——所有的批评都是小题大做。"如果他画的不是原住民而是白人，大家会是什么反应？又会如何看待这样的绘画风格？为什么他会受到这些批评？"有人争辩说："如果我们去中国画种族主义形象，类似于那些'烟灰缸作品'，中国人也会觉得被冒犯。"但他得到的回复是，他（周小平）并没有做出任何冒犯原住民的事，他的作品也不是。

不要代替我说话。

画得浪漫不好，画原住民坐在地上的姿态也不好，更会被理解为是看低原住民……艺术家还有多少创作空间？

有人插话："坐在地上有什么不对？我们来自大地，所以我们做的每一件事都与大地有关。当我们围坐在一起互相交谈，大家才是平等的。"

对于以上的争议我只做了简短的回应："我并没有见过大家所说的埃里克·吉利夫的作品，更不知道裴·哈慈是谁。但是我无法理解的是，批评者的指责是基于我的作品与历史上某个艺术家作品的相似性。艺术应该站在一个独立的前沿。我在丛林里的生活经历，给了我第一手的创作素材。大家所看到的这些作品，我的许多原住民朋友也看过，我得到的回答是：'玛伊玛格！'但是依据有些人的审查标准，艺术家还有多少创作空间？在原住民主题的创作中有许多人试图告诉艺术家什么可以画和怎么画。有人对我说，你是一个中国人，来自不同文化背景，你没有资格画这个主题。但我一直认为，澳大利亚社会对艺术家的创作秉持自由开放的态度，狭隘保守的思维将会阻碍任何文化的发展。"

我原本还想说，但最终没敢说出口的是：一些抱着关爱和同情心的人试图改变原住民、以自己的思维方式来帮助他们，看似是从原住民的利益出发，并没有什么不妥，但是最后往往代替原住民做出各种不符合他们自身意愿的决定。澳大利亚人从来不缺同情心，它是世界上每年接受难民最多的国家之一。所以有些人又会走向另一个危险的极端：居高临下，以越位的"关爱"——一个高尚而又文明的词——作为借口，试图改变其他民族，从而达到他们一厢情愿的、以他们的意志为转移的目的。但令人庆幸的是，凝聚原住民族的精神的传统文化，并没有完全被"现代文明"摧毁。

我常听到原住民画家说，不喜欢白人总是在告诉他们应该怎么做。

不喜欢，又无可奈何，因为那些白人掌握着话语权。

某些强势文化的人试图主导其他人对艺术的看法，成了在任

《合一》，175 × 131 cm，水墨宣纸，2009 年。

何一个时代环境里都无法避免的现象。事实上，艺术家的创作无法做到绝对自我的表达，无论是在哪里，标准虽然会有不同，但是仍然要接受社会和其他人的审查。

后来，我为这些没能在公共场合说出来的话创作了几幅作品，其中有一幅题为《不要代替我说话》的作品，180厘米长、180厘米宽。作品的中央有一把最为普通的白塑料椅子，椅子上靠着一块包装盒展开后的纸板，上面写着："不要代替我说话！（Don't speak for me!）"背景是荒漠，乌鲁鲁横卧在远处的地平线上。今天，原住民仍然在为他们的权利、社会地位抗争，试图冲破"隔离"。在这些问题上，请不要试图改变对方，而是应该改变自己的心态，然后再行动，相信结果会大不一样。

与此同时，联想自己一路走来所面对的各种"指责"，我又何尝不是在一个企图改变和限制艺术家的思想的环境里挣扎呢？

在查尔斯达尔文大学艺术学院，我几乎是伴随着争议完成了课程。走向毕业典礼舞台前的那一刻，站在我前面的是那个最早告诉我他"不想惹麻烦"的同学，他问我："未来你还会继续画原住民题材吗？"从他的问话里我可以感受到，他自始至终无法理解我为什么要在这个题材上如此执着。

他见证了过去一年我所面对的指责、挣扎和纠结。我当然思考过这个问题，然而，不论是命运使然或是个性的影响，都注定我不会轻易放弃。毫无疑问，这是我人生中的巨大挑战，在个人与社会的博弈中，我把人生作为筹码压了上去。我很清楚，只要继续走下去，这种争议就不会消失，相反，等待我的必然是更加猛烈的批评和质疑。我开始在争议中建立个人独立的思想观念，继续对社会陈旧保守的思维结构发起冲击。我的创作也由单纯地表现"真实"，开始走向更加成熟的叙事和跨文化的艺术探索。

16. 寻找心灵中的大树

"佤姆德!"彼得提着嗓门对一个高个子的老人喊道,他好像有点耳背,"给你介绍一位画家。"

老人只是朝我瞥了一眼,哼了一声,算是打过招呼了。

2005年,北领地原住民管理委员会的原住民问题专家彼得·库克组织了一支阿纳姆丛林考察队,考察早期原住民的生活遗址。考察队里有丛林防火专家和后来加入的人类学家,还有几位原住民长老,其中就包括眼前这位神奇的老人——巴达尔·艾及玛卡(Bardayal Nadjamerrek)。佤姆德是他的氏族名字。

我也作为艺术家受邀参加了这支考察队伍,我们由达尔文出发,经过加布鲁(Jaberu)到达昂匹里(Onepeli)原住民村落,从这里继续向前就是阿纳姆丛林深处了。

阵阵热浪迎面扑来,我把头伸出车窗外,闭上眼睛,深深地吸了几口气。多么熟悉的丛林气息!每次回到阿纳姆丛林,我都有一种说不出的兴奋,它预示着我对这片丛林又会多一些了解、情感更加贴近。这种感觉会保持相当长一段时间,并贯穿在我的创作过程中。

雨季刚过,许多地段被水冲垮,车子紧跟别人开辟的道路行驶,两旁杂草有一人高。这些杂草多年不烧,如今太茂密,现在烧的话,已经难控制,而且大火也会威胁野生动物的生命。看到这些,彼得和佤姆德都不禁感慨:为什么这里的环境没有得到当地人很好的照顾呢?这也是考察队所关心的问题。

路况渐渐变得异常复杂,车速只有每小时15公里左右,几乎是左右摇晃着爬行，除了上下颠簸，还要转来绕去，以避开那些被雨水冲垮的路段。有时还会遇上倒在路面的大树，要下车去搬开；如果遇到太大的树，搬不动，只有锯断它们。

突然，我大叫一声："停车！"

大家被我一声惊叫弄得不知所措，纷纷问怎么回事。我也说不清怎么回事，只觉得有无数的虫子在我衣服下爬。

车一停，我急忙跳到车外，脱下衣服，向身上拍打。佤姆德不紧不慢地凑上来，带上眼镜，伸手在我身上抓了一把（感觉那是隔空的一抓）说了句"绿蚂蚁"，然后满不在乎地走开了，原来是一根爬满蚂蚁的树枝伸进车窗打在了我身的上。这可不是一般的蚂蚁，又肥又大像螳螂，身体是绿色的，爬在树枝上很难辨认。

我在身上乱抓一气，痒得想扒皮，前胸和手臂上立刻被抓起一片红斑点。这时，瓦姆德老人重新出现在我面前，手里拿着一片爬满绿蚂蚁的树叶，像个孩子似的，把它们凑到我面前，另一只手上握着一把点燃的枯草，放在爬满绿蚂蚁的树叶上，只见这些蚂蚁个个被烟熏得卷成一团。然后，他抓住我的手臂，将搓成团的蚂蚁抹在上面。我感觉一阵热辣，但转瞬间又仿佛一阵清凉的风吹过我的皮肤，瘙痒顿时减轻了许多。原来"蚂蚁汁"可以止痒、消炎。老人又随手在身边一棵树上摘下几片叶子给我，说："带上几片，回去放在水里煮，喝了，会清凉消火。"对于丛林人来说，这是生活常识。

"但是，对这个要小心一点，有毒。"老人指着身边一种看上去非常漂亮的黄花对我说。此花带有毒性，放在手心里搓碎撒进河里，能把鱼毒死。

我问："如果鱼中毒很深，人吃了鱼也会中毒，怎么办？"

老人说："只要那么一点点啦。如何使分量恰到好处，全凭经验了。"他似乎话中有话地在告诉我，越是漂亮的东西越要小心。

上车前，佤姆德吩咐两个孩子向草丛里丢下了几个火种。

这里一年中的气候分为旱季和雨季。5 月至 10 月为旱季，11 月至来年的 4 月为雨季，也是季风季节；11 月、12 月两个月开始有季风前的风暴，1 月至 3 月有最强劲的风暴，然后逐渐减弱，转入旱季。

考察队里的防火专家告诉我们：每年的 5 月至 8 月是烧林的最佳时期，因为雨季刚过，林中的各种草料和易燃气体随着气候逐渐干燥而变得更易燃；8 月中至 10 月中旬为炎热气候，由于气温和易燃物数量都达到一年中最高峰，容易形成熊熊烈火且难以控制；11 月至 12 月，有时会出现雷击导致自燃的现象。当然，最重要的是注意风向，每一次放火尽量控制在较小范围，一般情况下从河边开始，那样容易控制火势。得到控制的火势只会烧去杂草、小树，已成形的树都会挺过来，而土生土长的一种桉树（尤加利树）的硬果核只有在山火中爆裂开，来年才会长出幼苗。同一地区的放火次数以 3 到 4 年一次为宜，因为要考虑当地的野生动物，烧林也将它们赖以生存的环境一并毁了，在一段时期内，它们将不再回来。顽强的种子如人的生命力一般，在阿纳姆丛林里繁衍成长。5 月至 8 月是不受限制的燃烧期。9 月至 10 月，是潜在的无法控制的火灾危险期。

听了专家的介绍，老人脸上泛起一丝得意的神情，这些都是原住民经过长年的实践总结出来的宝贵经验。他们认为，人要想在这片土地上繁衍生息，就必须了解和关爱它，包括土地上的所有生灵。只有这样，才能和土地建立起一种相互依赖、共生的关系。

老人开始哼起小调，这个时候的他，心情十分轻松愉悦，还带着那么一点兴奋，因为我们正走在通往他家乡的道路上。看着老人的样子，我从心底里为他感到高兴。除此之外我还在琢磨，如何从这位有着极其丰富的传奇经历的老人身上挖掘出那些神奇的故事。这将会是多么让人激动的一件事啊！

又过了一会儿，有人在听到老人咕哝几句之后说："可以停车吗？"

"怎么了？"彼得问。

"佤姆德想撒尿。"

"到前面的河边，我们在那里休息一下。"

只听老人一脸严肃地又咕哝了几句什么，旁边的人捂着嘴笑。"他说，他憋不住，要尿裤子了。"小伙子的话把大家逗乐了。

"那就尿裤子吧。"

"你不信摸摸我的裤裆，已湿了一片。"老人忍不住对彼得说。

"哎，别尿，我这就停车。"彼得说着，车已停在了河道前。

下车后，佤姆德和另外几个人不声不响地向林中走去。不一会儿另外几个人就回来了，手上都拿着几根枯树枝，丢在一起点起了一堆篝火。这时，才见老人晃晃悠悠地哼着小调向大伙儿慢慢走过来。

"要喝茶吗？"我问佤姆德。

"唔。"他仍然是一副漫不经心的样子。

为了保护环境生态，当地每隔两三年，分地段、有控制地放火烧荒，去除周围的杂草。

"别喝得太多，否则你又要我摸你的裤裆了。"彼得边开玩笑边从车上拿出几只杯子、一包茶叶、一瓶白糖。老人没有吭声，慢慢地躺下，等着大家把茶水和吃的东西送到他的手上。

我把刚从河边打来的一罐水倒了一半出来，然后架在篝火上。不一会儿，水沸了，我为老人倒了一杯红茶，并向杯子里放了两大匙白糖。

"多一点，还有奶。"

"吃多了没好处。"我总是会这么提醒他和其他人。话虽这么说，我还是依他的意愿去做了，然后又加了两大勺奶粉。老人伸出他粗黑的手指在杯子里搅了几下，眯起眼，非常得意地呷了一口，冲我咧着嘴，露出一副满足的表情。

我问彼得："晚上打算在哪里安营？"

他看了一眼手表说："现在已经快6点了，需要赶夜路才能到那里。"

我说："不如明天早起赶路，天气也凉快一点。颠了一天，真想像佤姆德那样平稳地躺一会儿。"

彼得半开着玩笑鼓动我说："是啊，这里也挺不错。"

我好好地洗了个澡。离天黑还有一会儿，我可以为大家做几样好吃的。

"有米饭吗？"不知什么时候，佤姆德坐起了身子，眯着眼问，"你会做得和上次一样好吃吗？"

我与佤姆德不是第一次见面，去年的这个时候我们不但见过，他还吃过我做的炒饭。他竟然还记得我的厨艺，说明那顿炒饭给他留下的印象还是挺深的。

"当然有，没米饭叫什么中国饭啊。"

"唔，再来一点。"老人举着杯子，他说话惜字如金。

我拎起铁罐，向他的杯子里倒满茶水，并关切地说："你不能吃太多糖。"

"好吧，听你一回。主要是晚上有好吃的。"老人说着话又慢慢地躺下了，嘴里哼着小调。

当天晚上我没有让老人失望，吃到最后就听他拖着长长的音调不停地说"饱了，太饱了"，然后拉过一块毛毯，在篝火旁慢慢地躺下。其他人围着篝火聊了几句，兴致都不是很高。辛苦了一天，大家都累了，也就各自找块地方铺开行囊或是搭起小帐篷早早休息了。

这里天黑得早，虽然我感觉很累，但知道自己还睡不着，于是盯着篝火发起了呆。我喜欢这样，时间久了，即使身边有人谈话也不会打扰我发呆时的心境。

黑夜里的丛林安静极了，很快就有微弱的鼾声传过来。我在篝火上添了几根树枝，把罐子架上——里面还有一点剩茶——打开行囊，一只手支着头侧身躺在行囊上，身边放着速写本，打算画几笔或写点笔记。

看着老人熟睡的姿态和瘦高的身材，想起老人也有一个英文名字，叫洛夫蒂（Lofty），意为"极高的，巍峨的"，进一步引申为"高傲"的意思。听说，在他年轻的时候，第一次在白人矿场做劳工时，老板见他长得瘦高就给他起了这么个外号，以至于没有多少人知道他的真正名字叫"巴达尔"。不过，在丛林里大家还是喜欢叫他"佤姆德"，就像许多人喜欢叫我"高蛟苛"一样。

我看过一份介绍佤姆德的资料，是这么写的：他于1926年左右，出生在阿纳姆丛林利物浦河东部的库克罗曼尔地区。小时候，他听说有一个矿场招人，老板管吃饭，生活条件好，他和伙伴就步行几百公里来到玛桉伯地区。在矿场，原住民承担了所有既危险又沉重的苦力，包括砍树、运输、采矿、修路等等，所付出的血汗却只换得有限的三餐，如果老板开恩，会赏一点烟叶或白糖。由于不堪这些沉重的工作，他多次逃跑，但都被抓了回去。他说："自从碰上这些胡子官（白人当时都留着一脸络腮胡子），我也开始长出一把胡子。瞧我这些白发，都是那时愁出来的。"后来，他终于逃回了丛林老家。从此，学会讲英语的佤姆德再也没有离开过家乡。大约在70年代初，他开始画画，以换取有限的食物和烟叶。

就是这样一位老人，总爱旁若无人地念叨，没人听得懂他在说什么。他的朋友说他具有通灵的本领。如果放在从前，听到这样的话我当然不会相信，可是经历得多了，对丛林文化有了更多不一样的体悟。在这里，无论发生什么都是可能的。所以，我对仿姆德老人具备的与众不同的能量也深信不疑。

渐渐地，我的眼前变得模糊起来，笔从我的手指间悄悄滑落——天空飘着一片片树叶，它们像雨点般轻轻地落下来。转眼间，这些树叶也变得模糊起来，慢慢地，它们又都变成高高细细的人形。我想跟他们打声招呼，却发不出声音。忽然眼前一亮，那是篝火放出的光辉。几十个人围坐在篝火旁，仿姆德老人和另外两位长老轮流唱了起来，有一个年轻人鼓着腮帮子一曲接着一曲吹奏咦嗒卡，他的乐曲让其他人停不下舞步。一曲舞毕，又一个长老围着篝火跳起舞来，身后跟着一群小小孩，其中一两个身高不到1米，也学着大人的舞步扭动着身体，像模像样的。大家高兴，尤其是仿姆德，吟唱声一阵高过一阵，小伙子们的舞步也随着乐声和吟唱声变得愈加疯狂。人影晃动，脚下带起的尘土立刻将舞者淹没。每当这时，总会有一阵微风轻轻地吹过，吹散了尘雾，吹动了火苗，也吹起了舞者。他们在我眼前飘动，每一个人都变得细细长长的，就像咪咪，或隐或现。我抬手将黑暗作为画布，飞速地移动手中的画笔，画了一张又一张。我看不见自己画的是什么，只觉得笔停不下来。我像是在一个半梦半醒的梦境里，不停地画一幅现实和梦幻交织的画。

当我从梦境里完全醒来时已是清晨，只见仿姆德已经盘腿坐在那儿，两手撑在地上，肩耸得老高，头几乎缩在肩膀里了。他的胸口挂着一副镜片很厚的眼镜，抿着撅起的双唇，因为没有牙齿，鼻子与嘴之间的距离看上去很短。他面前的地上是我的打开的速写本，上面赫然是一些舞动的人物，比例准确、动态生动，一个个就像咪咪在纸上起舞。

哦，天哪。我惊讶地瞧着老人和速写本上的画，难道昨天发生的一切是真的？

坐在黑暗里，手中的炭笔似乎在自行游走，像是梦游，又像是被某种力量牵引着。类似这样的感受时常会出现在夜晚举办的仪式上，这样的仪式大多是不公开的。有时我也会对着篝火发呆，脑海中最近经历的人和事仿佛都在随着火苗的跳动、起舞。

老人盯着我看了一会儿，什么也没有说，把速写本向前推了推说："高蛟苟，茶。"

"耶。"我赶紧答应了一声，起身为他准备茶。

过了一会儿，他又说要糖和面包，我一声不吭都照做了。这几个词听起来好像机器人发出的指令。大家吃完早餐，收拾好准备上路。有意思的是，所有人都各就各位，唯独伍姆德还耸肩侧头，兀自坐着不动，嘴里嘀嘀咕咕的。我的心七上八下，等着他就那些画对我说些什么。他的行为言语常会出乎人的意料。正在我纳闷的时候，彼得把车开到他身边，打开车门："出租车到了，请上车。"

他慢慢地站起身，一本正经地说："谢谢。"

他可真是不会浪费一点儿精力啊。我不由得晃晃脑袋，一切好像仍然发生在半梦半醒的梦境里。

上车后，伍姆德就没有消停过，一路上又开始念念叨叨不停，也没人理会他。我原来还想跟他聊几句也没找着机会，便想着自己的心思。车就这样晃晃悠悠地开了一个多小时。

"停车。"老人突然大叫起来。

彼得开玩笑地说："你不会又要人摸你的裤裆吧？"

老人没有搭理他，又大叫："停车！"

这一次他喊得更大声，神情严肃地命令大家全部下车。听他的口气，显然不是开玩笑。等大家都下了车，老人提高了嗓音，庄重地说："这里——你们站着的地方是我父亲的家乡——没有白人来过。我要先问一问他们（精灵）——（大家）才可以继续向前走。"

然后，老人转过身，面对眼前的一片荒林用土语发出一阵喊叫，不时地停下来，伸开双臂低着头聆听。我们也都伫立着专注地听，好像有那么几声似鸟非鸟的长啸从很远很远的地方传来，还带着回音，应该是出自一个空旷地方。我抬头望向天空，希望能够发现几只小鸟飞过。蔚蓝的天空，清清白白的什么也没有。再多看几眼，同时听着老人的吟唱，头脑里竟然产生了幻觉——

我仿佛看到云层背后的另外一个天地，一群细长的人甩着手臂飘飘忽忽的。难道说那声长啸来自那里吗？

"你们接受他们了，对吗？"老人这是在跟精灵对话，同时转身用英语夹着土语对我们说，"（精灵）欢迎你们，因为你们是我带来的，"说完他停了一下，然后又转回身喊道，"我还把几个孙子带回来了——我没有常常回来——你们会原谅我吗？以后我会经常回来的。"

他是在与大地、丛林、山石、草木、天空，以及大地上的各种生灵对话。说着说着，老人又开始吟唱起来，并张开像翅膀一样的双臂向前慢慢地飞翔，像个疯疯癫癫的老顽童。

随着老人的吟唱，我仿佛被带入了一个奇妙的境界……"娃娃，你又回来了。"一个声音突然在我耳边响起，这不就是许多年前我在乌鲁鲁听到的声音吗？原来他一直陪伴着我行走在大漠上和丛林里。

我情不自禁大声地喊道："回来了，我又回来了！"

"他听到了——我又回来了！"佤姆德喊着，"他就在我们的周围——他能感觉得到！"

眼前是一片开阔地，地面全是岩石，虽略有高低但也算平整，没有任何人工雕琢的痕迹，紧挨小溪和树林。佤姆德慢慢地蹲下身，先用嘴吸了几口水，然后捧起水浇在自己头上和身上。他吃力地站起身，来到几个孩子面前，伸出脖子突然将嘴里的水喷在他们身上。

"很久以前，这里有一条大河，每年雨季河水上涨，淹没周围大片丛林。鳄鱼乘着上游的水下来，给大家造成很大的威胁，迫使我们背井离乡。"佤姆德边走边向我们介绍。眼下四周看不出任何前人在这里生活过的痕迹，显得十分荒凉，但在老人眼里过往的生活似乎历历在目。他深情地抚摸一块平整的横卧巨石，他在寻找童年玩耍时留下的印记。从不无故浪费一点精力的他，说到往事却是喋喋不休。小时候，他和同伴常在这里捉迷藏，对周围的一山一水、一草一木都非常熟悉。他说，每当他抓到了猎物，都会先生一堆篝火烤了，然后坐在这块石头上美美地吃饱了再回去。有时如果太晚了，也会在石头上过夜。有一天，他睡在这块石头上，夜里被一个声音惊醒，看见一老一少两个人坐在黑暗里。他听到老人对少年说这块石头的来历：这不是一块普通的石头，它是由一个人变的。这个人生前曾被一条毒蛇所害，所以死后变成了这块巨石把毒蛇压在了身下。听老人这么说，大家都情不自禁地把手伸向石头。我仿佛是在触摸一个冰冷的肉体，心里有点发怵。佤姆德又说："在我醒来之前，老人最后交代少年人，不可把这块石头的来历告诉外人，但是你们都是我的孩子。你们看……"大家顺着他手指方向望过去，远处有一座山，山头上有一大一小两块奇特的石头，好似祖孙两人相对而坐，祖父的一只手指向天空。我可以想象，那个小孩就是佤姆德老人，此刻他在向我们讲述他自己的故事。

老人说："这里是我来得最多的地方，有些动物，比如小袋鼠会跟我和我的同伴玩捉迷藏。它们可聪明了，常常会把我们累得半死，然后躲得远远地嘲笑我们。还有好多漂亮的花草、蝴蝶、河水，唔，太美了，都是你们城里人喜欢的。"他的最后一句话是冲着我说的。说罢，他挥挥手，显出一副陶醉的神态。

有时候，老人带着其他人在这里住上一段时间，也会引来一些精灵的陪伴。"因为他们（精灵）也会寂寞的，对吧？"一句幽默的话把我们都逗乐了，"对吧？你听到了吗？我会回来的，回到你们身边，一起好好地照看好这片土地。"说着说着，老人激动得哭了。这种乡情、与大地的情感维系，深深打动了在场的每一个人。

老人又蹲下身最后喝了几口水，转身将一口水喷在我的脸上。"他们喜欢你，要你常来看他们。你已经见过他们了。"说着他指了指我手里的速写本。

老人说的话和突如其来喷在我脸上的水，令我感觉仿佛是在接受神灵的洗礼。

"走吧，他们（精灵）在催促我们了。"老人说。

　　我愣了好半天没有回过神来，努力地回想昨天晚上出现在梦里的那些飘逸的形象怎么会出现在了速写本上。真的是太不可思议了。

　　一路想着，不知不觉来到了矛格吾（Malkawo），虽然离我们计划中的目的地还有 20 公里，但是这里地势开阔，便于直升机升降。未来几天，我们需要动用直升机。大家临时商量决定，就地安营扎寨。

　　首先，伍姆德吩咐大家清理场地，烧去周围的野草。这里长年没有人来过，草丛里可能会隐藏着毒蛇之类的危险动物；然后，大家开始砍树、埋桩，一阵忙活，搭起一个 30 多平方米的大帐篷。它既是我们开会工作的地方，也是一个厨房。各种食物，主要以罐头为主，摆满了架子，所以大家的身后不是地图，而是大小不等、五颜六色的食品罐子。长条会议桌上摆放着各种通信设备和电脑，留下仅有的一点面积，很快又被一些吃剩下的食物占去了，搞得最后大家只好趴在地上工作、看地图。

　　我们人多，今后还会有更多的人来，所以彼得吩咐人挖了一个 1 米来深的坑作为厕所，周围钉上四根树桩，围上麻布。每天，都在坑里撒几把石灰，不至招来很多苍蝇。后来我们还建了一个沐浴间，用一个大塑胶垃圾筒灌满水，地上架起两块木板，再加上一个瓷碗，用来舀水沐浴。这是考虑到大家都用肥皂，会污染河水，对生活在下游的人不利。这一切看上去都很简陋，但是对于我们来说已经是非常奢侈的生活设施了。

　　最初两周，我们主要是在附近考察。我问伍姆德，有几年没有回来了？两三年？四五年？他都会说"是"。时间对他而言只是数字概念，重要的是他又回来了。我们考察了周围十几个遗址。后来，考察队调动了直升机，载着伍姆德和几个当地原住民去寻找那些遗址。目前是旱季，绿洲和河流分明。如在雨季，许多地区都会被雨水覆盖。大家经历多次搬迁，最终会选择一个相对稳定的居住点。远处，袅袅烟柱自丛林中冉冉升起。至今，他们仍然和外部世界保持着若即若离的关系，其文化还带着丛林部落的神秘感。

这是一片充满灵性、神秘而又富有的原始丛林，早年有很多人前来丛林探宝，希望发掘出像南部维多利亚州一样的金矿。但是，恶劣的生活环境很快就使这些人放弃了在丛林里寻宝的美梦。其实，这些人的梦想并不是没有根据或臆想，无论是地质学家们还是风水大师们都认为，从阿纳姆丛林的地质风貌上看，丛林里一定蕴藏着世界上最大的、未经开发的矿藏。传说有人在丛林上空看到过一片持续了 20 多分钟的金光。奇妙的是，30 年后的这一天的同一时刻，也出现过同样的奇观。科学和灵媒同时得出相同的结论，从而更加增添了这片土地的神秘感。

"下去，下去。"佤姆德告诉飞机驾驶员。

"对，对，就是这里。"同机的还有一个叫塞安（Shane）的小伙子激动地叫道。

在我看来，这里只有树林、石头和小河，并没有留下任何昔日的生活遗迹。如果说，10 多年前这里曾经有人住过，那么经过这么多年的岁月，时间早已经把仅存的痕迹抹去了。但是对于塞安、佤姆德或者其他原住民来说并不是这样，已经根植在他们心里的记忆是永远不会被抹去的。

大家对重访旧地十分兴奋，下了飞机后一个个张开双臂，像是迎接久别的亲人一般四处奔跑，嘴里大声地喊叫着、唱着。塞安跑过来，冲着我说了一大串土语，他太激动了。"噢，我又回来了，我太高兴了，这里是我母亲的家乡！"他拽着我的手，急切地要向我描述周围曾经有过的一切，"那里还有一片干裂的河床。来吧，我带你去看看。"塞安说，他第一次随母亲来这里时才十几岁。过去，这里雨水非常充足，渔猎是人们的主要生存手段。后来，上游下来了一条鳄鱼也看上了这块地方，并在这里孵出几只小鳄鱼。一天，几个不知情的孩子戏水时不幸遇上了鳄鱼，孩子们发出惊恐万状的叫喊。最后人们被迫将地盘让给了鳄鱼，从此大家对鳄鱼产生了畏惧。每次孩子哭闹的时候，大人们总会用鳄鱼吓唬孩子："再哭，鳄鱼就会出来了。"

"所以，你们不会去那里钓鱼、游泳。"我说。

"不，不，当然不会。你不去惹它们就不会有事。但是我们还是很害怕，担心它们生气，会伤害我们，所以最终我们还是离开了这里。"塞安说。

这时却听伍姆德老人意味深长地说："记住，即使在丛林里，有些地方，人也是不可以占有的。"

人类在这个世界其实也只是过客。世界如果没有了人，其他的一切，包括大自然中的空气、土地、水和天空都会继续存在、继续美丽。相反，人的存在却离不开这些。

10多年过去，原来的河床都已经干裂，快要分不清陆地和河床的界线，鳄鱼也应该早去其他地方游玩了。即便如此，伍姆德的话还是提醒了大家——重建工程需要三思而行。有些时候，这些鳄鱼就是神灵的化身，人是不可与它们对抗的。

临走前，大家都照例在此撒上一泡尿，算是给这里留下了一点什么。

***

伍姆德的妻子带着一群大小孩子迟于我们两周到。我们的营地一下子热闹起来，每天晚上都有三四个人帮忙一起做饭；吃完了，再由第二批人去河边洗锅、刷盘子。有时，邻人也会来小住几天。这里最多聚集过40多人。人多，食物跟不上，伍姆德吩咐罗吉（Roger）带几个孩子去打几只野味。

罗吉是一个矮墩墩的中年原住民，住在矛格吾的亲戚家，与瓦姆德也沾一点亲。听说他原来不是这里的人，为了躲避仇家而暂居矛格吾。我们来到这里的第二天，他看到我们放的大火找到这里，并加入了考察队伍。

"高蛟苟，"随着话音，伍姆德向我丢过来一支猎枪，"你和他们一起去。"

我学着他的腔调，说了一句"遵命"，然后提着枪跟上罗吉。

隐约听见身后传来彼得的一句话："你可没把他当外人啊。"

我们没有开车，原本也没有想走多远。前方出现了两头野猪，我心想，这么快就有猎物撞上了猎人的枪口，看来今天的运气不会太坏。"砰！"我、罗吉，以及另一个大孩子的三支枪几乎同时响了，但是罗吉没有不热心地前去收拾它们。他说野猪肉不好吃，打死它们是因为它们总是刨出一个个乱七八糟的坑，破坏了环境和道路。

我们继续寻找，却始终没有发现袋鼠之类的动物。开始还说说笑笑的我们，这会儿都变得沉默寡言。再往前走有一条小河，罗吉突然示意大家不要有太大的动静，他说这里会有些鱼。我们轻手轻脚靠近河边，然而罗吉又示意我们别靠得太近，他独自一人小心地走进河里，手中的叉高高举过头顶，两眼机警地在河面上搜索，完全是蓄势待发的状态。突然，他将手中的叉迅猛地投了出去，露出水面的叉杆剧烈地抖动。我起身跑过去，拔起叉子，就见一条一尺长的鱼挂在鱼叉上。紧接着，他向我做出一个噤声的手势，像刚才一样静观了足足有半分钟，鱼叉再次投向四五米开外的水里，一阵水花溅起——神了，又是一条。

我们就地燃起一堆篝火，将两条鱼埋在热沙里，全当是我们的工作餐了。炎热的气温下，边玩边吃才不会觉得那么辛苦。不一会儿，鱼熟了，我小心地将鱼肉与沙粒分开，不加咀嚼地吞下去。我问罗吉是如何看到 5 米之外的鱼的，还能投得那么准。他说："凭感觉呗。"这就是丛林人，除了有常人一样的听觉、视觉，还有超出常人的直觉。

罗吉突然给大家做了一个手势。又发现了什么？我顺他的视线看过去，远处有一大一小两只牛。看来我们的运气真的是不差啊！罗吉抬手制止了我和拿枪的另一个小伙子。我明白，他是想用一颗子弹杀死大牛，放走小牛。只见罗吉弓着腰，小心翼翼地向前靠近，再靠近，然后举枪——"砰！"丛林里回荡起一声巨响。只见大牛向前冲了几步便倒下了，而小牛不顾一切地逃走了。接下来就是放血剥皮、取肉，最后砍下两只后腿。刀在骨肉这是阿纳姆丛林中的一次行猎。我们几个人在林子里转了大半天都没有太大的收获，这也是常事。后来，终于遇上两头野牛，其中一头被一枪击中要害。好的猎人从不会浪费一颗子弹。行猎之后几天，牛肉成了我们的主食。

之间游走，没有半点迟疑。可以看出，罗吉对牛的骨骼结构了如指掌。取完一头牛身上的肉，露出一具完整的骨架，然后再开肚，顿时翻出一大堆内脏。罗吉仅割下心和肝，让边上的人包在几片树叶里，然后让两个小伙子撬开牛嘴，割下舌条。最后，他没有忘记砍下两只牛角赠我。

　　打猎会让我兴奋，但在林子里走上半天，如果一无所获也会觉得非常乏味和疲惫；如果打到猎物，肯定又会累得腰酸背痛，因为需要把沉重的猎物背回去。我们将割下的牛肉分别穿一个洞，套在身上或挂在脖子上，成了一件血汗交织的"肉衣"。猛地看上去，像是一个个被剥了皮的人在丛林里游走，太恐怖了。虽然将牛肉披挂在身上可以省力不少，可是时间久了，温度一高，就会散发出一股难闻的腥味，招引苍蝇，也是令人不胜其烦。留下牛骨架，还没等我们离开，已经有大批苍蝇、蚊子蜂拥而至，嗡鸣声如同纺织厂车间里的噪音。空气中浓烈的腥味很快又引来鸟类和一些食肉的小动物，还有大蜥蜴等丛林"清道夫"赶来分享，当然，包括最后来的蚂蚁家族。

　　虽然我们能够从这头牛身上带走的牛肉不到十分之一，可也够我们吃上好几天的。晚上，我又少不了要为大家做一顿好吃的中餐，我已经想好了，要做一锅牛肉片炒胡萝卜丝。

回到驻地，在我的吩咐下，几个年轻原住民一起帮我收拾牛肉，还有些蔬菜。这些蔬菜，平时大家吃得少。那天晚上，我又好好地展示了一把我的厨艺。后来每隔几天，佤姆德就会问我："今晚，有米饭吗？"

***

这一天清晨，柔和的霞光映面，佤姆德早早坐在了厨房兼会议室的地上。大家陆续走进厨房，烧水冲咖啡、做早餐。我带来一些黄山毛峰茶叶，用一个果酱瓶泡了一瓶茶。这样做的一个主要原因是提醒自己必须喝煮沸后的水。别看我们饮用的河水清澈见底，且是活水，但不知上游是否有人将腐败的食物丢进水里，各种动物的粪便拉在水里也会造成水的污染。过去的几天，我们团队里有人开始拉肚子了。本来拉肚子也算不了什么，通常吃上几片药，休息一两天就挺过去了。但是，我们中间一位年轻人连续拉了三天，非但不见好，而且病情急遽恶化，开始大量便血、高烧、全身浮肿。彼得急忙调来一架直升机，把病人送进了达尔文医院。医生诊断是严重的胃肠道病毒感染。但是，患者吃了几种药还是没有办法清除这种特殊的病毒，后来又转了几家医院，经专家医师的多方尝试后才得以痊愈。经验告诉我，必须将水煮沸后再喝，但要每天坚持如此实在不是一件容易的事。虽然当地人较能够适应外来者不能适应的饮食和生活环境，但是长期食用腐败食物对任何人都没有好处。所以有医生私下里说——尤其对外来者——在丛林里生活一年，相当于经历了城市正常生活的两年。

几只狗打闹撕咬，扬起一阵尘土。有人一阵呵斥把它们赶走。我们的厨房是大家的聚集地，来往的人很多，很快就踏起一层细细的尘土，一阵风刮过，掀起一片沙尘。

佤姆德坐在那里已有好一会儿了，一反平常的絮叨，一句话没有。我好生奇怪，今天他是怎么了？

又过了一会儿，他终于开口说话了："唔，什么时候走？"

我看向彼得，他正在用心地调制咖啡。

彼得说让他喝完这杯咖啡，这是他一天中最重要的事之一，不知什么时候才能喝上第二杯呢。这话并不夸张。这里所有的事都要他操心，每天有做不完的工作。他时常一天只吃一顿晚餐，白天的精力都取决于早晨的这一杯咖啡，所以他调制得十分讲究，那是用上好的咖啡豆在篝火上现煮出来的，不加奶与糖，他要慢慢品尝。20 分钟后，咖啡为他带来旺盛的精力，然后又是不停歇的工作。每一个在这里的人都像他一样工作。然而，今天彼得只用了 10 分钟不到的时间就喝完了他的咖啡，也许他和佤姆德一样按捺不住了。在我的记忆里，在整个考察期间，这应该是唯一的一次。

彼得通过卫星电话向他在达尔文的同事简略地报告了我们在丛林中的方位、当天的去向和工作进展情况，并向周围几个原住民村庄和居点的人了解当地的路况，以及最近有什么事情发生或将要发生，比如仪式之类的活动。这是考察小组每天必须要做的报告，如果外界在三五天内得不到我们的消息，会立刻采取搜救措施。因为一旦失去联系，多半是凶多吉少。

但是今天还有一个特殊情况，一位部长正在达尔文开会。他听说了我们的考察项目，希望进来"慰问"一下，但是佤姆德说："太忙了，让他改天再来。"

有人开玩笑地说："部长可是我们的老板啊，也太不重视他了。"

老人却说："是你们的老板，不是我的。"

佤姆德的话让大家开怀大笑，彼得指着老人说："是的，真正的老板在这里。"

过去一段日子，彼得已经在地图上标注了密密麻麻的标记和文字。从这张地图看出，大家对考察工作付出了很多心血：记录了包括最后一批原住民生活在这些地方的大概年代、迁移原因、发生在当地的重要事件（如各种仪式活动）。如果需要，这些地方是否还有重建的可能。

我们今天的目标是寻找一棵大树，彼得向大家介绍了当天要去的方向和大致位置。一听就知道，这不是一棵寻常的大树。我预感会发生点什么……佤姆德一再叮嘱大家在没有得到允许的情况下不能拍照，因为那不是一般的地方，有一群强大的精灵。他说最近几天他每晚都梦见这棵大树，在梦里他被告知，我们的出现可能会冲击当地精灵已习惯了的生活，相机和闪光灯被看作是精灵杀手。

吩咐完之后，我们出发了。

汽车上路没多久，佤姆德就指示彼得从道路上开出去，开到从未有人开过的地面上。他不时指点方向，走走停停。看样子，他有好久没来过这里了。开上一段，他就会跳下汽车，扶着一棵树喃喃几句，又摸向另一棵树再叨叨几句，像是急切地向它们倾诉着什么，又像是在询问他要找的那棵树在哪里，然后他重新跳上车，继续前行。

"停车。"他突然又叫停车，并关掉了引擎。他要在没有噪音的干扰下倾听，辨认曾经熟悉的环境。只见他猛然间抬起头，朝着一个方向急急地奔过去，嘴里不停地絮叨、吟唱，声音越来越高、越来越急促。他一定发现了什么。谁也没有料到，老人竟然左躲右闪地在树林里奔跑起来。

"嘘。"老人突然又让大家噤声，把手放在耳边。其他人也都停下了脚步，有人在张望，有人在专注地倾听，四周只有叶子落在地上和枯枝折断的声音。

"听到了吗，流水声？"老人惊喜地喊道，"对，就是这里！"他像只兔子般动作敏捷地直冲向左前方。我相信，在这里也只有像佤姆德这样的老人才有这种超乎常人的听觉和直觉。大家紧跟在他身后，略有疏忽都可能失去他的踪影。这个时候的他已经不似过去这么多天我所看到的动作迟缓的他，丛林里猎人的机敏本

在丛林里寻找那一棵意
义非凡的大树是那么
艰难。

色尽显无遗。

　　在我眼里，他几乎到了疯狂的地步。他张开双臂飞奔在大树之间，并触摸着它们，还反复高喊："我回来了，不要拒绝我的朋友，他们同样爱你们！他们虽然听不见、看不见你们，但是他们知道你们藏在大树后、树枝上、石头后！"接着又是一阵节奏感很强的吟唱，无须表演，也无须搭建舞台，这里正在上演着一出真实的寻找灵魂之树的歌剧，观众是一群我们看不见的精灵。

　　眼前又是一条小到不能再小的、被树叶覆盖的浅浅细流，弯弯曲曲绕过几棵大树流向丛林深处。就是这样一条一般人几乎无法发现的溪流也在老人的意料之内："对，就是这里，它（大树）离这里不远了。"他俯下身，又用嘴吸了几口水，喷在了孩子们和我的身上，并吩咐我们照着做。

　　"别走啊，等等我。"老人刚直起身，又急急忙忙地去追赶一直引领着他的精灵了。70多岁的他，在丛林中奔跑的身姿和神情仿佛又回到了年轻的时候。但是无论我们怎么追赶，还是跟不上他的脚步。很快，他的身影消失在了丛林里，唯一还能够让我们意识到他的存在的，就是每隔一会儿从远处传来的一个声音。可是，这样的声音变得愈来愈遥远，仿佛来自很远很远的另外一个世界，听起来特别神秘，以至于分不清那是伍姆德老人还是精灵们发出的声音。最后，大家只能凭着感觉追赶这个声音。由于各自的判断不同，我们竟然奔向了不同的方向，但是转了一圈，有几个人包括罗吉和我又转到了一起。

罗吉告诉我们"别动"，这正是伍姆德老人常常会说的话。

我们停下脚步，聚精会神地听。我仿佛听到了几声鸟叫，伸手指向一个方向，罗吉摇摇头。

"呜！呜！"还没等我反应过来，罗吉突然转身就跑，其他人紧随其后。我不知道这是在追赶还是躲避那个声音，它听起来十分诡异。

很快，这个声音变得愈来愈清晰。突然又戛然而止，周围变得格外安静，只有风吹落叶发出的声音。我们轻轻地挪动脚下的步子，因为眼前出现了非常感人的一幕：只见伍姆德木然地立在一棵约 4 米高的大树前，残缺的树干仅剩下半壁树皮，像一个被掏空的垂暮老人，躬身倾斜，大树上的横枝几乎都已枯死。可以相像，大树再也经受不起任何震动，哪怕是轻轻地拍一拍都会有倒下的可能。没想到，伍姆德老人心目中的大树竟是以这样的姿态出现在大家的面前。平时不大受拘束的孩子们个个肃然起敬，和大人们一样面露感伤。脸颊上早已挂满泪水的伍姆德向前伸出微微颤抖的双手，一股强烈的、积压在胸中的忧伤终于奔涌而出——"哇！"一声长哭，久久地回荡在这片原始丛林里，一群鸟儿带着长鸣飞过天空，很快引来更多的鸟盘旋在我们头顶上方。这一声撕心裂肺的长啸振荡在每一个人的心头，唤醒了所有的精灵一起来倾听老人的叙述。

老人一刻没有停止与大树的交流，好像两个久别重逢的人，有说不尽的话需要互相倾诉。老人也不时地停下来，露出一副倾听的神情。大家默默地瞧着他的一举一动，仿佛只有大树才能真正地理解他此刻的心情。

我问身边一个叫凯文的男孩，他在说什么？凯文说，老人看到残败的大树和周围凄凉的环境十分伤心。他要搬回来住，再也不离开这里。

这不是一棵普通的大树。小时候，佤姆德的女儿，也就是凯文的妈妈特别喜爱来大树下玩耍，将这棵大树当作知心朋友。每当受到其他孩子的欺负，她都会向这棵大树哭诉心里的委屈。时间久了，孩子天真无邪的心灵感动了神灵，并在神灵的看护下和这棵大树一起生长。后来，年轻的妈妈不幸去世，老人非常伤心。在很长一段时间里，他每天在大树下吟唱，最后打动了这里的精灵，向大树注入了灵性。从此，老人常常梦见"她"——他心灵中的大树。

像佤姆德老人这样可以和大树对话的原住民并不少见。对于世代生活在丛林里的原住民来说，这里的一切都具有特殊的意义，它们早已是众人生命的一部分。

突然，我的眼前一亮，因为我发现衰败枯竭的大树顶端竟然又长出了一棵新的树芽。"看，快看，那里又出了树芽。"我激动地告诉身边的凯文。

凯文说："他也看到了，所以他好伤心啊。"

老人告诉我们，当有一天新芽也枯折了，那就是他离开人世间的日子。然后，大树就会变成后人敬仰的对象，就像米珂对待他的月亮小山一般敬畏。

佤姆德抓起一把带叶的树枝上前轻轻地拍打着树身，犹如抚摸最亲近的人。一片"呜呜"的哭泣声传开了，为大树的遭遇伤心难过，也为大树顽强的生命力而兴奋地流泪。

最后，老人吩咐凯文和其他三个孩子一起去清理大树周围的残枝杂草。"高蛟苟，你也去。"因为在我们这群人的亲属关系里，高蛟苟属于伊利迦人，可以触摸大树。

在我们清理杂草时，佤姆德领着大家绕着大树放声吟唱。这是人与精灵共同奏响的交响乐，是对祖先的歌颂，也是生命与精灵在这片土地上共存的见证。这是一种文化、情感和生命的结合，这是一棵有生命的大树、有灵魂的大树。

清理完之后，大家要依依不舍地说再见了。

"苞苞（BoBo）。"大家随着老人一起向大树、向精灵们、向土地上的所有生灵作暂时的告别。

吟唱声又响起，明显可以感受到那声音伴随着满满的兴奋和喜悦。老人转身对着丛林里的"观众"挥手，再一次大声地喊出——"苞……苞……"

余音未了，突然，丛林里响起一声低沉的长鸣，像是对老人的回应。我完全被这声长鸣震慑了，它分明是种似鸟非鸟的声音，而且就在我们周围盘旋。

事实上，我的许多创作灵感都是来自类似这样的经历。

***

我们的考察工作在过去一个多月里有条不紊地进行着。

这一天我感觉有些疲惫，就留在了大本营做一些整理工作，洗了几件衣服，又在河里把自己彻底地清洗了一遍。无意中从汽车的后视镜看到一张有点恐怖的脸，我顺势摸了一把扎手的胡子，嘴角不由自主地向上扬起。镜子里的我看上去又黑又瘦，进入丛林前剃的短发已经长长了，精神和心情还挺好。我一眼瞥见汽车挡风玻璃前有几把胡须刀，又从后备厢翻出一块破碎的后视镜，拿上一块肥皂和毛巾来到河边。我小心地把它们放在身边，在墨尔本生活时几乎每天都要刮胡子，自从来到这里以后还是第一次。我狠狠地在脸上摸了两把，像是摸板刷，扎手。心头忽然产生一种依依不舍的感觉——考察工作结束后，我很快又要回到墨尔本那个同样精彩，但不知是否属于我的城市。生活就是这样，会有许多无奈，也会留下许多带不走的东西。但是，我会把这份与丛林相关的情感收藏在心里，带回我那无法挣脱的、荒诞的现实世界里。在那里，我唯一能做的就是在心里建立一个属于自己的秘密空间。

我起身从河里拎了半罐子水上来，用肥皂再次狠狠地在脸上

1999 年，我已经记不起这是第几次进入阿纳姆丛林了。驻地的人都出去了，只有我、佤姆德老人和两三个孩子躺在树荫下休息。晌午时分，热得让人坐立不安。想到今天就要离开，我突然起了收拾一下自己的念头。在河边刮胡子的时候，"小助手"乖巧地帮我举着镜子。

抹了几把。不知什么时候，身边多了一个小女孩，带着好奇的眼神蹲在一边看我。

"可以帮我一个忙吗？"我说，"拿着这面镜子。"

她睁大了一双眼睛，伸出小手接过镜子，竖在我面前。

我想问她几岁了，话到嘴边，就意识到了什么。

"你去过达尔文吗？"我改口道。她仍然没有吱声，一直小心地看着我的每一个动作。

突然，她轻声地问："我可以摸一摸吗？"

我将脸伸到她的面前，她胆怯地伸出小手在我脸上抚摸，脸上露出一丝笑容。

"高蛟苛！"一个声音从远处传来，是佤姆德在向我招手，他一定注意我很久了。他昂起头，指着自己的下巴说，"还有我呢。"

瞧着他的可爱劲儿，我乐了："哦，好吧，等一会啊。"

我将自己的脸好好地修理了一番，黝黑消瘦的脸看上去没有之前那么疲惫了。我对着镜子笑笑，还想对自己说几句什么，就听到远处的佤姆德又在催我了。我只好收拾了一下，过去帮他刮胡子。

当我真切地、如此接近地坐在他面前的时候，又犹豫了。我盯着他的脸，没有动手。

"开始吧。"

我反复扫视着他的脸，还是不知从哪儿下手。太有意思了，这是我第一次帮别人刮胡子。

"怎么了？"发现我没有动手，他睁开眼睛问我。

"好的，好的，我要开始了。"我用肥皂在他脸上抹了几把，老胡子又长又硬，因为老是流鼻涕，鼻子底下的胡子都粘在一起了，坚硬如一块甘蔗田。他斜昂着头，微睁一只眼睛，哼着小调，正陶醉在一种无名的享受中。天空传来飞机飞过的声音。

"我会坐它回珈布鲁（Jabiru），明天。"他用手指了指天空说。

"瞧你这么精神，明天可以去和女人约会了。"我对他开玩笑说。

他咧嘴一笑，附声道："哟，玛，你也一样。"

接着，他又压低声音，仿佛说着连精灵都不能听见的悄悄话，他说："我要给你找一个女人。"他说这话时眯着眼，嘴几乎要贴到我的脸上，"对，今晚。"看他的表情像是挺认真的。这里没有年轻女人，难道他要让我跟精灵约会吗？

刮完胡子的他，不但看上去精神了，情绪也爽了很多。

"要喝茶吗？"我问他。

"嗯。"他一副漫不经心的样子，仍然沉浸在刚才的享受中。

每天的大多时间里，他总是坐着或躺着，需要任何东西就远远地叫一声："烟，高蛟苛！""厕纸，高蛟苛！""饿了，高蛟苛！"晚上开饭时，我也是第一个把饭菜送到他面前，并开玩笑地说："您请用，我尊贵的帝王。"

"嗯，玛伊玛格。"

一阵吟唱声响起，老人又开始和大树、精灵叙旧了。

彼得的第一阶段考查工作完成得很圆满。全部计划将分阶段在三年内完成。第二年，在彼得的帮助下，曼唒耶（Manmoyi）建立了一个新居点，实现了伬姆德老人的心愿——回到大树下定当我收拾好自己，就听佤姆德老远地喊我："高蛟苛！"我循声望过去，见他指着自己的下颚喊道："还有我呢！"（Me too!）当时我和身边的孩子都乐了，之后孩子们还不时对他开玩笑地说："还有我呢！"

居，重新生活在年轻时快乐的记忆里。

　　更令人感动的是，佤姆德老人还念叨着我这个"高蛟苛"，他对周围的人说下一次他要带我去看一看周围的岩画，那是他最新发现的、还没有其他人见过的岩画。

　　2010 年，佤姆德老人去世了，终年 83 岁。

　　佤姆德老人的故事是人、自然、神灵共存关系在现实生活中的验证。为了敬仰和维护这一依存关系，原住民通过各种仪式进行颂扬和传承，其中包含了对新一代的言传身教。

　　每一次在讲述这些故事的时候，我都像是做了一次从现实到远古的穿越。远古时期所发生的一切，至今还在这片丛林里流传，从未间断。梦幻时代不仅存在于过去，也存在于今天和未来，它超越了时空限制。所以，梦幻时代的故事被视为一种不可任意引用的"财富"，被小心翼翼地保存在原住民心灵深处。同时，又以神性的形式存在于人的内心和精神世界里，即使人类还难于用现有的思维方式从现实层面上解释这种存在，但人与神灵在这片土地上的共存已有几万年的历史。神性是超越人类理性思维的神秘能量，而土地又是他们唯一拥有的物质，它既是圣灵创造的，又是圣灵的归属。因此，人在拥有土地的同时，土地同样拥有着人。由此我们不难理解，土地对于原住民的意义是何等的重要。

17. 我的兄长

　　我与布隆·布隆之间的故事可以分几个阶段来说，他是我这么多年来，与原住民之间最重要的一段关系之一。他视我为他的家人，是我的兄长。

　　早在90年代初，我第二次进入阿纳姆丛林时我们就相识了。他的性格随和、少语、真诚，容易相处。后来我受聘于阿纳姆丛林的曼琳格瑞达原住民学校时，我们交流的机会和时间也就更多了。

　　记得那时在村里的学校里，我的许多时间都用在画课本的插图、给孩子们上课，要不就是按照事先准备的一个名单去寻访村里的一些画家。他们中的许多人后来都成了澳大利亚和国际上非常著名的艺术家。布隆·布隆就是其中之一。他为我画过一张图腾树皮画，我们经常围着篝火说说笑笑。他和家里的人特别喜欢吃我做的东西，哪怕是一盘简单的炒饭，只是加点酱油也会让他们夸个不停。有一次，我做了一锅红烧鱼——平时大家都是放在篝火上烤着吃——加了酱油和糖，可惜当时手边没有醋，否则来一盘红烧糖醋鱼一定会更加绝妙。大家围着篝火看我忙活着，自然会问我许多关于中国人的餐饮习惯和中国的事，搞到最后篝火傍的这些人都期盼我第二天就带他们去中国走一趟。布隆·布隆说，在他实现去中国的愿望之前，他要先带我去嘎漠迪居点住几天。这样的话他说了好几次，所以我找了个机会跟学校请了几天假，打算跟他出游一次。在丛林里，我们也会像都市人一样远游，又或者像中国人那样——隔段时间总会回老家看看。那里是

我们的出生地，或是从小生长之地，有父母、亲戚朋友和永远割舍不了的联系。正如原住民对他们的家乡和生长的环境的依恋，如出一辙。

　　这一天，我们约好一起出行。一早起来，我就开始收拾东西，其实也没啥可收拾的，将几件衣服塞进包里、捆好一个睡觉的行囊，还带了一个速写本。就这些，我来去的行装一直都是非常简单的。生活中，我从来不求多余的羁绊。

　　门外响起一阵汽车喇叭声，我随手抓过牛仔帽扣在头上，拎起背包和行囊。我刚跨出屋门，就被眼前的场面惊呆了。哦，我的天哪，这是什么？眼前有两辆车，一辆车的车顶上绑着一个床垫和两三个帆布大行囊，车前盖上捆着几个大旅行袋，车身前保险杠上挂满了烧水用的罐子、锅子、铁板之类的一大堆生活用具，像是吉卜赛人的大篷车；另一辆车就更恐怖了，车身完全被一层白色的泥浆覆盖，只留下挡风玻璃上一块被雨刷刮过后还算

这张照片拍摄于2008年前后，地点在阿纳姆丛林。当时有一位电影制片人正在跟踪拍摄一部关于我的故事纪录片。片名叫《水墨与赭石》。在温暖的夕阳下，我与布隆·布隆准备在附近拾几根树枝回去做饭，途中被导演拦住，拍下了这张照片。

透明的扇形玻璃。不难想象，车子曾经陪伴着主人经历了一次怎样疯狂的旅途，不用亲身体验，即使只看上一眼，也会让人兴奋得要跳起来。我立刻想到，如果把它们放在美术馆里，简直就是两件最具当代特色的艺术作品。在艺术家眼里什么样的东西都可能是艺术，只要以艺术的思维和视角去审视。车里塞满了大人和小孩，外加两条狗。看到我的表情，大家反而觉得奇怪，在他们眼里这是极其普通的事。生活本来就是这样，无须太拘束讲究，这正是我所羡慕的生活态度。

　　有的时候我会想，如果选择长期生活在丛林里，我又会怎么样？自从对这里产生了像在家的那种安心随意的感觉之后，这样的想法时不时地会出现在我的脑海里，这种心态甚至让我忘记自己还是一个艺术家。我开始习惯于一种懒散、随意的生活节奏。无须受任何人的约束，尤其不用再去面对都市里各种复杂的人际关系——这是我最不愿意花心思去经营的一种关系。但是，要想在那样的一个社会环境里好好地活着，就要遵守那种生存规则，别无选择。

　　抛弃名利的诱惑，做回一个丛林人，其实也不是一个糟糕的选择。

　　出了村子，车子开上了"高速路"。布隆·布隆没敢开快，车身披挂得如此这般，也没法提速。但是，当我们离开了"高速路"，开上一片淤泥被晒得干裂如鳞片的干枯河床的时候，布隆·布隆还是忍不住加快了车速。我真担心他把这件伟大的"艺术品"颠散了架。

　　我突然灵光一现，闪过一个念头，说道："我们可以在车身上画画。"因为我发现道路两侧有一些报废的汽车，这种现象过去是不曾有的。在个别地方，报废的汽车多到可以把一个居住点围起来。

　　他侧头看了我一眼，没有说话。

　　"是啊，你不觉得会很酷吗？"

　　他回道："耶，也许吧。"

　　我完全可以想象，它会像我们现在的车一样成为一件了不起的艺术作品。做艺术最有意思的就是可以做普通人不敢想、不会想的事，人的思想被任意地拉伸、拓展，甚至达到肆无忌惮的程度。

　　一路想象和闲聊，不知不觉我们的车已经开到了干枯河床的边缘，前面是一片将近一人高的草丛。布隆·布隆放慢车速，缓缓向前驶去。汽车开始贴着被压倒的草面静静地滑行，一片片荒草倒向两边，只有蒿草与车身摩擦发出"沙沙"的声音。高过视线的草丛让我只能看见头顶上的一片天。瞬间，一种奇妙的感觉油然而生，恍若进入了一种幻境。穿越在层层透明纯净的景色之间，无声、无我，朝着一个未知的世界飘逸而去……

　　我闭上眼睛，调匀了呼吸，一股气流很快贯通全身，身心感受到从未有过的轻松和透彻。要不是远处传来的一两声笑翠鸟（Kookaburra）的叹息声，真的会觉得我们这是来到了另外的一个世界。

　　"好安静啊。"一声发自肺腑，极其轻微的感叹。

　　多么希望汽车滑行的速度再慢一点，让这美妙的时刻延续得更久一点。这么想着，汽车真的如我所愿缓慢到几乎停了下来。难道说，布隆·布隆也有与我相同的感觉吗，或者说是神灵在满足我的心愿？

　　又过了一会儿，一丝微风轻轻地吹过来，我闻到了大海的气味。当我睁开眼时，美丽的海湾豁然出现在眼前。我们的车滑出了草丛，穿过了一条美丽的隧道。啊，我深深地吸了一口气，这是一次多么美妙的体验啊，令我再次享受到人与大自然相融汇的愉悦！

　　如过往每一次一样，面对大海，我的心情总会有些小小的兴奋。平静如镜的海面在阳光的辉映下泛起一片鳞波，显得十分恬静、多彩。一条海湾的抛物线将人的遐想带往看不见的尽头。我踏在这条抛物线上，张开手臂，闭上眼睛，大胆地往前走，走向一个全新和未知的境地。

孩子们见到水就开始嬉耍，布隆·布隆也急忙走到海边，甩出手里的渔线，然后坐在沙滩上听着海水相互冲击的声音，静静地等待鱼上钩。

远处有一个小岛，看上去比我之前登上的小岛要可爱多了，因为岛上有许多的树。听说当地人出海捕鱼时，也会顺便在小岛上停留几日。这么一个平静、私密、与世无争、让人可以潜心修行的地方，对于许多都市人来说只能是奢侈的梦想。

没容我继续往下想，就听劳瑞（Laurie）在远处喊道："一条大的。"劳瑞是布隆·布隆的妻子，只那么一会儿的工夫，她已经钓上了一条大鱼。有人早已烧起一堆篝火，等沙烧热了，便把鱼埋进去。这时，布隆·布隆和其他人也陆续丢过来几条鱼。

"太多了。"我说。

"还行吧。"劳瑞说得十分轻巧。

不是还行，简直是富余了。"如果还有面包的话，那会更好。"听我这么说，劳瑞从她身后的布袋里掏出一块厚厚的面饼，用力掰了一块给我。可能是搁的时间太久，面饼的表皮像皮革一样咬不动，我只好把掰成小块的面饼泡在茶水里，软化了再吃。这是丛林人的生活常态。

大家简单吃了一点东西，然后把钓上来的一堆鱼装在两个网袋里，准备晚上吃。

几个孩子对着篝火撒了泡尿。我们还要继续赶路。

从曼琳格瑞达到嘎漠迪不过 3 个多小时的路程，但是布隆·布隆带我们绕道去了另外一个地方。他说，最近那个地方总是出现在他梦里，所以他要回去看看。

我忘了那个地名。在我的记忆里，它和我所到过的丛林其他地方没有多大区别，也没有什么特殊的象征性特点。但在布隆·布隆的眼里却大大地不同，因为这里曾经发生过一些事情，要不他也不会专门来这里。这样的地方，有些会有警示牌提示，更多的没有，但发生过的事和其中的秘密永远会铭刻在原住民的记忆里。所以，说阿纳姆丛林是一个极其神秘的领地是有原因的。

当我们到达那个地方时天色刚黑。大家颠簸了一天也都有些疲乏，随便吃了一些白天剩下的鱼和面饼，就围着篝火早早睡下了。

我借着篝火想写点日记，但却定不下心来。火势渐衰，蚊声如雷鸣，刚写下几个字，手掌就要朝着自己身上拼命地招呼。蚊子太多、太厉害了，我只好钻进睡袋。其实，这只是生活在这样一个环境里最普通的事，被吸上几口血也就是起几个包，但是如果不幸被传染上某些牲畜病毒就麻烦了。所幸我早已适应了这种生活，钻进睡袋后很快就进入了梦乡。

半夜里我突然被一阵野狗的叫声惊醒，声音听上去就像狼嚎，拖得老长，在寂静的黑夜里显得特别阴森恐怖。我警觉地竖起耳朵细听周围的动静，除了狗叫声还有此起彼伏的鼾声，这让我稍稍放下心来。我知道，丛林里没有真正的狼，但有许多和狼差不多凶狠的野狗，如果它们集结成了群，那也是非常可怕的。随我们一起来的两条看家狗也跑出去狂叫了一阵儿，试图吓退那几条野狗。没想到，这些瘦骨嶙峋、满身跳蚤、令我讨厌的家狗竟然担当着如此重大的责任。我起来撒了一泡尿，慌忙钻回睡袋。两条狗回来，在我头顶周围走来走去。它们白天睡觉，晚上机警得很，一点小小的动静都会引起警觉。有了它们守护，我又可以放心地做梦了。

第二天早晨，我是最后一个爬出睡袋的，刚收拾完坐下，就有一个小家伙捧着一杯温热的茶水放在我的面前。这也太贴心了吧，我摸摸他的头问："布隆·布隆呢？"

小家伙环顾四周说："不知道。"

我对远处正在拾柴的劳瑞打了一个手语。她双手抱着一捆树枝，侧过脸对着一个方向努了努嘴。

"走，我们去找他。"我端起刚刚放下的茶杯吩咐小家伙，然后朝着劳瑞示意的方向过去，远远看到布隆·布隆独自一人站在水塘边。

平日里，布隆·布隆一家老小常常会卷上毛毯，带上猎枪和鱼线，开车去附近的海边或河边钓鱼。那边钓鱼、这边烧烤，这样的生活十分惬意。

看我们走近，他问我，昨天晚上睡得好吗？我告诉他昨晚有野狗出现。他"嗯"了一声，然后又将身子转向水塘。可以看得出他有心事，我们都没有再说话。我知道，如果他想说什么他会告诉我的，这里也没有其他人，否则就是我不该知道的事。

果然，他说："这个水塘里曾经有一条鳄鱼，"他的手在面前划过，"后来我们离开了这里。"听起来只是两句再平常不过的话，其背后一定还会有更精彩的故事，否则他不会如此专注地站在这里。

"哦，你们杀了鳄鱼？"

"不，当然不会。"

"为什么？"

看布隆·布隆的神情，他仿佛进入了一个不堪回首的记忆里："白人来了，杀了我们的人，包括孩子、女人和男人。吉米（与我们一起的另外一个原住民）的老爸就是被白人杀死的——

我们也杀了他们的人，但是白人有枪、有马，我们只有长矛，我们打不过他们——到处都是血，水都是红的。后来，它（鳄鱼）出现了，帮助我们对抗那些白人，最终把他们赶走了。"

他说得非常简短，但每一个字都像是拳击手的一击，字字句句都砸在人的心上。

类似的事件在澳大利亚历史上并不少见，其中就包括广为人知的，是 1928 年发生在中部科尼斯顿养牛场（Coniston cattle station）附近的一次澳大利亚原住民大屠杀事件。渥亚·姜格雅就是多达 110 名的大屠杀遇难者中的唯一幸存者。他的许多亲属都在暴行中死去了，其中包括妇女和儿童。后来，他以自己的方式躲过了警察的追捕，最后逃到了位于爱丽斯泉东北部的阿尔同佳地区（Arltunga region），这次大屠杀对阿麦提（Anmatyerre-Warlpiri）氏族造成了毁灭性的打击，使渥亚被迫从祖先创建的世代生活的家园逃离，沦落为流离失所的人。澳大利亚人对这一段残酷的历史并不陌生，但是他们中间又有多少人为此忏悔过呢？

我们只知道鳄鱼会伤害人，但在神灵的感召下它也会帮助人。在这个事件里，鳄鱼成了他们战胜敌人的力量，是他们的守护神。

接下来的一整天，布隆·布隆都没有说太多话。他一直在附近转悠，嘴里时不时还会哼唱几句，要不就是自言自语，用土语跟几个孩子说上几句。孩子们只是静静地听着，没有人问任何问题。未来，他们也会像布隆·布隆现在告诉他们这样，再把这段历史讲述给他们的后代。那是一段残酷的历史，是对原住民造成了巨大伤害的历史，布隆·布隆说："我们可以原谅，但永远不会忘记。"

我问他，最后一次回到这里是什么时候？他说，不记得了，我猜想应该是很久以前了，现在周围的杂草已经长得老高老高了。布隆·布隆吩咐小家伙点了几把火，又说："照顾好我们的家园，我们还要回来的。"

我问布隆·布隆，神灵为什么要在这个时候托梦给他。

听了我的问题，他看了我好久，最终还是没有回答。从他的神情中我可以强烈地感受到他内心的波澜。一切尽在不言中。

野狗没有退去，周围又出现几只野牛，随之带来一大群蚊子。我们不堪骚扰，根本无法安静地坐下来。夜里还有野狗伺机袭击我们，在没有得逞之前它们是不会死心的。如果再来一群野牛，那就更不好对付了，因为它们体大力强，没有几杆枪的火力是吓不退它们的。所以大家会警惕周围出没的野牛，适时射杀掉一些，不让它们形成过大势力。

我没好意思问布隆·布隆我们还会在这里住多久。我们有的是时间，也无须像城里人那样把每天的生活安排得井井有条。要不是隔三岔五地写一点日记，我也不会关注今天是几月几日。没必要。

但是布隆·布隆心里是有数的，周围除了那个行将干涸的水塘之外，没有其他的水源，也就意味着没有鱼好钓。他又吩咐我们中间的两个大孩子带上猎枪，在附近看看有没有猎物，结果他们也空着手回来了。白天我们吃得很少，晚上大家的兴致似乎都不高，没人说话，也都没有吃东西。像第一个晚上一样，大家都早早地睡了。临睡前，布隆·布隆看起来是那么不经意地对我说了一句："我的家人曾经在这个时间在这里被杀。"

听了他的话，我愣住了。这一次，轮到我说不出话来。

"睡吧，我们明天走。"他说完今天的最后一句话，背对着我侧身躺下，微微蜷曲着身体。如果说，白天我从他的神情言语中看到了沉痛、悲哀和愤懑，那么此刻从他的背影我看到的是委屈。

***

第二天一早，大家收拾一下就上路了。

当我们到达嘎漠迪，一个靠近冉闵嘎岭的居点，已经是中午。布隆·布隆首先吩咐人找些吃的过来，从昨天晚上到现在我

嘎漠迪居点。

们什么也没有吃，也没有人说饿。

嘎漠迪与伊克拉克居点的环境设施差不多，但这里只有三户人家，大人孩子加在一起也有几十口人。大人都在忙活着做事，小孩该玩耍的玩耍，整个居点看上去一派其乐融融的气氛。

这时，有一个孩子怀里抱着球跑过来对我说："今天有人找你。"

我这才刚到这里，屁股还没有落地，竟然有人这么对我说。

"走开，"一旁的布隆·布隆冲他喊了一嗓子，末了又补充道，"拎桶水过来。"

"真的是有人找他。"旁边有一个女人说。

"真的？！"他们没有理由合伙对一个陌生人开这种玩笑，但我仍然不相信他们的话，因为没有人知道我在这里。

"人呢？"

"电台在呼叫你，问你什么时候回村里的学校。"

"寻人启事"竟然在丛林里传开了！我忽然意识到，我只向学校请了两天假。不知道从什么时候开始，我已经失去了时间观念。我对自己的改变感到有些惊讶。后来负责分派我工作的老师对我说，他应该加大我在学校的工作量，否则我有太多的时间到处乱跑。

我赶紧给学校打了个电话，借口说这里正在下雨，道路不好走，过两天就回去。也是老天要帮我圆这个谎，当天夜里真的下起了大雨。

半夜，一阵嘈杂声将我从睡梦中吵醒。下雨了，而且还是大雨。大家抱起枕头毛毯什么的分别躲到几个树棚下，我也只好和大家挤在一起。虽然身子下铺了一种比较柔软的、像纸一样的树皮和薄薄的毛毯，仍然硌得我骨头疼——年轻时的我很瘦。

因为刚才的一番折腾，我一下子睡不着了，所以各种乱七八糟的想法都乘虚而至。一个已经问过自己多次的问题又出现在我头脑里："我为什么来到这里？"如果是为了艺术创作的缘故，拍些照片回去就完全足够了。不然，还有其他原因吗？对于这个问题，我想过很久，但每一次都想不出一个清晰的答案。抑或那是隐藏在心底里，不愿去触摸的某个原因，还是说神灵要在我身上显示他伟大的奇妙？

我的本性里有着被教化的乖孩子的性格，反叛永远只是头脑里的想象。但是，在我看似温和的性格里还包含着另外一个重要的特点，那就是执着。年轻时的我单凭着一股执着的好奇心，不顾一切地扎进了原住民中间，心甘情愿地接受生活上的各种挑战。其实生活在荒漠上，不仅仅是生活条件简陋和艰苦、气候恶劣，能否耐得住寂寞才是对人真正的考验。如果不能真正地融入这里的自然环境，缺少对土地的敬畏，内心也就缺少与周围一切息息相关的力量，体会不到大自然的奇妙。更何况，都市人有看重计划性和目的性的思维习惯，很快会被寂寞击垮。记得有一次，一位达尔文的朋友要跟我来阿纳姆丛林，结果我们到达丛林里一个居点的第三天她就提前走了。临走的时候她告诉我："没想到丛林生活如此无趣、单调，并不是想象的那样刺激、浪漫。"在她眼里，实在无法接受这样的生活，除了打猎，更多的时候都是留在驻地休息。天气热得人不想做任何事，直到太阳西下才能看到有人走动。不甘寂寞永远是都市人的特征，但是对于我来说，即使没有了都市里的喧嚣和嘈杂、没有了朋友的聚会，也并没有感觉生活中有任何的缺失。人要是把欲望降到最低程度，怎么活都可以活出精彩和趣味。

其实，都市人的生活，如果没有经过艺术的加工，其故事性也同样是很乏味的。

雨，下个不停，第二天仍然是下下停停。我们只好躲在树棚下干些打发时间的事。劳瑞一个人在那里玩纸牌，她玩得很投入，不时自言自语，还面带情绪地出牌、发牌；几个年轻人聚在一起闲聊，喝卡瓦（Cava），这是一种可以代替酒精的饮料。50年代，西方宗教团体进入原住民生活时，他们打着上帝的旗号要来拯救这个民族，并采取了许多措施，其中最广为人知的就是被称为"被偷走的一代"的历史事件。为了解决原住民中酗酒的问题，教会组织引进了卡瓦，合法地出售。从商店买来的是粉末，需要包在纱布中，再放在水里，像洗面筋一样洗，然后再喝那个水。

有人向正在树皮上画画的布隆·布隆递过来一小罐卡瓦，小罐子是用半截子可乐罐做成的。他像喝水一般将半罐子的卡瓦都喝了下去。"喔，悠着点。"人群里有人提醒他。当一小罐卡瓦传递到我的面前时，我犹豫了一下。我喝过，非常不喜欢，但又不想负了大家的心意，还是喝了。喝在嘴里平淡无味，但是细细地品一下，舌苔会有麻麻的感觉，喝多了会引起头疼，然后就想睡觉。

"如果你不喜欢，不要喝。"布隆·布隆对我说。

"嗯，我只想尝尝。"我说。

他没有再说什么，注意力又回到他手中的画上。他叹了口气说："太多要画了。喂！"他抬头冲着劳瑞喊了一句。

劳瑞正玩在兴头上，没有搭理他。

"喂，帮个忙。"

"雅格。"她不耐烦地抛过来一句土语，是"不"的意思。

看他画得如此辛苦，我拾起另一支笔，默默地画起线条。布隆·布隆没有吭声，伸手将一碟白色颜料向我面前推过来。

这种代笔在画家群里非常普遍。有一次，我在维多利亚州国立美术馆看到一些树皮画，觉得非常眼熟。不用看标签，从作品的风格基本就能看出是哪一位画家所作，凑近细看，还能够辨认出我的笔迹。在我与这些画家交往的时候，他们常常会请求我帮忙，因为画得实在是很辛苦，在地上一趴就是几个小时。尤其对那些已不知画过多少遍的图案，画家很容易失去耐心。布隆·布隆就因为时常让劳瑞代笔而受到多方的压力，从而影响了他作品的销售。但他说，只不过是借用劳瑞的手完成他想画的内容，况且都是图案符号。如果我们把目光转向那些现当代艺术家，他们对那些借用他人想法的作品，甚至完全借用他人之手创作的作品，尤其是装置艺术，又该做怎样的解释？

雨还在下。

画累了，我抱着双膝，听着雨声，看着以丛林作为背景、由模糊的雨线构成的画面，静静地发起了呆，直到被一个声音打断——"明天，雨停了，我们可以走了。"

是布隆·布隆在说话。

"去哪里？"我问。

"回村里呀。你在想什么？"

"没有，没想什么。"

"你这样坐着很久了。瞧，我已经画了这么多了。"

"哦。"我好想再多发一会儿呆啊。什么也不想，那个感觉真好，就好像置身在一个虚无的空间里，有着一种平静的心境。我发现，发呆其实也是一种非常好的享受啊。

"你来自那里，最终还要回到那里。"布隆·布隆试图捕捉我内心的想法。

"嗯。"我的内心仍然在拒绝回到现实，希望在刚才的状态里再待一会儿，在这里生活得再久一点。

他没再说话。

我也没有再说话，让一切顺其自然吧。每当我感到对某件事无法掌控的时候，总会这么去想。而且我还告诫过自己，当我走进这片丛林的时候，一定要将外面世界的嘈杂、烦恼和一切世俗留在身后，开始一段真正的全新生活。

现在还没有到真正的雨季，几场大雨之后，又会晴朗几天。果然，来到这里的第四天，天放晴了。布隆·布隆开车将我送回了村里的学校。

后来，布隆·布隆一家搬到乌迪迦（Wudija），与劳瑞的姐姐汝达（Rhoda）为邻。我也去了乌迪迦好多次，那里成了我在丛林里的家。他们是我的原住民家人。

***

后来，我们每隔两三年都会见一次，期间我们会保持电话联系。乌迪迦有一个公用电话亭，它代替了早期非常落后的电台对讲机。再后来，不论大人、小孩，几乎人手一部手机。信息时代的科技发展速度超乎想象得快。

电话里，劳瑞总是会唠叨一些日常的琐事，比如布隆·布隆又画出了几张画，送去村里的艺术中心卖出了好价钱；有时她也会说起要去参加一些葬礼的事；后来她说放映机坏了，看不了碟片了，大家最爱看中国的功夫片和好莱坞的动作片。后来，我寄去了放映机，还附加一堆影碟。

有一天，布隆·布隆在电话里告诉我他最近很忙，在参与一个仪式，他是仪式的领唱者。最后他说："你要来吗？"

"当然。"我说。从他简短而又肯定的语气里，我可以感受到，需要他每天领唱的仪式一定是个非常重要的仪式。

"来吧，我在这里等你。"

几天之后，我和我的孩子周蛮从墨尔本直接飞往达尔文，由达尔文再转乘北方公司的小飞机飞进了丛林。对于那段经历，我至今仍然记忆犹新。离开墨尔本的那天晚上，我打电话找到布隆·布隆时他正忙着安排仪式活动，仅仅聊了几句之后他说了一句"明天在机场等你"，然后就挂断了电话。可是，第二天出现在机场的却是嘎日塔，布隆·布隆的儿子。嘎日塔说，布隆·布隆正忙着，他在那里等我们。"那里"是指正在举行仪式的地方。然后，他安排我们了搭乘了一辆让我和周蛮无语的汽车——刹车灯、油灯都亮着；里程表，温度计，油表都坏了；方向盘周围的部件已经被拆得七零八落，只剩下一个骨架；后视镜没了，座位被割开后露出一块块海绵。整个车子被摧残得惨不忍睹，真担心只要再掉一个螺丝，整辆车就会散了架。

"为什么要把它整成这样？"周蛮问。

我不知应该怎么对孩子解释，只好说："你喜欢玩小车，有人喜欢玩大车。"

当听说这是一辆只有 5 年车龄的车，可把周蛮惊呆了。不过这还不算什么，沿途我们还遇上了一件更加让人震惊的事。当时，我们的车开出大约一个多小时，前方莫名其妙地突然掀起一片尘土，重重地打在汽车的挡风玻璃上，紧接着就看见一团浓浓的尘烟贴着地面向我们飞滚过来。晴天白日下，突然出现这么一个奇观，不知天地间发生了什么事。"快，趴下！"就听嘎日塔命令我们把头低下，语气里满是惊慌。我赶紧把头低下，但还是禁不住抬眼看去，那团尘雾正以极快的速度从我们身边飞滚过去。我回头望去，隐约可见包裹在这团浓浓的尘雾里的是一辆汽车。嘎日塔说："还好，不是他们的车。"他说的"他们"，指的是将要来参加仪式的几个重量级人物。刚才，嘎日塔简单地向我们介绍此行的目的时说"但愿不会在路上遇见他们"，因为这些人的身份特殊，在仪式结束前不希望被任何人看到。我深深地吸了一口气说："好吧，不过刚才这也太疯狂了吧！"我用手指了指窗外。嘎日塔看着我惊恐未定的表情，笑了。"是够他妈的，疯狂的。"他恨恨地骂道。

见到布隆·布隆的时候，他正在和几个人围在一起喝卡瓦。他问我，都还顺利吧？我把刚才路上发生的事对他说了一遍，而嘎日塔在一旁却说起了我们被警察盘问的事。

布隆·布隆问："怎么回事？"

我说："差一点被撵出去。"

几个小时前我们在曼琳格瑞达，当时我正在往车上搬运一些东西，一辆警车停在了我们面前，下来一位年轻警官，问我是谁、从哪里来，还让我和周蛮出示通行证。

哦，糟了，我竟然将这事给忘得一干二净。

嘎日塔在一旁看我一脸的尴尬，忙说："他是我们的人。我们正准备去乌迪迦参加仪式呢。"

"这我管不着，他们必须要有通行证。"年轻警官说。

"我明白。对不起，可是……"可是我还能说什么呢？在我的意识里这趟旅程是回家，却忽略了除了当地原住民之外，任何人在任何时候进入丛林都需要持有通行证。

嘎日塔还想为我们解释，并担保我们跟他们是一起的。

听嘎日塔这么说，警官指着我和周蛮又追问道："你能为他们担保？"

"当然啦，他们是我们的人。"嘎日塔指着我很肯定地说。

警官迟疑了一会儿，但还是走到一边拿起对讲机向他的上司汇报。当他再转身回来的时候，脸上露出一丝笑意，说："可以啦，我的上司说知道你。你没事了。"说完，他又重新上下打量了我一番，一定在为他的上司知道我这件事而诧异，"你知道的，这是规定，另外也是对你的安全负责。"现在，他的语气里明显带着善意。

出于好奇，我也想知道他为什么会查我。因为这么多年来，出出进进，我从来没有被人查过。

"因为你刚搬上车的两个纸箱。"他说。

他的话让我非常诧异。

"有人把毒品带进来兜售。"他又说。

"原来是这样，纸箱里是我们的食物，比毒品重要多了。"听我这么说，大家都笑了。

听完我的描述，布隆·布隆也会心地笑了。他拍拍身边的地面："坐下。我们刚刚又开会商量了一下，长老们同意你和娃娃与我们住在一起，但是不可以随便走动，更不可以拍照，包括周围的风景。"他很严肃地吩咐我们，并把剪去一半的可乐罐递到我面前，里面是卡瓦，"既然进来了，兄弟，仪式结束前就不能离开这里。"

这里正在进行着一个非常机密的仪式。周围道路全部被封死，包括通往各村庄的大小道路，任何人都不可以靠近这里。仪式已经进行了一个多月，就快接近尾声，只等几个重要的长老来主持仪式的最后环节。从联络员传递来的信息看，长老们估计在最近几天到。我默默地点点头，开始畅饮，等待那个时刻的到来。

卡瓦真不是什么好东西，开始毫无感觉，像喝水一般无滋无味，一直喝下去，喝得我头越来越疼，什么时候倒下的都不知道。

从海上吹过来的风带起阵阵沙粒，打在皮肤上麻酥酥的。沙土和着汗，粘在身上非常不舒服。圆圆的月亮不断躲过乌云，将荒野照得透亮，仿若丛林上空吊着的一盏灯。阵阵吟唱或高或低，抑扬顿挫，在黑夜里回旋和激荡。中间领唱的是我所熟悉的声音，它像是幽幽的鸟语，由近及远，又由远及近，仿佛在向周围以及更远的远方传递召唤的信号，那是在向大地上的祖灵传递着一个敬拜者的赞美。不一会儿，远处刮过来一阵阵似乎是由精灵带起的旋风，在我们周围旋转。

我好像置身在一个梦境里，一群舞者在如云海般的尘雾中穿梭舞动，或隐或现的身影将整个氛围营造得十分诡异。随着吟唱声逐渐激昂，气氛被推向了高潮，然后一群疯狂的人被淹没在尘雾中。最终，随着尘雾的消散一切都从我的梦境里消失了。这是一个很短的梦，短暂到好像没有发生过一样。接下来还会发生什么呢？多么期待下一个高潮的到来啊！

一整夜，我就在这样一个似梦非梦的幻境里穿梭。

第二天，两个下身裹着一块布，身上、脸上和头发上涂着红

或许我只能用《无题》暂
时作为这幅作品的标题。
这是我参与过的、不对
外开放的原住民传统仪
式之一。

《仪式》，137×208 cm，
墨、丙烯、宣纸、布面，
2008 年。

色，还用白色和黑色分别在胸前和脸上画了几个图案的原住民来见布隆·布隆。他们先与布隆·布隆用土语嘀嘀咕咕了一阵子，然后土语中夹杂着英语对我和周蛮说了一段话。其大意是：这里是劳瑞的，也是他们的故园……接受神灵的旨意，昨晚他们为我和周蛮的到来吟唱、祈福。说完，他俩恭恭敬敬地握着我和周蛮的手。

"他是高蛟苟。"布隆·布隆指着我说。

"哦，"他们再次向我伸出手，但这一次是一只手扶着另一只手的手腕，微微地低下头，弯下腰说："你是我们的父亲。"

在原住民亲属体系里，我是他们的长辈。这个时候，我的高蛟苟身份在原住民族系中就显得非常重要了。

我说非常感谢他们接受我们，让我们参加如此重要的仪式。这是我们的荣幸。

他们说，我们都要听从神灵的旨意。

在这里，我强烈地感受到了一个无比巨大的气场。我预感将会发生的事，在接下来的几天都发生了。这里所发生的一切都是只属于神灵和参与者的秘密，还不能够公开谈论。为了保护其祖先遗留下的遗产不受其他文化的侵扰，他们会把仪式做得极其神秘。即使是不同地域或部落的原住民也不能参与，除非受到邀请。

在经历了这些之后，我与布隆·布隆一家的关系已经非同一般——我们真正地成了一家人。

18. 走出丛林

墨尔本机场出口。

一个戴着墨镜的人身着黑衬衣，脚上趿着拖鞋，挺着个啤酒肚，随着人流缓缓而出。我一眼就认出了他——布隆·布隆，即使他那一头漂亮的蓬松如狮子般的卷毛和大胡子都不见了，这也说明他为此次出远门做了一番精心修整。他的身后跟随着妻子劳瑞，还有詹妮弗（Jennifer）和瑞奇（Ricky）。詹妮弗是劳瑞姐姐的女儿，瑞奇是她的孩子，我们见过几次，布隆·布隆总是会把她带在身边。

"高蛟苟，你在这里。"他的语气出奇平静，而且怪怪的。

"我说的吧。"站在一旁的劳瑞补充道，"一路他都在担心会不会出现什么意外，因为他们很少走出丛林。"丛林之外的世界对于他们来说是那么的陌生。

我上前给劳瑞一个拥抱。她仍然还是丛林人的穿着，一条黑色背心，下着花长裙，除了肩上挎的包之外，手里还提着拖鞋。他们尽量遵守都市人的规矩，但是接下来的几周很少再看到他们穿鞋，好像又回到了丛林人的生活习惯。

从机场出来回画室的路上，劳瑞告诉我，汤姆和罗达向我问好。他们是我在乌迪迦的原住民朋友。"汤姆刚买了辆新车。"劳瑞说。罗达是个编织能手。上帝总是会眷顾勤劳的人。

路上我们进了一家麦当劳，买了一堆汉堡和薯条。我说这是劳瑞的最爱。她捂着嘴笑，开心得不行。

回到画室，我为大家沏茶的工夫，布隆·布隆也开始整理之前挎在劳瑞肩上的包。他从包里拿出了几件东西——三块小石料、三支秃到只剩根部的普通油画笔、三支用长发做成的笔、一个装着白色的粉末的烟丝盒，还有几块碎木炭。它们整齐地摆放在他面前的地上。

天哪，他们竟然把这些东西都带来了。

劳瑞捂着脸笑，然后从包里又摸出一小瓶乳胶。更让我惊讶的是，布隆·布隆最后还拿出来一块两只手掌大小的石头。他把像砚台一样的磨颜料的石头也带来了。瞧这情形，他是准备在这里好好地画几张画啦。我为我们将要开始的合作充满了信心。布隆·布隆这次来墨尔本的目的之一，是为我正在筹备的一个大展创作一些作品。展览的主题是关于 17 世纪初，澳大利亚的原住民与印度尼西亚的望加锡人以及中国人之间的一段海参交易的历史。它是澳大利亚历史上与海外最早的贸易往来，而且是由原住民开始的。

没有太多的寒暄，很快我们就进入了状态。

一块白色油画布铺在画室中间，我和布隆·布隆坐在画布上讨论我们的想法，并画了几个草图。经过商量修改后，他开始在上过底色的巨幅画布上构图画线。他先用几根线条把画面分割成几块，然后在每一块上分别画上一些不同的图案。其中有两根直线，因为比较长的缘故，怎么画都画不直。他涂了画、画了涂，最终出现在画布上的线条看上去很笨拙，有点接近早期岩画的线条。用惯毛笔的我，对线条有着某种特殊的感觉。虽然在澳大利亚生活了很多年，也许在创作观念上有了改变，但我对中国传统绘画中的线和墨始终保持着极大的偏好和喜爱。这既有文化情怀的因素，又因为这种艺术语言不是所有人都能够掌握的。

布隆·布隆不是我合作的第一个原住民艺术家，但我们之间的合作无疑最具有挑战性。首先，我们是在做主题性创作；其次，就技术层面上来说，我们在艺术表达形式风格上有很大的不同；第三，这种合作社会层面的挑战也是巨大的。过去所经历过的种种争议，多少还是让我有些顾虑。艺术层面的挑战则在于如何重新呈现几百年前发生在三个不同民族之间的一段历史。

　　接下来的几天，布隆·布隆一直用心地画他的大画。等他画完了，我才接手画他留下的空白部分，以及最终统筹完成整幅画。在这之前我也没有闲着，把几张宣纸拼接起来，铺在画室另一头的地上。我们都喜欢在地上画画。我把这种习惯由荒漠带到了画室，部分也是受到原住民艺术家的影响。

　　看我用毛笔在宣纸上挥来舞去的，画得如此潇洒，自然是吸引了他的注意，以至于劳瑞要在旁边提醒他别忘了画他自己的画。有几次，他专注地坐在一旁看我作画，还不时地指着画面与劳瑞用土语交谈。我问他，是不是也想试试？他迟疑地说，不敢，怕弄坏了画面。但在我的鼓励下，他还是小心地拿起了毛笔，学着我的样子在宣纸上撒上一笔墨。通常画这样有点抽象的大画，看似信手挥毫，毫无章法，其实画家的内心还是有想法的。有想法，也还要有自信和胆量才可以挥洒自如。布隆·布隆开始还有点谨慎，挥舞了几下子之后也放开了。他说他已经观察我作画好几天了，在头脑里也尝试画了无数次。

　　他见我用碗将桶里的墨水有序地泼在画面上，说："太麻烦，为什么不直接泼上去呢？"

　　"你想怎么样？"

　　"让我试试。"他说着，从我手里接过桶，干脆地将半桶墨水一下子泼在画布上。他这一泼，看上去像个老手，毫无胆怯之意，嘴里还直呼"过瘾、过瘾"。

　　劳瑞在一旁看得也兴奋不已，大呼小叫的，竟然指点起布隆·布隆应该怎么泼："这里多一点，还有那里。"

　　"劳瑞，你为什么不干脆自己上啊？"我说。

　　"哦，不，不。"她连连摇手，然后忍不住又继续指挥布隆·布隆。

　　我可以肯定，如果未来我们再有几次这样的合作，布隆·布隆一定会改变他的画风。那会是怎样的一种艺术风格？也许不是有些人喜欢的，因为他们希望像布隆·布隆这样的画家永远不要改变他们已经形成的风格。

从此，我的作品中时常会出现布隆·布隆的笔触，就像我时常会在他的树皮上画上许多线条图案一样，我们对彼此的文化都产生了浓厚的兴趣。

大约经过一周多的磨合，我们找到了感觉，开启了我们的真正合作。以一幅《从艺术到生活》（170×285 cm）的作品为例。他在画布右边三分之一地方，将画布用线分割成上中下三块，然后在每一块里画上不同的图案。整个构图过程几乎是一气呵成。除了象征着风、云和闪电的连续三角形符号外，还有独木舟和海参图案的元素。他对自己的构思和创意颇有几分得意。我常常也会这样，如果创作出自己满意的作品，会为此而高兴好长一段时间，否则就会十分郁闷和痛苦。所以艺术家对创作过程中常常伴随的兴奋、纠结和痛苦都习以为常。

我问他："为什么会把风和云画成三角形？"

在我墨尔本的画室里，走出丛林的布隆·布隆第一次尝试使用毛笔时，说如此柔软的长锋笔太难掌控。但是，在他离开墨尔本的前一天，突然向我提出，是否可以将他过去多次使用过的毛笔送给他，"它会让我想起，我在这里的时光。"

他说："当你在看一样东西的时候，总会（习惯性地）按照东西的外形勾画出一个图像，（这种习惯）最后变成了大家（遵守）的准则。"

而他永远是在俯览大地，因为他来自大地，所以他的视野更加广阔。风和云出现在他的头脑里的形状就是这样的，它们看起来就像是大地上的某些形状。这真的是一种很有意思的思维方式。

他说："有些白人不喜欢我们，认为我们不像他们那样聪明，所以（想方设法）改造我们。事实上，我们会嘲笑他们的愚蠢，因为他们看不懂。"

布隆·布隆说出了一个道理——从真实演化到抽象，经历了漫长的实践过程，从而形成了平面抽象艺术风格。这种艺术风格在原住民绘画艺术中早已存在，它的形成来自生活、土地和大自然。在我看来，它的平面抽象寓意更加丰富。

他又说："许多被白人奉为至宝的东西我们早就有了。白人是在复制我们的文化，又有什么值得骄傲的呢？"

接下来，他用阿纳姆丛林特有的原住民树皮画风格，以细致的交叉线对大海、人物和自然环境做了生动的描绘，画中的海底生物在畅游，还有三个望加锡人在用力地划着一只小舟，他们似乎就要划入左侧的大海——那里将会是用水墨技法描绘的大海。最后，他只用了一周的时间就完成了他那一部分，留下的空白由我完成，而我最终却用了一年半的时间才完成这幅画。

这幅作品结合了两种古老的传统绘画艺术，水墨、丙烯和天然矿物石颜料共同在宣纸和油画布上渲染出海景的活力与动感。但是两种截然不同的艺术形式放在一起的时候，很容易产生拼凑的效果，画面缺少某种融合和连接两者的元素。为此，我想了很久，甚至尝试将郑和的形象加入画面。直到某一天，长时间工作后的我在工作室睡着了，并做了一个很有趣的梦：我看见布隆·布隆画中的鱼在游动，小船也在动，那些密密麻麻的线条开始扭曲、变形，流动了起来。尤其是那些鱼，慢慢地从画中游

《回归生命》 布隆·布隆、周小平,合作创
作,170×285 cm,2009 年。关于这幅画的
创作过程,本章节已有叙述。这应该是我为
数不多,最为得意的作品之一。

入海里，变成了活生生的鱼，又飞又跳的。那只小帆船也不甘落后，飞了起来。他们跳入更大的大海里，寻找他们的新伙伴，一起欢快地跳跃，溅起一片片水花洒在了无垠的大地上。我猛然醒来，告诉自己，这就是我在寻找的融合和连接的元素。我兴奋地开始画那些从布隆·布隆的画面游向了我的画面里的鱼，这些鱼由平面图案逐渐变得鲜活起来。当甘姆布乐（Joe Gumbula）博士，一位来自阿纳姆丛林地区东北部埃尔科岛（Elcho Island）的原住民长老看到这幅画时激动地说："这幅作品准确地诠释了梦幻时代的故事。梦幻时代讲述的不仅是过去，更是延续到了现在，以及未来。它是鲜活的，有生命的。"在布隆·布隆作品中带有梦幻意味的鱼，进入大海后变成了鲜活的、写实的鱼。这就是我们的文化和生活，生命走向'梦幻'之后，在由'梦幻'回到生命的过程中，被赋予了更强大的生命力，如此循环往复。甘姆布乐博士认为，作品为英语中所说的"梦幻时代"一词提供了更全面、更深刻的解释。

英语中的 Dreamtime（梦幻时代）一词表达的更多是"过去时"，其实并不能全面准确地解释原住民文化的核心。这个词试图阐释了一个相当复杂的概念，它在不同的原住民语言中有不同的命名，但其内涵通用于大多数澳大利亚原住民族群。原住民的核心文化既关注祖先的过去——祖先创造了土地和法规，也关注它在当今世界的持续更新。按照原住民对人类起源说的解释：远古时，圣灵创造了大地、山峰、河川风雨、人类和各种生命。当这一切建立起来，也就是万物之始。圣灵被尊为始祖。始祖的精神和灵魂流传下来，就叫祖灵，而祖灵被神性化之后，也就成了神灵。神灵始终存活在人的中间，指导人的行为。他是人的启示性偶像。

人类起源说在世界各地不同民族中有不同的说法，比如中国的"女娲造人"，传说人类最早是由女娲用泥土捏出来的。但是，澳大利亚的原住民不仅仅将其起源传说简单地作为神话故事对待，他们对此深信不疑，无论是过去还是今天，它都是凝聚澳大利亚原住民族的精神支柱。季节的更替、生命周期的循环和包括人类在内所有事物的生长，都是祖先的持续创造。借助风、水流和环境中的声音，在大自然的每一个角落都可以感受到他们的存在。他们遗留下的轨迹会再现于各种景色、仪式之中，并被画在身体、沙地、岩石、树皮或画布上。在澳大利亚中西部原住民艺术中，祖先的轨迹常常通过某些特定的符号和形式来表现。比如用同心圆来表示祖先曾经到过的地方，它们可能是前人创建的特定环境，或是一个大家互动的汇聚地点。同样，在阿纳姆丛林地区，绘画可被看作是地图，上面标示着这里曾经举行过的各种仪式、艺术家和各个群体之间发生过的故事，以及祖先遗留下的生活轨迹。而且，一些来自澳大利亚大陆北部和中部地区的绘画作品已经可以在法庭和土地产权仲裁庭上被用作确立原住民对某些特定土地的所有权的证据。

随着这些鱼从古老文化艺术中的平面图案逐渐转变为生命，跃入中国的海洋，它们所代表的初始意义也随之发生了改变。使用天然矿物石颜料的原住民艺术形式和运用水墨和丙烯画成的中国鲤鱼，这两种艺术视角被融合在同一幅画中，完整地阐释了我们的合作理念，而这种理念对于我在原住民社区的艺术实践非常重要。生命经由艺术的形式呈现在人的生活中，生生不息。

***

自从布隆·布隆一家来到墨尔本，我们的主要精力和时间都投入在创作上。我们的状态出乎意料地好。他总是说："工作第一。"我常听到一些对原住民的抱怨，说他们不愿工作，或没有工作的意识。其实说这些话的人太不了解他们。偏见是伤害人的利器。

"以后想画画就来这里。你可以教我你的方法。"布隆·布隆对我说。

"来吧，没有什么比这更棒的事了。"我说，"但是，现在我要去买牛奶，你要跟我一起去吗？"我喜欢以这样的理由出门转一圈，作为调节紧张工作节奏的方式。如在平时，为了达到放松的目的，我会去游泳或跑步，去图书馆找一本言情小说翻一翻，或者看一集电视剧。

到了超市，与前几次一样，瑞奇直奔冰柜，他最爱吃冰激凌。劳瑞不会忘记买她的烟，而詹妮弗会去食品货架上挑选她还没有尝试过的零食，比如糖果或饼干之类的小食品，它们也是布隆·布隆喜欢的。布隆·布隆只会跟在后面，是最后付账的那一个。

当我们重新回到车上时，我忽然想起之前布隆·布隆跟我提起过维多利亚州国立美术馆，现在可以去看看，顺便在市中心兜兜风。

听了我的提议大家都很高兴。

这是一个现代建筑中的美术馆，位于墨尔本市中心联邦广场。坐落于这样一个得天独厚的位置，在世界各大城市的美术馆中也是少有的。这里每年都会展出澳大利亚当地和世界各地最优秀、最当代的艺术作品。除了吸引着墨尔本以及澳大利亚其他城市的参观者外，它还是每年来墨尔本的几十万外国游客了解城市文化的首选参观点。更为可贵的是，在这么一个国家级的美术馆里有一个特别的展厅，全年展示澳大利亚原住民的艺术作品。几个月前，我还看到约翰·布隆·布隆的作品也在那里展出。我想，他一定希望目睹自己的作品悬挂在国家一级美术馆的展厅里的场景。

美术馆大厅的几个主要墙面上悬挂着正在展出的几个国际大展的海报。我只是瞥了一眼，带领布隆·布隆几个人直奔楼下左侧的原住民展厅。每次我来看展都会溜进这个原住民展厅看一眼，这已经成为我的习惯。展厅里有来自中西部的点画、北部丛林的树皮画、各类雕塑，以及影视作品。这是一个综合性的收藏展。一进展厅，布隆·布隆就问我，树皮画在哪里？显示出他希望看到自己作品的迫切心情。我开始寻找记忆里布隆·布隆的画展示的位置。我指着一个方向说"应该在那里"，然后众人就准备跟我一同过去。我的话音刚落，忽然听到身后有人说话："不好意思，你们不可以在这里。"

我们转过身，看到说话的是展厅工作人员。"为什么？"我非常诧异，以为听错了。

只见工作人员指着布隆·布隆的脚说："因为他没有穿鞋，所以不可以进来。"

自从来到我的画室，我就没见他们穿过鞋，似乎把丛林人"接地气"的习惯带到了我的家里。但每次出门，劳瑞总会提醒大家穿上拖鞋，但偶尔也免不了忘记城市人的规矩。

我对工作人员说："这是约翰·布隆·布隆，一位著名的艺术家。这里有他的作品，我们只想看一眼，拍张照片做个纪念就走，拜托了。"

谁知工作人员根本不买账，摇摇头说："很抱歉。"客气的语气下，拒绝的态度是显而易见的。

"我明白，是这样的，他来自阿纳姆丛林，一个丛林人，平时不习惯穿鞋，今天也是临时决定来市区转转，所以嘛……"

对方很有耐心地听我解释完，还是摇了摇头。

"你就不能通融一下吗？我们已经在这里了，就让他看一眼。拜托了。"

对方还是摇摇头，显示出一副无可奈何的样子。看到他那副样子，一股无名之火开始在我心里慢慢地爬升。

一旁的布隆·布隆拽了拽我的衣服，然后转身向外走去。他比我更快地看穿了对方的心思。

"等一等，"我又回头对馆员说，"这是一位艺术家，难得来一次，只想看一眼他自己的作品，就一分钟，行吗？"

我边解释边转头想叫住正在向外走的布隆·布隆，当我回头的那一刻，看到了一个微微弓着身、战战兢兢地向外走去的男人，身后默默地跟着他的家人。他们像一群做错事的孩子，就这样被一个循规蹈矩者撵了出去。

我指着布隆·布隆的背影，又转向工作人员，却说不出话来。

人之情，在制度面前显得那么脆弱，轻易地就被制度击倒，轻易到让人怀疑执行制度的人的心态和背后的真实动机。借用"制度"和"关心"之词，发泄内心某种见不得人的情绪，我想，也许在这个社会里并不会是个别现象。由此，在失望、愤怒的情绪驱使下，不得不使我想到：这些作品都是出自像布隆·布隆这样的艺术家之手，他们为这个社会创造了最美的艺术，却因为光着脚，而被他妈的"制度"挡在了门外。

"我不敢相信这是真的，我要见你们的主管。"我几乎是在咆哮。

对方仍然面带微笑，两手一摊，耸了耸肩，完全是一副欠揍的样子。

这种可恶的家伙我也不是第一次遇到，当你愤怒的时候，他仍然冲你微笑，完全不把你放在眼里，还要摆出一副公事公办的样子。面对这种无知而又傲慢的家伙，我真有一股照着他的脸狠狠地打下去的冲动。更可悲的是，其他参观者中没有一个人站出来，都只是远远地看着发生的一切。就像许多年前，第一次在爱丽斯泉小镇上看到的那一幕，20多年后在这里又重新上演了。我不禁要再次问——澳大利亚人在对待原住民时到底是一种怎样的心态？

这时，詹妮弗走过来喏喏地对我说了一句"我们走吧"，便一把拽着我的胳膊往外走。听到她那带着委屈、小心翼翼的语气，我重重地叹了口气，心中之愤怒瞬间开始融化。我慢慢地低下目光，再一次看到踩在油光锃亮的高级红木地板上猎人赤裸的脚，无法用语言形容当时的感受。我只清楚地记得，布隆·布隆跨出大门的那一刻，站在门外慢慢地回头，最后扫视了一眼展厅——他仍然在寻找他的作品。

"我们不属于这里，走吧。"布隆·布隆说得很平静。他是以一个长者的身份说话，没人可以提出异议。

我们默默地走出维多利亚州国立美术馆，却发现我的汽车正被一辆拖车理直气壮地从我眼前拖走。压在心头的不快终于让我大吼一声，对着身后愤然挥起竖起中指的手臂——去你妈的！

虽然遇上了这些倒霉事，既然在市中心了，我还是想陪大家看看墨尔本的市容，希望可以驱散刚才的不快。我们从联邦广场过了马路，左转，再过桥，然后从桥头下去来到亚拉河。河岸上是一间间风味各异的餐馆，喝酒吃饭的人几乎把每家门前的位置都坐满了。还有街头艺人，他们使出浑身解数，极尽所能地取悦过路的行人赚取一点乐子钱。沿着河边一直向前走，是南半球最大的皇冠赌场。按照原计划，我们还想小小地娱乐一把，现在已经没有了那份心情。这个时候再看那些行人投来的目光，没有了之前那种被人羡慕的感觉，反而觉得那些肆无忌惮的目光和议论让人很不舒服。

一路想着，竟然不知不觉地走进了装饰豪华的商业大楼，皇冠赌场占据了这个建筑物的一部分。我忽然感觉身边少了什么，急忙转身，但没有看到布隆·布隆和劳瑞，詹妮弗和她的孩子也不见了。我的心一紧，急忙在人群里寻找，只见布隆·布隆他们站在门口，紧张地张着双臂，不知所措。看到这个情景，我的心再一次沉了下去。我快速拨开人群，跑到他们面前。"对不起，真的是对不起。"我连连向他们道歉，"这里应该可以进，但是如果你们不想进的话，我们就回去。"我真的很后悔让他们又遭遇了一次恐惧的经历。

"不怪你，高蛟苛，我们害怕。"劳瑞在一旁说。这是一个原住民在自己的土地上说出的话，像是一块沉重的石头砸在我的心上。当他们走进这个喧嚣的城市时，内心比我想象得要脆弱。

劳瑞指着脚下说："我们可以进去吗？"

我说："当然可以，在这个国家就没有你们不可以去的地方。来吧，我们就应该像走在大漠上一样，自豪地行走在这里。"

话虽说得理直气壮，但我们还是匆匆地走了一圈就坐进了紧挨着大楼的一家麦当劳。我拿起一根薯条正准备塞进嘴里，一桩更加恶心的事情发生了，一只苍蝇竟然也飞进我的嘴里直冲咽

喉。但想想刚才所发生的几件事，它们比我吃进的一只苍蝇还要
恶心。

***

我们还是每天画画、逛逛商场，偶尔去我的朋友家聚聚，但
是布隆·布隆不喜欢人太多的地方。他说，那些地方没有安全
感。来到墨尔本的第一个晚上，我准备了两间屋子给他们四个人
住，第二天早晨起来却看到他们四个人挤在一起。布隆·布隆告
诉我，他们不想分开，这样睡得更加踏实。

表面上，我们再也没有提起那些不愉快的事，但是并不代表
我们心里就这么快地忘了。有一天，劳瑞、詹妮弗和瑞奇都在安
静地看着电视，只有布隆·布隆和我在专心画画。

"噗。"布隆·布隆放了一个屁。

"哎！"劳瑞和詹妮弗同时回过头冲他吼了一句。不知是因为
打断了她们对电视剧情的专注，还是因为这行为不太文明。

布隆·布隆学着白人的口吻说："请原谅我。"

劳瑞回头瞪了他一眼，说："你说话的口气就像那个人，听
了让人讨厌。"

布隆·布隆没有再说话，只是看了我一眼。可能他也意识到
刚才装腔作势的语气确实不讨人喜欢，所以他很快转变话题，对
我说："高蛟苟……"

"嗯。"我答应一声，继续画画。等了一会儿，没有听到他说
话。我瞥了他一眼心想，这人什么时候变得如此吞吞吐吐了。

"下次你去中国，为我带一个菩萨，好吗？你知道的，菩
萨。"他说。

"你要它干吗？"我抬起头问道。

"幸运，菩萨可以带给我好运。"

"为什么你相信菩萨而不是其他呢？"

"他看上去很开心，还能帮我赢钱啊。"布隆·布隆说，"还有

地地道道的中国功夫影碟。"说到中国功夫时他竟然表情严肃地"嘿、嘿"了两声。这一次两个女人不但没有训斥他，反而笑得趴在了地上。

"你们为什么会笑成这样啊？"我问。刚才沉闷的气氛瞬间变得活跃起来。

"他很少会这么样说话。"劳瑞边说边模仿刚才布隆·布隆的表情，再次把我们所有人都逗乐了。

"我们喜欢功夫片，过几天我们还想再买几张新的电影碟片带回去。"劳瑞接着说。

"还不够啊？"我说。

昨天我们在商场刚刚买了四张影碟，加上之前买的，应该有十几张了。当时，布隆·布隆不声不响地从口袋里摸出两张 50 澳元纸币递给詹妮弗，后来看见劳瑞手里拿着的几盘 DVD，他又递过去两张 50 澳元。出了商场的大门，紧挨着又是一家影碟专卖店，这下可好，两个女人又走不动道了。两人又挑选了三四盘影碟，付款的当然还是布隆·布隆。自始至终，我没有看到他为自己买过一件东西。

"再多买几盘嘛。"劳瑞像个孩子似的，不好意思地说。

布隆·布隆如此潇洒地一次次地掏钱并不能证明他有多富裕，我很清楚，艺术家仅靠卖画所得的收入是很有限的。他开玩笑地说："钱，不就是一张纸吗？"

我说："对呀，我们不就是在画钱吗？"

"哈哈！"这下引得大家都笑了。

这时，画室里响起一段悠扬的来电铃声。

"哈喽？"劳瑞接了来电，听了一会儿对我说，米歇尔想现在过来。

米歇尔是布隆·布隆的朋友，她曾经在曼琳格瑞达艺术中心工作过几年。上周我们在城市中心转悠时，走在大街上偶遇了她。当时她激动得不行，问大家怎么会在这里。布隆·布隆指了指我说，跟我在一起画画。

"哦，这样啊。"米歇尔只是瞥了我一眼，并没有想认识我或者做个自我介绍的意思，接着说，"克莱尔知道这事吗？"

克莱尔是曼琳格瑞达艺术中心经理。听她这么问，我心里立刻泛起一丝不快。布隆·布隆点点头。然后，他们之间又是一阵热情的寒暄。

"哈，太棒了，这么巧在墨尔本见到你们。"就这么几分钟时间，她已经说了五六遍了，真够激动的啊。我真想提醒她，还有其他可说的吗？

没想到，她现在突然打来电话说想来我的工作室看看，还要继续叙旧。我大致猜到了她的用意，心里虽不情愿，但嘴上还是答应了。于是，我载着布隆·布隆和劳瑞去车站接她。在车站，他们一见面又是一番热情的拥抱和寒暄，少不了那句："哈，太棒了，这么巧在墨尔本见到你。"

到了画室后，她首先对画室、住宿和周围环境巡视了一遍，每看一处都会提出一两个问题。我按捺着心中的不快，一一回答了她的问题。她看上去有点心急，急切地想证实她的疑虑。

正是午餐时间，我开始为大家做三明治，然后带瑞奇去图书馆查找资料。小家伙不怯生，总喜欢跟着我，我画画的时候他会帮我拿着颜料盘，是一个很棒的小助手。

在图书馆，我接到克莱尔从曼琳格瑞达打来的电话，说根据她刚刚得到的信息来看，布隆·布隆感到孤独，每天长时间不停地工作，没有人说话。最后，她在电话里说她对我们的项目没有一点儿兴趣，对我们画在画布上的作品也没有兴趣。但是，布隆·布隆与艺术中心签有协议，他的任何树皮画作品都需要经由艺术中心出售，所以他在墨尔本期间画的两张小树皮画必须带回来。

我对她解释，两幅画都是劳瑞画的，而且我也没有钱买。

布隆·布隆后来把两张画带走了，但他还是在达尔文私下卖给了一家画廊。

当我再回到画室的时候，一辆出租车正停在门口。

送走了米歇尔，如同送走了一个"监督者"，而且是从我的画室送走的。

澳大利亚上下这样的监督者到处可见，他们总是认为原住民没有自立、独立思考的能力，从而变相地剥夺了原住民艺术家的自主权和话语权。两个艺术家的合作，看上去与其他人无关，但是，社会仍然会提出质疑，因为涉及的是原住民艺术家。任何与原住民艺术家的合作都会被画上一个大大的问号。澳大利亚社会对于这些问题的敏感已经达到了异乎寻常的程度，我相信这并不是原住民艺术家所希望的。原住民也需要或应该工作，生活在同一个社会的他们需要的是平等和尊重。

这就是前面所说的社会层面的挑战之一。

***

"高蛟苟，我想去打一个电话。"布隆·布隆突然对我说。自从得到他侄儿去世的消息后，他开始心神不宁。事情是这样的：三天前，他突然咳得厉害，我不敢怠慢，赶紧送他去就诊。医生检查后认为没有什么大碍，肺部有些异常，吃点抗生素，再观察几天即可。自从来到墨尔本之后一切都很好，只是开始的几天劳瑞和詹妮弗有些拉肚子。大家吃的东西都一样，两个大男人和一个小孩却没事。布隆·布隆说，也许是我们在不一样的环境的缘故。从医院回来之后，布隆·布隆接到一个电话，刚说了几句，就见他用手捂住了眼睛。劳瑞向我做了一个安静的手势，表情严肃，专注地听他与电话那头的对话。詹妮弗为了不让已经五六岁大的瑞奇吵闹，撩起上衣，把一只奶头塞进了孩子的嘴里。我猜测，一定是丛林里发生了什么重要的事情。过了好一会儿，他挂断了电话，没有说话，仍然在抹眼泪。一股凝重的气氛在小小的画室里迅速弥漫开来。大家的表情严肃，各自低着头，就连孩子也安静地含着没有了奶水的奶头。"我的侄儿走了。"他是在对我说话，劳瑞和詹妮弗拉已经从刚才布隆·布隆的只言片语中知道

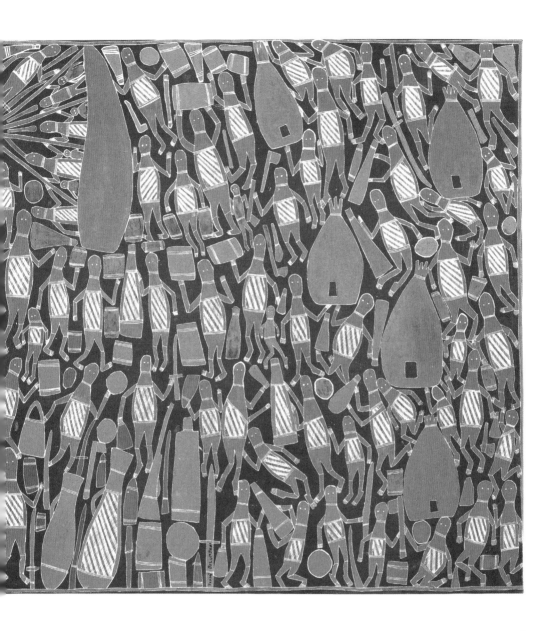

《与望加锡人的贸易》
布隆·布隆作，168×
327 cm，2008 年。

发生了什么事。

布隆·布隆是个非常沉稳、朴实的人，也是内心世界极其丰富、强大，有主见的人。他让詹妮弗过两天带着孩子先走，带去他的慰问。

从那天起，直到离开墨尔本前的每一天，他都要向丛林里打几个电话，挂念着远在丛林的家人和那里正在发生的事。他说："最近几天那里一直在下着大雨。我该回去了。"

我点点头，没有说话。

这时，劳瑞用土语嘀咕了几句，意思是天气这么糟，飞机可能也停飞了。布隆·布隆没有说话，仍然趴在画布上，认真地一根一根地画线。好一阵子，整个画室安静极了。每一个人都在做自己的事情，想着不同的心事。

"剩下没有画完的，你可以帮我完成。"他指着正在画的那一部分图案对我说。

我对他的绘画风格早已经谙熟于心，继续完成他的作品不是问题。但我最终没有这么做，就像原住民作品背后的故事那样，未完成的痕迹也是对创作过程中发生的事的一种记录。没有完成也是一种完成。

送走了詹妮弗和孩子，劳瑞和布隆·布隆也将在随后几天内离开。虽然我们的创作正处在一个良好的状态，但是发生了这样的事，也是可以理解的。布隆·布隆说，处理完家里的事，下个月再回来，因为他喜欢跟我合作。他有这个意愿，已经让我很感动了。

离开墨尔本之前，我们要做最后一次采购。布隆·布隆主动说，要为劳瑞买几件漂亮的衣服。而我也为他——一个不为自己花一分钱的男人，准备了一份礼物。

橱窗里一件漂亮的大花连衣裙吸引了劳瑞眼球。店里的女老板停下手上的工作，视线毫无顾忌地紧紧盯在劳瑞身上，这种注意并不是出于什么好奇，她微微皱起眉头，目光里透出的分明是警惕的意思。这是一间女装店，劳瑞不紧不慢一件件看过去，不时拿出一件在身上比试。这些衣服面料摸上去非常柔软、光滑，薄如丝料。劳瑞并不管这些，她只是挑选喜欢的颜色和图案，而且多是那些大花图案。她喜欢"热闹"。

她把一条长裙贴在身上对着镜子看。我的眼前一亮——鲜艳但不俗的颜色配上黑皮肤，镜子里的劳瑞像是变了一个人。我暗暗地赞赏她的选择和丛林人的审美意识。

"你快过来看。"我兴奋地招呼布隆·布隆。就连站在一旁的女老板也禁不住说："真漂亮，她是哪个国家的人？"我淡淡地看了她一眼。她的问题一定会让许多其他澳大利亚人震惊，但不幸的是，这就是现实。

布隆·布隆面露微笑，连说了几遍"玛伊玛格"。

"你想试试吗？"店主的脸上勉强挤出一丝职业性微笑说，"现在正在打折，让我看看现在的价钱。"一只指尖修剪得非常好看的手指开始在计算器上敲击。

劳瑞拿着长裙走进试衣间。不一会儿，试衣间里传出笑声："太紧了，太紧了。"

"出来，让我们看看。"我说。

随着布帘拉开，一个忸忸怩怩的女人穿着一件大红花图案的紧身长裙，捂着脸出现在我们两个大男人面前。

我几乎要大声惊呼起来："天哪，这是我们的劳瑞吗？太美了。"

她一个劲地说："太紧了，我要喘不上气了。"但从她那羞涩的笑声里不难察觉，她也很喜欢穿上这件衣服的自己。漂亮的长裙穿在她微胖的身体上显得非常合体，唯一不足的是裙子胸围的尺寸有点小，丰满的乳房被挤压得似乎要从低胸的衣领里跳出来。真的是很美，很性感。我猜想，如果她穿着这身衣服走在大街上，受瞩目的程度一定不会输给布隆·布隆漂亮的卷发和胡子。

"还有大一点的尺码吗？"

"可惜，没有了。你要试试这一件吗？会大一点。"店主拿出

有一次，我们来到一片淤泥很深的林子。在烈日下，周围弥漫着一股强烈的土腥味。劳瑞看似随意地将手伸进被浅水覆盖的淤泥，划拉几下就摸出一只大蟹，拧下两只蟹爪便丢进包里。我被她的举动惊呆了，问她下手为什么如此准确。听到我的赞美，她的脸上露出腼腆的笑容，说她当然知道，如果我多跟她走几次泥潭，以后我也会知道的。不一会儿的工夫，她的包里已经装了七八只手掌大小的蟹。她又说："这些都是给你的。"

另外一种款式的深红小花长裙摆在劳瑞的身前试着。不知仅仅是为了做成一笔生意，还是被刚才美丽动人的一幕所打动，店主也开始热情起来。涂着红指甲油的漂亮手指又在计算器上敲了几下，还没等她读出计算器上的数字，就听劳瑞说："玛！"就是这么爽快，布隆·布隆高兴地付账去了。

回家的路上，我们还在赞美劳瑞穿上它一定漂亮。布隆·布隆说："应该把后来那一件也买了，喜欢，就应该拥有。"

这本应该是女人的心思呀。女人看上一件漂亮合体的衣服，即使买回去不穿，也希望拥有它。女人会为哪怕是短暂的美而心动，这样的心动将会在很长一段时间内留在女人的记忆里。女人希望某一天它会穿在自己的身上，无论这一天是否会真的会到来，这种期盼永远是最浪漫的。

现在，我同样看到了一个丛林男人内心的浪漫。

想起几天前他们牵着手走在亚拉河畔，那浪漫的一幕此刻又出现在我的眼前。好让人感动啊。

第二天中午，布隆·布隆和劳瑞洗了澡，换上一身新衣服。布隆·布隆把头发梳理得整齐、鲜亮，脸也清理了一遍，精神多了，像个牛仔。

"昨晚，又做了一个梦。"他说。

"耶，什么梦？"劳瑞问。

看他的表情，今天的心情好像特别好。

"我在中国，卖了好多画。"他说。

"哈哈！"劳瑞笑得咧开了嘴，露出残留的几颗牙齿。

"我看到好多中国人，中间有一个人走近我，用英语问我，从哪里来？我说，阿纳姆丛林。高蛟苟是我的好兄弟。"

"你说，你卖了许多画。"劳瑞只关心布隆·布隆刚才说的这句话。

"耶，卖了好多画。赚了大钱，不是垃圾钱。"他十分得意地重复道。所谓垃圾钱，是小钱的意思。

劳瑞笑个不停："你是想钱想疯了吧，哈哈！"

"嘿，兄弟，有轧巴（Gabay）吗？"轧巴是布隆·布隆的土语中的啤酒。

"有两瓶巴古拉（Bugola）。"巴古拉是劳瑞的土语中的啤酒。

"好，喝酒！"这是中国话的说法。

我为布隆·布隆准备的是一个可以挂在胸前的玉器大肚菩萨。他不但需要菩萨为他带来幸运、帮他赢钱，更希望菩萨保佑他和他的家人平安如意。

布隆·布隆走了以后，我创作了一批作品，其中《约翰眼中的我》是我最为满意作品之一。画面上，我的自画像正面向观众，双手背在身后，看上去很放松，肩膀上方画了一尊布隆·布隆喜欢的笑佛；而布隆·布隆侧身端着照相机，把镜头对着我。

在画室里，每次看到它总会让我想到布隆·布隆，还有劳瑞、詹妮弗以及瑞奇那个调皮鬼。有这些美好记忆的陪伴，我的创作被注入一股活力和激情。直到有一天，我被这股活力定格在某一个时刻。画中的他仿佛在向我挥手告别。

19. 敏感边界上的展览

北京，长安街上。远远望过去，中国首都博物馆外墙上的巨幅海报十分夺人眼球。海报宽 5 米、高 25 米，左边是我与约翰·布隆·布隆合作的画，右边文字内容是："海参——华人、望加锡人、澳大利亚土著人的故事。时间：2011 年 4 月 1 日—6 月 30 日。"如此巨大的展览海报，没有任何机器设备的辅助，是全凭 120 人的人力挂起来的。

此刻，馆内正在举行开幕仪式。劳瑞·玛布噶俯在我的肩上抽泣："他，不在这里。"听她这么说，我的心里一阵酸楚。我想安慰她几句，但又找不到可以安慰她的话。我轻轻地拉过她的手。他，指的是劳瑞已故的丈夫约翰·布隆·布隆，也是与我合作了本次展览的诸多画作的原住民画家。站在一旁的嘎日塔刚从台上表演下来，脸上还留着两道白杠，眼睛低垂，神情悲戚地看着我们。

我牵着劳瑞的手说："阿纳姆人会为这一时刻而骄傲的。"

"玛伊玛格，"她抱着我，在我耳边轻轻地说，"他们都在那里看着我们，汤姆、罗达、詹妮弗、瑞奇，所有的人，他们在跳舞、唱歌。"

经她这么一说，我仿佛看到了一群孩子围着篝火，随着刚才嘎日塔吹奏咦嗒卡的旋律起舞、歌唱。有人在向我们挥手，欢笑，他们是乌迪迦居点的人，我的原住民家人。嘎日塔又敲起了手里的两根木棍，两条腿随着节拍跳跃、转动，同时仰着头扯着嗓子高声地唱了起来。观众们也随着时而低沉时而欢快的音乐节拍鼓起了掌。让我们一起用艺术、音乐和信仰，来庆祝建立在我们之间的合作和友谊。观众不但欣赏到了原住民的绘画和音乐，还通过这个展览回顾了 200 多年前澳大利亚人与中国人相联系的一段历史。

自 17 世纪起，望加锡人就从马卡萨港（Port Makassar），也就是今天的苏拉威西（Sulawesi），定期造访阿纳姆丛林的原住民。这些远航渔民坐着小船，开辟出中国与东南亚之间一条鲜为人知的贸易航线，为北领地人带来语言、技术和宗教上的变革。他们主要都是来自最早的戈瓦王国（Kingdom of Gowa，位于现在的印度尼西亚苏拉威西岛南部）的望加锡人。每年的 12 月，顺着季风，他们驾着小船登陆澳大利亚北部阿纳姆丛林和其周边沿海的几个岛屿，在一些海湾里捕捞被中国人视为美食并有壮阳效果的珍贵海参。然后，到来年的四五月份他们便满载着海参又随着季风的转向返回，将货物销往中国。他们带来烟叶、酒、刀剑等铁器，还有衣物，与原住民交换。两个不同民族的交往必然在语言、饮食习惯、文化、音乐、舞蹈等方面发生相互影响和融合。这是澳大利亚历史上第一次与海外的商贸往来，它发生在澳大利亚的原住民、望加锡人和中国人之间。

展览就是在这么一个历史背景下呈现的。在 600 多平方米展厅里，展示了大量的文献、图片、地图、绘画、雕塑和实物。当代部分有布隆·布隆和我的作品，以及我们共同合作的作品。它们既展示了对历史的重新认识，亦是当代跨文化的艺术创作成果。比如，作品《旅程由此开始》（2009），画面上是一片深绿色大海，海面上出现了几张扑克牌。这些扑克牌跟随定期到访者从海上漂流到澳大利亚，是引入至原住民生活中的众多外来物之一；在《跨越时空之线——旅程继续》（2009）这幅作品中，以一根线作为隐喻，一端被紧握在两个中国港口的渔夫手里，另一端则握在原住民妇女手里，让两者跨越了时间和空间之隔；而在《生命之源》（2010）这幅作品中，大海仿若一匹来自海参商人的绸缎，被一位原住民男子悄悄地掀起。它像是覆盖在这个民族身上的一

这是一个以海参作为媒介的装置作品，讲述的是澳洲史上最早的海外贸易，而且这些贸易发生在华人、望加锡人和原住民之间。为了创作这件作品，我走了许多商品市场寻找素材，最后在合肥的大市场找到了据说是唯一一家还在做杆秤的店。作品中的每只海参都被涂上了黑、白、红或黄色，这些是阿纳姆丛林里的原住民艺术家最常用的颜色。

片墨绿色绸缎，让世人还无法完全看清这个神秘的民族。

展厅里挤满了人。令我欣慰的是，大家并不只是把这里当成了社交场所，还是有很多人在认真地看画，两三人一组小声地交流。一个女孩想看清楚某个细节，扶着眼镜凑近画面。我还注意到一位白胡子老人，背着双手左顾右盼，踱着小碎步来到一幅题为《约翰眼中的我》（2009）的画布前停下。几分钟后，当我扫视观众群的目光再转回来，发现白胡子老人还站在那幅画前。

见此情景，我走上前去和老人寒暄几句后，问老人家看到了什么。

他说，他注意到艺术家的用心，比如大肚子笑佛、一根红丝线、人物的表情都在述说一个故事，还有画面上的土黄色调所营造出的荒漠气氛都非常的好。而且艺术家还是留下了一个悬念，

《约翰眼中的我》，169×
265 cm，2009 年。 有
时我会问自己，当我们
在研究原住民和他们的
文化的时候，他们又是
怎样看待我们的呢？

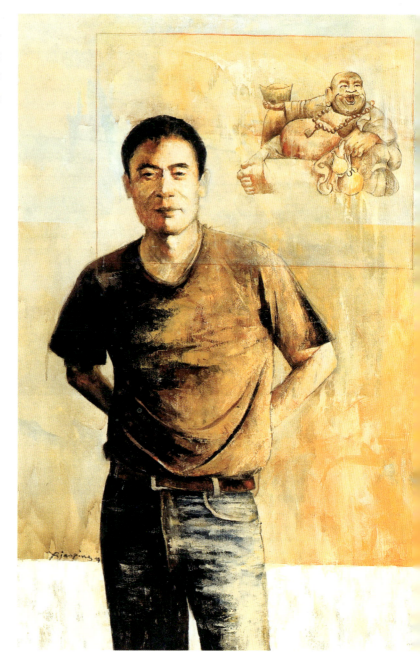

他琢磨着……

画面上，那根从布隆·布隆的口袋里露出的红丝线，是我送给他挂在胸前的玉器菩萨上的一段红绳子。

"你看啊，如果我是这位原住民老人，我在镜头里会看到什么呢？一个中国年轻人，他为什么会出现在我的镜头里？"他问。

为什么？

"我想这是一个非常有趣的问题，不是吗？也许这正是这幅画的主题。"

我笑笑，我确实也有想过同样的问题。当我们在研究原住民文化的时候，他们又是怎么看我们的呢？我在他的镜头里又是怎样的呢？

老人继续说："依我看啊，你本身就是一个作品，一个神灵在现代世界创造的作品。所以，当人们了解了你的故事后，常常会觉得不可思议，对吗？换句话说，你接受神灵的派遣，在不同文化之间搭建一座桥梁，是跨文化的使者。"

老人的一番话有些出乎我的意料，我感觉他非常有智慧。艺术家在画展上遇上这样的知音，哪怕只有一个也足矣，那是艺术家的幸运。虽然老人给予了大量正面的评价，但我很清楚，我只是一个有着一段特殊人生经历的画家，执着地走在一条艰难的艺术之路上。正如老人说的那样，我努力地与布隆·布隆共同搭建一座跨文化的桥梁。令人惋惜的是，此时此刻，布隆·布隆再也不能与我们在一起。他因脑出血而去世了。

"年轻人，我可以另外问你个问题吗？"

"当然。"

"整个展览的主题非常明确，艺术作品和研究帮助我们对于这段澳大利亚原住民、望加锡人和中国人之间的交易往来的历史形成了想象和勾画。那么，中国人与原住民有过直接交易吗？"

老人家问到了一个非常重要的问题，也是我们一直想解开的谜团，那就是——中国人是否与原住民有过直接交易？历史学家们一直在寻找到底是谁发现了澳大利亚的历史证据。以当年中国的造船技术，郑和也曾带领船队到达过南太平洋，他没有理由发现了澳大利亚却不登陆。

我与玛西娅·兰顿教授曾经反复讨论过这个问题。面对历史和学术问题时，她的态度当然是非常严谨的。她也是个性情中人，在与人辩论时常常更易迸发出灵感。同时，她也说得上是极端、尖刻、一触即发、随时准备战斗的一个人。她的记忆力超群，思路和反应敏捷。

玛西娅认为，虽然听上去是那么回事，可没有证据。

我说："虽然没有直接的证据，但还是有一些间接证据的，比如与这段交易有关的望加锡人所用的小船，就是由中国商人出资建造的。"

她说："当我们在展示历史的时候，需要提供有说服力的证据。"

我说："对，那是对历史学家而言。但是否可以从艺术作品做适当合理的推理呢？"

她说："这是什么理论？完全是胡说八道。"

我说："艺术语言更具形象性，以及丰富的想象力。展览不但是一次视觉文化的交流盛宴，也充分反映了三种文化之间的贸易史。让我们假设它就是事实。"

我们就这样，由开始的相互探讨逐渐发展、争辩，都在竭力地说服对方。面对如此强势的她，我自然是无法说服。

"他妈的，不、不、不！他们之间从来没有过直接的交易往来。"她突然变得非常激动和愤怒，言语里夹着粗语脏字。她说她说过无数次，为什么就是记不住她的话。

那一刻我被彻底吓到了。她愤怒的言语几乎是将我撕成碎片，然后扔出窗外。言语听上去有点粗糙，但这就是玛西娅，一位在学术问题上非常严谨的原住民学者。也许是因为我们的关系比较亲近的缘故，所以说话也无需要太过客气。其实，生活中的她还是有多面性的。有一次我们在阿纳姆丛林，和一群原住民孩子坐在河水里，谈论一些电影、绘画艺术的话题。她说她在朋友的电影里客串过角色，她很享受这种角色的转换。谈话过程中她时常露出微笑，那是一种自然轻松的微笑。我常常试图从她的面貌神情捕捉她当时的内心情绪，但总是失败，因为她的情绪转换总是太突然。

当她离开我的工作室后，我回想刚才所发生的那一幕，拿起画笔，心有余悸地创作了一幅题为《为什么不呢？》的作品。画面上的男人低着头，一副委屈的样子。男人面对的是披头散发、歇斯底里喊叫的女人——"他妈的，不、不、不！"

这只是在策划这个展览过程中发生的一个小小的插曲。

我简短地向白胡子老人做了有关这段历史的介绍，希望历史学家们未来可以找到有力的证据，证明我的假设是成立的。

老人带着赞赏的神情点点头，说："能不能找到证据其实并不重要，一件艺术作品不仅是对历史真伪的注解。"

在展览上看到这些场面、听到观众如此认真的反馈，对于创作者来说自然是感到十分欣慰。这是十年的不懈努力所换来的成功，我的内心还是感慨良多的。也感慨我们有一个非常棒的团队，在诸多的挑战面前从不言弃，其间所发生的桩桩件件同样值得记录下来。

展览还包括了几幅我与布隆·布隆共同创作的重要的作品，它们不仅讲述了一段有关华人与澳大利亚原住民的重要历史，同时也是跨文化的艺术结晶。

如何看待这些合作的作品？我认为，真正意义上的跨文化的创作应该是两位艺术家对彼此的文化、语言作出回应，并建立某种程度的关联，是不同文化经历碰撞、裂变，在文化层面上理解、影响、交合的结果。符号、材料、方式都是重要的视觉表达元素，不可或缺，但仅仅是简单地将两种不同的符号元素嫁接在一起是不够的。

而如何看待与原住民艺术家的合作，在澳大利亚社会中却有着不同的声音。围绕着这个问题，在我与布隆·布隆的合作过程中，有一张作品引起了不小的争议。那是一幅 240 厘米高、170

厘米宽的大画，我们在画这张画时，对主题并没有过多的推敲，或者说它是我们计划外的作品。作品中心偏左是一幅传统的树皮画风格的画，在布隆·布隆的那部分画面上有围绕着水洼的三只袋鼠，以及其他一些图案。我很喜欢画面的色调，它是阿纳姆丛林原住民艺术家常用的四种颜料中的土黄色，矿物质的土黄色上交织着有序且有变化的白线，显得温暖和沉着。事后，我借用了中国工笔画的方式画了一片海，海上漂浮着两只青花瓷器，象征着中国文化与原住民艺术的对话。瓷器上细腻的龙与树皮画风格的袋鼠形成呼应，原先袋鼠身旁的水洼被我用一个青花瓷盘代替了。布隆·布隆看了也是十分满意。他特别指出，这幅画中的水洼等符号并不涉及任何神圣的意义，完全是跨文化的结合。就是这么一个我们都为之而得意的创意，却遭到曼琳格瑞达艺术中心的反对。理由是破坏了原住民绘画的纯洁性，以及玷污了水洼这个符号在原住民绘画中的特殊意义。

起初布隆·布隆还安慰我。"不用听那些白人的，"他说，"我不是也用你的方式在你的画上画画了吗？而且，并不是所有的水洼符号都被赋予了特殊的含意，要根据整幅作品的故事来确定。"

两个艺术家的合作，看上去与其他人无关，但是他人仍然会对艺术家提出质疑，因为涉及的是原住民艺术家。任何与原住民艺术家的合作都会受到不同程度的特殊关注。澳大利亚社会对于这些问题的敏感度几乎达到了异乎寻常的程度，我相信这并不是原住民艺术家所希望的。

虽然我在这个国家生活了30多年，但是，有时候我却有一种不知身何处的茫然感觉。直到有一天，我接到布隆·布隆的电话，告诉我他改变主意了。

"为什么？你对我们的作品是满意的。"我说。

"因为他们不帮我卖画，如果我不改过来的话。"他说。

顿时，我无话可说了。

电话里，布隆·布隆还想对我解释，但我却没有再听进去。过了好一会儿，我说："我改。"作为合作的两个画家之一，我不

这是我与布隆·布隆合作，且颇具争议的作品。争议的焦点是原住民绘画上能否出现中国文化元素。这幅作品中，布隆·布隆的部分并没有完成，尤其是背景图案的线条还应该继续，具体的原因本章的故事中已经讲述。但是，为什么不可以让这幅画留下缺憾呢？缺憾本身也在讲述作品背后的故事，是作品的一部分。

会听从任何人的指令，也不会做只符合某些人意愿的事，但是我不能不尊重合作者的意见，无论是出于何种原因提出的意见。

放下电话后，我对着那幅画看了很久，问自己："原住民对自身文化还有话语权吗？"

澳大利亚有一家非常重要的美术馆曾经想收藏展览中的我与布隆·布隆合作的一幅作品，但在商讨的某个阶段该计划被放弃了。我的经纪人为此感到非常困惑，因为她在这个过程中听到太多对这幅画的赞美。直到有一天她终于弄明白了，美术馆的个别策展人赞成跨文化的合作，但不能接受非原住民和原住民艺术家之间的这种合作。

这就引出了另一个现象——有一次在研讨会上，我听到一位艺术家就身份这一主题发表演讲。她坦言，她经历了许多其他艺术家都面对过的困难。直到有一次，当她以原住民艺术家的身份亮相时，一切突然都变了——她的作品引起了策展人的注意，并取得了巨大的成功。

似乎无论是与原住民艺术家合作，还是创作原住民主题的作品，围绕着我的作品总是充满着无穷无尽的争议。我对强加在我的艺术上的这种对"一致性"或"政治正确性"的反艺术要求感到沮丧和怨恨，但坦率地说，30年后的现在，我已经习惯了。尽管如此，作为一名艺术家，我从我的作品中获得了巨大的成就感，自然而然地，我想与他人分享我的艺术，尤其是在澳大利亚。

为了画画，我常常把自己关在画室里，让自己去想象、梦想，直至孤独从各个角度向我袭来。我时常要面对自己的迷茫、无助、沮丧、困境、绝望，但完成一幅作品时，又充满了欣喜和成就感，这驱使我坚持画下去。

***

展览的最初想法源于我与玛西娅·兰顿教授的一次谈话。

我们谈到了澳大利亚艺术如何在世界舞台上脱颖而出。作为一个只有200多年历史的多元文化移民社会，欧洲的思想文化一直主导着主流文化。多元文化主义现在以多种方式对此产生影响，鼓励新移民群体在参与更广泛的澳大利亚社会的同时保留自己的文化。人们评价这种形式的多元文化政策令澳大利亚免于面临其他国家出现的一些紧张局势。但我的看法是——根基还不稳固。我担心未来某个阶段，外界的动荡会引发不同种族之间的冲突。此外，我不确定这种文化多样性实际上在多大程度上影响了澳大利亚的文化认同。

无可争辩的是，原住民艺术在其鲜明的特征和代表性方面是独一无二的。不幸的是，在一个不熟悉原住民文化的世界里，这种艺术被忽视了数十年，直到人们发现购买原住民艺术是非常有利可图的。

玛西娅认为以我的背景和经验，我应该做一个跨文化的项目。当我们在玛西娅家聊天时，电视上正在播放中国取得 2008 年奥运会的举办权，全民狂欢的场面。我突然想到，考察澳大利亚和中国之间历史关系的一个方法是通过早期的海参贸易。玛西娅认为这是个好主意。她告诉我，历史学家在这方面做了很多研究。

我说，不仅需要学术研究，还可以用其他方式呈现这段历史，比如展览。玛西娅的兴趣被激起了。"如果是这样的话，"她说，"我们需要做进一步的研究。"恰巧我那段时期要去中国，可以做些前期的寻访调研工作。为此，我专程去了福建，考察郑和七下西洋、南太平洋的历史，寻找他可能登陆澳大利亚的蛛丝马迹。据推测，郑和的船队可能真的做到了，但各种文件和地图的证据还不够充分。原住民与外国人的第一次真正交流似乎是从间接涉及华人的望加锡海参贸易开始的。

之后，我们就开始认真地组建项目组、开展研究工作、收集数据和信息、寻找资金，但是几次经费申请都没有成功，政府和民间资助机构都不感兴趣。尽管如此，我和玛西娅并没有放弃。我们认为，这段历史作为澳大利亚历史上的第一次海外贸易交流意义重大。我们的努力持续了 8 年，直到 2007 年，我们终于得到力拓公司的资金支持。

我们汇集了一支非常专业的团队，在接下来的两年里我们的工作进展顺利：选择艺术品，设计展览，安排将物品和艺术品运往中国的物流，确定展览场地，完成图录的文本和设计，一切都在有条不紊地进行着。这期间，最辛苦的工作就是找到一个较高级的展览场地。为此，我多次前往中国，最后终于找到了中华世纪坛美术馆。他们同意作为联合主办方，免费提供两个月的展览场地。这是一个绝好的机会。

随着展览日期的临近，只剩三个月的时间时，一件突发事件却让展览无限期搁置——我接到一个电话，对方说："高蛟苛，我是嘎日塔。"

"嘿，嘎日塔，你怎么会给我打电话？"从他低沉的声音里，我仿佛预感到什么不好的事发生了。

"他走了。"

我想要问什么，但张大的嘴却吐不出任何一个字。电话另一端的嘎日塔也没有说话，仿佛我们都需要消化"他走了"这句话对于我们意味着什么，应该怎样接受这一突如其来的噩耗。

怎么会呢？不久前我们还在商讨去中国的行程和护照办理等事宜。我会像之前带杰米那样，也让他好好地在中国玩一圈。他听了非常激动，因为他还记得他曾经做过的一个梦——他在中国卖了好多画，而且不是垃圾价。他还说，他又有了新的想法，要去墨尔本跟我一起画。没想到一切这么早地成了回忆。

我最后一次见到布隆·布隆是几个月前，我陪同一个纪录片摄制组去阿纳姆丛林乌迪迦居点拍一些外景。他们正在跟踪拍摄我的故事。我给他看了几个月后我们将要在中国展览的图片内容。我还想和他在树皮上画一张合作作品，但是画什么还没有想好。有几个非常中国化的元素出现在我头脑里，比如青花瓷、菩萨、龙。我问剧组导演怎么想，他说选青花瓷碗或者我之前想到的菩萨。从他的语气里我感觉到，画什么都行，但不能是龙。摄影师是图尔斯岛人，他倒是认为画什么都可以。我之所以会这么问是因为我听人说，原住民应该画属于他们的东西，尤其像布隆·布隆这样以画传统故事而成名的艺术家，更应该保持他的传统和艺术形式的一贯性，而龙不属于原住民传统文化。另外，藏家和市场也不希望看到布隆·布隆的绘画风格受到其他文化的影响而有任何改变。

我又问布隆·布隆，龙在原住民文化中有何特殊意义？他说，在他的文化里，没有这种动物，虽然它和他们的彩虹蛇有点相似。他又说："我知道龙对你们（中国人）很重要，就像茅裔（Motj）对于我们雍古人来说，具有非常重要的象征意义。"

雍古人是居住在澳大利亚北领地阿纳姆丛林东北部的原住民。茅裔是一个只有玛嚷吉（Mmarrangitj）族群使用的词，意思是巫师和治疗师。茅裔通过大自然里的事物，比如风、云、大地和族群沟通，是他们的引导者，尤其在精神层面。茅裔就像是基督徒世界里的上帝。

树皮与龙，从文化角度上看似乎有些不协调，因为这两者分别代表着各自不同的文化特征。但是，在艺术家的笔下可以让它们变得协调。布隆·布隆让我随便画，不要有顾忌，他会继续完成它。听了他的话，我拿起毛笔，蘸上他为我准备的白色颜料，在树皮上留下了一条舞动的龙。

这是我们一起画的最后一幅画，由意义非凡的宣纸开始，到树皮画结束。宣纸、树皮，它们既有材质上的关联，更有文化意义上的共鸣和交融。

遗憾的是，这张画在完成之前，布隆·布隆就去世了。

我可以在宣纸上画原住民题材，那么我可以在树皮上画非原住民题材吗？宣纸和树皮本身带有明显的文化属性和意义。如何运用这种材料语言，是我一直在琢磨的一件事。为此，我收集了一批树皮，正在创作以树皮为材料的艺术作品。同时，我也做好了接受质疑的准备。

电话那头传来一个声音："劳瑞要跟你说话。"

劳瑞一直在哭泣，我默默地抱着电话，心里一阵沉痛，任何安慰的话语都显得那么无力。一幕幕画面汹涌地在我头脑里翻腾。末了，劳瑞给了我一个账号，以一个微弱的声音说："我饿了，需要食物和烟草。"

听她这么说，又一阵酸楚涌上我的心头。那一天是周日，我让她先去我在达尔文的画廊支取一些现金，买一点必要的食物。

挂断电话后，我抬头望向天空，仿佛听到不远处传来笑翠鸟发出"哇哇"的叹息声，由近及远，将我的心带回到遥远的丛林里。

由于布隆·布隆的突然去世，我们的展览面临着很大的不确定性。按照原住民的风俗，人死之后，其姓名不能再被人提起，死者的照片更是不能出现在公共场所和亲属的视线内。什么时候解禁，要由死者家属和当地的长老们商讨决定，可能是一两年或更长的时间。如果死者生前是艺术家，他所留下的作品必须小心地收藏起来，几年之内不会对外展示。比如杰米的画，早已存放在朋友的仓库里，在相当长的一段时间里不会再被提起。我打电话给劳瑞，向她解释展览是在中国展出，两年之后才有可能回到澳大利亚展出。布隆·布隆是一位伟大的艺术家，需要被更多的人记住，而不是从公众的视野里消失，哪怕是短暂的消失。劳瑞很容易就被我说服了，玛西娅·兰顿教授也赞同我的想法，但是持不同意见的人似乎更多。作为赞助商的力拓公司，正在平息不久前发生的一起经济间谍案对公司造成的负面影响，更不希望在这个敏感时期给社会造成一种力拓公司想利用这个项目来修补双方关系的负面印象，所以他们更在意的是公司在社会上的形象和影响。公司高层征求我的意见，我认为不应该因为原住民艺术家的去世，就要人为地强迫社会和公众忘记他。这种落后的旧习俗需要改变，而改变需要外力的推动和自发的觉悟。我们应该像对待其他艺术家一样，继续介绍逝去的原住民艺术家的作品和他的贡献。

力拓的人说，他们得到的专家意见是，为了尊重原住民的法规，人死之后要留有 12 个月的哀悼期，在此期间要停止一切与死者有关的公共活动。

我说："这是一种习俗，不是法规。不同地区和家族可以自行决定应该怎么做。你们说的专家，也应该听当事人原住民的意见，不是吗？劳瑞和保罗作为死者的直系亲属，在这个问题上持有非常开明的态度，他们和死者家族的其他成员都认为不必要等那么久。"

几个月前，伍姆德老人的葬礼就曾在 ABC 电视台上播报过。原住民已经在转变他们的想法，唯独这些所谓的专家还没有更新他们的观念。他们还在郑重其事地告诉澳大利亚社会，为了对原住民文化的尊重，要立刻把约翰·布隆·布隆的作品从美术馆的墙上撤下来。更加不可思议的是，整个社会更加愿意选择相信这些陈旧的指导意见。难道说，他们不知道这种落后的习俗与现代文明格格不入吗？但是他们没有勇气去讨论和改变这种现象，更多的人抱着回避的态度。澳大利亚人在面对原住民问题时永远是一种复杂的心态。从一路走来的经验来看，我始终认为，只要我们以真诚和尊重的心态对待原住民的问题，无论结果如何，都会得到原住民和社会的理解。过度的保护并不能够起到帮助和推动这个民族发展的作用。

继续做这个展览还是停止，我相信每一个人都在权衡其中的利弊，都在做出决定前承受着巨大压力，尤其是赞助机构力拓公司的高层。好比双手被人按在了砧板上，而有些人甚至是脖子被按在了砧板上，刀随时有落下的可能。可想而知，大家所承受的压力有多大，情况又是多么的复杂激烈。

我问大家："在布隆·布隆的问题上，我们应该听谁的？原住民的，还是那些专家？"我开始变得没有耐心，对那些缺少活力和创意，却又傲慢的专家非常失望。没有人正面回答我的问题，但是他们纠结的心态、不能做出决定的行为已经表明了他们的选择。

　　恰巧这时候，设计图录的公司打来电话询问："原定的最后一遍画册校订还要继续进行吗？"我考虑了一下说："继续，我明天过去。"我不想就这么放弃这个已经付出了八年心血的展览。与此同时，我赶紧与中华世纪坛美术馆沟通，它是我们这个展览最初的合作机构。从美术馆得到的回复是，如果我们延期，未来的三年之内他们将无法再安排我们的展览，除非是付费展览——一个天文数字的展费。这意味着，延期后我要在最短的时间内重新寻找新的美术馆，这是一项非常艰难的工作。

　　期间，劳瑞每天给我打七八个电话，反复地说："我要去曼琳格瑞达……你来这里，我们一起去，嗯，只有你和我。"她要我帮她说服达尔文的医院将尸体运回曼琳格瑞达，而不是运往冉闵嘎岭。劳瑞说这些白人不听她的。其实医院并没有这个决定权，一切都由家属协商决定。我告诉她："医生更不会听我的。"说完这句话，瞬间觉得这是一句我想对自己说的话，心里油然生出一种被忽略的感受。我只是一个艺术家，又有什么人愿意听我的呢？

20. 布隆·布隆的葬礼

我专程去参加了布隆·布隆的葬礼。

早晨6点从达尔文出发，晚上7点才到冉闵嘎岭，不知道劳瑞住在哪里。村子里可以住的地方还有一间房，里面有两张床，我让与我同行的导演和摄影师住下了，我只有睡在汽车里喂蚊子。

第二天，我被告知尸体还没有运到，亲属之间在一些事项上还没有达成共识。

嘎日塔召集了家族里20多位主要的族人开会，包括布隆·布隆的弟弟翌日克瑞（Peter Girrirkirri）、理查德（Richard）长老和其他人，我已无法一一记住他们的名字。我向大家介绍了"海参展"的相关内容。最后我说，由于老人的突然去世，为了尊重当地的风俗习惯，展览有可能延期或取消，因为我没有把握在中国找到另一家免展费的美术馆。

翌日克瑞问："你们真的要延期吗？他是一个了不起的艺术家，我们希望大家都能记住他。"

"呦！"人群里发出一片赞许的声音。

可是……我不知道应该怎么解释，说展览筹备组听取了专家的意见，而不是你我的意见？

翌日克瑞又说："我们知道。但是我们不想大家——澳大利亚人忘记他。"

我说："如果是这样的话，我们需要等待多久才可以继续做这个展览？"

《布隆·布隆肖像》，周小平作，200×147 cm，2007年。背景为布隆·布隆生前创作的画作。

"如果是在中国的话，现在就可以。如果是在墨尔本的话现在也可以，但是在达尔文这里，要等6个月之后。"翌日克瑞说完，又征求大家的意见，"行吗？"

"呦！"又是一片赞许的声音。

"如果我们现在在中国展出，然后邀请你们出席，将会看到老人的照片，有问题吗？媒体也会作报道。"我说。

"没有问题，如果要去的话会是我和嘎日塔，他是我的兄长，也是嘎日塔的父亲。"翌日克瑞说。

我说："当然，还有劳瑞。"在我的心目中，她是不能够缺席的。

这时，理查德长老说："你可以继续出画册，包括他的照片、名字和画。你还可以做成挂历、明信片或其他。这更加证明了他是一个了不起的艺术家。"

"那么，我们可以拍视频吗？"纪录片导演在一旁问。

"呦，明天的葬礼上你就可以录像和拍照。"嘎日塔回答了导演的问题，接着他面对我说，"我父亲生前对我说过你们一起合作画画的事，我要给你看一件东西。"然后，他起身走进屋子拿出一幅卷起来的画，有人赶紧在地上铺一块干净的布——大家常常坐在上面休息。嘎日塔小心地打开画，它是布隆·布隆生前最后一张没有完成的作品。画布的中间是一个圆，周围画了许多的喜鹊鹅（Gumang）、长颈龟（Guwaynang）、淡水（freshwater），还有沼泽地荷花群中的水蛇（Garjarr）。嘎日塔特别强调了只有女人可以与之起舞的荷花和水蛇，这一点非常特别，因为通常情况下，这一类神秘故事里尽可能回避男女的交集。这幅画的重点是中间的水洼和水洼所在的地方，那是一个圣地。保罗说："除了白发人，任何人都不可以靠近它。它是祖先为我们创造的家园，是人和一切生灵起源的地方。"布隆·布隆采用的元素、符号是对一个真实故事的抽象性描述，包含着强大的神性，这些才是作品的重要部分。虽然嘎日塔的解说只是三言两语，更深层的意义恐怕只有创作者本人才可以体会，这就有点"外行看热闹，内行看门道"的意味了。由此说明了这些作品的创作动机和目的性，它并不是普通意义上的艺术作品，背后包含着极其深刻的含意。我相信，随着时间的推移，原住民会以各种形式逐步与非原住民分享其中的寓意，但也存在有些秘密将永远不被世人揭晓的可能性，以至它们在不断变化的现代社会中渐渐消失。

最后我向大家提出了一个问题："为什么大家不仅没有回避谈论老人生前的作品，还向我解说作品描述的故事？"

"你不是外人。"理查德长老说。

人群里又是一片赞许声。他的话不多，但每一句话都跟随着一片附和声。

"我们也在改变。"翌日克瑞说。

这才是我在寻找的答案。原住民在改变，而非原住民在改变吗？即使原住民（当事人）郑重地告知那些人："你们可以展示约翰·布隆·布隆的作品和照片。"但那些人仍然抱着陈旧的思想，不愿意接受改变，固执地认为只有那样才是对原住民的尊重、关心和爱护，实则是害怕被舆论指责，也是为自己落后的思维模式找一个落脚点。

我对大家说："我们需要大声地说，我们要让布隆·布隆的艺术永远展示在人们面前。"

"呦！"理查德长老带头举起了手，人群里响起更加响亮的赞许声。

我临时起草了一份声明，让在场的几位家属和长老们签字认可。声明内容如下：

声明

　　从即日起，已故约翰·布隆·布隆家族成员同意死者的照片、艺术作品和他的全名出现在中国和澳大利亚南部城市（北领地除外）的海参展览、画册和其他出版物上。6个月后，所有上述内容都可以在北领地公开展示。2至3名约翰·布隆·布隆的家庭成员将前往中国参加展览开幕式。

　　声明上共有 12 位布隆·布隆的亲属签名。后来，当我把这份声明呈现在展览团队成员们面前的时候，大家无不感慨——能够得到这么多人的签名这件事本身，已经说明了一切。而且，并不是任何人都可以做得到。

　　接下来几天，大家等待尸体从达尔文的医院运回来。等待是最让人焦虑和伤感的。

　　听老一辈人说，过去，人死之后把尸体架起来火葬，家属亲友围着大火连续狂舞几天，直到把死者的灵魂送到遥远的地方安息，阻止他们对活着的人可能的干扰；有时也会将尸体架在树上几个月甚至几年，任其腐烂；或者将尸骨放进空心树身里，把其竖在某地。这些相当于棺材的树身上，会根据死者的图腾和身份地位雕刻或绘上相应的图案。如果把树身展开，也就是一张树皮画。树身周围还有许多木雕艺术品，它们都是陪葬品。

　　有一年，我在伊拉卡啦参加过一个葬礼。死者是在海上捕鱼时心脏病突发而死。首先，死者的亲人要清理他生前的生活用品和住过的屋子。屋子前的沙地上画了一个船型的图案，船身两端分别压着一块石头，船中间放一堆干柴，旁边是一堆衣物。一百多人围坐在周围，坐在前排的几个人不停地吹、唱、敲击。随着阵阵吟唱声的起伏，人群里响起一片哭泣声。有人点燃了干柴，衣物和生活用品被丢进火堆里。这时，吟唱声和哭泣声混为一体，火势愈来愈大，哀伤的气氛也达到了高潮。就在这时，人群里发出一声高喊，所有的声音戛然而止，死一般的寂静。我从来没有遇到过持续几分钟的这般寂静，那个场面和气氛憋得人喘不过气来。所有的人都低着头，默默地为死者超度，将他的灵魂送往遥远的地方安息，从此不会干扰活着的人。慢慢地，有人开始用带着火苗的枝叶拍打在自己和孩子们的身上，再将屋子的里里外外熏一遍，然后用沙子把那堆火埋起来。最后把存放尸体的棺木放在一条小船上，周围摆上许多吃的，盖上树叶，轻轻地推向大海。听老人们说，死者将安详、平和地开始另一段旅程，经过

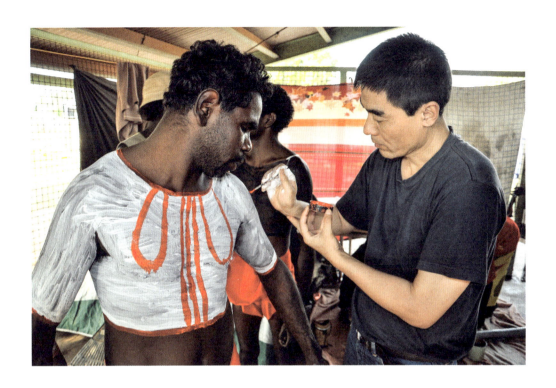

这是阿纳姆丛林中一场仪式前的准备工作。我曾多次参加过不同类型的仪式，这个时候，我的原住民身份起到了非常重要的作用，原住民视我为自己人。这是一次规模非常大的成人礼仪式，全村好几百人几乎都到场了。我被允许拍照和录像，这是一种很大的信任。

许许多多的时日之后，在大海的深处被一个神灵所接受，自此，一个新的生命又开始了。

我到达冉闵嘎岭村落的第三天，劳瑞也到了。见到我，她抱着我痛哭。我怀着沉痛心情轻轻地抚慰着她。

"他走了。"她带着哭腔，轻轻地说。

"嗯，走了。"好一会儿，她只是伏在我肩上轻轻地哭泣，哭泣的声音变得越来越细微，细微到可以听到喘息的节奏。就这样，她趴在我肩上伤心地睡着了。

篝火旁，一阵悲伤的吟唱响起，几个年轻人非常小心地移动躺在地上的一根旗杆，在众人的呼唤和激情吟唱中慢慢地将它竖立起来。大家簇拥着红旗由屋后移到了屋前，最后插在屋前左角上，接着大家在咦嗒卡的伴奏下又跳又唱。每一段吟唱的时间并不长，大约两到三分钟，内容是：

风声（Lungurrng）

海水的波浪（Gapi gungdgalng）

小船在滑行起伏（Martharga）

遇到了侵略者，厮打（Miringu）

言和 / 海参（Bunapi）

米饭（Birratha）

睡觉（Landjarrnga）

屋子（Gadambal）

这两张照片记录了我参加布隆·布隆葬礼当天的情景。作为布隆·布隆的家人，我留在家里，等待其他人护送棺木回来。棺木将停放在家里一周或更长的时间，最后埋葬在屋子的后院里。

一只小船在海面上随风滑行，遇到了侵略者，双方厮打起来，经过谈判双方握手言和，相互以海参和食物作为交换，从此生活归于和平。因为这是布隆·布隆生前比较喜欢画的一段历史故事，所以大家专门选出来吟唱。

从那一刻起，每天傍晚大家都会围着篝火吟唱，直到葬礼正式举行。

这样的吟唱持续了五天，一架载着棺木的飞机终于出现在天上。飞机先是飞到了伊拉卡啦上空盘旋了几分钟，向那里的亲人做最后的道别。生前他曾说，等展览结束后要带我回他的家乡看看，给我讲讲发生在那里的故事。看到这一幕，劳瑞又抱着我放声痛哭。

布隆·布隆的近亲会留在驻地等待。我们开始用白色颜料在彼此的身上和脸上涂抹。有个女人拉过我，嘴里说了一通土语，在我的头上、脸上、手臂上涂抹，最后是我的腿上。

很快，一阵阵吟唱声隐隐约约地从远处传来，渐渐地，一群人在吟唱声和舞者的开路下簇拥着灵车出现了。整个驻地顿时哭声一片，男人的吟唱声一阵紧接着一阵，一声高过一声，有些女人因为失去亲人而悲痛欲绝到自残。其场面令人不忍直视。

当棺木放进灵堂之后，我默默地走近，将一束花放在棺木上，然后与其他亲属守在一旁。

一位艺术家离我们而去了。

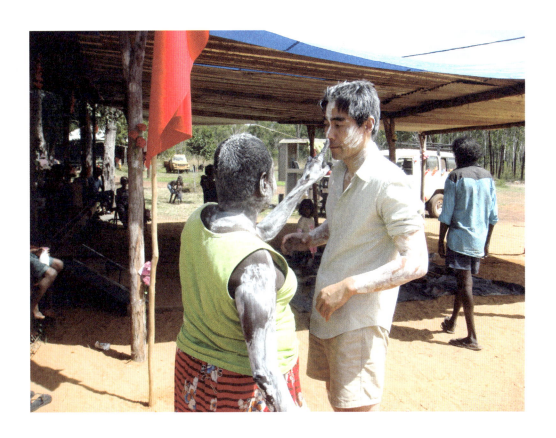

我的长兄走了。

***

展览筹备组最终作出了最为安全的决定，展览搁置一年，然后再重新评估。如果我坚持做下去的话，任何争议都会将力拓公司推向一个非常尴尬的境地，这是我和其他人都不愿意看到的，所以我理解和尊重筹备组的决定。过去的几年，每一个人都为这个项目付出了巨大的努力，大家还没有勇气在原住民问题上触碰敏感的议题，不仅是力拓，当时整个社会都没有做好面对这些议题的准备。

无奈之下，我也只能将其看作是天意。既然是天意，谁也无法违背，只有顺从吧。面对现实，我只能这样来安慰自己。八年的努力工作，在最后一刻流产了，可想而知我有多么沮丧。

即便如此，在展览被搁置的一年里，我仍然没有完全放弃几乎已经没有希望的展览计划，继续完成原计划中的几项收尾工作。首先，我要面对的是那几张合作作品，我被告知只有两种选择，一种是以当时布隆·布隆作品的市场价格买断，否则就得将作品剪开，把布隆·布隆那一部分画寄回给艺术中心由他们出售。无奈之下，我，一个艺术家，只能买下布隆·布隆的作品。

其次，是寻找另一个愿意接受这个展览的美术馆。在这一点上，似乎得到了上天的眷顾，我们竟然出奇幸运。机会出现在一次饭局上，我认识的一位新朋友将我引荐给北京首都博物馆展览部的人。策划书递交上去没多久，就收到了对方接受这个展览的反馈意见——免场租费，展期三个月。这好似一支兴奋剂，让我原来低落的情绪重新振奋起来。

一年后，种种困难最终都没能阻止我们站在这里——北京首都博物馆。

劳瑞再次向我张开了双臂，加上嘎日塔，我们三人默默地拥抱在一起。无须言语，仍然只是一个手势和表情就足以让我们理解彼此内心的世界。所有的付出，都在那一刻得到了满意的回报。

开幕式结束前的那一刻，要为自己留下一个值得纪念的镜头，我站在最喜欢的、题为《没有标题的历史》的作品前。画布上，一张树皮和一张宣纸紧挨在一起，这两种不同的材料本身便展现了两个民族重要的文化内涵。树皮和宣纸上没有任何文字和图像，预示着新的一页历史将从这里开始。《海参：华人、望加锡人、澳大利亚土著人的故事》就是这部历史中的一个章节。

劳瑞为我拍下了这一珍贵的照片。

2011 年 9 月 10 日，展览回到墨尔本博物馆。

劳瑞·玛布噶于 2020 年 5 月去世。

后记

　　绘画才是真正讲述我与澳大利亚原住民故事的方式和对我过去所经历的总结。

　　画室是艺术家为自己营造的世界，那里没有孤独。

　　每天走进画室，第一件事是打开收音机，ABC 电台里正在播报新闻。这是我了解这个世界正在发生着什么大事小事的途径，同时也证明自己与周围环境和现实还存在着某种程度的联系。接下来，我转身开始为自己泡了一杯茶，利用这个过程调整心态，摒弃不必要的烦恼，然后将自己埋进红色转椅沙发，回到一个只有自我的世界里。

　　我总是喜欢让自己游历在现实与梦境、都市与丛林之间，将经历和感悟注入在艺术创作中。这些艺术作品才是讲述这段真实故事的真正形式，包括那些不可描述，但却呈现或隐藏在了作品中的故事。

　　比如，一幅题为《家园》的作品。原住民对自然有着极高的敬畏之情，仪式是表现这种情感的重要形式之一。它包括各种形式的成人礼和葬礼，也是传承原住民文化的重要途径之一。

　　这幅画的创作灵感来自 2016 年，我在西澳大利亚州内陆原住民村落毕基甘达（Bidyganda）的一次经历。当时，一群来自菲茨罗伊克罗欣的原住民正与当地村民一起举行每年一次的成人礼仪式。

　　村里有一个广场，广场中央有一颗枝叶茂盛的大树，每天有将近百人围坐在大树下，为 17 位即将接受原住民法规戒律的年

《家园》82×132 cm，
2019 年。

轻人吟唱、起舞。

澳大利亚正值二月，火辣辣的太阳、干烈的风，即使躲在树荫下皮肤也被吹得发烫、发红。我和其他人一样，前胸后背和脸上都抹上了颜料。有趣的是，洗去身上的颜料后，会发现颜料底下的皮肤比周围更白，看上去像是文身。

成人礼仪式在原住民中是非常重要的仪式之一，是不对外公开的。在仪式期间，他们集中居住在村外一个不能随意靠近，被称为"神圣之地"的地方，17位新的勇士将在这里诞生。满腔热血的勇士们手握长矛，大声呼喊着，飞奔疾跑，掀起阵阵厚重的尘烟，勇士们淹没在尘烟里。当尘烟退去，勇士们缓缓地走出圣地，来到村里的大树下，回到家人的身边。从此，他们成了真正的男人。

后来，我创作了这幅作品。画面一半以上是空白，中间有几块连接在一起的巨石，看上去像座山。一条条血红色沿着石头的纹理倒挂下来，像是流淌的血液。一群人正从山石里走出来，由虚幻朦胧到清晰可见。

我喜欢在画面上留大片的空白，这显然是受中国传统绘画的影响。

世间一切的物象都是幻化而来，随着时空的变化都将烟消雾散，最终归空！这个"空"，实为意念，所以画中的空白，就有了思想内涵。留得好便是空灵，好的空白由此就有了灵气，从而创造了一个广阔而神秘的空间。

我曾听一位前辈说过，空灵最早来源于佛学对"空"的感悟。空灵首先来自人心，人心无尘事，有了空的境界，才会"虚而灵，空而妙"。

空白，是虚无的静寂，而空灵，则是无中生有的幻象。

因此，中国画的空白与空灵，不仅仅是一种构图和谋篇的需要，更是一种佛家思想和画家精神生命的象征。如此这般去理解，绘画就是一场充满奇思妙想的梦境，也是几百年来，中国传统画家一直在遵循的美学理论和为之而努力、渴望达到的艺术境界。这亦是我从小所接受的艺术启蒙教育。后来我移居澳大利亚，很少与人探讨中国文化艺术理论，周围的人更多接受了西方的艺术观念，包括我自己。因为评判艺术优劣标准的话语权掌握在少数人手里，包括所谓的权威和藏家。

　　回顾在澳大利亚的艺术创作历程，我忽然觉得自己似乎持续走在一条年轻时所接受的传统中国文化中"师法自然"的路径上，并且由中国一直走到了南半球的澳大利亚原住民的世界。

　　2019 年之前的多年，我一直行走在原住民村落和墨尔本之间。有些时候，我的原住民朋友会来我的画室小住一段时间。比如瑞尼·库丽佳（Rene Kutijila）和她女儿侠嫚·库丽佳（Sharmaine Kulitja）来过我的画室，我们分别以及共同创作了一些作品。当时（2017 年），我正在筹备一个在中国的巡回展览。我希望展览中包含几位原住民艺术家的作品，瑞尼是其中之一。

这张照片拍摄于 2023 年，我的墨尔本画室里。一天，瑞尼·库丽佳打电话给我，说她在墨尔本，希望来我的画室画画。就这么简单。接下来的一天，她就坐在我画室的地上，静静地画她的点画，偶尔喝几口水。她邀请我去她在荒漠上的家园走走。

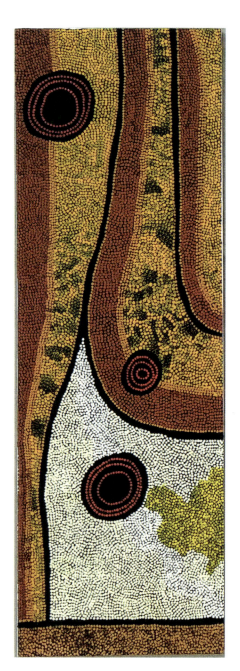

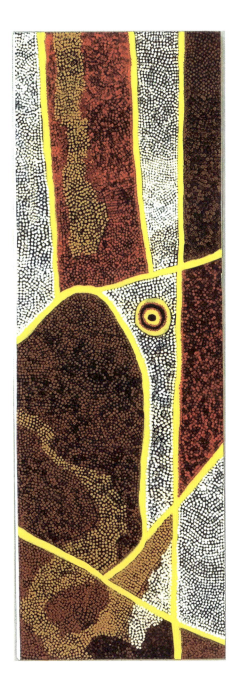

表现同一片土地的不同视角。周小平、
瑞尼·库丽佳作，每幅 250 × 90 cm，
2017 年。

瑞尼是脾监珈佳人（Pitjantjatjara），从小在南澳大利亚北部的一个小村落长大，后来迁移到乌鲁鲁脚下莫得居咯村落。作为画家，瑞尼最引以为骄傲的一件事是，2002 年她的作品被印制在澳航飞机的机身上。每次在机场的停机坪上看到她的作品——美丽的色彩和图案额外醒目，我总是会想，这就是澳大利亚这个国家最棒的一张名片。

几个星期后，她为我留下了几幅非常棒的作品。看着这些画，很容易让我想到我所生活过的荒漠。

荒漠，虽然空旷无际，那只是它的表面，只有当我们真正地行走在这片土地上才会发现其中的奥秘。它让一个像我这样的艺术家重新审视我们人类所生活的世界，对艺术的本源做新的回顾，帮助我寻求艺术创作的源动力，从而为艺术的再创造提供更多的可能性。每一个艺术家都在尝试建立自己的艺术语言，尤其在当代艺术中，艺术家常常会采用"反文化和颠覆"作为创造性表达的主要形式之一。颠覆并不是寻找艺术创造力的唯一途径。吸取大自然的灵感，也就具备了创造力。大自然的丰富和伟大远远超出人类的想象。

我不时地起身，走向我正在画的画布，挥上几笔，然后又静静地把自己埋进沙发，不自觉地倒上一杯酒，眯上眼，微微扬起头，让自己融入画面里的世界。

迷走于奇幻与真实之间的时刻，常常会伴随着我的创作。

不知不觉，外面的天色开始暗淡下来，我随手打开墙角的一盏落地灯。一束光线投射在我的身上，画室仍然被灰暗笼罩着。我随手关掉了收音机，让自己更加彻底地进入了另一个自我的世界，就像每一个荒漠上的黑夜，独自一人发着呆，或者与自己对话，或者放飞身心。恍惚间，灯光变成了荒漠上的一堆篝火，眼前出现了一个如电影般的画面：一滴黑亮黑亮的墨水徐徐地下落，轻轻地滴在一张洁白的宣纸上，然后缓缓地晕开。跟随着第一滴墨水，第二滴墨水在落在纸上的那一瞬间转化为了一滴透亮的甘露，穿透画面砸在一片坚硬的土地上，溅起无数晶莹透亮的小水珠，四散飞扬。转眼间，这些水珠又变成了点点的色彩落下，组成了一幅美丽的画面。一只握着毛笔的手就像武行者脚下的步子行走在大地上，毛笔滑过的地方留下的笔迹看上去漫不经心，松散的线条不知道要表达什么。也许，艺术家的心里和画面一样杂乱无章。笔尖不停地跳动，随着一块块颜色洒在画面上，能明显觉察到艺术家内心也开始生出朦朦胧胧的想法。这样的想法会随着时间的推移、作品的深入而变得愈加清晰。

这时，一只魔幻般的黑手在画面上缓缓地移动。只见伸出的食指停下来画了一个圈，伴随着一个喃喃细语的声音："这里发生过许多的事。"这是一句土语，语气里充满了悠长的追忆，在那遥远的过去，发生的事……

一阵沉默。这只黑手又在画面的下方画了一个圈，然后继续向前缓缓地游走，跟随着黑手的手势，毛笔落下几个白点，象征大漠人行进的轨迹和方向。圈在这里代表的是水洼。无须任何言语，亲历者自然会懂，因为在这些轨迹里包含着他们共同的脚印。

这时，一黑一白两只手逐渐变成了行走在荒漠上的两双脚，还有孩子和狗的脚印。伴随着脚步，有一个声音在说："很久以前，这里有一个巨大的水洼，它附近有两个小村庄，住着几十口人，大家生活得很幸福。"

从这里开始，我清晰地听到那是瑞尼在说话。

"这里有一条大路通向这两个村庄。"她边说边在沙地上画了一个圆，又画了一条弯弯曲曲的线条向她的左上方延伸，然后回转，继续偏向右上方，那里已经有两个大大的同心圆。整个过程她都是用土语喃喃自语，又不时地与身边的女儿言语几句。这时，屏幕上出现了几条笔直和弯曲的线条，它们标示了那个地区的道路，还有一片片绚丽的色彩，近看它们是由一个个圆点组成的，这些点就像是沙漠上的一粒粒沙子，在阳光下，呈现出五颜六色，代表着大地上的每一个微小的生命。

"嗯，应该是这样。"瑞尼偏着头，动手纠正之前所画的线条，

她要画出每一条线的准确位置，准确得像地图，她的嘴里仍在自言自语道，"后来，这里举行过几次重要的仪式。"接下来她继续说了一段她可能认为我听不懂的土语，但是她忽略了我的想象力有多么丰富。我的眼睛就像一个镜头向前推进：画面的红黄颜色由近及远，变得深沉；原先的点放大之后成为一块块石头，一条条线也都站立起来，成了一棵棵树，色块变成了一片片的草丛；树上的小鸟像是刚刚苏醒，叽叽喳喳叫了几声，然后开始展翅在天空飞翔；山石和灌木丛背后升起袅袅炊烟；突然从地平线徐徐地飘过来一群人，他们像泡沫一般透明，并可以穿透任何物体。

　　突然，一阵吟唱响起，声音久久地飘荡在荒漠上。它唤醒了大地，还有大地上的各种生灵和当地的精灵。"我回来了，回来了！"听到瑞尼如此激动的声音，伍姆德老人在丛林寻找那棵灵魂之树的那一幕由远及近地出现在眼前……老人狂热地飞奔在大树之间，张开双臂触摸树周围的树木，反复高喊："我回来了，回来了……"一阵阵悠长的吟唱，回荡在丛林深处。那一幕，我

《与灵共舞》(一)，143×
435 cm，墨、丙烯、油彩、
宣纸、画布，2021 年。

仍然记忆犹新……

最后，瑞尼抑扬顿挫的吟唱在一声带着尾音的长啸"乌瓦
（Uwa），巴哩亚（Balya）"后画上了一个休止符。那是她对荒原最
后的赞美。

一阵微风吹过，吹去尘烟，带起的尘土轻轻地拂去脚印，偏
红的土黄色大地又恢复了它本来的面目。

瑞尼突然觉得哪里不妥，迅速抹去地上的图案，喃喃地说：
"不行，不行，不可以画它。"

我只是默默地看着她。我明白，那些神圣的，即便是非常久
远的故事，也不可以向外人道。

瑞尼说："从这里继续往前走，那里也有一个水洼。"

有水洼就意味着有人居住，所以水洼的周围会发生许多的故
事。但是，她现在还不能用大家都听得懂的语言说出这些秘密。
瑞尼突然转过脸，凑近我的耳边细声地说："因为他（神灵）会听
到的。"

　　这些不可公开描述的仪式，包含的内容因被神性化而变得非常神秘和复杂。在人类的世界里，原住民比任何人更懂得大自然的丰富，而神性的力量让丰富变得更伟大。每一个民族的文化里都包含有神性的基因和分子。神性化是人类精神的至高境界，也是艺术的另一至高境界。

　　圣灵创造了人和各种生灵。在圣灵的指导下，人开始在土地上建立起一个具有生命、精神和物质的环境。精神的建立自然是从对圣灵的敬畏开始的，从而逐渐形成了一整套的规范法则。人为了更加直接和有效地表达对圣灵的敬畏，在生活中将其转换成对土地的崇敬。所以在精神层面上，原住民与土地有着非常紧密的联系。这是一个视土地为生命，有着强烈信念的民族。他们的信念凝聚着这个民族精神，成为这个民族的灵魂。这种与土地的

《神圣的黑色》(四)，137
×400 cm，2022 年。

情感连接对于同样生活在这个国家、这片土地上的非原住民是非
常重要的启示。在我所生活的现实世界里，如果我们与土地之间
的关系只是建立在使用和买卖的范畴，就会失去与土地、大自然
更多、更紧密的精神联系，也会破坏人与自然、与自然中的万物
和谐共存的环境。人类的发展就会滞后，世界又怎么会健康、安
宁和延续呢？可是令人失望的是，我们中的大多数只有在发生了
重大灾难或疫情的时候才会进行反省。

　　在全球流行的新冠病毒打击下，纽约倒下了，墨尔本成了一
座空城，拥抱和亲吻突然变成凶器，人们互相伤害，不拜访父母
和朋友成为表达爱的行为。权力、美丽和金钱都无法为人争取到
赖以存活的空气。由此更加证实了，人类也只是这个世界的客居
者，并不是这个世界的主宰者。这个道理，生活在阿纳姆丛林的

人早就知道了。

为了传承这些不能够为外人道的神性文化，绘画自然也成了传承的手段之一，表现手段和形式又极其抽象。

作为一个艺术家，表现一个我们看得见的事物并不难，画出由经历到理解之后的想法就不是那么简单了，如果再进一步画出一个民族的灵性，也就是人、自然和灵性之间的共存关系就更难了。这种灵性更多的是要通过对一种文化真切理解后的感悟才能获得，在许多人看来它是那么的抽象。其实也就是想象的空间变得更大、更宽广、更深远，最后走向艺术的更高境界——神性化。

我心照不宣地点点头，目光重新回到我正在创作的作品上，开始在画面上撒上一些颜色，我问："白色怎么样？"

她抬头看向远方说："耶，跟我看到的一样。"

即使是在我的画室里，抬起头，我们的视野里依然是一望无边的荒漠。

过了一会儿，我指着画面又问："这里呢？"

"我看到了绿色，还有黄色。"

一片黄色的点可能代表着灌木丛，由天空俯览，大片的土地就是一片点，这是一种高度抽象的概括。它们在移动、改变、成长，像人的生命。

画面上的纹理以一种抽象的形式展示了这片土地的丰富内涵，每一块颜色和笔触都代表着活生生的细节，再加上一些圆的符号，形成绘画性和几何符号的结合，营造出不同语言文化的对话，表现出我对这片土地的理解。

最后，瑞尼说："我从你的作品里看到了我们的文化，比如这些圆，看上去与我的有点像，但它们是你的圆。"听似平平淡淡的一句话，实则是来自一位原住民画家的肯定。有她的这句话，我便可以信心满满地继续走下去——起码我有同行者。

这些看似镜头里展现的回顾画面亦是发生在我们生活中和画室里的一切，也是我的艺术创作过程。

现实里的世界很精彩，但艺术里的乾坤也同样美妙，走进去了自然会发现。

我沉迷于此，就像在荒漠上一样，忘记了时间。当我走出画室，天早已经黑了。从早晨九点进入画室算起，我每天的工作时间都不会少于 10 个小时……直到有一天，觉得疲惫了，不再满足于只是沉浸在一个游移的幻境状态。我便知道，该背上行囊，重新上路了。

2020 年，我又开始了环澳之旅。与 30 多年前的第一次环澳旅行不同的是，这一次我是有计划、有目的的。还记得 20 多年前的那个夜晚，在西澳大利亚州荒漠上第一次见到原住民——华人后裔阿力和他的伙伴。那时候，我觉得应该为他们做点什么，后来我开始收集资料，不曾想，竟然为这个"做点什么"，断断续续地做了 20 多年的研究。这次环澳之旅就是为了寻访分布在澳大利亚各地的像阿力这样的后代，听取他们的故事。他们的人数无法准确地统计，如果以其中的一个家庭为例，几代人下来就有数百人之多。他们很希望找到父辈一支在中国的亲属。通过研究这段历史，我希望探索一个不应被遗忘的重要领域。他们的故事应该被记录在澳大利亚历史上。所以，我邀请了一批专家学者参与。截至 2022 年底，项目团队共完成了 15 万字的中文学术研究论文。未来两年将策划一个展览，计划从 2025 年开始，在中国和澳大利亚巡回展出。

18 世纪，一只小小的海参开启了澳大利亚原住民与华人之间的第一次贸易往来。直到今天，这样的往来仍在继续，其中包括 19 世纪 50 年代第一批华人淘金者的出现。这是一段无法抹去的重要历史。就我个人而言，无论是过去的经历，还是目前正在从事的研究和艺术创作，我之所以会如此投入和执着，也许只可以用"情结"二字来描述我与澳大利亚原住民之间的关系。

一本书打开一个世界

欢迎订购、合作

订购电话：0571-85153371

服务热线：0571-85152727

KEY- 可以文化　　　浙江文艺出版社　　　京东自营店

关注 KEY- 可以文化、浙江文艺出版社公众号，
及浙江文艺出版社京东自营店，随时获取最新图书资讯，
享受最优购书福利以及意想不到的作家惊喜